PETER HEINE

HALBMOND ÜBER DEUTSCHEN DÄCHERN

PETER HEINE

Halbmond über deutschen Dächern

Muslimisches Leben in unserem Land

List Verlag
München · Leipzig

ISBN: 3-471-79344-5

Satz: Franzis-Druck GmbH, München
Druck und Bindung: Graphischer Großbetrieb, Pößneck

INHALT

LEBEN IN EINEM FREMDEN LAND

DER ISLAM IN EUROPA

Vorwort

In den vergangenen zwei oder drei Jahrzehnten ist es in Deutschland bunter geworden. Angehörige einer Vielzahl von fremden Völkern, Nationen und Religionen sind auf der Suche nach persönlicher Sicherheit und Freiheit, nach materiellem Wohlstand, kurz auf der Suche nach einem besseren Leben vor allem in die nördlichen, westlichen und südlichen Teile des Landes gekommen. Die Vielfalt der Einwanderergruppen ist in den großen Städten und Industriegebieten viel offensichtlicher als auf dem Land. Doch auch in den Dörfern des Westerwalds, der Eifel oder des Spessarts sind Gasthäuser zu Pizzerien geworden und mit einem Döner-Kebap kann man seinen Hunger auch in den verträumten Fachwerkstädtchen des Odenwalds stillen. Ethno-Pop gehört zu den beliebtesten Formen aktueller Unterhaltungsmusik, und modische Accessoires, die auch der traditionellen Kleidung vieler Herkunftsländer in Deutschland lebender Ausländer nachgeahmt sind, sind nicht nur in den großen Städten des Landes selbstverständliches Repertoire. Vor allem seit dem Beginn der achtziger Jahre ist in der Belletristik ein Trend zu Übersetzungen aus der modernen türkischen, arabischen, persischen und indopakistanischen Literatur unverkennbar. Diese Bücher kämen nicht in die Buchhandlungen, wenn nicht ein gewisser Markt dafür vorhanden wäre. Auch das gewachsene Interesse an den Themen und Problemen der Staaten und Kulturen, aus denen viele Einwanderer stammen, läßt sich am Buchmarkt ablesen.

Die von der breiten Öffentlichkeit zunächst wenig, dann immer stärker beachtete Entwicklung hin zu einer multikulturellen Gesellschaft in Deutschland hat nicht nur einen kulinarischen, sportlichen oder literarischen, sondern auch einen religiösen Aspekt. Eine große Zahl von Einwanderern brachte religiöse Vorstellungen, religiöse Praktiken und Traditionen mit nach Deutschland, die nach und nach Ängste und eine diffuse Abwehrhaltung in der deutschen Bevölkerung hervorriefen. Katholische Spanier und Italiener mit ihren besonderen Formen eines mediterranen gefühlsbetonten und begeisterungsfähigen Katholizismus wurden im allgemeinen akzeptiert, auch wenn der durch Liturgiereformen geprägte deutsche Katholizismus diesen mit einem nicht immer von Überlegenheit freien Lächeln gegenüberstand. Mit Bosniern, Türken, Palästinensern, Libanesen, Iranern und vielen anderen Muslimen kam der Islam nach Deutschland. Dieser Religion gegenüber bestanden in weiten Teilen der Bevölkerung tief verwurzelte Feindbilder, die anfangs nicht so deutlich zum Ausdruck kamen, weil der Islam als Religion der Einwanderer zunächst kaum zur Kenntnis genommen wurde. Daß Bosnier Muslime sind, ist einer breiten deutschen Öffentlichkeit überhaupt erst mit dem Zerfall Jugoslawiens bewußt geworden. Mit einer größeren Sichtbarkeit des Islams in Deutschland, die sich im Bau von Moscheen oder einer spezifisch islamischen Kleidung der Muslime dokumentierte, wurden die bei vielen Deutschen vorhandenen negativen Vorurteile gegenüber dem Islam wieder lebendiger. In vielen Fällen beruhen diese Vorurteile auf Vorstellungen vom Islam, die mit den religiösen Normen und ethischen Grundgedanken dieser Religion nichts zu tun haben. In den folgenden Kapiteln dieses Buches soll es daher darum gehen, den Islam in Deutschland aus dem Blickwinkel der von dem einzelnen Muslim oder der einzelnen Muslimin gelebten Religion zu betrachten und auf einige strukturelle Besonderheiten dieser Religion hinzuweisen. Es kann dabei nicht ausbleiben, daß manches weniger eingehend behandelt wird. So fehlt eine ausführliche Darstellung des mystischen Islams in Deutschland, weil die dazu notwendigen soziologischen, religionswissenschaftlichen oder ethnologischen Untersuchungen noch nicht angestellt wurden und man in dieser Hinsicht noch nahezu ausschließlich auf Vermutungen angewiesen ist.

Dieses Buch verdankt seine Existenz vielen Gesprächen, die ich in den vergangenen Jahren mit Muslimen führen konnte. Alle Gesprächspartner mit Namen zu nennen, würde zu weit führen und wäre vielen von ihnen auch nicht recht. Ihnen allen aber sei für ihre Offenheit und Gesprächsbereitschaft herzlich gedankt. Ich hoffe, daß sie ihre Sicht des Islams im Folgenden wiederfinden. Zu danken habe ich Freunden und Mitarbeitern, die mit Geduld meine auf sie abgewälzten Verpflichtungen erfüllt haben, stets freundlich auf meine Nachfragen antworteten und sich kritisch mit meinen Vorstellungen auseinandersetzten: vor allem Inge Baldauf, Anke Bentzin, Franziska di Pauli, Irmgard Dietrich, Gerlind Jonker, Ingrid Malsch, Reingard Neumann, Gerhard Höpp und Jürgen Hösel. Besonderen Dank schulde ich meiner Schwägerin Christa Heine, die aus ihrer langjährigen Kenntnis im Umgang mit muslimischen Kindern in deutschen Schulen und den entsprechenden Verwaltungsvorschriften wichtige Informationen beigesteuert hat. Susanne Busch vom Lektorat des List Verlags hat mit charmantem Druck dafür gesorgt, daß das Manuskript abgeschlossen wurde und durch verschiedene Verbesserungsvorschläge zur besseren Lesbarkeit beigetragen. Wie bei allen anderen Büchern hat meine Frau Ina das Manuskript durchgearbeitet und durch Hinweise, Korrekturen und Ergänzungen entscheidenden Anteil daran gehabt, daß es in dieser Form als Buch vorliegt.

Ich hoffe sehr, daß dieses Buch zu einer besseren Kenntnis und einem besseren Verständnis der Situation von Muslimen in Deutschland beiträgt.

Weihnachten 1996 Peter Heine

Einleitung

Der Islam ist neben dem Judentum und dem Christentum die dritte der großen monotheistischen Weltreligionen. Seit seiner Entstehung im 6. und frühen 7. Jahrhundert auf der arabischen Halbinsel hat er sich in einem großen geographischen Raum von den Küsten West- und Ostafrikas über die Steppen Zentralasiens und den indischen Subkontinent bis zur indonesischen Inselwelt im Osten als dominierende Religionsform ausgebreitet. Dieser historische Prozeß verlief unterschiedlich dynamisch. Verschiedene Wanderbewegungen, die auf sehr unterschiedliche Ursachen zurückzuführen sind, bewirkten, daß heute zahlreiche Minderheiten von Muslimen auch in West-, Mittel- und Südeuropa, selbst in Nord- und Südamerika und in Australien leben. Die Zahl der Menschen auf dem Globus, die sich als Muslime bezeichnen, läßt sich nicht exakt beziffern. Verläßliche Schätzungen gehen jedoch davon aus, daß weit über eine Milliarde Menschen den Geboten des Islams folgen.

DAS ISLAMISCHE DOGMA

Die Anhänger des Islams, die Muslime, verbindet der Glaube an einen Einzigen Gott und an die Prophetenschaft Muhammads, der im Jahr 632 in Medina auf der arabischen Halbinsel gestorben ist. Dieses Dogma ist in seiner Einfachheit und Klarheit eine der Hauptursachen für den erstaunlichen Erfolg dieser Religion. Es zu akzeptieren bedarf keiner großen und komplizierten theologischen Überlegungen, sondern eines Glaubensaktes, der eine geringe Vorbereitung notwendig macht. Auch für die Verbreitung dieses Dogmas und damit für die Übernahme des Islams als Religion sind keine langwierigen theologischen Studien, keine Weihen oder andere Riten notwendig. Jeder, der das Dogma von der Einheit Gottes und der Prophetenschaft Muhammads akzeptiert, ist auch in der Lage, es anderen Menschen weiterzuvermitteln. So kam es dazu, daß vor allem die reisenden islamischen Kaufleute die wichtigsten Repräsentanten bei der Verbreitung des Islams in Schwarzafrika, in Südostasien und in China waren. Zwangsbekehrungen zum Islam haben im Verlauf der islamischen Religionsgeschichte nur vereinzelt eine Rolle gespielt. »Es gibt keinen Zwang in der Religion«, ist ein Satz im Koran, dem heiligen Buch der Muslime, der sorgfältig beachtet wurde. Dem widerspricht auch nicht die historische Tatsache, daß die erste Phase der Ausbreitung des Islams auf der arabischen Halbinsel und in den heutigen Kernländern des Islams mit militärischen Mitteln erfolgte. Die muslimischen Eroberer übten konsequent religiöse Toleranz gegenüber der unterworfenen Bevölkerung. Diese Toleranz bezog sich zunächst auf die Angehörigen der beiden anderen monotheistischen Religionen, Judentum und Christentum, aber auch der Zoroastrier in den zunächst eroberten Gebieten. Sie wurden als »Leute des Buches«, als Anhänger der Offenbarungsreligionen anerkannt, die der Islam nach seinem Selbstverständnis vollendet. Als die islamischen Heere in Regionen vordrangen, in denen Menschen mit nicht-monotheistischen Gottesvorstellungen lebten, wurden auch diese als »Leute des Buches« akzeptiert und nicht zur Konversion gezwungen. Als Beleg sei nur auf das indische Beispiel verwiesen. Die Andersgläubigen mußten zwar eine spezielle Steuer bezahlen, waren dafür aber vom Wehrdienst freigestellt. Die Ausbreitung des Islams mit militärischen Mitteln bedeutete also die Expansion einer politischen Herrschaft und bis zu einem gewissen Maß auch die eines Rechtssystems, aber nicht die einer bestimmten Glaubensvorstellung. In Ägypten bestand bis in das 16. Jahrhundert die Mehrheit der Bevölkerung aus koptischen Christen, die dort bis heute eine feste Minderheit bilden. Der Religionswandel zum Islam vollzog sich in den Ländern des Nahen und Mittleren Ostens nur sehr langsam. Die Hauptmotive für die Hinwendung orientalischer Christen zum Islam waren vielfältig und können hier nicht untersucht werden. Sie hatten sicherlich sehr viel mit Bemühungen um sozialen und wirtschaftlichen Aufstieg zu tun.

Die religiösen Pflichten

Das Glaubensbekenntnis

Muslim wird man, indem man glaubt und bekennt, daß Gott ein Einziger und Muhammad sein Prophet ist. Wenn man diesen Akt vollzieht, ist man Muslim, unabhängig davon, ob man diese Tatsache öffentlich kundtut oder nicht. Es handelt sich dabei um eine schwerwiegende Entscheidung, weil man sie nach islamischer Vorstellung nicht wieder rückgängig machen kann. Mit dem Bekenntnis (Schahada) zum Islam ist kein spezieller Ritus verbunden wie das im Christentum mit dem Sakrament der Taufe der Fall ist. Allerdings werden heute bei der Bekehrung von Erwachsenen zum Islam in manchen muslimischen Ländern besondere Feiern veranstaltet und die Namen der neuen Muslime öffentlich bekanntgegeben. Neben diesem bewußten und freiwilligen Akt des Religionswandels hin zum Islam gibt es noch eine Möglichkeit Muslim zu werden. Man erbt die Religion von seinem Vater. Jedes Kind eines muslimischen Vaters ist selbst Muslim. Auch für dieses Kind gilt, daß seine Zugehörigkeit zum Islam nicht rückgängig gemacht werden kann. Nach den Bestimmungen des islamischen Rechts (Scharia) stellt der Abfall vom Islam ein todeswürdiges Verbrechen dar. Die Affäre um die *Satanischen Verse* von Salman Rushdi hat diese Rechtsvorstellung einer internationalen Öffentlichkeit lebhaft vor Augen geführt. Allerdings muß darauf hingewiesen werden, daß die überwiegende Mehrheit der islamischen Rechtsgelehrten mit dem Vorwurf der Apostasie sehr zurückhaltend umgeht und die Meinung vertritt, daß niemand außer Gott wirklich wissen könne, ob jemand sich vom Islam abgewandt habe oder nicht.

Die Einfachheit des Dogmas mag es mit sich gebracht haben, daß sich die religiösen Äußerungen des Islams vor allem im Bereich der verschiedenen Glaubenspflichten realisieren. Der bekannte deutsche Islamwissenschaftler Josef van Ess hat in diesem Zusammenhang den Satz geprägt, daß im Islam die Orthodoxie eine weniger wichtige Rolle spiele als die Orthopraxie. Die Muslime selbst sprechen im Kontext der Glaubenspflichten von den »Fünf Säulen des Islams«. Neben dem Glaubensbekenntnis äußert sich der Islam in der Praxis des Gebets (Salat), des Fastens (Saum), des Almosengebens (Zakat) und der Pilgerfahrt (Hajj).

Diese Pflichten sind Männern wie Frauen in gleicher Weise auferlegt. Für Kinder und Jugendliche gelten diese Pflichten mit dem Erreichen der Pubertät, sie werden aber schon vorher langsam an diese Praxis herangeführt. Grundvoraussetzung für die Durchführung aller Glaubenspflichten ist, daß der Gläubige in sich bewußt die Bereitschaft (Niyya) erweckt, den Vollzug der entsprechenden Handlungen durchzuführen. Unterläßt er dies, verstößt er gegen die göttlichen Vorschriften, selbst wenn er sonst alle entsprechenden Rituale durchführt.

Das Gebet

Die verschiedenen Glaubenspflichten unterliegen keiner Reihen- oder Rangfolge. Dennoch hat der außenstehende Beobachter den Eindruck, daß dem Pflichtgebet eine besondere Bedeutung beigemessen wird. In Nordafrika kann es dem Fremden geschehen, daß er gefragt wird: »Betest du?« Die Frage muß auch in dem Sinn: »Bist du Muslim?« verstanden werden. Ein türkischer Akademiker, der seine säkulare, ja agnostische Haltung verdeutlichen wollte, erklärte mir einmal: »Ich weiß nicht, wie man betet.« Das Pflichtgebet muß zu genau festgelegten Zeiten fünfmal am Tag durchgeführt werden: mittags, nachmittags, abends, nachts und in der Morgendämmerung. Der genaue Termin ist davon abhängig, wo der Betende sich gerade befindet und verändert sich täglich. Zum Zeitpunkt des Gebets ertönt von den Minaretten der Moscheen der Gebetsruf (Azan). Der Beginn der entsprechenden Gebetszeit ist heute in den Tageszeitungen islamischer Länder angegeben. Allerdings kann das jeweilige Gebet im gesamten Zeitraum zwischen Beginn und Ende einer Gebetsphase durchgeführt werden. Durch diesen zeitlichen Rahmen erhält der Gläubige eine gewisse Freiheit und Verfügungsmöglichkeit über seinen Tagesablauf.

Neben der Erweckung der inneren Bereitschaft ist ein Status ritueller Reinheit für die Gültigkeit des Gebets notwendige Voraussetzung. Unrein wird der Mensch durch den körperlichen Kontakt mit unreinen Dingen. Als unrein wird generell alles angesehen, was beim Menschen Abscheu hervorruft. Dazu zählen Körperausscheidungen wie Blut, Sperma, Urin und Kot. Unrein sind nach muslimischer Auffassung aber auch bestimmte Tiere wie Schweine oder Hunde, Fleisch von nicht rituell geschlachteten Tieren, alkoholische Getränke und vieles andere. Von dieser Unreinheit befreit sich der Gläubige durch Waschungen. Dabei wird zwischen zwei Arten unterschieden. Nach dem Sexualverkehr muß eine große Waschung (Ghusl) vorgenommen werden, wobei der ganze Körper mit Wasser benetzt werden muß. Dies geschieht am einfachsten, indem die Gläubigen in einem Tauchbecken ganz untertauchen. Da bis heute solche Becken in Privathäusern sehr selten sind, fanden und finden sich in den größeren Ortschaften und Städten der islamischen Welt öffentliche Bäder, die nicht nur der rituellen Reinigung und ganz allgemein der Körperpflege dienen, sondern auch wichtige soziale Funktionen haben. Es hat sich hier eine Badekultur entwickelt, die dem weitverbreiteten europäischen Vorurteil, daß Muslime schmutzig seien, deutlich entgegentritt. Bei anderen Verunreinigungen wird eine rituelle Teilwaschung (Wudu') durchgeführt. Diese kann überall da vollzogen werden, wo Wasser zur Verfügung steht. Da viele Muslime zu den Pflichtgebeten die Moschee aufsuchen, befinden sich in deren unmittelbarer Umgebung oder auf dem Moscheegelände selbst Brunnen mit entsprechend eingerichteten Waschmöglichkeiten. Zur Teilwaschung gehört die Reinigung der Hände, der Füße, des Gesichts mitsamt der Ohren sowie die der Zähne und der Mund- und Nasenhöhle. Auch das Kopfhaar wird mit Wasser benetzt. Diese Waschungen können dreimal wiederholt werden. Ist kein Wasser vorhanden, können Ersatzhandlungen vorgenommen werden. Neben der körperlichen Reinigung wird auch auf die Sauberkeit der Kleidung und des Ortes, an dem das Gebet stattfindet, geachtet. Am Gebetsplatz werden Teppiche, Matten, saubere Kleidungsstücke, auf Straßen sogar Packpapier ausgebreitet. Das Pflichtgebet besteht aus mehreren Handlungseinheiten, die als Rak'a (Verbeugung) bezeichnet werden. Beim Mittags-, Nachmittags- und Nachtgebet müssen jeweils vier Rak'as durchgeführt werden; das Abendgebet sieht drei, das Morgengebet zwei Einheiten vor. Der Betende nimmt dazu Aufstellung in Richtung Mekka. Diese Gebetsrichtung (Quibla) wird in Moscheen durch die Gebetsnische (Mihrab) angezeigt. Nachdem der Gläubige die Absicht (Niyya) erweckt hat, das Pflichtgebet zu vollziehen, tritt er mit dem Satz: »Allahu akbar« (Gott ist größer) in einen Weihezustand. Stehend rezitiert der Betende dann zunächst die Eröffnungssure des Korans und andere Korantexte freier Wahl. Dann beugt er sich vor und stützt die Hände auf die Knie, wobei er weitere festgelegte kurze Gebete spricht. Darauf kniet er nieder, beugt sich in dieser Haltung vor, berührt mit der Stirn den Boden und spricht wieder »Allahu akbar« und weiter: »Gott, unser Herr, Lob sei dir.« Schließlich setzt er sich auf seine Fersen und bittet Gott um Vergebung seiner Sünden, um die rechte Leitung und um seinen Lebensunterhalt. Dieser Bewegungs- und Gebetsablauf wird noch einmal wiederholt, und damit endet die Gebetseinheit. Am Ende des Pflichtgebets steht ein gesondertes Schlußgebet. Mit dem an die benachbarten Betenden gerichteten Wunsch: »Der Friede sei mit euch und die Gnade und Barmherzigkeit Gottes«, wird der Weihezustand beendet. Diese Pflichtgebete können individuell, aber auch in der Gemeinschaft einiger Gläubiger durchgeführt werden. Im letzteren Fall bedarf es eines Vorbeters, der durch sein Vorbild dafür sorgt, daß die verschiedenen Gebetsphasen von den Teilnehmern gleichzeitig durchgeführt werden. Dieser Imam ist kein Priester oder jemand, der durch eine Weihe besonders zu dieser Handlung befähigt ist – jeder Muslim, der die Texte der Pflichtgebete und die entsprechenden Körperbewegungen beherrscht, kann Vorbeter sein. Wenn die Betgemeinschaft nur aus Frauen besteht, kann auch eine Frau diese Funktion innehaben.

Das Mittagsgebet am Freitag nimmt eine herausragende Rolle ein. Zu dieser Stunde müssen sich alle Muslime einer Stadt in der sogenannten Freitagsmoschee versammeln. Auch hier sorgt ein Vorbeter für die richtige Einhaltung des Gebetsablaufs. Diesem eigentlichen Gemeinschaftsgebet gehen häufig Koranrezitationen voraus, die die Gläubigen auf das Gebet einstimmen. Danach hält ein Prediger (Khatib) eine Ansprache (Khutba), in der er die Gläubigen zu einem wahrhaft islamischen Leben ermuntert, in der er aber auch zu aktuellen politischen und gesellschaftlichen Fragen Stellung nehmen kann. An den großen islamischen Festtagen folgt diese Predigt dagegen im Anschluß an das Gebet. An dieser Stelle muß darauf hingewiesen werden, daß der Freitag nach islamischer Praxis kein Ruhetag ist. Die Muslime können vorher und nachher ihren Geschäften und sonstigen Erwerbstätigkeiten nachgehen. Allerdings ermahnen schon die frühen islamischen Schriften die Gläubigen, diesen Tag in ruhiger und besinnlicher Weise zu begehen. So ist der Freitag in vielen islamischen Ländern durchaus dem christlichen Sonntag zu vergleichen. Schulen und Universitäten sind an diesem Tag geschlossen, auch in vielen Behörden und Produktionsbetrieben ruht dann die Arbeit.

Neben dem geschilderten Pflichtgebet kennen die Muslime auch ein privates Gebet (Du'a), in dem sie sich mit ihren persönlichen Sorgen, Wünschen und Hoffnungen an Gott wenden. Zu diesem Zweck gibt es in gleicher Weise feststehende Gebetsformulare wie die Möglichkeit, eigene, auch ganz spontane Formulierungen zu verwenden.

Das Fasten

Eine weitere Glaubenspflicht, die das öffentliche Leben der islamischen Welt entscheidend prägt, ist das Fasten im Monat Ramadan. In diesem Monat, der sich aufgrund des islamischen Mondjahres von Jahr zu Jahr verschiebt, nehmen Muslime von der Dämmerung bis zum Sonnenuntergang keine flüssige und feste Nahrung zu sich, rauchen nicht und sind sexuell enthaltsam. Nach Sonnenuntergang bestehen diese Verbote nicht mehr. Der Ramadan ist der Monat, in dem sich die Muslime bemühen, besonders sorgfältig ihren religiösen Pflichten nachzukommen, Konflikte beizulegen und ein moralisch einwandfreies Leben zu führen. Viele verbringen lange Zeit bei Gebet und Meditation in den Moscheen. Der Ramadan gilt als eine besonders gnadenreiche Zeit. Vom Propheten Muhammad wird der folgende Satz überliefert: »Wenn jemand im Ramadan seine Pflicht erfüllt, gleicht dies siebzig in anderen Monaten erfüllten Pflichten. Er ist der Monat der Geduld, und der Lohn der Geduld ist das Paradies. Er ist der Monat der Versöhnung, er ist der Monat, in dem sich der Lebensunterhalt der Gläubigen mehrt. Er ist der Monat, dessen Beginn Barmherzigkeit, dessen Mitte Vergebung und dessen Ende Befreiung vom Höllenfeuer ist.« Als besonders heilig gilt die Nacht des siebenundzwanzigsten Ramadan, die »Nacht der Bestimmung« (Laylat al-qadr), in der die erste Koranoffenbarung erfolgt sein soll. Bitten, die man in dieser Nacht an Gott richtet, gehen nach der festen Überzeugung von Muslimen in Erfüllung.

Die Muslime sind stolz darauf, die mit dem Fasten verbundenen Strapazen ertragen zu können und nehmen sie gerne auf sich. Kinder und Heranwachsende nehmen möglichst früh am Fasten teil. Vom Fasten suspendiert sind Kranke, Reisende, Schwangere, Stillende und Menstruierende. Ihnen wird empfohlen, die versäumten Fastentage nachzuholen. Wer das Fasten schuldhaft versäumt, kann diese Sünde durch die Speisung von Armen wiedergutmachen.

Wie zu kaum einer anderen Zeit des Jahres fühlen die Muslime sich im Fastenmonat als eine große Gemeinschaft. Das öffentliche Leben ist in den islamischen Ländern in dieser Zeit ganz auf die Religion ausgerichtet. Tagsüber finden wenig soziale, geschäftliche oder administrative Interaktionen statt. Behörden haben verkürzte Öffnungszeiten, zahlreiche Geschäfte sind tagsüber geschlossen. Die verschiedenen Medien in der islamischen Welt wie Presse und Fernsehen gehen in ihrer Berichterstattung ausführlich auf den Ramadan ein. Die Zeitungen veröffentlichen umfangreiche Artikel mit religiösem oder erbaulichem Inhalt, in Rundfunk und Fernsehen werden Koranrezitationen und andere religiöse Veranstaltungen übertragen. Der Ramadan ist auch eine Zeit vielfältiger sozialer Aktivitäten. In manchen Ländern gibt es ausgefeilte Besuchsrituale, deren Verletzung gesellschaftliche Sanktionen nach sich ziehen kann. Das gemeinsame abendliche Fastenbrechen (Iftar) im Familien-, Freundes- und Bekanntenkreis ist eine Gelegenheit, bei der sich soziale Bindungen vertiefen und festigen. Allerdings bringt das Fasten, besonders in den heißen Sommermonaten, tagsüber erhebliche körperliche Belastungen mit sich. Die Nacht wird dagegen zum Tag gemacht. Es haben sich verschiedene kalorienreiche Fastenspeisen entwickelt. Die Nächte werden mit öffentlichen Zerstreuungen wie Kirmesveranstaltungen, Märchenerzählern u. ä. verbracht und der Tag verschlafen. So wird der Ramadan zu einem Monat des Feierns und der Feste. Da es in der modernen Industrie- und Dienstleistungsgesellschaft nicht mehr möglich ist, das gesamte öffentliche Leben auf die Beschwernisse und spezifischen Bedingungen des Fastens einzustellen, steigt die Zahl der Arbeits- und Verkehrsunfälle in den islamischen Ländern signifikant und die Arbeitsproduktivität geht erheblich zurück. Die übliche und allgemein akzeptierte Entschuldigung ist der Hinweis auf das Fasten. Verschiedene Politiker in islamischen Staaten haben versucht, durch Aufklärungsaktionen, durch entsprechende Gutachten islamischer Rechtsgelehrter und durch ihr eigenes Beispiel die Fastenpraxis zu ändern. All diese Versuche waren nur von geringem Erfolg gekrönt. Islamische Rechtsgelehrte weisen darauf hin, daß die extensiven nächtlichen Vergnügungen nicht mit den eigentlichen Intentionen des Fastenmonats übereinstimmen. Arbeitsunfälle und begrenzte Arbeitsbereitschaft sind ihrer Ansicht nach nicht Folgen des Fastens, sondern vielmehr der Schlaflosigkeit. Ramadan endet mit einem zweitägigen Fest des Fastenbrechens (Id al-fitr).

Das Almosen

Eine weitere regelmäßig zu erfüllende Pflicht der Muslime ist das Spenden von Almosen. Schon seit Beginn der islamischen Religionsgeschichte betraf die muslimische Frömmigkeit nicht nur den religiösen Aspekt im engeren Sinn, also die Beziehung des einzelnen zu Gott, sondern zugleich wurde im Koran und im vorbildhaften Verhalten des Propheten auch auf die Verantwortlichkeit des Gläubigen gegenüber seinen Nächsten hingewiesen. Aus dieser »Solidarität« untereinander entwickelte sich die obligatorische Armensteuer, neben der es auch noch das freiwillige Almosen (Sadaqa) gibt. Die Empfänger der Pflichtabgaben werden vom Koran in folgende Kategorien eingeteilt: »Die Almosen sind bestimmt für die Armen, die Bedürftigen, die, die damit befaßt sind (also Verwaltungskräfte), die deren Herzen vertraut gemacht werden sollen, die Gefangenen, die Verschuldeten, für den Einsatz auf dem Wege Gottes und für die Reisenden« (Sure 9, 60). Über die Höhe der Pflichtabgabe macht der Koran selbst weniger genaue Angaben. Dort heißt es nur: »Sie fragen dich, was sie spenden sollen. Sprich: Das Entbehrliche« (Sure 2, 219). Bei der Interpretation dieser Koranstelle entstand die Vorstellung von einem zu versteuernden Mindestsatz auf unterschiedliche Formen von Besitz. Danach muß von Landwirten die Pflichtabgabe auf Obst und Getreide nach der Ernte entrichtet werden, auf Vieh, wenn es ein Jahr lang frei geweidet hat, auf Edelmetalle nach einem Jahr des Besitzes. Bei Handelswaren werden die Bestände »Zakat«-pflichtig, die sich bei Jahresende noch im Lager befinden. Die Höhe der Abgaben ist unterschiedlich, sie variiert je nach den besonderen Umständen zwischen fünf und zehn Prozent. So beträgt der normale Satz auf Obst und Getreide zehn Prozent, falls jedoch beim Anbau künstliche Bewässerung notwendig ist, reduziert er sich auf fünf Prozent.

Die Erhebung der Pflichtabgabe hat sich im Lauf der historischen Entwicklung und je nach Region unterschiedlich ausgeformt. In Pakistan und Saudi-Arabien wird sie heute als Steuer an den Staat abgeführt. In anderen Ländern, z. B. in der Türkei, gibt es keine derartige Regelung, hier erfolgt die Abgabe freiwillig. Besonders im Fastenmonat Ramadan und an hohen islamischen Festtagen verteilen die Gläubigen Almosen, wobei sich zum Teil regelrechte »Geschäftsbeziehungen« zwischen Gebenden und Nehmenden entwickelt haben. In diesen Fällen gibt ein Muslim das Almosen jeweils einem bestimmten Bedürftigen. Sollte die milde Gabe einmal vergessen worden sein, kommt der Bettler auch ins Haus und erinnert daran, daß er sein Scherflein noch nicht erhalten habe. Die feste Verankerung der Pflichtabgabe in der islamischen Gesellschaft hat auch dazu geführt, daß die soziale Stellung des Bettlers bis heute eine andere ist als die in westlichen Industriegesellschaften. Ein Bettler übt einen ehrenhaften, ja verdienstvollen Beruf aus, da er ja dem Muslim die Gelegenheit gibt, seiner Glaubenspflicht des Almosengebens nachzukommen. Es gehört zu den Regeln der Höflichkeit, sich bei einem Bettler zu bedanken, wenn man ihm das Almosen gibt. Für viele Muslime bedeuten Zakat und Sadaqa darüber hinaus eine ehrwürdige Tradition, die die Einrichtungen eines modernen Sozialstaates um Jahrhunderte vorweggenommen hat. Manche sehen darin geradezu die Verwirklichung der Idee der sozialen Gerechtigkeit. Zakat und Sadaqa werden als »Institutionen gegenseitiger sozialer Verantwortung« beschrieben.

Die Pilgerfahrt

Während die bisher genannten Glaubenspflichten in einem täglichen oder jährlichen Rhythmus zu erfüllen sind, ist die Pilgerfahrt nach Mekka und in die Umgebung dieses heiligen Ortes eine Pflicht, die Muslime nur einmal in ihrem Leben erfüllen müssen und dieses auch nur dann, wenn sie dazu körperlich und finanziell in der Lage sind. Falls ein Gläubiger aus Alters- oder anderen Gründen nicht zur Wallfahrt imstande ist, kann er diese Pflicht durch eine Ersatzperson erfüllen lassen, die dieses Ritual aber vorher schon vollzogen haben muß. Die Pilgerfahrt muß während der ersten beiden Wochen des islamischen Pilgermonats Dhul l-Hijja durchgeführt werden. Der Ablauf des komplizierten Rituals ist durch das Vorbild des Propheten Muhammad vorgegeben. Rituelle Voraussetzung für die Zeremonie der Pilgerfahrt ist die Annahme eines speziellen Weihezustandes, des Ihram. Vor Beginn der Pilgerfahrt wird zu diesem Zweck eine rituelle Waschung vorgenommen, und der Reisewillige schneidet sich Haare und Nägel. In einiger Entfernung von Mekka oder bei Besteigen des Flugzeugs, das den Gläubigen in die Nähe von Mekka bringt, legen die Pilger eine spezielle Kleidung an. Sie besteht für Männer verbindlich aus zwei ungesäumten weißen Tüchern und Sandalen. Für die Pilgerkleidung der Frauen gelten dagegen keine besonderen Vorschriften. In der Regel tragen sie traditionelle islamische Kleidung.

Wenn die Pilger diesen Weihezustand angenommen haben, müssen sie eine Reihe von Verhaltensnormen befolgen. Im Zustand des Ihram dürfen die Pilger sich nicht streiten, nicht jagen, kein Parfüm benutzen, müssen sich des Sexualverkehrs enthalten und dürfen sich weder Haare noch Nägel schneiden. Nach muslimischer Vorstellung symbolisiert der Weihezustand die Trennung des Muslims von der profanen Welt und bekräftigt seinen Wunsch, mit Gott allein zu sein. Die einheitliche Kleidung verwischt alle sozialen Unterschiede und dokumentiert die Einheit und Einheitlichkeit der islamischen Welt. Da das Ritual sehr umfangreich und kompliziert ist und mehrere Tage dauert, stehen in Mekka einheimische Pilgerführer den Unerfahrenen gegen Entgelt zur Verfügung.

Nach der Ankunft der Pilger in Mekka beginnt der Ritus mit einem Besuch der Kaaba. Die Kaaba ist ein quaderförmiges Gebäude und symbolisiert das geographische Zentrum der islamischen Welt. Dieser Bau wird von den Pilgern siebenmal umrundet, wobei der schwarze Stein, der in die Ostwand der Kaaba eingelassen ist, geküßt wird. Anschließend wandert der Pilger siebenmal zwischen den Hügeln Safe und Maria hin und her. Diese »Wanderung« erinnert an die Wassersuche der Hagar für ihren Sohn Ismael, den Stammvater der Araber. Damit ist der individuelle Teil der Pilgerfahrt beendet und der kollektive schließt sich an. Während der individuelle Teil an einem beliebigen Tag und zu einer beliebigen Zeit in den dafür vorgesehenen Wochen stattfinden kann, muß die kollektive Phase zwischen dem achten und dem zwölften Tag des Pilgermonats durchgeführt werden. Nach einem Gottesdienst in der großen Moschee in Mekka begeben sich die Pilger in kleinen Gruppen in ein Wüstental, teilweise zu Fuß, heute aber inzwischen auch mit modernen Verkehrsmitteln, und gelangen am neunten Tag zum Berge Arafat, etwa fünfundzwanzig Kilometer von Mekka entfernt. Vor diesem Berg findet der zentrale Ritus der Pilgerfahrt statt.

Mit dem Ruf »Labbaika« (Da bin ich) stellt sich der Gläubige ganz unter die Allgewalt Gottes und verbringt so in Gebet und Meditation die Zeit von Mittag bis Sonnenuntergang in Zwiesprache mit seinem Herrn. Allgemein wird der hohe Grad emotionaler Bewegung und die völlige Hingabe der Gläubigen geschildert, der sich kaum ein Teilnehmer entziehen kann. Nach Sonnenuntergang begeben sich die Pilger dann schnell wieder auf den Rückweg, und verbringen die Nacht an einem Ort namens Muzdalifa. Am Morgen des zehnten Dhul l-Hijja bewegt sich der Pilgerstrom nach Mina, wo man sich dann drei Tage aufhält und in Zelten untergebracht ist. Die Gläubigen beginnen den Tag mit dem Ritual des Steinewerfens. Jeder Pilger schleudert sieben Steine auf eine säulenartige Steinkonstruktion, die nach den Vorstellungen der Muslime den Teufel symbolisiert. Danach findet das Opfer statt, das diesem Tag den Namen gegeben hat. Dieser Tag wird nicht nur an den heiligen Orten, sondern in der gesamten islamischen Welt gefeiert. In Mina schlachten Millionen von Pilgern je ein Schaf oder eine Ziege zur Erinnerung an das Opfer Abrahams. Ein Teil der Opfertiere wird von den Pilgern selbst verspeist, ein anderer den Armen gegeben. Nach dem Opfer läßt man sich üblicherweise rituell rasieren oder die Haare schneiden und kehrt dann nach Mekka zurück, wo man wiederum die Kaaba umkreist. Mit dieser letzten Handlung am zwölften des Monats ist die Wallfahrtszeremonie beendet und die Teilnehmer kehren in die Heimat zurück. Viele Gläubige zieht es jedoch noch einmal nach Mina zurück, wo sie erneut Steine auf die genannte Steinsäule und andere Steinsetzungen werfen, sich gegenseitig Besuche abstatten und ein reges soziales Leben entfalten. Anschließend reisen sie noch einmal nach Mekka, um ein letztes Mal nach dem Vorbild des Propheten die Kaaba zu umkreisen. Viele Muslime benutzen nach dem offiziellen Abschluß der Zeremonien die Gelegenheit, auch andere ihnen heilige Orte zu besuchen, die z. B. an den Propheten erinnern oder in der islamischen Religionsgeschichte von besonderer Bedeutung sind. Andere reisen nach Medina, um die heiligen Stätten und das Grab Muhammads aufzusuchen. Die Rückkehr der Pilger in ihre Heimatländer ist mit festlichen Empfängen verbunden. Sie haben durch die Erfüllung dieser Glaubenspflicht an religiösem und gesellschaftlichem Prestige gewonnen und genießen eine besondere Verehrung bei allen, die die Pilgerfahrt noch nicht gemacht haben.

Die geistige Bedeutung der Pilgerfahrt liegt in der Betonung des Monotheismus als der zentralen Doktrin des Islams. Um dieses Einen Gottes willen machen die Gläubigen die oft beschwerliche Reise; ihn als den Einzigen bitten sie um die Vergebung ihrer Sünden und erflehen seine Gnade. Da die Pilgerreise bis ins einzelne die Aktivitäten des Propheten nachvollzieht, erinnern sich die Gläubigen in dieser Zeit besonders intensiv an die Gestalt ihres Religionsstifters.

Das Gebot der Pilgerfahrt bringt zahlreiche religiöse, soziale und politische Konsequenzen mit sich. Bei dieser Zeremonie treten die egalitaristischen Tendenzen des Islams besonders hervor und finden hier ihre stärkste Manifestation. Im Zustand der Weihe ist jeder ungeachtet seiner Hautfarbe oder Nationalität, seiner sozialen oder wirtschaftlichen Stellung grundsätzlich gleich. Im Gegensatz zu den Pilgerzügen christlicher Schwärmer im europäischen Mittelalter, die einen starken kollektivistischen Charakter hatten, beruht die Entscheidung für den Hajj auf einer individuellen und freiwilligen Entscheidung des einzelnen Gläubigen und ist mit tiefreichenden persönlichen Erfahrungen verbunden. Im Zusammenhang mit der Pilgerfahrt ist auch die enorme Mobilität des einzelnen zu sehen, die für die vorindustrielle Welt ohne Beispiel ist und sich nachhaltig in sozialer, wirtschaftlicher und kultureller Hinsicht auswirkt. Dazu gehört die Aufrechterhaltung der Kommunikationswege, auch zu weit entfernten islamischen Ländern, die Entstehung von Reiseliteratur, die Erfahrung der muslimischen Einheit durch den Kontakt mit Muslimen aus anderen Ländern und Völkern. Für Muslime aus den Randgebieten der islamischen Welt, die in ihrer Heimat oft eine Minderheit bilden, bedeutet die Erfahrung des Eingebundenseins und der Zugehörigkeit zu einer großen Gemeinschaft eine Stärkung ihres religiösen und persönlichen Selbstvertrauens. Sie lernen darüber hinaus den Islam in einer nicht durch regionale und lokale Einflüsse veränderten Form kennen. So belehrt kehren sie oft in ihre Heimat zurück und versuchen, die als orthodox verstandene Form des Islams ihren einheimischen Glaubensgenossen näherzubringen. Aus solchen Einsichten haben sich in vielen islamischen Randregionen wirkungsvolle Reformbewegungen entwickelt.

Die zentrale Bedeutung der Pilgerfahrt hat auch politische Konsequenzen. Hüter der Heiligen Stätten zu sein, war und ist in der islamischen Welt mit beträchtlichem Prestige verbunden. Die großen Ansammlungen von Muslimen an den Wallfahrtsstätten führen aber immer wieder zu Spannungen und Zusammenstößen während der Feierlichkeiten. Bei dieser Gelegenheit wird häufig versucht, die Gläubigen mit neuen religiösen oder politischen Vorstellungen zu konfrontieren und sie für diese Denkansätze als Multiplikatoren zu gewinnen.

Der Jihad

Die Pflicht des Muslims zum Jihad hat zu zahlreichen Mißverständnissen im Abendland geführt. Gemeinhin wird das Wort Jihad mit »Heiliger Krieg« wiedergegeben. Richtiger wäre es sicherlich, von »Glaubenskrieg« zu sprechen. Wörtlich bedeutet »Jihad« soviel wie »Anstrengung aller Kräfte«. Muslime unterscheiden zwischen dem großen und dem kleinen Jihad. Unter dem großen Jihad verstehen sie die eigenen Bemühungen, ihr tägliches Leben möglichst übereinstimmend mit den Forderungen und Normen ihrer Religion zu führen. Dieser Jihad betrifft alle Muslime. Der kleine Jihad bedeutet die Ausbreitung des Islams als politisches und juristisches System mit militärischen Mitteln. Eine Verbreitung des Islams als Religion durch Druck und Zwangsmaßnahmen lehnt islamisches Recht dagegen strikt ab. Der Glaubenskrieg ist die einzige erlaubte Form kriegerischer Auseinandersetzungen. Kriege zwischen den einzelnen islamischen Staaten sind dagegen generell nicht gestattet. Von muslimischen Apologeten wird der Jihad als eine rein defensive Maßnahme angesehen. Im Fall, daß ein islamisches Gebiet angegriffen wird, ist es Aufgabe aller Muslime, aber auch der in diesem Gebiet lebenden Nicht-Muslime, sich zur Verteidigung zusammenzufinden. In der gegenwärtigen politischen Situation sehen es viele radikale Muslime als ihre Pflicht an, in einem Glaubenskampf die von ihnen als heidnisch angesehenen Regierungen ihrer Länder zu bekämpfen.

Das islamische Recht

Einer der zentralen Begriffe in allen Diskussionen um den Islam ist der des islamischen Rechts, der »Scharia«. Dieser Begriff ist in der westlichen Öffentlichkeit geradezu zu einer Verkörperung des Feindbildes Islam geworden und verbindet sich mit Vorstellungen von Grausamkeit, Willkür, Ungerechtigkeit, Fortschrittsfeindlichkeit und Obskurantismus. Dieser weitverbreitete Eindruck wird durch die Tatsache verstärkt, daß radikale Muslime die Wiedereinführung der Scharia als zentrales Element bei der Umgestaltung der Gesellschaften in der islamischen Welt propagieren. Aber ebensowenig, wie es *den* Islam gibt, kann man von *dem* islamischen Recht sprechen. Die Scharia stellt vielmehr ein außerordentlich differenziertes Rechtssystem dar, das durch seine zahlreichen Interpretationsmöglichkeiten sehr viel mehr Flexibilität aufweist als viele andere Rechtssysteme auch modernerer Prägung.

Die Rechtsquellen

Gemeinhin werden mehrere Rechtsquellen für die Scharia genannt. An erster Stelle ist hier natürlich der Koran zu nennen. Nach weitgehend übereinstimmender islamischer Vorstellung ist der Koran die letzte Offenbarung Gottes an die Menschheit. Der Text wird nur in Arabisch als authentisch angesehen; daher sind Übersetzungen in andere Sprachen zwar rein technisch möglich, werden von Muslimen jedoch lediglich als eine Art Kommentar zum eigentlichen Text betrachtet. Konsequenterweise muß jeder Muslim, der sich ernsthaft mit dem Koran beschäftigen will, Arabisch lernen. Da nur etwa zwanzig Prozent der muslimischen Weltbevölkerung Arabisch als Muttersprache spricht, bedeutet das für die Mehrheit der Muslime, daß sie gezwungen sind, eine fremde Sprache zu erlernen. Doch auch für Araber ist der Text des Korans nicht ohne weiteres verständlich, da er die hochsprachliche Norm des Arabischen darstellt, in der täglichen Praxis aber fast ausschließlich zahlreiche Umgangssprachen benutzt werden, die sich vom Hocharabischen so stark unterscheiden, wie beispielsweise Spanisch oder Italienisch vom Lateinischen. Der Koran beginnt mit der Eröffnungssure, der Surat al-Fatiha, die als Gebet von den Muslimen täglich gesprochen wird und in vieler Hinsicht mit dem *Vater unser* des Christentums verglichen werden kann. Sie lautet:

Im Namen Gottes, des barmherzigen Erbarmers,
Lob sei Gott, dem Herrscher der Welten,
dem barmherzigen Erbarmer,
dem Herrn des Jüngsten Gerichts.
Du bist es, den wir verehren,
Du bist es, den wir um Hilfe anflehen.
Führe uns den rechten Weg,
den Weg derer, deren Du Dich erbarmt hast,
und nicht den Weg derer, denen Du zürnst,
den Weg derer, die nicht in die Irre gehen.
Amen.

Nach dieser Eröffnungssure folgen die weiteren Abschnitte der Offenbarung, geordnet nach abnehmender Länge. Insgesamt handelt es sich um hundertvierzehn einzelne Abschnitte (Suren) mit 6226 Versen (Aya). Diese Anordnung hat nichts mit dem Zeitpunkt der Offenbarung zu tun, sondern stellt lediglich ein formales Ordnungsprinzip dar. Wollte man den Koran unter inhaltlichen Gesichtspunkten zusammenfassen, könnte man ihn unter verschiedenen Überschriften anordnen: Theologie, Aussagen über geistige Wesen, Eschatologie, Propheten, erzählende Teile, Anweisungen für den Kult, gesetzliche Vorschriften, ethische Regeln, Polemik gegen Ungläubige, gebetsartige Teile, Mahnungen zur Buße und historische Berichte.

In den theologischen Teilen des Korans stehen an erster Stelle Aussagen über Gott. Er ist der Schöpfer allen Seins, zugleich aber auch Richter und Vergelter. Er ist ein Einziger, der niemanden neben sich hat. Er ist allmächtig und barmherzig zugleich. Im Vordergrund der islamischen Gottesvorstellungen steht die unerforschliche Herrschermacht Gottes, an den völlige Hingabe gefordert wird. Weil Gott alles geschaffen hat, hat er Anspruch auf die Unterwerfung seiner Geschöpfe. Natürlich hat sich im Verlauf der islamischen Religionsgeschichte das Bild Gottes unterschiedlich dargestellt. Es gab Phasen, in denen die anthropomorphen Aspekte der islamischen Gottesvorstellung stärker im Vordergrund standen, die zu anderen Zeiten zugunsten eines abstrakteren, eher philosophischen Gottesbegriffs zurücktreten mußten. Seit dem Entstehen mystischer Tendenzen im Islam hat auch das Bild vom den Menschen liebenden und von diesem geliebten Gott weiten Raum erhalten. Die verschiedenen Interpretationen des islamischen Gottesbildes waren in der Regel nur für mehr oder weniger einflußreiche Minderheiten von Bedeutung. Auch heute ist für die meisten Muslime der Gott des Korans ein Gott des unerforschlichen Ratschlusses. Seinem Willen unterliegt jedes Geschöpf. Sich gegen ihn aufzulehnen, wäre Sünde. Daß bei einem solchen Gottesverständnis Fragen nach der freien Entscheidung des Menschen für Gut und Böse entstehen, daß die Gerechtigkeit Gottes einerseits und seine Allmacht andererseits zwei Prinzipien sind, die nicht von vornherein miteinander harmonisieren müssen, ist der Mehrzahl der Muslime gleichgültig.

Die geistigen Wesen, von denen der Koran spricht, sind vor allem Engel. Sie sind aus Licht geschaffene Medien der Offenbarung, die für die Menschen erst am Ende der Zeiten sichtbar werden. Aus dem Kreis dieser Wesen tritt in der islamischen Tradition der Engel Gabriel besonders hervor. Er war es, der dem Propheten die Offenbarungen des Korans überbrachte. Als Gott die Treue der Engel prüfen wollte, indem er von ihnen verlangte, sich vor dem Menschen Adam niederzuwerfen, weigerte sich einer von ihnen, Iblis (ein Fremdwort im Arabischen, aus dem Griechischen Diabolos = Teufel). Daraufhin wurde er von Gott verflucht und zur Höllenstrafe verdammt. Iblis erbat sich eine Bedenkzeit, die bis zum Jüngsten Tag gewährt wurde und erhielt von Gott die Erlaubnis, den Versuch zu unternehmen, die Menschen vom rechten Weg abzubringen. Andere geistige Wesen sind die Jinnen, Wesen, die aus Feuer geschaffen wurden. Unter ihnen gibt es solche, die sich zum Islam bekennen und als gute Geister den Menschen hilfreich zur Seite stehen, und ungläubige, die Krankheiten, Not und Unglück in die Welt bringen. Gerade die letzteren spielen im Volksglauben des Islams eine wichtige Rolle.

Eschatologische Vorstellungen, die den dritten Themenkreis des Korans ausmachen, waren im vorislamischen Arabien völlig unbekannt. Der Koran lehrt nun in sehr bildhafter und detailreicher Darstellung, daß alle Menschen sich am Tag der Auferstehung, der jederzeit hereinbrechen kann, für ihre Taten verantworten müssen. Dabei wird jede – auch die unwesentlichste – Handlung gewertet werden. Gott wird als strenger, aber gerechter Richter alle Menschen, die jemals gelebt haben, zur Rechenschaft ziehen. Dazu werden an diesem Gerichtstag die Toten wieder auferweckt. In langer Reihe ziehen dann alle Menschen an Gottes Richterthron vorbei, wo ihre Taten auf einer Waage gewogen werden. Überwiegt das Böse, werden die Sünder zur Hölle verdammt. Die Guten dagegen dürfen in das Paradies eingehen, das die Muslime sich als einen Garten vorstellen, in dem, durchaus sinnlich gemeint, alle Freuden der Welt auf die Seligen warten. So lebt jeder gläubige Muslim in der Vorstellung, jede seiner täglichen Handlungen werde am Tag des Jüngsten Gerichts eine Wertung durch Gott erhalten, die über seine Seligkeit oder Verdammnis entscheidet. Daher muß jede Handlung auf ihre Wertigkeit am Tag des Jüngsten Gerichts untersucht werden, womit einer ausgesprochen juristischen Anschauungsweise im Islam der Weg geebnet ist. Das Bild von der Waage macht deutlich, daß böse Taten durch gute ausgeglichen werden können. Nach islamischer Vorstellung werden alle Handlungen eines Menschen im Himmel im Sinne einer Buchführung mit Aktiva und Passiva notiert. Gott wird als der große Rechner verstanden. Problematisch für den einzelnen Gläubigen ist, daß er neben der Ungewißheit über den eigenen Tod jederzeit mit dem Hereinbrechen des Jüngsten Tages rechnen muß. Daher hat der um seine Seligkeit besorgte Muslim stets dafür zu sorgen, daß auf der Waage der Gerechtigkeit die Seite mit seinen positiv bewerteten Handlungen das Übergewicht behält.

Viertens gibt es im Koran eine Anzahl von Aussagen über verschiedene Propheten des Alten Testaments und über Jesus. Im Vergleich zum Alten Testament ist ihre Liste weder komplett noch läßt sich eine chronologisch korrekte Reihenfolge ausmachen. Jedoch werden in den ersten Suren die großen Gestalten vor allem des Alten Testaments beschworen. Betont werden die Botschaften von Noah (Nuh), Abraham (Ibrahim) und Moses (Musa). Aus dem Neuen Testament wird natürlich von Jesus (Isa) berichtet, der nach der Auffassung des Korans ein Prophet gewesen ist – der größte zwar nach Muhammad, aber nur ein Mensch. Gerade bei den Aussagen über Jesus finden sich grundsätzliche Übereinstimmungen mit der Bibel, den haggadischen Berichten und verschiedenen apokryphen Evangelien, aber auch ganz erhebliche Unterschiede.

Fünftens umfaßt der Koran erzählende Teile. Zu nennen ist hier die Josefsgeschichte oder der Bericht über die Begegnung Salomons mit Bilqis, der Königin von Saba.

Die Anweisungen zum Kult bilden sechstens ebenfalls einen wichtigen inhaltlichen Komplex des Korans. Hier werden alle Pflichten des Muslims angesprochen, wenngleich die Form, in der die verschiedenen Rituale heute gefeiert werden, sich in einigen Aspekten von den koranischen Angaben unterscheiden.

Betrachtet man manche westliche, aber auch einige islamische Publikationen zum islamischen Recht, kann man den Eindruck gewinnen, daß der Koran zudem ein komplett ausformuliertes Rechtskompendium darstellt. Dies ist jedoch nicht der Fall. Der überwiegende Teil des Korans trifft Aussagen und Feststellungen aus dem theologischen Bereich, nur ein verhältnismäßig kleiner Teil des Korans behandelt ausgesprochen juristische Fragen. Dabei geht es sowohl um zivil- wie strafrechtlich bedeutsame Anweisungen. Der zivilrechtliche Abschnitt bezieht sich vor allem auf Fragen des Ehe-, Familien- und Erbrechts, während die strafrechtlichen Angaben vor allem Tötungsdelikte, Diebstahl und Ehebruch und die jeweiligen Bestrafungen behandeln. All die Fragen, die einer Neuregelung im Zeichen der jungen Religion des Islams gegenüber den vorislamischen Verhältnissen bedurften, werden angesprochen. Wo keine Veränderungen notwendig waren, schweigt der Koran, und man richtete sich nach den vorhandenen Bräuchen.

Achtens finden sich im Koran ethische Regeln, in denen über den festgelegten Pflichtenkanon hinausgehende Verhaltensweisen empfohlen werden. Das kann ganz allgemein geschehen, indem die Gläubigen aufgefordert werden, »Gute Taten zu tun«, ist aber auch ganz präzise formuliert durch den Hinweis auf Witwen und Waisen, Arme und Reisende, denen man Hilfe und Unterstützung gewähren soll.

Breiten Rahmen nehmen neuntens Polemiken gegen Ungläubige ein, denen die schlimmsten Höllenstrafen angedroht werden, in denen der Koran aber auch den Propheten gegen die Angriffe seiner Kritiker und Skeptiker verteidigt.

An zehnter Stelle sind die gebetsartigen Teile zu nennen, deren wichtigster die schon zitierte erste Sure ist. Daneben gibt es aber auch noch andere Gebete, wie zum Beispiel die Suren 113 und 114.

Eine eigene elfte Untergruppe bilden die Mahnungen zu Buße und Umkehr. Auch diese Vorstellung ist dem vorislamischen Arabien vollkommen fremd.

Schließlich seien zwölftens noch die historischen Aussagen genannt, in denen Teile der orientalischen politischen Geschichte wiedergegeben werden, so z. B. der Bericht von den historischen Völkern der Ad und der Thamud, die nach Auffassung des Korans untergegangen sind, weil sie nicht auf die von Gott zu ihnen gesandten Mahner und Propheten geachtet haben.

Diese wenigen Hinweise sind natürlich keine Zusammenfassung des Korans. Für den gläubigen Muslim läßt er sich gar nicht zusammenfassen. Er bildet in seiner Gesamtheit den Ausgangspunkt jeder religiösen Beschäftigung und stellt den Mittelpunkt des religiösen Lebens dar. Alle Muslime kennen zumindest einige Teile des heiligen Textes auswendig. Menschen, die ihn in seiner Gesamtheit memoriert haben, erfreuen sich großen Ansehens. Einzelne Verse werden in kalligraphischer Form als Wohnungsschmuck verwendet. Sie gelten auch als apotropäische Mittel gegen unterschiedliche Formen von Unglück.

Der Koran alleine reicht, wie ausgeführt, für die Formulierung eines komplexen Rechtssystems, wie es die Scharia darstellt, nicht aus. Mit dem Tod des Propheten im Jahr 632 gilt zwar die Offenbarung Gottes an die Menschheit als beendet, die kulturelle und technologische Entwicklung in der islamischen Welt behielt jedoch ihre Dynamik und setzte sich unaufhaltsam fort. Als nach dem Tod des Propheten Kontroversen über die verschiedensten gesellschaftlichen, wirtschaftlichen, politischen und theologischen Fragen entstanden, zu denen im Koran keine Aussagen gemacht werden, suchte man nach einer weiteren Handlungsgrundlage. Da der Prophet von den Muslimen als ein sündenfreier Mensch betrachtet wird, gilt sein gesamtes Verhalten auch in den nebensächlichsten Bereichen des täglichen Lebens als Vorbild und Richtschnur. Dieses Vorbild des Propheten wird als Sunna bezeichnet. Die Einzelheiten seines Verhaltens und seine Aussprüche und Bemerkungen wurden von seinen Zeitgenossen genau registriert und in mündlicher Tradition an die nachfolgenden Generationen weitergegeben. Diese Überlieferungen haben den Namen Hadith. Schließlich war eine kaum noch zu überschauende Menge derartiger Texte im Umlauf. Aufgrund ihrer hohen Bedeutung wurden sie in religiösen oder politischen Kontroversen verfälscht, gefälscht oder völlig neu erfunden, um eine bestimmte Position zu unterstützen oder zu untergraben. Natürlich wurde diese Manipulationsmöglichkeit erkannt und Gelehrte begannen, Kriterien für die Echtheit einer Tradition zu entwickeln. Ein Hadith besteht aus zwei Teilen, der Überliefererkette und dem eigentlichen Text. Man begann nun die Zuverlässigkeit der einzelnen Überlieferer zu überprüfen. Gab es irgend etwas in deren Lebensführung, was Anlaß zur Kritik bot, wurde gleichzeitig auch die Vertrauenswürdigkeit und Echtheit des Überlieferungstextes in Zweifel gezogen. Insgesamt entwickelten sich sieben oder acht heute als kanonisch geltende Sammlungen von Prophetenaussprüchen, die neben dem Koran die zweite wichtige Rechtsquelle des islamischen Rechts darstellen. Aufgrund der großen Zahl der Prophetentraditionen sind auch Muslimen normalerweise nur einige bekannt, die von ihrer Funktion her eher einen allgemein religiösen oder erbaulichen Charakter haben. Genauere Kenntnisse dieser Form von religiöser Literatur haben nur Spezialisten mit entsprechender Ausbildung. Für die Ausformung des islamischen Rechts und die heutige Rechtspraxis sind diese Traditionen jedoch unentbehrlich. Außerdem tragen sie dazu bei, das Bild des Propheten Muhammad in der islamischen Welt lebendig zu halten und vielen Muslimen ihren Propheten auch als individuelle Person nahezubringen. Daher übt Muhammad auch heute noch eine so große Faszination aus und ist vielen Muslimen so gegenwärtig wie ein Zeitgenosse.

Mit dem neunten Jahrhundert ging die Sammlung und kritische Sichtung der Prophetentraditionen zu Ende. Die Entwicklung der islamischen Kulturen ging jedoch unvermindert weiter, so daß auch die Traditionen in Verbindung mit dem Koran nicht mehr ausreichten, um die jeweils neu auftretenden Fragen und Probleme der Gläubigen zu beantworten. So entstanden denn zwei weitere Rechtsquellen, die jedoch den primären Quellen von Koran und Hadith nicht widersprechen dürfen. Es handelt sich um einen Analogieschluß (arabisch: ijyas) und den Konsens (arabisch: ijma). In einem Analogieschluß werden Dinge für verboten oder erlaubt erklärt, zu denen in vergleichbaren Fällen in den primären Rechtsquellen bereits Feststellungen getroffen worden sind. Wenn im Koran also Diebstahl verboten und mit Strafe bedroht ist, dann wird auch Raub vergleichbar behandelt. Während hier Koran und Hadith die Grenzen sind, über die hinaus nicht vorgestoßen werden kann, bietet die Methode des Konsens ein sehr viel breiteres Spektrum. Nach einer Tradition soll der Prophet Muhammad gesagt haben, daß die Gemeinschaft der Muslime in ihrer Gesamtheit nicht in die Irre gehen könne. Daraus folgerte man, daß in den Fällen, in denen die Muslime ausgesprochen oder stillschweigend übereinstimmen, kein Verstoß gegen die Gebote Gottes und die Normen des Islams vorliegen könne. Natürlich findet auch dieser normsetzende Konsens seine Grenze in den Bestimmungen des Korans. Diesem kann er nicht zuwiderlaufen. Im übrigen bietet sich mit dieser Methode auch die Möglichkeit, am schnellsten auf Phänomene kulturellen oder sozialen Wandels einzugehen, sei es, daß man sie billigt, sei es, daß man sie verbietet. So können mögliche Verunsicherungen für den Gläubigen vermieden werden. Die aktuellen Formen, den Konsens anzuwenden, ließen sich vor kurzem bei der innerislamischen Diskussion um die Frage der Euthanasie gut beobachten: Im Mai 1992 traf sich die Akademie für islamisches Recht in Jidda zu ihrer siebten Konferenz. Die Akademie ist eine Unterorganisation der »Organisation der islamischen Konferenz«, die als eine politische Organisation der islamischen Staaten agiert. Sie besteht aus der Konferenz der Könige, Staats- und Regierungsoberhäupter, ferner der jährlich abzuhaltenden Konferenz der Außenminister und dem Generalsekretariat mit den ihm angeschlossenen Organen. Die »Akademie für islamisches Recht« hat die Aufgabe, den gläubigen Muslimen durch Rechtsgutachten Richtlinien für ihre Lebensführung in einer modernen Welt zu geben. Der Generalsekretär der Islamischen Konferenz machte das in seiner Eröffnungsrede der siebten Tagung deutlich: »Ich lade die Mitglieder der Akademie ein, die Muslime im Bezug auf die Anwendung des islamischen Rechts aufzuklären und ihnen Antworten auf die Fragen des täglichen Lebens zu geben.« Neben Themen aus dem wirtschaftlichen Bereich, bei denen es um die Rechtmäßigkeit von Aktien- und Börsengeschäften, Ratenkäufen u. ä. ging, stand vor allem die Problematik der Apparatemedizin und damit verbunden der Sterbehilfe auf der Tagesordnung. An den Arbeitsgruppen zu den einzelnen Themen beteiligten sich islamische Rechtsgelehrte, Spezialisten der jeweiligen Fachgebiete, also Wirtschaftswissenschaftler oder Mediziner, und schließlich Kenner der verschiedenen westlichen Rechtstraditionen. Die Ergebnisse der Arbeitskreise wurden am letzten Tag der Tagung dem Plenum der Akademie vorgetragen und zur Diskussion gestellt. In der Frage der Euthanasie hatte sich die Arbeitsgruppe zu einer Befürwortung des Abbruchs der medizinischen Behandlung eines unheilbar Kranken durchgerungen. Sie hatte daran allerdings einige Bedingungen geknüpft. So sollte die Sorge und Betreuung für den Kranken nicht mit dem Ende der medizinischen Behandlung aufhören. Wenn möglich, sollte der Kranke selbst seine Zustimmung zum Abbruch der Bemühungen der Ärzte geben. Falls das nicht möglich sei, liege dieses Recht bei den Verwandten des Patienten. Im übrigen sollten die Gläubigen nie die Hoffnung auf Gottes Hilfe aufgeben. »Wir sollten die Flamme der Hoffnung am Leben erhalten und niemals an der Gnade Gottes irre werden«, erklärten sie in ihren Ausführungen. Die gemäßigt positive Bewertung der Euthanasie rief im Plenum heftigen Widerspruch hervor. Ein Sprecher der Akademie erklärte der Presse: »Obwohl das Entwurfskomitee der Konferenz der Beendigung der Behandlung in hoffnungslosen Fällen, bei denen völlige Herstellung nach medizinischer Meinung nicht zu erwarten ist, zugestimmt hatte, wollten die Rechtsgelehrten diesem Vorschlag bei ihren abschließenden Diskussionen der Resolutionsentwürfe und Vorschläge nicht zustimmen.« Offenbar hatte es leidenschaftliche Interventionen der Anhänger der unterschiedlichen Positionen gegeben. Zum Schluß kam die Versammlung überein, die Entscheidung über diese Frage zu verschieben. Mit anderen Worten, da sich Gelehrte gegen den Vorschlag gestellt hatten, war kein Konsens erzielt worden. Damit ist auf absehbare Zeit nicht mit einer Zustimmung islamischer Ethiker zur Euthanasie zu rechnen.

Neben diesen klassischen Möglichkeiten der Rechtsfindung wird auch noch mit zwei weiteren Rechtsprinzipien gearbeitet, die mit den arabischen Begriffen Istihsan (Gutdünken) und Maslaha (Gemeinwohl) bezeichnet werden. Das Bemerkenswerte an diesen beiden Prinzipien ist, daß sie eine Möglichkeit darstellen, durch die Tradition der islamischen Rechtsprechung feststehende Ansichten zu modifizieren, wenn bestimmte Voraussetzungen gegeben sind. Diese Praxis ist schon sehr früh in der islamischen Rechtsgeschichte angewendet worden. So erklärt der Koran an verschiedenen Stellen ausdrücklich, daß Diebstahl durch die Amputation der Hand des Täters gesühnt werden soll. Schon unter dem Khalifen Omar (634–644) wurde diese Anweisung jedoch dahingehend abgewandelt, daß diese Strafe nur dann vollstreckt werden solle, wenn in der Gesellschaft allgemeiner Wohlstand herrsche. Solange dies nicht der Fall sei, könne von der Exekution abgesehen werden und der Delinquent statt dessen zu einer Freiheitsstrafe verurteilt werden. Damit wird diese Koranbestimmung nicht aufgehoben, sondern lediglich bis zu einem späteren Zeitpunkt, an dem besondere Bedingungen herrschen müssen, aufgeschoben. Diese Flexibilität der Vorschriften gilt in noch höherem Maße für den Begriff der Maslaha. Hier ist es möglich, sogar eindeutige Koranvorschriften außer Kraft zu setzen, wenn bestimmte Bedingungen gegeben sind. Der Koran verbietet beispielsweise mit sehr klaren Worten den Genuß von Schweinefleisch. Dieses Verbot wird von allen Richtungen und Rechtsschulen des Islams bestätigt. Versuche, dieses Verbot durch die Anwendung von »Rechtskniffen« zu umgehen, sind nicht bekannt geworden. Das islamische Recht ist jedoch der Meinung, daß in Fällen, in denen ein einzelner Muslim oder eine größere Gruppe von ihnen den Hungertod zu befürchten hat, das Verbot von Schweinefleisch aufgehoben ist. Bei den seit Mitte der achtziger Jahre unter islamischen Rechtsgelehrten stattfindenden Diskussionen um das koranische Zinsverbot wird ebenfalls immer wieder die Frage des »Gemeinwohls« aufgeworfen.

Die Rechtsschulen und Sonderformen

Angesichts des Interpretationsspielraums, den die verschiedenen Rechtsquellen bieten, hat sich im Verlauf der Rechtsgeschichte eine Vielzahl von verschiedenen Rechtsschulen (arabisch: Madhhab) entwickelt. Manche sind wieder untergegangen, aber vier sunnitische und eine schiitische Rechtsschule konnten sich auf Dauer halten. Dabei erkennen sich die vier sunnitischen Richtungen, zumindest in der Theorie, gegenseitig an, obwohl sich zwischen ihnen deutliche Unterschiede feststellen lassen. Sie lassen sich vor allem unter regionalen Gesichtspunkten zuordnen. Die älteste Rechtsschule wurde von Malik ibn Anas († 796) gegründet und wird dementsprechend als malikitische Rechtsschule bezeichnet. Ihr Hauptverbreitungsgebiet ist heute Nord- und Westafrika. Auch die in Deutschland lebenden Nord- und Westafrikaner gehören größtenteils dieser Rechtsschule an. Als zweite Rechtsschule ist die schafiitische zu nennen, die von dem Rechtsgelehrten al-Schafi'i († 820) gegründet wurde und in Ägypten, Indien, Indonesien und Ostafrika eine hervorragende Rolle spielt. Auf den großen Juristen Abu Hanifa († 767) bezieht sich die hanafitische Rechtsschule, die in allen islamischen Staaten vorherrscht, die im Verlauf der Geschichte durch das Osmanische Reich kontrolliert wurden. Da die Mehrheit der in Deutschland lebenden Muslime aus der Türkei und aus Bosnien stammt, ist sie auch hier die am weitesten verbreitete islamische Rechtsschule. Schließlich ist unter den sunnitischen Rechtsschulen noch die von Ahmad ibn Hanbal († 855) gegründete hanbalitische Rechtsschule zu nennen, die auch von Muslimen als besonders streng eingestuft wird. Ein sunnitischer Muslim gehört immer der Rechtsschule an, die in der Gegend, in der er lebt, vorherrschend ist. Wenn er in eine Region mit einer anderen Rechtsschule übersiedelt, kann er sich dieser anschließen, aber auch seine ursprüngliche Zugehörigkeit beibehalten, wenn er ausreichend durch die entsprechenden Rechtsgelehrten in seiner neuen Heimat beraten werden kann. In den großen islamischen Städten gab und gibt es immer je einen hochrangigen Gelehrten jeder Rechtsschule. Die Unterschiede zwischen den einzelnen sunnitischen Rechtsschulen werden von Muslimen gerne als unbedeutend heruntergespielt. »Da gibt es keine Unterschiede«, kann man auf die entsprechenden Fragen immer wieder hören. Diese Einschätzung hängt vor allem mit der mangelnden Kenntnis der Regeln einer jeweils anderen Rechtsschule zusammen, die wegen der nahezu ausschließlichen regionalen Verbreitung auch lediglich den Spezialisten bekannt sein können. Nicht selten ist Muslimen die Zugehörigkeit zu einer bestimmten Rechtsschule gar nicht bewußt. Die Unterschiede beziehen sich auf die verschiedensten Bereiche des religiösen wie des sozialen und wirtschaftlichen Lebens.

Der markanteste konfessionelle Unterschied, der allen

Muslimen bekannt ist und als »große Heimsuchung« bezeichnet wird, ist der zwischen Sunniten und Schiiten. Da Schiiten aber weniger als zwanzig Prozent der Weltmuslimbevölkerung ausmachen, ist vielen Muslimen, die in rein sunnitischer Umgebung leben, kaum etwas über die Glaubensvorstellungen und die rituelle Praxis der anderen Konfession bekannt. In der theologischen Auseinandersetzung hat es immer wieder Versuche zu einem Dialog gegeben, aber in den Regionen der islamischen Welt, in denen beide Gemeinschaften eng beieinander wohnen, kommt es im täglichen Leben doch häufig zu Reibereien und gegenseitigen Beschuldigungen, die in extremen Fällen darin gipfeln, daß die Gruppen sich gegenseitig die Zugehörigkeit zum Islam aberkennen. Gemeinsam ist Sunniten wie Schiiten der Glaube an die Einheit Gottes und die Prophetenschaft Muhammads. Auch der Koran spielt in beiden Gruppierungen die gleiche zentrale Rolle für das religiöse Leben. Der Dissens zwischen ihnen geht ursprünglich auf die eher politische Frage zurück, wie die Leitung und Führung der islamischen Gemeinschaft auszugestalten sei. Die Schiiten sind der Meinung, daß dieses Recht einem Angehörigen der Familie des Propheten zukommen müsse. Diese Auffassung wird von den Sunniten nicht geteilt. Die Schiiten leiten ihre Position von der Episode vom »Teich von Khumm« her. Auf der Rückkehr von seiner Abschiedswallfahrt nach Mekka hat der Prophet nach schiitischer Überlieferung gesagt: »Der, dessen Herr ich bin, dessen Herr ist auch Ali.« Damit nahm er Bezug auf seinen Cousin und Schwiegersohn, Ali ibn Abi Talib, der zu seinen ersten Anhängern gehört hatte. Zum Gedenken an diese Einsetzung Alis feiern die Schiiten diesen Tag bis heute. Im Iran gilt er als offizieller Feiertag. Die schiitische Position blieb jedoch nicht nur allein politisch, sondern entwickelte sich nach und nach auch zu einer religiösen. Auch dies wird nach schiitischer Vorstellung durch den entsprechenden Prophetenausspruch untermauert:

»O ihr Menschen, ich hinterlasse euch zwei Kleinodien, an diese haltet euch. Dann werdet ihr nach meinem Tode nicht irre gehen: das Buch Gottes und meine Nachkommenschaft, die Familie des Hauses (Ahl al-bait).« In der Folge bildete sich in einem langwierigen theologischen Prozeß unter Schiiten die Meinung heraus, daß Muslime sich nicht nur den Anweisungen des Korans und dem Vorbild des Propheten entsprechend verhalten sollten, sondern auch den Nachfolgern aus dem Hause des Propheten zu folgen hätten. Diese Nachfolger, für die die Schiiten die Führung der Gemeinde der Gläubigen forderten, wurden als Imame bezeichnet.

Die starke Theologisierung der schiitischen politischen Vorstellungen hingen vor allem mit einem Ereignis aus dem Jahr 680 zusammen. Gegen die sunnitische Dynastie der Omaijaden, die sich in Damaskus etabliert hatte, kam es in der mesopotamischen Stadt Kufa zu einem Aufstand. Die Aufständischen riefen den Enkel des Propheten, Husain, zur Unterstützung. Dieser kam auch mit kleinem Gefolge angereist. Zwischenzeitlich war der Aufstand zusammengebrochen; doch Husain blieb diese Entwicklung unbekannt. Er wurde mit seiner Begleitung in der Nähe der heutigen Stadt Kerbela nahe des Tigris von omaijadischen Truppen aufgehalten, und es entwickelte sich ein Kampf, bei dem Husain und seine gesamte männliche Begleitung getötet wurden. Dieses Scharmützel hatte Folgen, die sich politisch und gesellschaftlich stärker auswirkten als manche große Schlacht der Geschichte. Unter den Schiiten entwickelte sich die Vorstellung, daß Husain als Märtyrer gestorben sei, um die Sünden der Menschheit auf sich zu nehmen. In jedem Jahr feiern die Schiiten nun den Opfertod Husains in Trauergottesdiensten, spektakulären Trauerumzügen und Passionsspielen. Die Idee des Martyriums hat seitdem einen festen Platz in den schiitischen Glaubensvorstellungen. Auch die weiteren Nachfolger in der Reihe der Imame werden als Märtyrer angesehen. Die Schiiten sind nun der festen Überzeugung, daß ein wahrer Muslim der Führung durch einen Imam bedarf, um ein gottgefälliges Leben zu führen. Solange ein Imam lebte, ergaben sich aus dieser Vorstellung keine pastoralen Probleme für die schiitische Gemeinschaft. Sie traten erst auf, als die Kette der Imame abbrach. Dabei ergaben sich verschiedene Gruppen, die das Abreißen der Kette der Imame auf unterschiedliche Zeiten und auf unterschiedliche Imame festlegten. Gemeinsam ist diesen Vorstellungen jedoch, daß die Rückkehr des letzten Imams mit Inbrunst erwartet wird. Die Schiiten glauben, daß dieser Imam verborgen ist und am Ende der Zeiten als Mahdi wiederkommen wird, um ein Reich der Gerechtigkeit und des Friedens zu errichten. Zur Zeit bildet die schiitische Fraktion, die an die Wiederkehr eines zwölften Imams glaubt, die stärkste Gruppe unter den Schiiten.

Es waren zunächst vor allem ethnische und soziale Minderheiten, die die schiitischen Vorstellungen übernahmen. Im Lauf der islamischen Geschichte gab es jedoch immer wieder Situationen, in denen Herrscher, die unterschiedliche schiitische Tendenzen unterstützten, kleinere oder größere Regionen der islamischen Welt kontrollieren konnten. Hin und wieder etablierten sich ganze Dynastien wie die der Fatimiden (909–1171) in Ägypten. Endgültig und dauerhaft konnte sich die schiitische Form des Islams seit dem Jahr 1501 im Iran etablieren, wo sie unter dem Gründer der Safawiden-Dynastie, Schah Isma'il, zur Staatsreligion erhoben wurde. Damit wurde die Tatsache, daß der Imam als Führer der Gläubigen in der Verborgenheit verschwunden war, zu einem ernsthaften Problem, bedurften die Gläubigen doch seiner direkten Führung. In einem lang andauernden und komplexen Vorgang traten nun bei der Rechtleitung der Gläubigen an die Stelle des Imams islamische Gelehrte, die die Fähigkeit zum Ijtihad erlangt hatten. Ijtihad ist das Prinzip selbständiger, rationaler wissenschaftlicher Entscheidungen in Fragen des islamischen Rechts und der islamischen Theologie. Dieses Prinzip kennt auch die sunnitische Rechts- und Religionsgeschichte. Es ist der Motor für eine ständige Weiterentwicklung islamischen Denkens. Der Ijtihad ist für die Entwicklung eines geschlossenen und gesellschaftlich relevanten theologischen und ethischen Systems von entscheidender Bedeutung.

Die Fähigkeit zum Ijtihat erwirbt man durch ein langes, intensives und alle Bereiche der islamischen Wissenschaften umfassendes Studium. Nach allgemeiner Auffassung sind nur wenige Menschen intellektuell dazu in der Lage, diese Fähigkeit zu erlangen. Durch ihre wissenschaftliche Kompetenz verfügen sie über eine beträchtliche Autorität. Im sunnitischen Islam können Gläubige in religiösen oder ethischen Fragen, in denen sie unsicher sind, sich an einen zum Ijtihad fähigen Gelehrten wenden, der ihnen die entsprechende Antwort gibt. Sunniten sind jedoch nicht gezwungen, diese Antwort als verbindlich zu betrachten. Sie müssen sich nicht an die mit ihr verbundenen Konsequenzen halten und können unter Umständen einen anderen Gelehrten in der gleichen Frage um Rat bitten. Schiiten dagegen müssen sich der Führung eines Rechtsgelehrten anvertrauen. Wenn sie sich einmal der Autorität eines Mujtahid, also eines zum Ijtihad fähigen Mannes, unterstellt haben, müssen sie, solange dieser lebt, auch all die Entscheidungen für sich als verbindlich ansehen, die er getroffen hat, ohne von ihnen danach gefragt worden zu sein. Da aber die Rechtsgelehrten im Lauf ihres Lebens ebenfalls in einem entsprechenden Abhängigkeitsverhältnis zu einem anderen Rechtsgelehrten stehen oder gestanden haben und diese wiederum von anderen abhängig sind, entsteht eine hierarchische Struktur, die manche Religionswissenschaftler nicht zu Unrecht als »Klerus« bezeichnet haben. An der Spitze dieser Struktur steht der Marja' al-Taqlid (oberste Autorität der Nachahmung), der als die entscheidende Autorität im schiitischen Islam angesehen werden muß. Um diese Position konkurrieren die verschiedenen bedeutenden Rechtsgelehrten. Es hat sich jedoch keine festgelegte Prozedur zur Bestimmung des Marja' al-Taqlid herausgebildet. Im Grunde handelt es sich um ein quantitatives Verfahren, bei dem der als Inhaber dieser Position angesehen wird, der die meisten Anhänger hat. Diese Anhängerschaft geht zwar aus dem Willensakt der einzelnen Gläubigen hervor, sie wird jedoch nicht unbedingt durch ein äußeres Zeichen kenntlich gemacht. Kriterien für die Wahl sind vor allem Gelehrsamkeit, aber auch Frömmigkeit und vorbildliche Lebensführung. In der Regel erhält der Rechtsgelehrte von seinen Anhängern jährlich eine Abgabe, den Khums, durch die seine Abhängigkeit dokumentiert wird. Diese Mittel können zum Unterhalt des Gelehrten und seiner Schüler und zur Finanzierung von Schulen und karitativen Einrichtungen verwendet werden. Wenn sich jemand aus finanziellen Gründen jedoch zur Zahlung nicht in der Lage sieht, kann er sich dennoch als Anhänger eines bestimmten Gelehrten betrachten. Angesichts der geschilderten Unklarheiten erstaunt es nicht, daß häufig verschiedene Gelehrte als Marja' angesehen werden. In einem informellen und unter Umständen mehrere Jahre, sogar Jahrzehnte andauernden Prozeß bleibt schließlich einer der Anwärter als oberster Rechtsgelehrter übrig. In der Regel handelt es sich dann um eine Persönlichkeit fortgeschrittenen Alters. Der letzte im Jahre 1991 verstorbene Marja' al-Taqlid, der Ayatollah al-Kho'i, war über neunzig Jahre alt. Seither hat sich noch kein schiitischer Gelehrter als neue höchste Autorität herausgestellt. Alle Versuche, die Bestimmung des Marja' al-Taqlid zu strukturieren und damit auch zu beschleunigen, sind bisher gescheitert.

Wie bereits festgestellt, erkennen sich Sunniten und Schiiten gegenseitig als Muslime an. Im Bereich der Glaubenspflichten und der damit verbundenen Rituale gibt es nur wenige Unterschiede. Spezifisch schiitisch sind die umfangreichen Trauerrituale, die an das Martyrium Husains erinnern. Auch der zahlreichen weiteren Märtyrer der schiitischen Religionsgeschichte und ihrer Familien wird immer wieder gedacht. Im Zusammenhang damit hat sich ein ausgeprägter Heiligen- und Gräberkult entwickelt, der mit einem lebhaften Wallfahrtswesen einhergeht. Dabei ist festzuhalten, daß sich die Mehrzahl der großen Gedenkstätten der schiitischen Imame im heutigen Irak befindet. Hauptorte der schiitischen Verehrungspraxis sind dabei die Städte Kerbela, Najaf, Kazimiyya und Samarra.

Trotz der offiziellen Akzeptanz hat es von sunnitischer Seite häufig antischiitische Polemiken gegeben, die sich auf zwei spezifisch schiitische Praktiken richten, die von den Sunniten abgelehnt werden. Bei der ersteren, der sogenannten Taqiya, handelt es sich um die Möglichkeit, daß ein Schiit seinen Glauben in der Öffentlichkeit und bei der religiösen Praxis verleugnen kann, wenn dies eine Gefahr für sein Leben bedeuten würde. Diese Regelung steht in einem seltsamen Spannungsverhältnis zu dem Märtyrerkult der Schiiten, erklärt sich aber durch die Befürchtung der frühen schiitischen Autoritäten, daß eine zu lebhafte Todesbegeisterung die zahlenmäßig verhältnismäßig kleine Gruppe der Anhänger der Schia noch weiter absinken lassen würde. Sunniten ihrerseits interpretieren die Taqiya der Schiiten in ihren Polemiken als eine Erlaubnis zur Lüge. Der zweite Kritikpunkt der Sunniten bezieht sich auf das schiitische Eherecht. Nach sunnitischem Recht ist eine Ehe auf Dauer angelegt, auch wenn eine Scheidung verhältnismäßig leicht zu erreichen ist. Das schiitische Recht kennt dagegen eine Eheform, bei der schon bei der Eheschließung deren Dauer festgelegt wird. Die Zeitspanne kann zwischen wenigen Stunden und 99 Jahren betragen. Diese Ehe wird als Zeit-Ehe (arabisch: Mut'a, persisch: Sireh) bezeichnet. Sunnitische Kritiker verstehen sie als eine legalisierte Form der Prostitution. Schiitische Gelehrte verteidigen sie dagegen als eine Möglichkeit, bei längerer Abwesenheit des Mannes von seiner Familie die Sünde der Unzucht zu vermeiden.

Neben der großen Zahl von sunnitischen und schiitischen Muslimen haben sich einige kleinere religiöse Gruppen herausgebildet, die sich zum Teil selbst der großen islamischen Gemeinschaft zurechnen, von dieser jedoch nur teilweise oder auch gar nicht als Muslime angesehen werden. Sie in ihrer Gesamtheit hier aufzuführen, würde jeden Rahmen einer einleitenden Darstellung sprengen. Im Zusammenhang mit dem Islam in Deutschland muß aber dennoch auf eine Gruppierung hingewiesen werden, weil sie hier eine besondere Rolle spielt. Es handelt sich um die Gemeinschaft der Alewiten. Ihre Geschichte geht in das 16. Jahrhundert zurück. In Anatolien entwickelte sich in dieser Zeit aus einem schiitischen Umfeld vor allem unter Kurden und Turkmenen eine religiöse Gemeinschaft, die in der Literatur als Kizilbasch (Rotköpfe) bezeichnet wurde. Seit dem Ende des 19. Jahrhunderts werden sie Alewiten genannt. Die Alewiten glauben an eine Wahrheit, die allmächtig, unsterblich und allgegenwärtig ist. Diese Macht erlegt den Menschen Pflichten und Aufgaben auf. Dies geschieht durch die Vermittlung Alis, der zum Beispiel auch Moses und Jesus mit ihrer Mission beauftragt hat. Die Alewiten glauben also an eine Präexistenz Alis. Er ist nach dieser Vorstellung auch jetzt noch existent und kann durch die Vermittlung des Heiligen Geistes seinen Anhängern erscheinen. Alle voll initiierten Alewiten haben Ali gesehen, der ihnen die unbeantwortbaren Fragen des Lebens beantwortet hat. Dieser Kontakt ist allerdings nicht durch die Gläubigen zu provozieren, sondern geht ausschließlich von Ali aus. Die Alewiten kennen Gebete und Gottesdienste, sind jedoch nicht verpflichtet, zu einer bestimmten Zeit und unter bestimmten Bedingungen wie ritueller Reinheit zu beten. Sie erkennen die heiligen Schriften der Juden, Christen und Muslime an, sind aber nicht in dem Sinne von ihnen abhängig wie die Muslime vom Koran. Sie verfügen auch über eigene heilige Bücher. Im übrigen wird die alewitische Lehre durch eine Kette von mündlichen Traditionen weitergegeben. Es gibt bei den Alewiten eine Form des Sündenbekenntnisses, was zu Vermutungen über ein zugrundeliegendes christliches Substrat Anlaß gegeben hat. Die Alewiten benutzen keine spezifischen Gebäude oder Orte für ihre Gottesdienste. Diese finden in privaten Wohnungen statt, weil ihnen durch die sunnitischen Autoritäten verboten war, eigene Gotteshäuser zu errichten und daher keine entsprechende Traditionen entwickelt werden konnten. Das Ritual besteht aus der Rezitation heiliger Texte, zu denen auch Bibel und Koran gehören. Von besonderer Bedeutung ist allerdings die Lesung und Interpretation der Gebote Alis. An diesen Zusammenkünften nehmen Männer und Frauen gemeinsam teil. Auch das Fasten ist bei den Alewiten üblich. Allerdings findet es nicht, wie bei den Sunniten und Schiiten, im Monat Ramadan statt, sondern in den ersten zehn Tagen des Trauermonats Muharram und wird mit dem Aschura-Tag, dem zehnten Muharram, dem Todestag des Prophetenenkels Husain, beendet. Auch die Form des Fastens unterscheidet sich von der im Islam üblichen. In diesen zehn Tagen dürfen Alewiten nur alle drei Tage eine leichte Mahlzeit zu sich nehmen. Zweck des Fastens ist nach alewitischer Auffassung eine Besinnung auf die Glaubensinhalte ihrer Lehre und eine innere Reinigung. Die Alewiten kennen religiöse Funktionsträger, die man wohl als Wanderlehrer bezeichnen könnte. Früher reisten diese durch die alewitischen Dörfer Anatoliens und vermittelten die Grundzüge der alewitischen Glaubensvorstellungen. Sie waren sozusagen die Träger der mündlichen Traditionen der Alewiten. Inzwischen sind in dieser Hinsicht natürlich erhebliche Veränderungen eingetreten. Die Alewiten gehören zu den Gruppen in der Türkei, die sich durch eine hohe soziale und wirtschaftliche Mobilität auszeichnen.

Auch in einigen Teilbereichen des sozialen Systems unterscheiden sich die Alewiten von der sunnitischen oder schiitischen Praxis. So ist bei ihnen die Polygynie nicht üblich. Die soziale Stellung der Frau ist insgesamt stärker als bei anderen religiösen Gemeinschaften des Nahen und Mittleren Ostens. Viele Alewitenfrauen gingen bereits unverschleiert, als dies für sunnitische Türkinnen noch nicht üblich war. Sie können den Haushalt und die Geschäfte führen, wenn sie dazu besser geeignet erscheinen als die Männer der Familie. Sklaverei war unüblich. Beides wird mit entsprechenden Äußerungen Alis begründet. Bekannte europäische Religionswissenschaftler haben das Alewitentum als eine nichtislamische, turkmenische Religion bezeichnet, die von der Schia und von der islamischen Mystik beeinflußt sei, also einen Synkretismus aus verschiedenen Religionen und religiösen Formen darstelle. Demgegenüber beharren die Sprecher der alewitischen Gemeinschaft in Deutschland jedoch darauf, Muslime zu sein.

In den gegenwärtigen Diskussionen um den Islam wird immer wieder übersehen, daß eine der bedeutsamsten und einflußreichsten Formen auch heute noch die der islamischen Mystik ist. Schon aus dem 8. Jahrhundert sind uns Personen überliefert, denen die islamische Gottesvorstellung eines fernen Schöpfers und gestrengen Richters nicht ausreichte. Nicht unbeeinflußt von christlichen, neuplatonischen, iranischen und indischen Vorstellungen suchten sie Gott als den Liebenden und Geliebten. Eine der bekanntesten dieser frühen Gestalten der islamischen Mystik ist eine Frau, Rabi'a, von der berichtet wird, sie sei mit einem Eimer Wasser in der einen und einer Fackel in der anderen Hand durch die Straßen der Stadt Basra gelaufen. Nach dem Grund gefragt, soll sie gesagt haben, sie wolle mit dem Wasser das Feuer der Hölle auslöschen und mit der Fackel das Paradies verbrennen, damit sie Gottes Willen nicht aus Furcht vor der Höllenstrafe oder aus Hoffnung auf die

Seligkeit im Paradies erfülle, sondern nur aus Liebe zu ihm. Das Ziel dieser Mystiker, die in der islamischen Welt als Sufis bezeichnet werden, ist die Vereinigung mit dem göttlichen Geliebten. Diesen Zustand hoffen sie, durch verschiedene mystische Techniken zu erreichen. Dazu gehören asketische Übungen wie extensives Beten, Fasten, Schlafentzug, Abgeschiedenheit von der Welt, sexuelle Enthaltsamkeit, Gymnastik bis hin zum Tanz und vieles mehr. Die verschiedenen Stadien der Annäherung an Gott werden als Weg (arabisch: Tariqa) bezeichnet. Dieser Weg ist nach Ansicht derer, die ihn beschreiten, mit zahlreichen Risiken verbunden. Daher bedarf der Suchende eines geistlichen Führers, der diesen Weg zuvor schon beschritten hat. So entstanden Mystikergemeinschaften, die von einem deutlichen Autoritätsverhältnis zwischen Lehrer und Schüler gekennzeichnet waren. Im Lauf der Zeit wuchsen diese Gemeinschaften zu immer größeren Organisationen heran, in denen sich immer deutlicher hierarchische Strukturen herausbildeten, die dem Islam im allgemeinen fremd sind. Das Zunehmen dieser Organisationen brachte auch eine gewisse Popularisierung und Veränderung mystischer Vorstellungen mit sich, die sich in einer lebhaften Heiligenverehrung und in der Tendenz zu volksislamischen Praktiken äußerte. Die Zugehörigkeit zu einer mystischen Bruderschaft war bis in die zwanziger Jahre unseres Jahrhunderts für die Mehrzahl der Muslime eine Selbstverständlichkeit. Daher konnte ein britischer Beobachter der islamischen Welt Ende der zwanziger Jahre noch feststellen: »Man kann in Ägypten nicht Muslim sein, ohne einer der mystischen Bruderschaften anzugehören.« Leider sind wir über die Formen der Organisation der Musliminnen in solchen mystischen Organisationen nur unzureichend informiert, können jedoch feststellen, daß sie sich ebenfalls großer Beliebtheit erfreuten. Verschiedenen Reformern des Islams waren diese Bruderschaften schon im islamischen Mittelalter ein

Dorn im Auge. Die großen Gestalten der islamischen Reformbewegung seit dem Ende des 19. Jahrhunderts bekämpften die Mystikerorganisationen aus religiösen wie aus politischen Gründen. Sie interpretierten die Verehrung, die den Gründern und den Führern der Bruderschaften entgegengebracht wurde, als einen Verstoß gegen das monotheistische Dogma des Islams. Zugleich sahen sie auch, daß die Bruderschaften zu Kollaborateuren des europäischen Kolonialismus geworden waren, nachdem sie zunächst die einzigen Gruppen waren, die dem westlichen Vorrücken in der islamischen Welt Widerstand hatten entgegenbringen können. Schließlich fürchteten die Kritiker der populären Mystikerorganisationen, die Loyalität der einzelnen Anhänger gegenüber ihren Führern könnte die Kraft des Islams in seiner Gesamtheit schwächen, da die einzelnen Organisationen miteinander in Konkurrenz um Mitglieder und politischen und wirtschaftlichen Einfluß standen. Nach einer rückläufigen Phase hat seit der zweiten Hälfte der sechziger Jahre die Bedeutung der Mystikerorganisationen wieder verstärkt zugenommen, auch wenn die Aktivitäten von islamischen Radikalen deutlicher im Interesse der öffentlichen Berichterstattung stehen. Da mystische Vorstellungen vom Islam in der westlichen Welt seit vielen Jahren Sympathie genießen, haben sich auch in Deutschland verschiedene dieser Organisationen etablieren können.

Viele Grundsätze und Vorstellungen, die auch von Muslimen in Deutschland als genuin islamisch verstanden werden, haben mit einem orthodoxen Islam nur wenig zu tun und müssen volksreligiösen Ideen zugeordnet werden. Allerdings sind die Grenzen zur Orthodoxie hin fließend, was nicht zuletzt durch die offenen Strukturen des orthodoxen Islams begünstigt wird. Das läßt sich am leichtesten am Phänomen der Besessenheit verdeutlichen. Der Koran kennt, wie ausgeführt, neben Engeln, Teufeln und Menschen noch eine weitere Kategorie von Lebewesen, denen er Verstand und Bewußtsein zugesteht. Es handelt sich um Jinne. Sie werden als Wesen aus Feuer beschrieben, die für Menschen nur in Ausnahmefällen sichtbar sind. Nach orthodoxer Vorstellung gibt es unter ihnen solche, die den Islam angenommen haben. Sie stellen für die Menschen in der Regel keine Gefahr dar, aber man darf sie nicht verärgern, was insofern leicht geschehen kann, als sie ja für die Menschen unsichtbar sind. So kann man in traditionellen Vierteln islamischer Städte und Dörfer beobachten, daß eine Hausfrau, bevor sie ihr Schmutzwasser auf die Straße schüttet, zunächst eine hörbare Warnung ruft, damit kein Jinn getroffen wird und sich anschließend rächt. Genauso wird eine Frau aus einer traditionellen Gesellschaftsschicht, wenn sie durch ein dunkles Zimmer geht, immer wieder »Gestattet bitte« sagen, um nicht mit einem Jinn zusammenzustoßen. Falls man sich die Feindschaft eines Jinns zugezogen hat, kann dieser sich auf verschiedene Weisen rächen. Viele unheilvolle Ereignisse wie Krankheiten oder Unglücksfälle werden im islamischen Volksglauben auf den Einfluß von Jinnen zurückgeführt. Die islamische Orthodoxie kann die Existenz von Jinnen nicht in Abrede stellen, da sie ja im Koran erwähnt werden. Als zu Beginn unseres Jahrhunderts im Nahen Osten die Entdeckung von Bazillen als Ursache von verschiedensten Krankheiten bekannt wurde und man erfuhr, daß diese von westlichen Wissenschaftlern und Medizinern als kleine, für das bloße Auge unsichtbare Lebewesen beschrieben wurden, fanden sich sogenannte modernistische muslimische Koraninterpreten, die Bazillen mit Jinnen gleichsetzten und deren Erwähnung im Koran als einen Beweis für den allumfassenden Charakter des heiligen Buches der Muslime. Im volksislamischen Zusammenhang werden Jinnen vor allem für psychische Erkrankungen verantwortlich gemacht, die sich als Besessenheit äußern. Bei verschiedenen psychischen Erkrankungen, die von westlichen Psychiatern als Depressionen oder Psychosen beschrieben werden, nimmt der islamische Volksglaube an, daß Jinne in einen Menschen gefahren seien, um ihn zu quälen. Solche Besessenheitsphänomene finden sich in den unterschiedlichsten Regionen der islamischen Welt von Westafrika über den Maghreb und Ägypten bis zum indischen Subkontinent und die indonesische Inselwelt. Häufig ist man der Ansicht, daß diese Jinnen keine Muslime seien. Daher würden sie während des Fastenmonats Ramadan auch eingesperrt, so daß sie in dieser Zeit kein Unheil anrichten können. Man kann sich vor den Jinnen mit verschiedenen Techniken schützen. So sollte man z. B. Orte, an denen sich Jinne bevorzugt aufhalten, nach Möglichkeit meiden. Zu solchen Orten gehören z. B. die öffentlichen Bäder, in die man sich nur in Begleitung und nicht nach Einbruch der Dunkelheit begibt. Verschiedene Abwehrzauber wie Amulette werden ebenfalls als eine effektive Schutzmaßnahme gegen die Jinne angesehen. Die traditionellen Therapien, die bei Besessenheit angewendet werden, stellen sich trotz der unterschiedlichen kulturellen Hintergründe erstaunlich einheitlich dar. In den meisten Fällen gehen die traditionellen Heiler davon aus, daß man einen Jinn nicht zwingen kann, einen Menschen zu verlassen. Man muß daher versuchen, ihn dazu zu überreden oder ihn zu bewegen, sein Opfer nicht zu quälen. Dazu muß ein Heiler die Wünsche und Vorlieben eines Jinns herausfinden. So kann es sein, daß ein Jinn sich an einer bestimmten Melodie besonders erfreut oder eine Farbe besonders schätzt, oder daß er gerne Weihrauch riecht. Falls diese Wünsche des Jinn erfüllt werden, verhält er sich ruhig, und der Besessene kann mit seiner Situation ein nahezu normales Leben führen. Daneben gibt es auch exorzistische Therapien, mit denen die Jinne aus dem Körper des Besessenen vertrieben werden. Allerdings gehen die Heiler meistens davon aus, daß die Jinne wieder in den Körper dieses Menschen zurückzukehren trachten und sich das nicht immer verhindern läßt.

Ein anderer Bereich der Volksreligion ist die Vorstellung vom »bösen Blick«, die auch in mediterranen europäischen Kulturen anzutreffen ist. Nach einem weitverbreiteten Glauben gibt es Menschen, die willentlich oder unwissentlich in der Lage sind, allein durch ihren Blick Schaden anzurichten. Besonders gefährdet sind all die Dinge oder Personen, die den Neid eines anderen erwecken könnten. Dabei kann es sich um ein schönes Möbelstück oder einen prächtigen Schmuck handeln, ein neu erbautes Haus oder ein elegantes Auto. Der Blick eines Neiders kann dem Vieh Schaden zufügen oder Unfälle verursachen, die die entsprechenden Gegenstände in Mitleidenschaft ziehen. Folgenschwer kann der »böse Blick« vor allem für Menschen sein. Davor hüten müssen sich vor allem die Personen, die als besonders glücklich angesehen werden, also in erster Linie Bräute und junge Mütter vor allem von Söhnen. Zum Beispiel kann der »böse Blick« von unverheirateten oder kinderlosen Frauen eine Braut unfruchtbar machen oder den Tod eines Neugeborenen herbeiführen. Gegen diese Gefahren kann man sich schützen, indem man die Gefahr eines neidischen Blickes zu vermeiden sucht. So verhüllt man die Braut bei einem Hochzeitstag so, daß ein Beobachter von ihr nichts sehen kann. Noch sicherer ist es, wenn man sie ohne Aufsehen zu ihrer neuen Familie bringt und in dem eigentlichen Brautzug eine Stellvertreterin transportiert. Man vermeidet es, kleine Kinder herauszuputzen. Vor allem kleine Jungen werden mit einem anderen Namen als dem tatsächlichen gerufen, um eine Person mit »bösem Blick« zu verwirren. Das kann dann dazu führen, daß dieser Name sich zu einem dauerhaften Rufnamen entwickelt. Daneben gibt es zahlreiche magische Praktiken, die vor derartigen Gefahren schützen. Hier sind vor allem die verschiedensten Formen von (arabisch: Hamula) Amuletten zu nennen. Dabei kann es sich um Ledersäckchen handeln, in denen Papierstücke mit besonders wirksamen Koranversen aufbewahrt werden. Auch

Schmuckstücke, in die Koranverse oder die heiligen Namen Gottes eingraviert sind, gelten als Abwehrzauber; ebenso wirksam ist die Darstellung von Augen auf Schmuck, an Autos oder Häusern angebracht. Da die Fähigkeit zum »bösen Blick« oft mit der blauen Augenfarbe in Verbindung gebracht wird, wird blaue Farbe häufig als Schutz verwendet. Im übrigen sind die Abwehrtechniken vielfältig und regional sehr unterschiedlich. Darstellungen von Fischen können ebenso schützen wie die Anbringung von Eisennägeln an zu schützenden Gegenständen oder Objekten. Wenn jemand im Ruf steht, den »bösen Blick« zu haben, bedeutet das für diese Person zahlreiche soziale Nachteile, auch wenn sich jeder bemüht, Konflikten mit ihr aus dem Wege zu gehen. Daher achtet jeder darauf, den leisesten Anschein von Neid zu vermeiden. Dazu haben sich in islamischen Gesellschaften verschiedene Kommunikationstechniken entwickelt. So äußert man sich beispielsweise nicht bewundernd über Dinge, die sich im Besitz eines anderen befinden. Besondere Verhaltensweisen sind bei Neugeborenen angezeigt. Es ist üblich, daß die Frauen der Nachbarschaft und Bekanntschaft die junge Mutter mit ihrem Kind einige Tage nach der Entbindung besuchen. Sie betrachten das Neugeborene dann bewundernd, sagen jedoch zugleich: »Nein, was für ein häßliches Kind«, wobei sie diese Bemerkung durch ein Lächeln relativieren.

Es ist selbstverständlich, daß die islamische Orthodoxie allen Formen der Volksreligion mit unverhohlener Abneigung begegnet. Schon seit dem islamischen Mittelalter hat es immer wieder Versuche von Rechtsgelehrten gegeben, gegen volkstümliche Gebräuche vorzugehen. Allerdings sind die Grenzen zwischen Hochreligion und Volksislam ebenso fließend wie bei anderen Religionen. So ist es den islamischen Reformern auch nur zum Teil gelungen, den Volksislam zurückzudrängen. Die in Deutschland lebenden Muslime haben aus ihren Heimatländern zahlreiche volksreligiöse Gepflogenheiten mitgebracht, an denen sie mit besonders intensiver Überzeugung hängen, weil sie in einer fremden Kultur ein Stück Heimat bedeuten.

Die Buntheit und Mannigfaltigkeit der islamischen Welt macht auch die Beschreibung des Islams in Deutschland nicht eben einfach. Bisher ist es weder den internationalen noch den deutschen Islamorganisationen gelungen, ein wirklich einheitliches Bild vom Islam zu vermitteln.

In den folgenden Kapiteln soll versucht werden, die religiösen und kulturellen Gemeinsamkeiten von Muslimen in Deutschland zu beschreiben. Es geht um die Themen, mit denen alle Muslime in einer westlichen, säkularen Gesellschaftsordnung in gleicher Weise konfrontiert werden. Konflikte und Schwierigkeiten in Fragen des täglichen Lebens und bei der Erfüllung der regelmäßig wiederkehrenden islamischen Glaubenspflichten stellen keine Besonderheit des Islams in Deutschland dar. Sie treten auch in anderen west- und nordeuropäischen Staaten auf, in denen Muslime leben. Für die islamischen Minderheiten in Westeuropa ergibt sich daraus ein kaum hoch genug zu bewertender Vorteil. Sie sind bei ihrem Umgang mit der westlichen Lebensweise nicht allein auf sich gestellt. So sind auch religiöse Autoritäten in der islamischen Welt und global arbeitende, internationale islamische Organisationen gezwungen, sich mit den verschiedensten Aspekten westlicher Vorstellungen und Lebenspraxis auseinanderzusetzen, weil sie von einzelnen Gläubigen – auch aus islamisch geprägten Gesellschaften – um entsprechende Hinweise gebeten werden. Die Antworten der Gutachter lassen sich mit gewissen Modifikationen, die aufgrund der jeweiligen politischen und kulturellen Bedingungen erforderlich sind, auch auf die Situation von Muslimen in Deutschland anwenden. Angesichts des Bildes, das in der deutschen Öffentlichkeit vom Islam vorhanden ist, mag die hohe Realitätsbezogenheit und Flexibilität der Reaktionen von islamischen Rechtsgelehrten erstaunen. Leider ist die Liberalität des islamischen Rechts in vielen Fragen des praktischen Lebens auch den meisten Muslimen kaum bewußt. Dies hängt mit der gesellschaftlichen und nationalen Herkunft der Mehrheit der Muslime in Deutschland zusammen. Eine weitere Begründung lieferte ein deutscher Muslim, der mir in einer Diskussion sagte: »Wir sind in Deutschland eben eine sehr junge Religion.«

FEINDSCHAFT UND ANZIEHUNG

Deutsche Begegnungen mit dem Islam von seiner Gründung bis zur Gegenwart

Es mag stimmen oder nicht. Die Historiker streiten sich noch: In den Jahren 797 und 807 soll Karl der Große Gesandtschaften an Harun al-Raschid, den Abbasidenkhalifen in Baghdad geschickt haben. Davon wird in fränkischen Quellen berichtet. Zeitgenössische arabische Bestätigungen fehlen, angesichts der politischen Konstellationen im 9. Jahrhundert christlicher Zeitrechnung erscheint der Vorgang wahrscheinlich. Schließlich gab es einen gemeinsamen Feind, das Omaijadenemirat von Cordoba. Der Emir erkannte die Oberhoheit des Khalifen in Baghdad nicht an, und die in Spanien herrschenden Muslime stellten eine ständige Gefahr für das Frankenreich dar. Das Rolandslied legt Zeugnis davon ab. Erst hundert Jahre später befinden wir uns auf historisch gefestigtem Grund. Im Jahr 906 hat es eine fränkische Gesandtschaft gegeben, die auch von den arabischen Chroniken beschrieben wird: »Bertha, die Tochter Lothars, Königin von Franja und dessen Besitzungen, schickte dem Khalifen al-Muktafi Billah durch Ali, einen der Eunuchen von Ziyadat Allah ibn Aghlab, im Jahr 293 (= 906) ein Geschenk: fünfzig Schwerter und fünfzig Schilde und fünfzig fränkische Speere; zwanzig mit Gold gewobene Kleider, zwanzig slawische Eunuchen und zwanzig schöne und anmutige Sklavinnen; zehn Hunde, die so groß waren, daß weder wilde Tiere noch irgendein anderes Tier ihnen widerstehen konnte, sieben Habichte und sieben Falken, ein Seidenzelt mit allem Zubehör, zwanzig Kleidungsstücke aus einer Wolle, die aus einer Muschelart im

Meeresboden jener Gegend kommt, wie ein Regenbogen alle Farben annimmt und die Farbe jede Stunde des Tages wechselt, drei Vögel, wie sie im Lande der Franken zu finden sind, dergestalt, daß sie ein merkwürdiges Kreischen ausstoßen, wenn sie vergiftete Speisen bemerken und mit den Flügeln schlagen, bis dies zur Kenntnis genommen worden ist; ferner Perlen, die schmerzlos Pfeil- und Lanzenspitzen hervorziehen, auch wenn das Fleisch über ihnen zusammengewachsen ist. Ali, der Eunuch, brachte das Geschenk und den Brief der Königin von Franja zu al-Muktafi Billah und auch eine weitere Botschaft, die nicht in einem Brief enthalten war, damit sie der Khalif allein erführe... Die Botschaft war ein Gesuch an al-Muktafi, in dem er um die Ehe und um seine Freundschaft gebeten wurde.« Für lange Zeit sollte dies der einzige Bericht bleiben, der von Kontakten zwischen dem Khalifen als Herrscher der Muslime und einem Kaiser der westlichen Christenheit spricht.

Da, wo die islamische Welt und das westliche Abendland gemeinsame Grenzen hatten, gab es natürlich engere Kontakte sowohl militärischer als auch friedlicher Art. Von Spanien aus stießen muslimische Militärexpeditionen weit nach Frankreich vor. Der Sieg von Karl Martell 732 bei Tours und Poitiers wird in europäischen Geschichtsbüchern noch heute als »Rettung des Abendlands« dargestellt, so wie auch der britische Historiker Gibbon (1737–1794), der die abendländische Einschätzung dieser Schlacht wiedergibt: »Der Sieg war nun über mehr als tausend Meilen vom Felsen von Gibraltar bis zu den Ufern der Loire getragen worden. Die nochmalige Zurücklegung der gleichen Strecke hätte die Sarazenen an die Grenzen Polens oder in die schottischen Hochlande gebracht. Der Rhein ist nicht weniger befahrbar als der Nil oder der Euphrat, und die arabische Flotte hätte ohne Kampf in die Mündung der Themse einlaufen können. Es wäre möglich gewesen, daß der Koran in den Schulen von Oxford gelehrt und von den Kanzeln einem beschnittenen Volke Offenbarungen Mohammeds verkündet worden wären.« So schön lesen wir Beschreibungen der Weltgeschichte und die möglichen Folgen von historischen Ereignissen bei deutschen Historikern nicht. Aber die Tendenz, die hier deutlich wird, ist bis in die Gegenwart die gleiche geblieben. Vor all dem hat also Karl Martell die abendländische Menschheit bewahrt. Die arabischen Chroniken bewerten das Ereignis als weniger geschichtsentscheidend. Knapp hundert Jahre nach der Schlacht meint einer der muslimischen Chronisten: »Ubayda hatte Abd al-Rahman ibn Abdallah al-Akki die Befehlsgewalt über Andalusien gegeben. Abd al-Rahman war ein verdienter Mann, der Expeditionen gegen die Franken unternahm. Sie sind die am weitesten entfernten Feinde Andalusiens. Er machte eine reiche Beute und besiegte sie ... Dann machte er einen weiteren Vorstoß und erlitt gemeinsam mit seinen Gefährten den Märtyrertod für den Islam. Sein Tod ereignete sich im Jahr 115 (= 733/4).« Die Schlacht war nur eine Episode in einer Jahrhunderte dauernden Auseinandersetzung zwischen Muslimen und Christen im Mittelmeerraum, in der die Muslime in Sizilien und Apulien, auf den Balearen und auch an der Rhonemündung siegreich waren. Wenig bekannt ist, wie weit muslimische Kampfgruppen in den Alpen vordringen konnten. Ausgangspunkt war dabei die Mittelmeerhalbinsel Garde-Frainet, die heute durch den Ort St. Tropez bekannt ist. Im Jahr 889 wurde diese Halbinsel, die die mittelalterlichen europäischen Chronisten Fraxinetum nennen, von einer Truppe »Sarazenen« besetzt und zur Ausgangsbasis weiterer Expeditionen in den Alpenraum gemacht. Auf ihren Streifzügen drangen sie bis in das Königreich Burgund und in das Piemont vor. Die ständigen Auseinandersetzungen zwischen lokalen und regionalen Herrschern machten es den Muslimen sogar möglich, ihre »Ausflüge« noch weiter auszudehnen. Um 940 konnten sie sogar Chur plündern, und 954 erlitt die berühmte Abtei von Sankt Gallen das gleiche Schicksal. Fast zehn Jahre lang beherrschten die »Sarazenen« die Stadt Grenoble. Erst 975 oder 983, also nach fast hundert Jahren, gelang es den vereinigten Truppen des Herzogs Wilhelm von Arles, des Grafen Arduin von Ivrea und des provençalischen Grafen Robald die Muslime aus Fraxinetum zu vertreiben. Ein Teil von ihnen zog sich nach Andalusien zurück, andere traten zum Christentum über, und wieder andere wurden versklavt. Noch vierhundert Jahre später lebten deren Nachkommen als Sklaven in dieser Gegend. Eine Reihe von Ortsnamen erinnern noch heute an diese Expeditionen der Muslime. Der bekannteste ist Pontresina (Pons Saracenorum).

Der nächste große Konflikt zwischen dem christlichen Abendland und dem Orient setzte mit den Kreuzzügen ein. Die Tatsache, daß der Islam die ehemals von Christen bewohnten Gebiete der südlichen Mittelmeerküste über den Fruchtbaren Halbmond bis Nordafrika unter seine Herrschaft gebracht hatte, wurde im Abendland als Unrecht angesehen. Diese Gebiete waren christlich und mußten auch wieder christlich werden. Der heilige Bernhard von Clairvaux (1091–1153) forderte die Christenheit in seinen Kreuzzugspredigten immer wieder auf, den Herrn in seinem Lande zu verteidigen. Siebenmal versuchten christliche Heere zwischen 1096 und 1244 sich in Palästina, aber auch in Tunesien fest zu etablieren. Dabei war ihnen jedoch kein andauernder Erfolg beschieden. 1291 mußten die Kreuzfahrer als letzte Bastion die Stadt Akko am Mittelmeer unter dem Druck muslimischer Heere verlassen.

Das mittelalterliche Abendland wertete die Besetzung des Heiligen Landes durch Ungläubige als eine Profanisierung heiligen Bodens. Am tiefsten traf es die Christen, daß Kirchen in Moscheen verwandelt wurden. Markus von Toledo, ein früher Koranübersetzer des 13. Jahrhunderts, schreibt dazu: »Wo früher Priester ihre Gebete an Gott richteten, verehren unwürdige Männer heute den entsetzlichen Muhammad, und Kirchen, die zuvor durch die Hände von Bischöfen geweiht worden waren, werden nun zu profanen Tempeln gemacht.« Die veränderten Machtverhältnisse wurden natürlich in Jerusalem als besonders schmerzlich empfunden. Ein abendländischer Besucher schreibt: »Diese schmutzigen Muslime verunreinigten und entweihten nicht nur den Tempel des Herrn und alle heilgen Plätze in dieser Region sowie unzählige Kirchen, die dem Dienst des lebendigen Gottes und unseres Herrn Jesus Christus geweiht sind. Ich habe mit eigenen Augen gesehen, wie sich Muslime, die auf dem Weg zu unserem Herrn, Friedrich II waren, sich in der heilgen Kapelle niedergelassen hatten, und mir wurde als wahr berichtet, daß sie sich nachts mit Frauen vor dem Kruzifix niederlegten.« Der angeblich oder tatsächlich entweihende Umgang mit Kreuzen und anderen christlichen Symbolen wurde in Aufrufen zum Kreuzzug und in den entsprechenden Berichten immer wieder hervorgehoben. So sollen Muslime Kreuze durch die Straßen des ägyptischen Damiette geschleift haben. Im Zusammenhang mit Aufrufen zum Dritten Kreuzzug wurde behauptet, die Muslime hätten mit Seilen das goldene Kreuz vom Felsendom heruntergerissen. Vielleicht dienten solche Berichte auch als Rechtfertigung für das eigene Verhalten, da Christen mit Moscheen nicht anders umzugehen pflegten. Als der Mongolen-Herrscher Hülägü im Jahre 1258 Damaskus einnahm, erhielt er dabei auch die Unterstützung von einigen Kreuzritterführern und dem König des alten christlichen Reiches von Armenien. Diese sorgten in seinem Gefolge dafür, daß in der Omaijadenmoschee die Glocken geläutet wurden und Geistliche die Messe zelebrierten, »um die Sarazenen verächtlich zu machen und zu ihrer Schande«. Die übrigen Moscheen der Stadt nutzten die Eroberer als Ställe und die Wände der muslimischen Gotteshäuser sollen mit Wein bespritzt und mit Schweinefett beschmiert worden sein. Diese Art christlichen Verhaltens muß natürlich im Zusammenhang mit der Vorstellung gesehen werden, daß ein Muslim grundsätzlich sündig sei. Vor dem Hintergrund dieser Einschätzung konnte jede Anwendung von Gewalt gegenüber einem Anhänger des Islams als gerechtfertigt betrachtet werden. Benedikt von Alignant († 1268) brachte diese Haltung auf den Punkt, wenn er meinte, daß es keinen Wert habe, mit Muslimen in eine Diskussion einzutreten, sondern »daß sie mit Feuer und Schwert vom Erdboden vertilgt werden müßten«.

Gegen eine solche Haltung kann natürlich das christliche Gebot der Feindesliebe ins Feld geführt werden. Den mittelalterlichen abendländischen Autoren machte es jedoch keine besondere Mühe, das christliche Gebot der Liebe mit den Jihadvorstellungen des Islams zu kontrastieren. Nach islamischer Auffassung gehört es zu den Pflichten eines Muslims, das Gebiet des Islams gegen Angriffe von außen zu verteidigen. Dies geschieht im Jihad, der Anstrengung aller Kräfte auf dem Wege Gottes. Zu den Pflichten des Khalifen gehörte es, das Gebiet, in dem das islamische Recht Gültigkeit hat, zu erweitern. Dazu sollte er auch militärische Mittel einsetzen, wenn eine gewisse Aussicht auf Erfolg bestand. Allerdings mußte er zunächst zu einer friedlichen Übergabe der entsprechenden Gebiete auffordern. Die christlichen Kommentatoren der islamischen Lehren sahen diese Gebote als Raub und Schändung christlichen Gebietes an. Daraus konnte dann gefolgert werden, daß der Islam eine Religion von Raub und Totschlag sei. Die objektiv falsche Feststellung, es sei Muslimen von ihrer Religion her verboten, mit Christen über Glaubensfragen zu diskutieren, verstärkte das Bild einer strengen, unversöhnlichen Religion. Ricoldo von Monte Croce (1243–1320), einer der besten mittelalterlichen Kenner der islamischen Welt, interpretierte die angebliche Gewaltbereitschaft des Islams so: Der Islam sei nicht, wie das Christentum, in der Lage, sich durch Wunder zu legitimieren. Daher müsse er zu Gewalt Zuflucht nehmen, um seine Anhänger von seiner Wahrheit zu überzeugen. Solche und ähnliche Argumentationen sind Beispiele für die häufig unzureichenden Versuche von klugen und kenntnisreichen Männern, die tatsächlichen Machtverhältnisse in der mittelalterlichen Welt zu verstehen.

Aber es gab auch friedliche Kontakte. Man trieb Handel und pflegte diplomatische Beziehungen. Dabei fühlten sich die Muslime in jeder Hinsicht den Franken überlegen, wie die entsprechenden Quellen bezeugen. Was Muslime von Franken hielten, kann man bei dem religiösen Richter des muslimischen Cordoba, Sa'id ibn Ahmad, nachlesen, der im Jahr 1068 schrieb: »Die anderen Völker dieser Gruppe, die die Wissenschaften nicht gepflegt haben, gleichen eher Tieren als Menschen. Für jene von ihnen, die am weitesten nördlich liegen, zwischen dem letzten der sieben Klimata und den Grenzen der bewohnten Welt, läßt die übermäßige Entfernung der Sonne im Verhältnis zur Zenitlinie die Luft kalt und den Himmel wolkig werden. Ihr Charakter ist deshalb kühl, ihr Humor primitiv, ihre Bäuche sind fett, ihre Farbe ist bleich, ihr Haar lang und strähnig. So mangelt es ihnen an Verstandesschärfe und Klarheit der Intelligenz, und sie werden von Unwissenheit und Apathie, fehlender Urteilskraft und Dummheit überwältigt...« Man war an den Fremden nicht besonders interessiert und legte auch keinen Wert darauf, ihre Sprachen kennenzulernen. Wie schwierig die Kommunikation deshalb war, zeigt der arabische Bericht über den Besuch eines fränkischen Botschafters, der 906 über Italien nach Baghdad kam und ein Schreiben mitbrachte: »Der Brief war aus weißer Seide, in einer Schrift, die der griechischen ähnelte, aber gradliniger. Die Behörden suchten jemanden, der den Brief übersetzen konnte. Im Kleiderlager bei dem Eunuchen Bishr war ein Franke, der die Schrift jenes Volkes lesen konnte. Der Eunuch brachte ihn zum Khalifen, und er las den Brief und übersetzte ihn ins Griechische. Dann wurde Hunain ibn Ishaq gerufen, der ihn aus dem Griechischen ins Arabische übersetzte.«

Auch an deutschen Fürstenhöfen erschienen Gesandtschaften aus der islamischen Welt. Ihre Berichte über die deutschen Städte, die sie besuchten, sind recht aufschlußreich. Über Mainz heißt es bei einem Autor, der die Stadt im 10. Jahrhundert besuchte: »Mainz ist eine sehr große Stadt, von der ein Teil bewohnt und der Rest besät ist. Sie liegt im Frankenlande an einem Fluß, der Rin genannt wird, und ist reich an Weizen, Gerste, Roggen, Weinbergen und Obst. Dort gibt es Dirhams (Silbermünzen) aus der Samarkander Münze vom Jahr 301 und 302 (islamischer Zeitrechnung) mit dem Namen des Münzherrn und dem Datum der Prägung. Al-Tartuschi sagt: ›Ich halte sie für Münzen des Samaniden Nasr ibn Ahmad' (reg. 914–943). Seltsam ist, daß es dort Gewürze gibt, die nur im fernsten Orient vorkommen, während die Stadt Mainz im fernsten Abendland liegt, z. B. Pfeffer, Ingwer, Gewürznelken, Spikanarde, Costus und Galgant. Sie werden aus Indien importiert, wo sie in Menge vorkommen.‹« Besonders drastisch äußert sich der Berichterstatter über die Stadt Schleswig: »Schleswig ist eine sehr große Stadt am äußersten Ende des Weltmeers. In ihrem Inneren gibt es Quellen mit süßem Wasser. Ihre Bewohner sind Siriusanbeter, außer einer kleinen Zahl von Christen, die dort auch eine Kirche besitzen. Al-Tartuschi erzählt: ›Sie feiern ein Fest, an dem sie alle zusammenkommen, um den Gott zu ehren und zu essen und zu trinken. Wer ein Opfertier schlachtet, errichtet an der Türe seines Hauses Pfähle und legt das Opfertier darauf, sei es Rind, Widder, Ziegenbock oder Schwein, damit die Leute wissen, daß er zu Ehren seines Gottes geopfert hat. Die Stadt ist arm an Gütern und Segen. Die Hauptnahrung der Bewohner besteht aus Fischen, von denen sie eine Menge haben. Werden einem von ihnen Kinder geboren, so wirft er sie ins Meer, um sich die Ausgaben zu sparen. Auch erzählte er, daß das Recht der Scheidung bei den Frauen liege: Die Frau scheidet sich selbst, wann sie will. Auch gibt es dort eine künstlich hergestellte Augenschminke. Bei ihrem Gebrauch nimmt sie niemals ab und die Schönheit von Männern und Frauen nimmt zu.‹ Auch sagte er: ›Nie hörte ich häßlicheren Gesang als den der Schleswiger, und es handelt sich dabei um ein Gebrumm, das aus ihren Kehlen herauskommt gleich dem Gebell der Hunde, nur noch viel tierischer als dies.‹«

Das aus all diesen Berichten deutlich werdende Überlegenheitsgefühl der Muslime gegenüber den Franken kam nicht von ungefähr. Bis zum Beginn der Neuzeit war die islamische Welt kulturell in einem heute kaum noch vorstellbaren Maß überlegen. Ob es um Philosophie ging oder Medizin, um Naturwissenschaften oder um Kunst, Musik, Literatur, höfische Etikette oder Kochkunst, in allen Bereichen des Lebens konnte das Abendland vom Morgenland nur lernen. Die Beziehungen zwischen den muslimischen und christlichen Fürstentümern zeichneten sich aber nicht nur durch Konfrontation und Gegenspiel aus. Es gab auch Formen von Zusammenarbeit und befruchtendem Austausch auf den verschiedensten Gebieten des zivilen Lebens. Selbst so epochale militärische Ereignisse wie die Kreuzzüge förderten den Kulturtransfer.

Andalusien bildete die wichtigste Brücke für einen Import von kulturellen Errungenschaften der islamischen Welt ins Abendland. Als Beispiel mögen einige sehr unterschiedliche Bereiche dienen. Mit dem Untergang des Römischen Reiches waren nahezu alle Originaltexte der großen griechischen Philosophen verlorengegangen. In Toledo wurden seit 1125 derartige Texte, die im Orient aufbewahrt worden und dreihundert Jahre zuvor in Baghdad aus dem Griechischen ins Arabische übertragen worden waren, ins Lateinische übersetzt. Im Mittelpunkt des Interesses der christlichen Gelehrten standen die arabischen Übersetzungen der Werke des großen Aristoteles. Ohne die arabischen Übersetzungen wären diese Texte wohl für immer verloren geblieben. Auch die Schriften der großen hellenistischen Ärzte sind dank der arabischen Übersetzer erhalten geblieben. Diese Übersetzungsleistung war jedoch mehr als eine Briefträgerfunktion. Die Muslime hatten sich über die sprachliche Übertragung hinaus inhaltlich mit diesen Texten auseinandergesetzt, sie kritisch gelesen und weiterentwickelt. Das Fazit ihrer Überlegungen und gedanklichen Bemühungen wurde im Abendland mit großem Interesse aufgenommen. Unter den Philosophen waren es vor allem Avicenna (arabisch: Ibn Sina) und Averroes (arabisch: Ibn Ruschd), die mit ihrem Aristotelismus wichtige Anregungen für die abendländische Philosophie und Scholastik des Mittelalters boten. Die wichtigsten ihrer Werke wurden ins Lateinische übersetzt. Der Einfluß von Avicenna kann in der Definition der Seele oder der Theorie des Prophetentums in den Werken des Albertus Magnus nachgewiesen werden. Thomas von Aquin übernahm von ihm wichtige Teile seines gedanklichen Instrumentariums und Duns Scotus nutzte ihn als Grundlage für die Entwicklung seiner Metaphysik. Man hat sogar versucht, bei Avicenna die Ursprungsidee des »Cogito ergo sum« von Descartes zu finden. Averroes war für die Entwicklung des Aristotelismus in der abendländischen Philosophie so bedeutend, daß man ihn als »den Kommentator« bezeichnete. Manche Vorstellungen des Averroes wurden von den mittelalterlichen christlichen Autoritäten aber als zu gefährlich angesehen, als daß man ihnen eine weitere Verbreitung hätte gestatten wollen. Dies gilt vor allem für seine Auffassung, nach der er – Aristoteles folgend – den Menschen als ein Lebewesen wie andere Lebewesen auch betrachtete. Danach bliebe vom Menschen nach seinem Tode nichts mehr als Erinnerung. Seine Haltung ist einem radikalen Materialismus zuzuordnen, der den christlichen (aber auch den islamischen) Theologen als heidnisch erscheinen mußte. Als diese Ideen von Siger von Brabant († 1281) an der Universität von Paris propagiert wurden, sah sich Thomas von Aquin veranlaßt, eine Gegenschrift zu verfassen. Sie gab den Anlaß für den sogenannten Universalienstreit, der für die weitere intellektuelle Entwicklung Europas von großer Bedeutung war. Das Interesse, ja die Notwendigkeit, sich mit Averroes auseinanderzusetzen, führte dazu, daß seine Werke noch bis zum Beginn des 17. Jahrhunderts immer wieder übersetzt wurden.

Als Einzelwerk ist das *Sendschreiben Hayy ibn Yaqzan* des Ibn Tufayl (lateinisch: Abubacer) im Abendland besonders erfolgreich gewesen. Darin wird in allegorischer Form die Übereinstimmung von Verstand und Glauben gezeigt. Beschrieben wird das Leben eines Kindes, das ohne Vater und Mutter, von einer Gazelle gesäugt, allein auf einer Insel aufwächst und nach und nach durch die Beobachtung der Natur und ihrer Gesetze zu der Erkenntnis von der Existenz eines Schöpfergottes gelangt und damit zur Entdeckung der Wahrheit der Religion. In der lateinischen Übersetzung wurde diesem Text der Titel *Philosophus autodidactus* gegeben. Von diesem Text erschienen ferner englische, französische, deutsche, niederländische und spanische Übersetzungen, und der berühmte *Robinson Crusoe* von Daniel Defoe geht auf das Vorbild des *Hayy ibn Yaqzan* zurück. Neben diesen philosophischen Texten gibt es aber auch Übertragungen aus der »schönen Literatur«, die vom Morgenland ins Abendland kamen. Die Hauptmotive des *Parzival* und von *Tristan und Isolde* stammen aus dem Orient, und auch der gesamte literarische Komplex der höfischen Liebe sowie der Minnesang lassen sich auf orientalische Vorbilder zurückführen. Literaturwissenschaftler haben Abhängigkeiten in Dantes *Göttlicher Komödie* von einem *Kitab al-Mi'raj*, das die Himmelfahrt des Propheten Muhammad schildert, festgestellt. Es gab Anleihen aus den Geschichten von *Sindbad, der Seefahrer*, La Fontaines Fabeln werden auf die ursprünglich aus Indien stammende Fabelsammlung *Kalila wa Dimna* zurückgeführt. Die Turandot-Thematik bei Carlo Gozzi, Puccini oder Schiller läßt sich in der Märchensammlung von *Tausendundeine Nacht* feststellen. Schließlich nimmt Cervantes im *Don Quijote* Ausdrucksweisen des Liebens und der Verliebtheit aus Vorbildern der arabischen Literatur auf. Diese Beispiele ließen sich mühelos vermehren.

Die Bedeutung des Orients für die Mathematik wird aus der Tatsache deutlich, daß wir von »arabischen« Zahlen sprechen und in der mathematischen Terminologie zahlreiche Worte arabischen Ursprungs sind. Wir sprechen von Algebra und Algorithmus. In der angewandten Mathematik sind die Fremdworte aus dem Arabischen noch zahlreicher. Da gibt es Giro und Scheck, um nur zwei Worte zu nennen, denen man ihre orientalische Herkunft nicht ansieht. Hier war der Weg, über den das orientalische Wissen nach Europa kam, vor allem Süditalien und Sizilien. Mehrere bekannte italienische Rechenmeister, wie Leonardo von Pisa im 13. Jahrhundert, hatten in Nordafrika ihre Kenntnisse erworben und diese dann an die deutschen Rechenkünstler wie Adam Riese (1492–1559) weitergegeben. In der Medizin war es ebenfalls die italienische, aber auch die andalusische Schiene, auf der arabisches Wissen nach Deutschland gelangte. Im medizinischen Kontext ist es erstaunlich, wie schnell die arabischen Werke ins Lateinische übersetzt wurden. Man denke an die medizinische Enzyklopädie *Kamil al-sina'a al-tibiyya* des Ali ibn al-Abbas al-Magusi, der den lateinischen Namen Haly Abbas erhielt. Er war 994 gestorben. Im Jahr 1070 lag dieses Werk schon in lateinischer Übersetzung vor. In seiner Abhandlung über die Chirurgie hatte der Andalusier Abulcasis (arabisch: Abu l-Qasim al-Zahrawi, † 1009) zum ersten Mal medizinische Instrumente abgebildet. Sie wurde von Gerhard von Cremona nach 1150 ins Lateinische übertragen. Neben Toledo war es Salerno, wo arabische Werke durch Übersetzungen für das Abendland zugänglich gemacht wurden. Von dort gelangten gerade diese medizinischen Werke über Montpellier und Norditalien auch nach Deutschland. Chirurgische Werke, originär von europäischen Autoren abgefaßt, standen erst drei- bis vierhundert Jahre später zur Verfügung. Sie stammen von Wundärzten, also medizinischen Praktikern, die vergleichbare medizinische Techniken anwandten, wie sie in den arabischen Darstellungen beschrieben worden waren.

Angesichts der bisher dargestellten Verbindungslinien zwischen den Wissenschaften kann es nicht erstaunen, daß auch in der Pharmazie der arabische Einfluß auf das Abendland nachzuweisen ist. Hier läßt sich an vielen Beispielen auch die Fortentwicklung der antiken pharmazeutischen Kenntnisse durch arabische Apotheker dokumentieren. Die berufliche Trennung von Ärzten und Apothekern, die im christlichen Europa seit dem 13. Jahrhundert festzustellen ist, geht ebenfalls auf arabische Vorbilder zurück. Die Wege, auf denen die pharmakologischen Kenntnisse des Orients nach West- und Mitteleuropa gelangten, sind denen des medizinischen Wissens vergleichbar. Die entsprechenden arabischen Werke wurden in die europäischen Sprachen übersetzt. Es gab allerdings auch einige Apotheker, bei denen zumindest der Name vermuten läßt, daß sie aus dem Orient stammten. Zu nennen ist hier beispielsweise Saladin Ferro von Ascoli, der um 1450 ein Lehrbuch für angehende Apotheker verfaßte. Die Übernahme islamischen Wissens blieb jedoch nicht auf den reinen Unterricht beschränkt. Durch einen glücklichen Zufall ist das Inventar der Lüneburger Ratsapotheke aus dem Jahr 1475 erhalten geblieben. In ihm werden 733 verschiedene Medikamente genannt, von denen eine große Zahl arabischer Herkunft ist. Hier seien nur einige aus pflanzlichen oder tierischen Stoffen genannt: Behenwurzel, Kampfer, getrocknete Beeren des Mekka-Balsamstrauches, Stückzucker, Röhrenkassie, Kubebenpfeffer, Galgant, Gummiarabicum, rote und schwarze Brustbeeren, Muskatblüte und Muskatnuß, Rhabarber, Sandelholz, Sennesblätter, Schopflavendel, Tamarinde, Turbitwurzel und Zitwerwurzel sowie Ambra und Moschus, Perlenarten und die Deckel von Meeresschnecken. Schließlich seien noch die Mineralien Alaun, Borax, Lapislazuli und Pottasche genannt, bei denen die Kenntnis ihrer heilenden Wirkung ebenfalls auf die Araber zurückgeht. Von den nach arabischen Rezepturen aus verschiedenen Ingredienzen zusammengesetzten Medikamenten ließen sich vergleichbar umfangreiche Listen zusammenstellen.

Auch in vielen Bereichen des täglichen Lebens ist uns der orientalische Ursprung vieler Dinge gar nicht mehr bewußt. Man denke an die zahlreichen Worte aus der Küchenterminologie, die aus dem Arabischen, Türkischen oder Persischen stammen. Hier einige Beispiele: Alkohol, Aprikose, Arrak, Artischocke, Aubergine, Banane, Berberitze, Bergamotte, Borretsch, Ingwer, Joghurt, Kandis, Saccharin, Kaviar, Kümmel, Safran, Sorbet und schließlich Zucker. Viele Rezepte aus der europäischen, vor allem der mediterranen Küche, lassen ebenfalls eine orientalische Quelle erkennen. Nachgewiesen ist die entsprechende Herkunft für die Lasagne oder die Paella oder auch das beliebte Marzipan.

Die christlichen Autoren des Abendlandes konnten nicht leugnen, daß der Islam dem Christentum militärisch und technologisch, aber auch intellektuell in vielen Belangen überlegen war. Die Ergebnisse der Kreuzzüge machten das nur zu deutlich. Eine Frage, die sich aus dieser Tatsache ergab, war für die christlichen Denker des Abendlandes nicht einfach zu beantworten. Warum läßt Gott es zu, daß seine Gläubigen von ihren Feinden besiegt werden? Ricoldo von Monte Croce erfuhr von der endgültigen Niederlage der Kreuzfahrer in Akko während seines Aufenthalts in Baghdad. »Es begab sich, als ich in Baghdad weilte, daß mich die Annehmlichkeiten des Gartens, in dem ich mich befand, entzückten. Denn er war wie das Paradies durch den Reichtum seiner Bäume und die Fruchtbarkeit und Mannigfaltigkeit seiner Früchte. Er war emporgewachsen und gewässert durch die Quellen des Paradieses, und goldene Häuser wurden auf ihm errichtet. Andererseits ließ mich das Massaker und die Gefangennahme von Christen und ihre Niederlage nach der Eroberung von Akko in tiefste Trauer verfallen, wenn ich die Freude und den Jubel der Muslime sah und die Christen vernachlässigt und geistig erschüttert. Und ich begann, noch sorgfältiger als sonst nachzudenken über die Entscheidungen Gottes bezüglich der Herrschaft über die Welt und vor allem über Muslime und Christen.« Allgemeiner stellt Ricoldo an anderer Stelle fest: »Von Indien bis zu den Gegenden des Westens beherrschen die Muslime in Frieden und ohne Widerstand die herrlichsten Dinge und reichsten Königreiche, in denen es die schönsten irdischen Vergnügen gibt. Dort gibt es Berge von Salz, Springbrunnen von Öl, Manna vom Himmel, die Flüsse des Paradieses, aromatische Gewürze, kostbare Edelsteine, herrliche Weintrauben und köstliche Früchte.« All dies als Gottes Wille angesehen, der es den Muslimen möglich gemacht hat, über Christen zu herrschen. Das christliche Mittelalter stellte fest, daß diese Tatsache von verschiedenen Propheten vorausgesagt worden sei. Für sie erfüllte sich eine Prophezeiung über die Nachkommenschaft der alttestamentlichen Hagar in der Person Muhammads. Muhammad war »von arabischem Samen aus dem Stamme Ismaels«. Von diesem heißt es in Genesis XVI, 2: »Er wird ein wilder Mann sein. Seine Hand wird sich gegen alle Menschen erheben und er wird sein Zelt aufrichten gegen alle seine Brüder.« Danach bestand für die christlichen Gelehrten kein Zweifel, daß der Islam im Heilsplan Gottes vorgesehen war, auch wenn sein Sinn den Menschen nicht einleuchtete. Man war allerdings auch davon überzeugt, daß das Christentum in der Auseinandersetzung mit dem Islam endgültig siegen werde und daß sich die Geschichte der Menschheit mit Christus als Richter beim Jüngsten Gericht erfüllen werde.

Daneben gab es jedoch auch noch andere Erklärungsmuster für die Macht der Anhänger Muhammads. Die Tatsache, daß die Araber ihre Wüsten verlassen hätten und wie die Heuschrecken über christliche Gebiete hergefallen seien, sei eine Strafe Gottes für die Sünden, die die Christen immer wieder begangen hätten. Aber schließlich werde ein König erstehen, der in der Lage sei, die Muslime zu unterwerfen. Es gab allerdings auch eine andere Auffassung. Für viele Christen, die mit den Kreuzzügen in den Orient gekommen waren, stellte sich die Tatsache, daß die Muslime die christlichen Heere bei Akko hatten schlagen können, als ein Gottesurteil dar. Für sie lieferten die Kapitulationen den Beweis dafür, daß der Gott der Muslime der wahre Gott sei und traten konsequenterweise zum Islam über.

Die ernsthaften Auseinandersetzungen des Abendlandes mit dem Islam als einer Glaubensvorstellung und Lebensweise begannen allerdings schon vor den Kreuzzügen. Zwar gab es noch viele, die die Muslime als eine besondere Form christlicher Häretiker oder gar als Heiden ansahen. Die Vorstellung, daß es eine andere Religion neben der des Christentums geben könne, war dem mittelalterlichen Abendland sehr fremd. Der Abt des Klosters von Cluny, Petrus Venerabilis (ca. 1092–1156), vertrat jedoch die Ansicht, daß man sich mit den Muslimen friedlich auseinandersetzen und ihre Glaubensvorstellungen ernst nehmen müsse. Diese Haltung entwickelte sich sicherlich auch als eine Folge der kulturellen Überlegenheit der islamischen Welt gegenüber dem Abendland in dieser Zeit. Petrus war überzeugt, daß er und seine Glaubensbrüder nur dann mit den Muslimen in einen erfolgreichen Dialog treten könnten, wenn man die Quelle ihres Glaubens, den Koran, kennenlernte. Es ging ihm nicht zuletzt um eine Missionierung. Er gab daher einem in Toledo tätigen Gelehrten, Robert von Ketton, der sich mit der Übersetzung von naturwissenschaftlichen arabischen Texten befaßte, den Auftrag, den Koran ins Lateinische zu übertragen. Die überragende Bedeutung dieses Textes für die Muslime macht Petrus deutlich, wenn er in seiner Einführung feststellt: »Wisse, daß dieses Buch die höchste Autorität unter ihnen genießt. Daher wird jeder, der etwas dagegen vorbringt, sofort getötet.« Die Wirkung dieser Koranübersetzung blieb jedoch über einen kleinen Kreis von Spezialisten hinaus nur relativ gering. Mehr zur Kenntnis über den Islam im Abendland haben die Werke von Ricoldo von Monte Croce beigetragen. Sein Hauptwerk, *Confutatio Alcorani seu legis Saracenorum*, das von großer Sachkenntnis gekennzeichnet ist, wurde verschiedentlich übersetzt und auch zu späteren Zeiten von christlichen Gelehrten benutzt. Zu ihnen gehört der für die katholische Kirchengeschichte wichtige Kardinal Nikolaus von Cues (1401–1464), den die Eroberung Konstantinopels durch muslimische Heere veranlaßte, in seiner Schrift *De pace fidei* eine visionäre Vorstellung von Frieden unter den Religionen zu entwickeln. Bereits vor der Einnahme Konstantinopels hatte die osmanische Expansion zahlreiche militärische Erfolge auf dem Balkan errungen und war den christlichen Staaten Zentraleuropas immer näher gerückt, ohne daß diese sich zu gemeinsamen Anstrengungen gegen diese Gefahr hatten aufraffen können. Konstantinopel war jedoch eines der wichtigsten Symbole für das Christentum gewesen, und die Tatsache, daß die Stadt nun von Muslimen beherrscht wurde, veränderte das allgemeine Bewußtsein. Im Jahre 1460 verfaßte Nikolaus seine *Cribratio Alcorani,* in der er sich unter den verschiedensten Aspekten mit dem Islam auseinandersetzt. Es geht ihm in seiner Schrift nicht um eine allgemeine Ablehnung des Islams, sondern darum, die Teile des Korans, die mit dem Alten Testament und mit christlichen Vorstellungen übereinstimmen, herauszuarbeiten und auf diese Weise eine friedliche und kooperative Beziehung zwischen Christentum und Islam herzustellen. Dabei ist von Bedeutung, daß Nikolaus als Kardinal eine außerordentlich einflußreiche Position in der kirchlichen Hierarchie innehatte und als ein enger Berater zahlreicher Päpste agierte. Die Wirkung seiner Schriften und die darin zum Ausdruck kommende Haltung erhielten also eine ungleich größere politische und praktische Autorität als die anderer Autoren, auch wenn deren Erfahrungen mit dem Islam oftmals tiefergehend waren.

Im 16. und 17. Jahrhundert sah sich das Abendland einer immer weiter voranschreitenden islamischen Expansion gegenüber. Das Mittelmeer wurde zu einem »türkischen Meer«. Militärische Gegenoffensiven christlicher Herrscher blieben ohne dauernden Erfolg. Diese Auseinandersetzungen zwischen dem Osmanischen Reich und verschiedenen europäischen Staaten hatten zum ersten Mal in der Menschheitsgeschichte einen globalen Charakter. Belgrad war 1521 von Sulaiman I. erobert worden, der in seiner langen Regierungszeit aus zeitgenössischer europäischer Sicht zum orientalischen Herrscher schlechthin geworden war. Der flämische Diplomat Ghislin de Busbecq (1522–1592) beschreibt ihn außerordentlich positiv: »Die Würde seines Antlitzes und seine ganze Haltung ist der Größe seines Herrschertums gemäß. Er ist immer mäßig und bescheiden... Ihm kann auch von Böswilligen nichts Ernstliches vorgeworfen werden... Er ist der Religion und ihrer Bräuche strenger Hüter und nicht minder sie als sein Reich auszubreiten bestrebt.« Sulaiman hatte die Johanniter aus Rhodos vertrieben und 1538 die Schiffe der »Heiligen Liga«, einer Koalition aus kaiserlichen, päpstlichen und venezianischen Kräften, vernichtet. Um 1542 war die osmanische Mittelmeerflotte so dominierend, daß sie sogar in Toulon ihr Hauptquartier einrichten konnte. Das globale Moment dieser Auseinandersetzungen kommt in den Kämpfen mit der portugiesischen Flotte im Indischen Ozean zum Ausdruck. Hier warfen die Konflikte der europäischen kolonialen Expansion ihre ersten Schatten voraus. Was in dieser Zeit und angesichts der zahlreichen Schriften, in denen von der »Türkennot« die Rede ist, überraschen mag, ist die Tatsache, daß die verschiedenen europäischen Mächte um eines Vorteils in einer Auseinandersetzung mit einem Nachbarn willen durchaus in der Lage waren, mit den Osmanen Bündnisse einzugehen. Die scheinbare Gefährdung des christlichen Abendlands durch den Islam fand in der Wirklichkeit also nicht unbedingt und in jedem Fall eine Entsprechung. Dessenungeachtet wurde die militärische Bedrohung durch die Osmanen vor allem im süddeutschen und österreichischen Raum von der Bevölkerung sehr lebhaft empfunden. Das Bild des grausamen Türken war weit verbreitet. In einer 1661 in Siebenbürgen gedruckten Flugschrift heißt es:

»Der Türck ist kommen auff die ban
ach hört wie er thut hausen
läßt niderseblen Weib und Mann
schrecklicher weiß viel tausend,
spißt, pfält die Menschen groß und klein
solt das nicht zu erbarmen sein
wem solt nicht darob grausen.«

Und in einem anderen »Türkenlied« aus dem Jahr 1663 heißt es:

»Denn ja der Türck mit grosser Macht
uns zu vertilgen meynt;
Nach unserm Gut und Blut er tracht
der abgesagte Feind
Mit Schwerdt und Brand
Er unser Land
Gedencket zu verheeren.

Uns will er töten jämmerlich
Dieweil wir Christen sind
Er will niemals erbarmen sich

Kein eintzig Christen Kind
Kein Mann, noch Weib
Kein schwanger Leib
Soll nicht verschonet werden.«

Auf die »Türkennot« gab es zahlreiche, zum Teil sehr unterschiedliche Reaktionen. Es entstanden spezielle religiöse Bruderschaften, die es sich zur Aufgabe gemacht hatten, einen Beitrag zur Abwehr der Türken zu leisten. Bemerkenswert ist in diesem Zusammenhang, daß viele von ihnen die Heilige Dreifaltigkeit in ihrem Namen führen. Dabei schwingt die korrekte Vorstellung mit, daß der Islam die Trinität als eine Abweichung vom Monotheismus betrachtet und sie entsprechend bekämpft. So empfand man es zum Beispiel im österreichischen Donaugebiet tröstlich und befreiend, daß es den osmanischen Heeren bei ihrem Vorrücken auf Wien nicht gelang, den Sonntagberg im Bezirk Amstetten zu erobern: Dieser Wallfahrtsort ist der Heiligen Dreifaltigkeit geweiht. Die besondere Schutzfunktion der Dreifaltigkeit war nicht auf den österreichischen oder süddeutschen Raum beschränkt. Bruderschaften, die die Trinität verehrten, wurden zu Beginn des 18. Jahrhunderts auch in Westfalen gegründet. Im Jahr 1703 wurden sie in Wadersloh und an der Neuen Pfarre in Warendorf eingeführt. Die besonderen Bezüge dieser Gemeinschaften zur Türkennot werden deutlich aus einer Auseinandersetzung zwischen der Bruderschaft und dem Pfarrer der Lamberti-Pfarre in Coesfeld, der die Gelder der Bruderschaft den städtischen Armen zukommen lassen wollte, da die Notwendigkeit, Gefangene aus den türkischen Kerkern loszukaufen, nicht mehr bestand. Das Generalvikariat der Diözese Münster lehnte diesen Vorschlag jedoch ab und wiederholte diese Ablehnung 1845 noch einmal. Statt dessen sollte das Geld der Heidenmission in Genua zur Verfügung gestellt werden.

Neben der Dreifaltigkeit waren es verschiedene Heilige,

die als Nothelfer gegen die Türkengefahr angerufen wurden. Hier sei nur auf den heiligen Nikolaus hingewiesen. Auch in seinem Namen entstanden Bruderschaften, die sich den Kampf gegen die Türken zum Ziel gesetzt hatten. Bei der Aufnahme in die Nikolaus-Bruderschaft in Wolbeck, einem Vorort von Münster, wurden den Aspiranten die folgenden Mahnungen mitgegeben: »Da ihr dann auch als wahre Bürgersöhne euch jetzt zeiget und diese Fahne, den Heiligen Nicolaus, als unseren Führer und Schützer auch annehmet und untertänig folgen wollet und nun auch willig seid, die Waffen fürs erst zur Freude zu tragen, so sollt ihr auch bereit sein, wann uns der Erbfeind (der Türke) überfallen wollte, daß wir uns dann auch als wahre tapfere Gesellen gegen ihn uns waffnen wollen.« Schließlich sei auf eine weitere westfälische Besonderheit in diesem Zusammenhang hingewiesen. Die Bäckerinnung der Provinzialhauptstadt Münster feiert in einem Rhythmus von vier Jahren den »guten Montag«. Dieses Fest geht auf ein Privileg zurück, das die Bäcker von Wien nach der Belagerung durch Kara Mustafa erhalten hatten, weil ein Bäckerjunge frühmorgens die Arbeitsgeräusche gehört haben soll, die türkische Pioniere verursachten, als sie einen unterirdischen Gang bis an die Befestigungsmauern vorantreiben wollten. Durch die Aufmerksamkeit des Bäckerjungen sei dieser Versuch zunichte gemacht und die Stadt gerettet worden. Dieses Privileg haben nach der Überlieferung Wiener Bäcker mit nach Münster gebracht. Die hier vorgestellten Beispiele aus einer Region, die nie wirklich durch einen türkischen Angriff bedroht war, ließen sich durch vergleichbare Sitten aus anderen ebensowenig gefährdeten Regionen Deutschlands ergänzen. In Süddeutschland, vor allem aber in Österreich sind derartige Gebräuche aufgrund der konkreten historischen Erfahrungen selbstverständlich noch viel lebendiger.

Die Vorstellungen vom Islam und dem Leben im Osmanischen Reich wurden in Deutschland nicht zuletzt durch die schriftlichen Berichte von Kriegs- und Zivilgefangenen geprägt, die vor allem im 17. Jahrhundert weite Verbreitung fanden. Dabei konnten sich Darstellungen von Personen unterschiedlichster Stände finden. Als Beispiel sei folgender Titel genannt: *Historischer / Bericht / Welcher Gestalt und Weise / Gertraut Holtzhäuserin / von Heldburg / Durch GOTTES Verhängnis / Im Jahre 1652 von den Tartaren in der Ukraine / gefangen / In die Türckey nach Constantinopel / verkaufft / und von dar / anno 1654 / durch Gottes und frommer Leut / Hülfe wieder auf den Christlichen Boden gebracht / und aus der / Dienstbarkeit erlöset worden / Aus der Mündlichen Erzehlung kürtzlich verabfasset und zu Papier gebracht.* Dieser 1662 erschienene Bericht gibt eine lebhafte Beschreibung von den Verhältnissen in der Hauptstadt des Osmanischen Reiches aus der Sicht einer einfachen Frau, der seinen Eindruck auf die Leser nicht verfehlt haben dürfte, geht es doch weniger um das Leben am Hofe des Sultans, als um die alltäglichen Plagen des Waschens und Spinnens, um Schläge, Hunger und Kälte.

Neben den im Volksglauben verwurzelten Aspekten der »Türkennot« muß aber auch auf die theologisch sehr viel komplexeren Vorstellungen hingewiesen werden, die vor allem in der Zeit der Reformation entwickelt wurden. Martin Luther hat sich ausführlich mit dem Koran auseinandergesetzt und durch seine Autorität das protestantische Islambild durch viele Generationen geprägt. Seinem Einsatz war es auch zu verdanken, daß die erste Koranübersetzung 1543 in Basel gedruckt werden konnte; er hatte sich für den Übersetzer Theodor Buchmann, besser bekannt als Bibliander (1504–1564) und dessen Drucker Johannes Opornius beim Rat der Stadt verwendet. Luthers grundsätzliche Einstellung dem Koran gegenüber wird deutlich aus dem Satz: »Hab ich zeit so mus ichs ia verdeudschen, auff das yerdeman sehe welch schenlich buch es ist.« Im Grunde aber suchte er nach der Rolle des Islams im Heilsplan Gottes. Die Türkengefahr hatte für ihn einen eschatologischen Aspekt; er bezog sie auf die Weissagungen des Propheten Daniel. In den dort vorausgesagten Tyrannen sah er den Papst, der das Christentum durch eine falsche Lehre zerstören und den Türken, der das gleiche Ziel mit dem Schwert bewerkstelligen wollte. Für Luther war der Papst jedoch der gefährlichere Feind. Der Türke wurde in diesem Sinne eher als eine Geißel Gottes betrachtet, der die Christenheit für ihren Abfall von der wahren Religion strafen sollte.

Sehr viel direkter auf die Präsenz des Islams in Deutschland hatten sich die Türkenkriege des 17. Jahrhunderts ausgewirkt. Die militärischen Auseinandersetzungen hatten einen hohen Blutzoll auf beiden Seiten gefordert. Den gefallenen oder friedlich verstorbenen Christen von Rang wurden von den Hinterbliebenen eindrucksvolle Grabmäler gesetzt. Die Monumente von Markgraf Ludwig Wilhelm von Baden (1655–1707), Fürst Georg Friedrich von Waldeck (1620–1692) oder dem Bischof von Münster, Christoph Bernhard von Galen, mögen hier als Beispiele dienen. Auf den Grabsteinen und Erinnerungstafeln wird auf ihren Einsatz in den Türkenkriegen hingewiesen. Auch Totenschilde und Epitaphien in den Grabkapellen bedeutender Familien erinnern an die in den Kämpfen gegen die Türken gefallenen Angehörigen dieser Familien. So blieb über Jahrhunderte die Erinnerung an diese große Auseinandersetzung erhalten. Mit den Leichen der Besiegten ging man weniger respektvoll um. Nach dem Abzug der Türken vor Wien warf man die zurückgebliebenen Leichen zu Tausenden einfach in die Donau. Viele wurden zu medizinischen Zwecken verwendet und gelangten daher in den Handel. So brachte man auf die Neujahrsmesse in Leipzig im Jahr 1648 ganze Fässer voll »Türkenköpfe«, die für vier bis acht Reichstaler verkauft wurden. Auch andere Leichenteile fanden Verwendung. Menschenfett und Muskelfleisch galten als Wundermedizin. Dies hing damit zusammen, daß man die Haltbarkeit ägyptischer Mumien auf entsprechende Flüssigkeiten oder Säfte zurückführte. Noch im 19. Jahrhundert wurde in deutschen Apotheken offiziell ein Medikament namens »Mumia« verkauft. Im übrigen verscharrte man die gefallenen Türken in Massengräbern.

In den Kriegshandlungen wurden zahlreiche Gefangene gemacht. Es gehörte geradezu zum guten Ton unter Adeligen, die an diesen Kämpfen teilgenommen hatten, einen oder mehrere Gefangene in ihre Schlösser mitzunehmen. Für sie hat sich der Begriff »Beutetürken« eingebürgert. Hier seien einige Biographien skizziert, die der Volkskundler Hartmut Heller zusammengestellt hat: Bei der Eroberung Athens im Jahre 1687 entführte einer der beteiligten Offiziere, ein Freiherr von Wrisbergholzen-Bevern aus einem Garten ein etwa sechzehnjähriges, auffällig mit Juwelen geschmücktes Mädchen, möglicherweise die Tochter des türkischen Statthalters, und nahm sie mit in sein nahe Alfeld/Leine gelegenes Schloß. Sie wurde getauft und erhielt den Namen Christina. Man beließ ihr aber auch ihren ursprünglichen Namen Fatme. Jahre später heiratete sie den örtlichen Schulmeister Carl Huth. Sie hatten mehrere Kinder, und die Nachkommen existieren bis heute. Die »Beutetürkin« muß im Dorf offenbar des öfteren ihren Lebensweg erzählt haben, denn die mündliche Überlieferung ihrer Berichte hielt sich im Raum Markoldendorf/Wrisbergholzen bis in unser Jahrhundert. Oder die Biographie des Türken Ali: Der preußische General von Barfuß hatte ihn in der Schlacht von Ofen 1686 gefangen- und mit nach Berlin genommen. Sechs Jahre später fand im Beisein von zehn Paten aus dem Adelsstand die feierliche Taufe des Achtundzwanzigjährigen statt. Er erhielt den Namen Christian und nach dem Kurfürsten den Namen Friedrich. Die Kurfürstin, bei der er ab 1694 im Schloß Charlottenburg als Lakai diente, rief ihn weiterhin Ali. Der junge Mann war bei Hofe außerordentlich beliebt. Man ließ ihn in orientalischer Kleidung porträtieren und gab ihm die Möglichkeit, sich in der Schloßstraße ein »Freihaus« zu bauen, das der Hofarchitekt Eosander entworfen hatte. Im Jahr 1711 hatte er es nach der Charlottenburger Bürgerliste gar zum Stadthauptmann gebracht. Fünf Jahre später verstarb er. In Berlin hatte er eine getaufte Türkin mit Namen Sophia Henriette Zollin geheiratet, mit der er sechs Kinder hatte. Die Nachkommen dieser Familie leben noch heute in München, Freiburg und Berlin. Doch nicht immer gingen die Schicksale der Beutetürken so glimpflich aus. Nach nur drei Jahren Gefangenschaft starb ein kleiner Mustapha auf Schloß Brake bei Lemgo. Einer der Grafensöhne hatte ihn bei der Erstürmung von Budapest 1686 geraubt. Zu einer Taufe war es nicht gekommen. Ein Grabstein an der Schloßkirche erinnert an das »Heidenkind«. Die Untersuchungen von Hartmut Heller haben ergeben, daß über die Hälfte der »Beutetürken« Kinder und der Rest Jugendliche oder junge Frauen und Männer waren. Viele litten unter ihrer Gefangenschaft und hatten Heimweh. So berichtet der Pfarrer von Lehrberg in der Nähe von Ansbach über eine getaufte Türkin, die 1696 starb: »Ob sie wohl fleißig gebetet, auch das heilige Abendmahl öfters empfangen hat, so hat sich doch das türckische gemüth nicht gar bergen lassen.« In vielen Fällen ging es den Besitzern darum, die jungen Muslime zu Christen zu machen. Sie wurden in den Grundzügen der christlichen Religion unterrichtet. Manche waren so begabt, daß sie die »Teutsche Sprache und Haubtstücke der Christlichen Lehre« so gut beherrschten, daß sie »auf alle Fragen deutliche und vergnügliche Antwort« geben konnten. Die anschließenden Taufen beschreibt Heller so: »Ungewöhnlich wie sie war, wurde eine solche Konvertitentaufe oft sehr groß inszeniert. In dem beglückenden Gefühl, Werkzeug Gottes bei einer Seelenrettung zu sein, übernahmen hohe Standespersonen die Funktion der Paten – Adelsgenossen des Türkenbesitzers, Amtsleute, Bürgermeister, Ratsherren, Zunftvorsteher, Pfarrer, Offiziere, Gräfinnen und Komtessen –, vier, auch, gelegentlich ein, zwei Dutzend und mehr! Zu Tausenden strömten Schaulustige herbei, um Zeuge zu sein, wenn mit jenen Herrschaften das festlich geschmückte ›Taufkind‹ unter ›Trombetten- und Pauckenschall‹ in die Kirche einzog und dort einem zumeist umfänglichen Taufexamen unterzogen wurde. Manchmal wurde nicht weniger als die demütigend öffentliche Selbstbezichtigung verlangt, bisher ein ›Türcke und verdammter Mensch‹ gewesen zu sein. Andererseits vermittelte ein solch repräsentativer Taufakt natürlich gesellschaftliches Ansehen. Manche Taufpredigt erschien auch gedruckt – voll opulenter rhetorischer Figuren, die rühmten wie ›herzlich‹ der Zögling ›die Taufe begehret‹: An der Ehrlichkeit dieses neuen Glaubenseifers muß man im übrigen wohl gar nicht allzusehr zweifeln. Am Taufbecken bekamen Achmed, Kador, Habba oder Omar neue, christliche Namen. Man wählte sie nach den Paten oder stempelte ihnen mit den gehäuft verwendeten Namen Christian, Christina, Gottlieb, Gotthold, Maria geradezu Konfessionszeichen auf. Wenn Familiennamen gegeben wurden, was selten geschah, so hießen sie fortan z. B. nach dem Ort ihrer Gefangennahme Belgrad, Weißenburger, Ofen, nach dem neuen Wohnsitz Auerbacher, Würzburger, Lautlinger, in religiöser Submission Gnadenberger, Bleibtreu, Christ oder in undeutbarer Beliebigkeit Mahler, Möricke, Grünbaum, Geyer. Ein paarmal wurden mitgebrachte Namen schlicht eingedeutscht (Osman, Mustoph, Aly, Hussy, Musselmann, relativ selten Türk) oder der letztstehende christliche Rufname allmählich zum Nachnamen erhöht.« In den meisten Fällen blieben die Klientelverhältnisse der ehemaligen »Beutetürken« zu ihren Entführern bestehen. Sie blieben weiter in deren Diensten, wobei sie sich häufig durch Treue und Zuverlässigkeit auszeichneten, die dazu führten, daß sie in ihrem

Rahmen Karriere machten. Andere machten sich jedoch auch selbständig. Nikolaus Straus, der 1697 in Würzburg ein erstes Kaffeehaus eröffnete, ist nur einer von ihnen. Aber sicherlich handelt es sich hier um ein sehr typisches Beispiel. Erstaunlich ist bei diesen ehemaligen Muslimen von der ersten Generation an eine deutlich feststellbare soziale Mobilität. Sie konnten sich zu den Positionen eines Stadthauptmanns, eines Schultheißen, eines Steuereinnehmers hocharbeiten. Häufig entwickelten sich auch besonders enge Beziehungen zwischen den ehemaligen Türken und ihren Patronen, so daß diese sie adoptierten und in die gleiche Position setzten wie die eigenen Kinder. Hier sei nur auf Mehmet von Königstreu hingewiesen, den der Hannoveraner Kurfürst 1714 in den erblichen Adelsstand erhob. So wird es auch nicht verwundern, daß sich auch keine Probleme bei Heiraten zwischen getauften Türken und Einheimischen ergaben. Die Ehe unter Türken war, wie Hartmut Heller gezeigt hat, eher die Ausnahme. Üblich waren Heiratsbeziehungen in bürgerliche Kreise hinein. Einigen jungen Türkinnen gelangen ausgesprochene Erfolgsheiraten. So wurde eine Fatme Gräfin Castell, und in Sachsen heiratete eine Namensvetterin einen Herrn von Spiegel. Aus der Mehrzahl dieser Ehen entstammten Kinder, die in der damaligen Gesellschaft offenbar ohne Schwierigkeiten akzeptiert wurden, und häufig war nach zwei Generationen die türkische Herkunft schon in Vergessenheit geraten.

Unvergessen allerdings ist die türkische Niederlage vor Wien. Der dreihundertste Jahrestag dieses Ereignisses wurde 1983 mit zahlreichen Veranstaltungen begangen. Der Sieg blieb nicht ohne Folgen für die Einstellung in Deutschland und Österreich gegenüber dem Islam und den Muslimen. Das läßt sich vor allem an den Künsten dokumentieren. Seit dem Ende des 17. Jahrhunderts war es in der offiziellen österreichischen bildenden Kunst üblich, türkische Krieger als Gefangene oder Gefallene darzustellen. Über den zerschmettert am Boden liegenden Halbmond sprengten Prinz Eugen und die anderen siegreichen Generäle der Türkenkriege. In anderen Darstellungen blicken verzweifelte Türken auf die von den österreichischen Truppen eroberte Stadt Belgrad, auf wieder anderen Bildern, vor allem in Flugschriften, werden die geschlagenen Türken karikiert und der Lächerlichkeit preisgegeben. Diese Veralberung der Türken nach ihrer Niederlage fand ihre Fortsetzung in entsprechenden Anekdoten, die in der mündlichen Überlieferung einiger Regionen Österreichs noch bis in die Gegenwart weiterleben. Nach dem endgültigen Ende der kriegerischen Auseinandersetzungen zwischen Österreich und den Osmanen veränderte sich langsam die Haltung gegenüber dem »Erbfeind«. Auch in deutschen Landen entstand eine »Türkenmode«, die in Flandern, Italien oder Frankreich schon früher zu finden war. Diese Mode äußerte sich nicht nur in der vor allem in den Niederlanden grassierenden Tulpenmanie. Vielmehr entstanden auch wie selbstverständlich bildliche Darstellungen mit orientalischen Sujets, in denen ein gewisser Exotismus seinen Anfang nahm. Schon im 17. Jahrhundert hüllte man sich an europäischen Fürstenhöfen bei Festen gerne in die prachtvollen Gewänder aus dem Orient, die durch Handelskontakte und Reisende zu ihren Liebhabern in den Westen gelangt waren. Mitglieder der gehobenen Stände ließen sich als Sultan oder Sultanin porträtieren. Als sich sogar die Kaiserin Maria Theresia von dem Maler Jean Etienne Liotard in türkischer Tracht malen ließ, konnte das als der endgültige Abschluß der Vorstellung vom Türken als »Erbfeind« angesehen werden. Liotard war ein Künstler, der mit der offenen Zurschaustellung seines Exotismus den Geschmack der Gesellschaft an den europäischen Fürstenhöfen prägte. Er hatte sich als Begleiter eines französischen Diplomaten in Istanbul aufgehalten und dort an der türkischen Lebensweise einen solchen Gefallen gefunden, daß er sie auch nach seiner Rückkehr nach Europa nicht ablegen wollte. Er trug weiterhin auch außerhalb von Festen türkische Kleidung und erregte damit großes Aufsehen. Diese Begeisterung für alles Exotische setzte sich auch im späten 18. und frühen 19. Jahrhundert noch fort und schlug sich in der bildenden Kunst unter dem Topos »Orientalismus« nieder. Dabei war der Orient in sehr unterschiedlicher Weise Hauptmotiv vor allem von Malern und Grafikern. Obwohl die Künstler, wenn sie den Orient überhaupt besucht hatten, kaum jemals eine Orientalin tatsächlich gesehen hatten, stand doch gerade sie im Mittelpunkt des künstlerischen Interesses. Während sich die allgemeinen Kenntnisse vom Orient in Europa durch Reisende, Wissenschaftler und Diplomaten verbesserten, wurden die Vorstellungen und Phantasien über Orientalinnen gerade durch den Mangel an Vergleichsmöglichkeiten immer lebhafter. Es entstand das Bild eines imaginierten Orients, wobei es sich häufig um Projektionen der europäischen Maler und ihrer Auftraggeber gehandelt hat. Oft sind diese Werke durch die Kombination von Erotik und Gewalt gekennzeichnet. Bekannt ist das Bild von Eugène Delacroix *Der Tod des Sardanapal* aus dem Jahr 1827, das im Louvre zu bewundern ist. Dem Betrachter bietet sich eine hochdramatische Szene dar. Der altorientalische Herrscher Sardanapal hat befohlen, alle Frauen, Sklaven und Tiere seines Palastes zu töten, der von den Feinden belagert wird. Obwohl es sich nicht um ein Vorbild aus der islamischen Geschichte handelt, werden hier doch alle Stereotype des imaginierten Orients angesprochen. Man sieht nackte Frauenleiber vor einem roten Hintergrund; muskulöse Sklaven, Juwelen und andere Schätze ergießen sich über die Szene, Scheiterhaufen lodern. In der gleichen Tradition von Gewalt und Erotik steht auch Delacroix' Bild mit dem Titel *Die Gefangennahme des Gefolges von Abdel Kader* aus dem Jahr 1854. Auch hier findet sich wieder die Darstellung von Frauen, die über Männer dominieren. Es geht bei diesem Bild nun aber nicht mehr allein um die Darstellung eines imaginierten Vorgangs aus längst vergangenen Zeiten, sondern um die künstlerische Umsetzung eines historischen Ereignisses aus der Zeit des Malers. Emir Abd el-Kader war der heftigste und erfolgreichste Widersacher der Franzosen bei ihrer Eroberung Algeriens. Der voyeuristische Aspekt des Bildes hat auch seine politischen Momente: Es sind Europäer, die die Frauen des politischen und militärischen Gegners gefangennehmen; die Niederlage der Algerier wird durch die Bemächtigung ihrer Frauen durch ihre französischen Gegner vollkommen. Die Verbindung von Erotik und Gewalt spiegelt sich auch bildnerisch in zahlreichen Sklavenmarkt- und Haremsdarstellungen. Die Abbildungen von nackten und halbnackten Frauen befriedigte zugleich mehrere Aspekte des Interesses europäischer Betrachter. Natürlich stand zunächst die Darstellung des weiblichen Körpers im Vordergrund, die Bilder hatten aber zugleich die Funktion, das Überlegenheitsgefühl der europäischen Zivilisation gegenüber der islamischen Welt zum Ausdruck zu bringen. Das aufgeklärte Europa war stolz darauf, die Sklaverei seit mehreren Generationen abgeschafft zu haben. Auch der Harem mit der eingeschränkten Bewegungsfreiheit der dort lebenden Frauen wurde als eine Form männlicher Machtausübung gesehen. Das erotische Moment dieses Motivkomplexes muß nicht weiter erläutert werden. Die bekanntesten Haremsbilder stammen von Jean Auguste Dominique Ingres, der zum Beispiel 1862 ein Bild mit dem Titel *Türkisches Bad* malte. »Ingres zeigt eine verschwenderische Fülle nackter Frauen, so dicht beieinander sitzend oder liegend, daß sich ihre Schenkel berühren. Zwei Frauen halten sich zärtlich umschlungen, während sich eine andere in einer hingebungsvollen Geste zurückwirft« (Lynn Thornton). Vorstellungen von gleichgeschlechtlicher Liebe im Harem gehörten zu den westlichen Imaginationen im Zusammenhang mit polygynen Lebensformen. Ingres war nicht nur ein erfolgreicher Maler, sondern auch ein guter Geschäftsmann. In Anlehnung an seine Bilder ließ er in hohen Auflagen Kupferstiche anfertigen, die er all denen verkaufte, die sich seine Ölbilder nicht leisten konnten. Von seinem Bild *Große Odaliske* von 1814 sind sogar verschiedene Versionen als Stiche bekannt. Man kann hier geradezu von einer frühen industriellen Verbreitung des europäischen Orientbildes sprechen. Die Bilder dokumentieren in ihrer Gesamtheit das Selbstbewußtsein einer Gesellschaft, für die der Orient nicht mehr die Quelle von Erleuchtung, Reichtum und Kultur ist. Neben der militärischen wird hier auch die zivilisatorische und moralische Überlegenheit des Westens dem Orient gegenüber zum Ausdruck gebracht.

Neben den bildenden Künsten war es vor allem die Musik, in die seit 1686, also drei Jahre nach der Entsetzung Wiens, der Islam und die Türken als Motiv eingehen. In diesem Jahr wurde in Hamburg Johann Wolfgang Francks Oper in zwei Teilen unter folgenden Titeln (ur?)aufgeführt: *Der glückliche Großvezir Kara Mustapha, nebst der grausamen Belagerung und Bestürmung der kaiserlichen Residenzstadt Wien* und *Der unglückliche Karamustapha, nebst dem erfreulichen Entsatze der kaiserlichen Residenzstadt Wien.* In der Folge entwickelte sich vor allem in Frankreich eine lebhafte Produktion von »Türkenstücken«. Die »Türkenopern« bildeten danach für lange Zeit die beliebtesten Bühnenformen musikalischer Unterhaltung in den europäischen Haupt- und Residenzstädten. Verschiedene europäische Komponisten von Gluck über Mozart bis Rossini bemühten sich, »türkische Musik« nachzuahmen. Und die Bezeichnung »alla turca« stand über Stücken für große und kleine Besetzungen. Damit waren vor allem bestimmte Instrumentierungen gemeint, bei denen eine Vielzahl von Perkussionsinstrumenten, die aus der türkischen Instrumentalmusik übernommen worden waren, eingesetzt wurden. Zu ihnen zählen die verschiedenen Pauken, Cymbal, Schellenbaum und vieles mehr. Häufig wird bei der »türkischen Musik« ein Zweiviertelttakt verwendet. Um die besonderen Klangfarben orientalischer Musik nachzuahmen, bemühten sich die Komponisten um einen ständigen Wechsel zwischen Dur und Moll, um zahlreiche Unisonostellen und häufig wiederholte kurze Melodieteile. Am eindrucksvollsten und daher wohl auch als typisch für die »türkische Musik« wurden jedoch plötzliche Lautstärkenwechsel angesehen. So schreibt Leopold Mozart 1777 aus München an seine Familie in Salzburg über Michael Haydens Zwischenmusiken zu Voltaires Bühnenstück *Zayre oder Die rasende Eifersucht eines Türken*: »die ZwischenMusiken vom Hayden sind wirklich schön, unter einem Ackt war ein Arioso, mit Variationen, Violonzell, Flauten, oboe etc: und ohngefehr, da eben eine piano Variation vorausging, trat eine Variation mit Türk Musik ein welche so gähe und unvermuthet kam, daß alle frauenzimmer erschracken, und ein gelächter entstand.« Einige Jahre später wandte Wolfgang Amadeus Mozart die gleiche Technik bei der Ouvertüre zur *Entführung aus dem Serail* an. An seinen Vater schreibt er: »Von der ouverture haben wir nichts als 14 Täckt. – die ist ganz kurz – wechselt immer mit piano und forte ab; wobey beym forte allzeit die türkische Musick einfällt. – modolirt so durch die töne fort – und ich glaube man wird dabey nicht schlafen können, und sollte man eine ganze Nacht nicht geschlafen haben.« Die *Entführung aus dem Serail* aus dem Jahr 1782 stellt wohl den musikalischen Höhepunkt der »Türkenopern« dar. Der Stoff nimmt inhaltlich manches auf, was noch mit der »Türkennot« vergangener Jahrzehnte zu tun hat. Die Belagerung Wiens ist ja kaum hundert Jahre vorbei und noch immer in lebhafter Erinnerung. Die allgemeine Beurteilung von Muslimen zeigt sich in den Gestalten eines Osmin und Bassa Selim. Osmin ist zum Beispiel die Verkörperung eines sentimentalen, dummen und zugleich rachsüchtigen und grausamen Muslims, was der Gegensatz der Texte seiner Auftrittsarie und der Rachearie im letzten Bild verdeutlicht:

»Wer ein Liebchen hat gefunden,
die es treu und redlich meint,
lohn es ihr durch tausend Küsse,
mach ihr all das Leben süsse,
sei ihr Tröster, sei ihr Freund«

Dann aber heißt es:

»O, wie will ich triumphieren,
wenn sie euch zum Richtplatz führen,
und die Hälse schnüren zu...
Erst geköpft, dann gehangen,
dann gespießt auf heiße Stangen...«.

Die Überzeichnung dieser Figur bei Mozart läßt noch Erinnerungen an die Türkenkriege nachhallen, und selbst in den zahlreichen Begleittexten zu späteren Aufführungen und sogar noch zu Schallplattenaufnahmen der sechziger Jahre unseres Jahrhunderts wird das Bild des unbarmherzigen Türken immer wieder beschworen. Dagegen ist die Großmut des Bassa Selim und seine Fähigkeit zur Vergebung in solchen Kommentaren psychologisch nur möglich, weil er ursprünglich Christ war. Seine edle Haltung wurde als Konsequenz aus seiner christlichen Herkunft und nicht etwa aus seiner muslimischen Existenz erklärt. In Rossinis *Italienerin in Algier* von 1813, mit der die Türkenoper ausklingt, wird die Verspottung von Muslimen konsequent fortgesetzt. Eine Schlüsselszene ist dabei die Ernennung von Mustafa, dem Bay von Algier zum »Pappaci«. Es bleibt völlig unklar, welche Funktionen, Aufgaben, Vor- oder Nachteile eine solche Position hat. Mustafa hält diesen Rang für eine wichtige, weil moderne und europäische Einrichtung und strebt sie deshalb an. Er ist der Prototyp des Eingeborenen, der für wertlose Glasperlen seine Lebensgrundlagen hergibt. Das Fazit, das hier beabsichtigt ist, kann so zusammengefaßt werden: Er ist nicht ernst zu nehmen und somit ist auch die Kultur, die er vertritt, geringzuschätzen.

Die europäische Literatur hat seit dem Mittelalter vermutlich recht unbewußt Techniken und Motive der orientalischen Literatur übernommen. Seitdem 1704 die Märchensammlung von *Tausendundeine Nacht* ins Französische übersetzt worden war, wurden entsprechende Übernahmen ganz bewußt betrieben. In den folgenden Jahren erschienen Übersetzungen von *Tausendundeine Nacht* in allen europäischen Sprachen. Die Sammlung trug erheblich dazu bei, die Welt des Islams in deutschen Augen zu exotisieren, wozu – neben den phantastischen und märchenhaften Aspekten der Erzählungen – vor allem die Verbindung von Grausamkeit und Erotik beitrug. Die Geschichte des Königs Schahriyar, der jeden Tag eine Jungfrau heiratet, die er töten läßt, nachdem er mit ihr die Nacht verbracht hat, konnte als eine typisch islamische Haltung gegenüber Frauen verstanden werden. Die geradezu schrankenlose Verfügbarkeit über Frauen verstärkte die Vorstellungen, die im Kontext der islamischen Polygynie in Europa schon früher als besonderes Kennzeichen des Islams angesehen worden waren. Hugo von Hofmannsthal formuliert diese Wahrnehmung zurückhaltend, doch deutlich, in der Einleitung zur deutschen *Tausendundeine Nacht*-Übersetzung von Enno Littmann: »Die Lockungen und die Drohungen waren seltsam vermischt; uns war unheimlich zu Herzen und sehnsüchtig; uns grauste vor innerer Einsamkeit, vor Verlorenheit, und doch trieb ein Mut und ein Verlangen uns vorwärts und trieb uns einen labyrintischen Weg, immer zwischen Gesichtern, zwischen Möglichkeiten, Reichtümern, Düften, halbverhüllten Mienen, halboffenen Türen, kupplerischen und bösen Blicken in dem ungeheuren Basar, der uns umgab.« Es blieb nicht bei den Übersetzungen. Europäische Autoren schrieben Kunstmärchen, die die Motive und die Erzähltechnik von *Tausendundeine Nacht* kopierten. Die

Märchen vom *Kalif Storch* oder vom *Kleinen Muck* aus der Feder von Wilhelm Hauff sind nur ein Beispiel.

Es waren Aufklärer wie Montesquieu oder Voltaire, die den Orient als Folie für ihre Kritik an der politischen und sozialen Situation der absolutistischen europäischen Herrschaft verwendeten. Berühmt sind die *Persischen Briefe* von Montesquieu aus dem Jahr 1721. In ihnen beschreibt er Frankreich aus der Sicht zweier persischer Reisender, die alles was sie beobachten vor dem Hintergrund ihrer eigenen Kultur betrachten. Die Aufklärer benutzten den Orient als Objekt, um ihn in der eigenen Auseinandersetzung mit der europäischen politischen, wirtschaftlichen und sozialen Situation zu instrumentalisieren. Die Bilder und Urteile über die islamische Welt, die so bei ihren Lesern entstanden, wurden wahrscheinlich gar nicht beabsichtigt oder konnten nicht vorausgesehen werden. Sie blieben aber nicht ohne Konsequenzen für die Beurteilung islamischer Gesellschaften im Europa der Aufklärung; denn die Suche nach den negativen Aspekten der orientalischen Gesellschaften, mit denen dann die europäischen Verhältnisse kritisch verglichen oder gleichgesetzt wurden, hatten natürlich die Absicht, die Situation in der französischen Gesellschaft zu verbessern. Sie gingen aber zugleich von einer grundsätzlich vorhandenen Überlegenheit der europäischen Kultur gegenüber dem Orient aus. Diese Werke wurden verschiedentlich auch ins Deutsche übersetzt und hatten hier eine vergleichbare Wirkung.

In England entstand Ende des 18. Jahrhunderts eine ganze Literaturgattung, in der sich die Obsessionen der gehobenen britischen Gesellschaft in einem orientalischen Milieu spiegelten. Der bekannteste Text dieser Art ist der Roman *Vathek* von William Beckford, der 1787 erschien. Es handelt sich um eine schauerliche Zusammenstellung aller möglichen Missetaten und Laster, die vom Abbasidenkhalifen al-Wathiq begangen worden sein sollen. Ausführlich wird der Leser mit sexuellen Exzessen verschiedenster Art, mit Intrigen und Zauberei konfrontiert. Vor seinen Augen entsteht das Bild einer Kultur, in der jede Form von Unmoral möglich ist und in der alles, was im puritanischen England verboten war, erlaubt erscheint. Für Beckford war das romantisch-erotische Moment in seinem Buch von größter Bedeutung; mit seinen Schilderungen von Grausamkeiten und Quälereien trug er das seine zu einem Bild vom Orient bei, dem sich das europäische und besonders das britische Bildungsbürgertum weit überlegen fühlte. Zwar war *Vathek* auch in Deutschland bekannt; doch entwickelte sich hier eine stärker von deutschen romantischen Vorstellungen geprägte Einschätzung des Orients. Die Geistesgrößen der Klassik, Nachklassik und Romantik setzen sich mit der islamischen Welt aus unterschiedlichen Motiven auseinander. Goethe, der sich in einzelnen Gedichten schon früh mit dem Islam und seinem Propheten befaßt hatte, zeigt in seinem *West-östlichen Divan,* daß es auch einem Europäer gelingen kann, geistig besonders tief in die islamische Kultur und Gedankenwelt einzudringen. Er hatte sich intensiv mit den verschiedenen religiösen, literarischen und wissenschaftlichen Aspekten des Islams und seiner Geschichte auseinandergesetzt und einen poetischen Dialog mit der Literatur des Orients versucht. Besonders intensiv beschäftigte ihn die neupersische Dichtung und ihr Vertreter Hafiz:

> *»Herrlich ist der Orient übers Mittelmeer gedrungen,*
> *Nur wer Hafiz liebt und kennt, weiß, was Calderon gesungen.«*

Beide, Goethe wie Hafiz, lieben den Wechsel von Ironie zu Lebensweisheit und die Verbindung von Emotionen und Geist. Goethes Orient ist, wie bei einigen seiner Epigonen, ein literarischer Ort. Alltagspolitische Realitäten spielen hier keine Rolle. Der *Divan* ist geradezu zeitlos. Goethe hatte sich ja auch geweigert, die zeitgenössische Landschaft Griechenlands als Ort historischer Vorgänge in der Antike zu akzeptieren. Gleiches gilt auch für seine Orientsicht. Vielleicht wurde gerade deshalb dieses Bild des Orients vom deutschen Bildungsbürgertum gerne übernommen. Diese zeit- und politiklose Orientsicht wird deutlich, wenn er angesichts der Umwälzungen in Europa nach der Französischen Revolution sagt:

> *»Nord und Süd und West zersplittern,*
> *Throne bersten, Reiche zittern,*
> *Flüchte du, im reinen Osten*
> *Patriarchenluft zu kosten,*
> *Unter Lieben, Trinken, Singen*
> *Soll dich Chisers Quell verjüngen.«*

Gottfried Keller persifliert diese Haltung, wenn er sagt:

> *»Und bin ich des Griechischen müde,*
> *So lockt mich die Moschee;*
> *Ich kleide in maurische Schnörkel*
> *Mein abendländisches Weh...«*

Das Maurische bildete auch den Ausgangspunkt der Beschäftigung von Heinrich Heine mit dem Islam. Das friedliche Zusammenleben zwischen den Anhängern der drei großen monotheistischen Religionen hatte ihn besonders beeindruckt. In der Vertreibung und Zwangschristianisierung der Muslime nach der Reconquista sah er Parallelen zum Schicksal der Juden in Deutschland. Zugleich übte der orientalische Sensualismus eine tiefe Wirkung auf ihn aus. Dabei ist bei ihm nicht nur von Odalisken und dem Harem die Rede, sondern auch von dem Fläschchen Rosenöl, womit er der Realität einer orientalischen Sinnlichkeit sehr viel näher ist als die schwülen Produkte der englischen orientalisierenden Dichtung. Das Orientbild Heines hat jedoch ebenfalls ein stark imaginatives Moment. Heine war andererseits auch politischer Journalist, und als solcher war er durchaus mit der real existierenden islamischen Welt befaßt. Er war Zeuge der politischen Entwicklungen, die zum europäischen Expansionismus und zu den Auseinandersetzungen zwischen England und Frankreich um die Vorherrschaft in der islamischen Welt führten. Auf diese Konfrontationen, die ja besonders in der Levante und in Nordafrika deutlich wurden, geht 9er in seinen Berichten aus Paris um 1840 des öfteren ein. Heine ist also in der Lage, zwischen einem erdichteten, »erträumten« und einem realen Orient zu unterscheiden, wobei für die Wirkungsgeschichte und das Islambild in der deutschen Öffentlichkeit doch wohl eher der imaginierte Orient von Bedeutung gewesen ist.

Darüber hinaus ist der Orient immer wieder Schauplatz zahlreicher Trivialromane, von denen hier lediglich die des Abenteuerschriftstellers Karl May zur Sprache kommen sollen. Bei Karl May ergeben sich schon deutliche Veränderungen in der Einschätzung des Islams und der Muslime im Vergleich zu den Vorstellungen der deutschen Klassik und Romantik. In seinen Romanen findet sich kaum ein Orientale, der nicht durch eine Reihe von Stereotypen gekennzeichnet ist, die sich bis heute in antiislamischen Aussagen erhalten haben. Bei Karl May sind Orientalen häufig schmutzig, hinterlistig und grausam. Positiv geschildert wird im Grunde nur die Figur des Dieners des Helden Kara ben Nemsi, der berühmte Hadschi Halef Omar. Trotz der freundlichen Schilderung bleibt dieser jedoch eine Clownfigur, über die sich die Leser amüsieren können und sollen. Er ist feige und großsprecherisch, auch ein Charakterzug, der sich in der westlichen Beurteilung von Muslimen bis in die Gegenwart findet. Wie man mit Muslimen nach Karl Mays Ansicht umgehen muß, lehrt er so: »Man muß den Orientalen zu behandeln verstehen. Derjenige Abendländische, welcher sich mißachtet sieht, trägt selbst die Schuld. Ein klein wenig persönlicher Mut und eine möglichst große Dosis Unbescheidenheit, unterstützt von der lieben Tugend, welche man bei uns Grobheit nennen würde, sind unter gewissen Voraussetzungen von allerbestem Erfolge. Allerdings gibt es auch andererseits Verhältnisse, in denen man gezwungen ist, sich einiges oder sogar vieles gefallen zu lassen. Dann ist es aber geraten, so zu tun, als ob man nichts bemerkt habe. Freilich gehört nicht nur Kenntnis der Verhältnisse und Berücksichtigung des einzelnen Falles, sondern auch gute Übung dazu, um zu entscheiden, was dann besser und klüger sei: Grobheit oder Geduld und Selbstüberwindung, die Hand an der Waffe oder – die Hand am Beutel.« Sicher haben auch die eingestreuten arabischen oder türkischen Worte und Redewendungen sowie die korrekte Beschreibung von Landschaften und Bauwerken ein hohes Maß an Authentizität bewirkt und dazu beigetragen, daß Generationen von Schuljungen die Karl-May-Bände mit Begeisterung verschlungen haben.

Wie in den Künsten entwickelte sich auch in der politischen Praxis und der öffentlichen Meinung in Deutschland ein zwiespältiges Bild des Islams und der Muslime. Das Zeitalter der Aufklärung sah Religionsfreiheit als eine seiner großen Errungenschaften an. Im Zuge der Reformpolitik Friedrichs II. von Preußen kamen zum ersten Mal Muslime in größerer Zahl nach Deutschland. Vor allem handelte es sich um Soldaten, die von in Polen beheimateten Tatarengruppen abstammten. Ob Friedrichs Satz: »Wenn Muslime kommen, muß man ihnen Moscheen bauen«, authentisch ist oder nicht, so ist er doch Ausdruck eines realitätsbezogenen Umgangs mit Muslimen und mit der islamischen Welt, wie er auch für das spätere Preußen nicht untypisch war. Ein noch heute existierender Beleg für diese praxisnahe Art des Umgangs mit Muslimen ist der islamische Friedhof am Columbiadamm in Berlin-Tempelhof. Als 1798 der Gesandte des Osmanischen Reiches in Preußen, Ali Aziz Effendi, starb, schenkte der preußische König Friedrich Wilhelm III. dem Osmanischen

Reich kurzerhand ein Stück Land, das als »islamischer Gottesacker« ausgewiesen wurde. Bis zum Beginn der sechziger Jahre unseres Jahrhunderts wurden hier Muslime aller Nationalitäten begraben. Er stellt ein einmaliges Dokument der muslimischen Existenz in Berlin dar und ist zugleich der erste und älteste erhaltene und im ursprünglichen Sinn genutzte rituelle Ort der Muslime in Deutschland. Vor allem im 19. Jahrhundert bestand ein reger diplomatischer Austausch zwischen Preußen und dem Osmanischen Reich, der in eine lange andauernde preußische Militärmission in Istanbul mündete. Zahlreiche preußische Offiziere wie der spätere bekannte Generalstabschef Helmuth von Moltke lernten in mehrjährigen Aufenthalten den Orient kennen und berichteten in erfolgreichen Darstellungen von ihren Erfahrungen. Generationen von osmanischen Offizieren nahmen an einer Generalstabsausbildung in der preußischen und später der deutschen Armee teil. Viele von ihnen avancierten zu einflußreichen Persönlichkeiten der osmanischen und der türkischen Politik. Unter ihnen gab es nicht nur türkische, sondern auch arabische Offiziere, von denen einige in der arabischen Nationalbewegung während und nach dem Ersten Weltkrieg aktiv wurden. Lebhaft ins Bewußtsein der deutschen Öffentlichkeit rückte im späten 19. Jahrhundert die islamische Welt nicht zuletzt durch die verschiedenen Reisen, die Kronprinzen und dann auch das deutsche Kaiserpaar ins Heilige Land und die Levante unternahmen. Der berühmte Satz Wilhelms II. am Grab Saladins in Damaskus aus dem Jahr 1898 entsprach nicht nur einer augenblicklichen Stimmung des Kaisers, sondern gab wohl auch eine allgemeine Einschätzung der deutschen Öffentlichkeit wieder. Die Passage lautete: »Angesichts der Huldigungen, die uns hier zuteil geworden sind, ist es mir ein Bedürfnis, im Namen Ihrer Majestät der Kaiserin und in meinem Namen zu danken, für alles, was in allen Städten dieses Landes uns entgegengetreten ist, vor allem zu danken für den herrlichen Empfang in der Stadt Damaskus. Tief ergriffen von diesem überwältigenden Schauspiel, zu gleicher Zeit bewegt von dem Gedanken, an der Stelle zu stehen, wo einer der ritterlichsten Herrscher aller Zeiten, der große Sultan Saladin geweilt hat, ein Ritter ohne Furcht und Tadel, der oft seine Gegner die rechte Art des Rittertums lehren mußte, ergreife ich mit Freuden die Gelegenheit, vor allen Dingen Sr. Majestät dem Sultan Abdul Hamid zu danken für seine Gastfreundschaft. Möge seine Majestät der Sultan und mögen die 300 Millionen Mohammedaner, die, auf der Erde zerstreut lebend, in ihm ihren Khalifen verehrend, dessen versichert sein, daß zu allen Zeiten der deutsche Kaiser ihr Freund sein wird. Ich trinke auf das Wohl Sr. Majestät des Sultans Abdul Hamid.« Die politischen Implikationen dieser Bemerkungen sind offenkundig. Die deutschen Kolonialinteressen standen in einem klaren Gegensatz zu den älteren Kolonialmächten England und Frankreich. Aus dieser politischen Konstellation ergaben sich Konsequenzen auch hinsichtlich der Haltung Deutschlands gegenüber der islamischen Welt. Die strategischen Überlegungen und Interessen hinter einer derartigen islamfreundlichen Haltung waren im Kaiserreich weiten Kreisen der deutschen Öffentlichkeit vertraut. Die in vielen Jahrhunderten entstandene Türkenfurcht und Ablehnung des Islams war jedoch so tief verwurzelt, daß politische Entwicklungen sie rasch wieder heraufbeschwören konnten. Als 1911 der Osmanische Herrscher sich gegen die italienische Besetzung des unter seiner Herrschaft stehenden Tripolitanien wehrte und zu diesem Zweck einen Jihad ausrief, fand dies einen lebhaften Widerhall in der islamischen Welt. In den verschiedensten Regionen meldeten sich Muslime als Freiwillige, um gegen die italienische Invasion in einem islamischen Land zu Felde zu ziehen. Die Dynamik dieser Entwicklung beunruhigte in Deutschland sogar gute Kenner des Islams. Ein Berliner Professor für Islamwissenschaft, Martin Hartmann, schrieb 1911 in der liberalen Zeitung *Das freie Wort*: »Es sei hiermit gewarnt, durch Erregung des religiösen Fanatismus Unruhen herbeizuführen. Gegen einen solchen Versuch würden alle Kulturstaaten einmütig zusammenstehen... Islam ist eine Religion von Haß und Krieg. Er darf nicht das herrschende Prinzip in einer Nation der zivilisierten Welt werden.« Die islamische Gefahr, die hier beschworen wird, wurde an anderer Stelle befürchtet. Im Zusammenhang mit der deutschen Kolonialpolitik zum Beispiel in Schwarzafrika kam es zu einer innerdeutschen Kontroverse, wie dem Islam in Kamerun, Togo oder Deutsch-Ostafrika zu begegnen sei. Während eine Seite den Islam als einen Ordnungsfaktor in den Kolonialgebieten betrachtete und entsprechend zu instrumentalisieren trachtete, sah eine andere Gruppe von Politikern und ihren Beratern den Islam als Gefahr für die Sicherung der deutschen kolonialen Kontrolle. Auch hier tat sich Hartmann hervor, wenn er in diesem Zusammenhang schrieb: »Daneben gibt der Islam nach drei Seiten übelste Anregung: 1. Er kommt durch seine äußerst laxe Moral in geschlechtlichen Dingen der groben Sinnlichkeit der Eingeborenen entgegen, statt diese einzuschränken; diese Wirtschaft ist in jeder Hinsicht einzuschränken... 2. predigt der Islam Feindschaft und Haß gegen alle Andersgläubigen; es ist dem Muslim unerträglich, unter einer fremden Herrschaft zu leben, und es ist die Pflicht aller Muslime, gegen die Ungläubigen zu kämpfen, bis sie ihnen einen Tribut in Niedrigkeit entrichten. Das ist eine schwere Gefahr. 3. zwingt der Islam seine Bekenner zur Erlernung einer fremden Sprache und Schrift aus religiösem Interesse, der Sprache und Schrift des Koran, die für die kulturelle Entwicklung der Lernenden ein Hindernis bildet: jedes Atom von Kraft und Zeit, das auf die arabischen Buchstaben und Worte verwandt wird, ist verloren und bedeutet zugleich einen Verlust für die Aneignung anderer Dinge, deren Kenntnis in die große Kulturgemeinde einreiht und zur

Mitarbeit an dem großen Kulturwerk befähigt.« Diese Passage gibt eine weitverbreitete Einschätzung des Islams im Deutschen Kaiserreich bis zum Beginn des Ersten Weltkriegs wieder. Sie rührt aus einer sicheren Überzeugung der eigenen kulturellen Überlegenheit und Leistungsfähigkeit gegenüber anderen Kulturen, nicht zuletzt der des Islams. Der Islam hatte im weltgeschichtlichen Kontext einmal eine kulturelle Mission gehabt, die er jedoch schon vor Jahrhunderten an den Westen hatte weitergeben müssen. Der Islam hatte nun vom Westen zu lernen.

Als während des Ersten Weltkriegs jedoch das Osmanische Reich auf seiten der Mittelmächte, Deutsches Kaiserreich und Österreich-Ungarn, gegen die Alliierten trat, mußten sich häufig die gleichen Fachleute, Journalisten oder Militärs angesichts einer neuen Lage völlig anders äußern. Nun standen nicht mehr Aggressivität und Haß als kennzeichnende Eigenschaften des Islams im Vordergrund. Der Jihad wurde zu einer reinen Defensivwaffe im Fall eines kolonialen Angriffs auf einen Teil der islamischen Welt. In Deutschland lief eine große proislamische Propagandaaktion an. »Deutsch-türkische Gesellschaften« wurden allerorten gegründet, Ausstellungen über die kulturellen Leistungen des Islams organisiert und die Muslime, die auf französischer, britischer oder russischer Seite gekämpft hatten und in deutsche Gefangenschaft geraten waren, wurden in einem speziellen Gefangenenlager zusammengefaßt, um ihnen die Möglichkeit zu geben, den rituellen Regeln ihres Glaubens entsprechend zu leben. Dieses sogenannte Halbmond-Lager in Wünsdorf südlich von Berlin erhielt aus Mitteln der kaiserlichen Schatulle die erste eigentliche Moschee Deutschlands. Typisch für die Situation war eine Strophe aus dem *Lied eines deutschen Kriegers an seinen muhammedanischen Kameraden*: »Achmed hat einen Herrn / Der ist sein und mein Gott / Der bringt mit seinen Heilgen / der Feinde List zum Spott.« Nicht minder naiv sind die folgenden Verse aus der gleichen Feder: »Kamrad, komm! Sein wir Freunde! / Weg mit Angst und Not! / Iß mit mir hier die Kartoffeln / und das Stückchen Brot.« Natürlich sollte mit derartigen Aktionen den vorhandenen und oft heftig geschürten Gefühlen des Unbehagens gegenüber dem islamischen Verbündeten in der deutschen Bevölkerung entgegengewirkt werden. Wie weit das glückte, mag dahingestellt bleiben.

Die Ergebnisse des Ersten Weltkriegs und die daraus resultierenden geographischen Veränderungen brachten eine größere und deutlicher sichtbare Präsenz des Islams in Deutschland mit sich. Es waren vor allem Emigranten aus der islamischen Welt, die sich nach dem Zusammenbruch des Osmanischen Reiches vor allem in Berlin zusammenfanden. Hier wurde nun die erste islamische Gemeinde als Institution gegründet, in der sich die verschiedensten nationalen und politischen Gruppen trafen. Zu nennen ist in diesem Zusammenhang das »Islam-Institut«, das 1927 unter der Mitwirkung bedeutender deutscher politischer Persönlichkeiten gegründet wurde. Nach eigenem Selbstverständnis sollte das Institut dem Kulturaustausch zwischen Deutschland und der islamischen Welt dienen, und die muslimischen Studenten materiell und moralisch unterstützen. Selbstverständlich waren diese Gemeinschaften zahlenmäßig noch sehr klein. Hin und wieder erregten sie jedoch Aufsehen, wenn ein prominentes Mitglied eines gewaltsamen oder eines plötzlichen natürlichen Todes starb. Im übrigen entwickelte sich eine Art intellektueller Infrastruktur mit Verlagen und Zeitschriften, die aber vor allem versuchten, die eigenen Landsleute und Glaubensbrüder im Exil zu erreichen. Seit der Mitte der zwanziger Jahre nahm auch die Zahl der Studierenden aus islamischen Ländern in Deutschland mehr und mehr zu. Viele von ihnen hatten dieses Land für ihre Ausbildung gewählt, weil sie aus politischen Gründen weder in England noch in Frankreich oder den Niederlanden studieren wollten. Es waren also vor allem junge arabische oder persische Nationalisten, aber auch Inder und Javaner, die sich in den Universitätsstädten, hauptsächlich in Berlin, zusammenfanden. Diese jungen Leute nahmen natürlich auch an den politischen Entwicklungen in Deutschland regen Anteil. Angesichts ihrer nationalistischen Haltung kann es nicht überraschen, daß sie sich für den aufkommenden Nationalsozialismus begeisterten. Noch vierzig Jahre später erinnert sich ein heute als radikaler Muslim bekannter ägyptischer Autor an Deutschland im Jahr 1933: »Ich werde diese Politik nicht vergessen, die sich vom ersten Tag an gegen den Kommunismus wandte und ihn gnadenlos bekämpfte. Sie kämpfte mit der weitverbreiteten Anarchie des Lebens, die einerseits eine Anarchie des Luxus darstellte und andererseits eine Desintegration der menschlichen Werte. Diese Politik untersagte es Frauen, sich in den Fakultäten der Universitäten einzuschreiben, abgesehen von den Fakultäten für Lehrerausbildung, Medizin und Krankenpflege. Sie veranlaßte sie, sich wieder auf das Haus zurückzuziehen und sich um die Familie zu kümmern... Sie führte sie zum Sport, jedoch ohne ihre Beine zu zeigen und brachte sie dazu, nicht mehr in den Straßen und auf öffentlichen Plätzen zu rauchen.« In den dreißiger Jahren und während des Zweiten Weltkriegs war das Verhältnis der deutschen Politik zur islamischen Welt und das Erscheinungsbild des Islams in den Medien wieder von realpolitischen Motiven gekennzeichnet. Im außenpolitischen Bereich unterstützte Hitler-Deutschland zum Beispiel die arabischen Nationalisten im Irak in ihrem kurzen und erfolglosen Krieg gegen ein britisches Heer und nahm die Führer dieser gescheiterten Aktion als Exilanten in Berlin auf. Unter diesen Politikern war auch ein religiöser Führer, Amin al-Husaini, der Mufti von Jerusalem, der während seines Aufenthalts in Berlin 1941–1945 verschiedene Aktivitäten zur Festigung islamischer Strukturen in Deutschland unternahm. So gründete er mit deutscher Hilfe ein Islam-Institut, das alle antikolonialen Aktivitäten in der islamischen Welt koordinieren sollte. Eine andere auf den Islam bezogene Unternehmung lag in den Händen des Oberkommandos der Wehrmacht. Während der Feldzüge in Rußland und auf dem Balkan waren Muslime teils auf die deutsche Seite übergelaufen, teils gefangengenommen worden. Es gelang, einen größeren Teil von ihnen dazu zu bewegen, in speziellen Muslimeinheiten auf deutscher Seite den Krieg fortzusetzen. Da diese Militärangehörigen auch auf geistlichen Zuspruch Anspruch hatten, wurden einige dieser Muslime in speziellen Lehrgängen zu Imamen ausgebildet, die zwischen 1943 und 1945 in Göttingen von dem bekannten Orientalisten Bertold Spuler durchgeführt wurden. Dies sind die ersten Beispiele einer Ausbildung für islamische religiöse Funktionsträger in Deutschland. Diese militärischen Einheiten wurden unmittelbar nach dem Krieg zu den ersten größeren organisierten muslimischen Gemeinden in Deutschland. Es gelang ihnen nämlich, einer Abschiebung oder Übergabe an die »Rote Armee« zu entgehen. Wohl eher aus Zufall in den Wirren der ersten Nachkriegszeit fand sich die Mehrzahl dieser Muslime in Franken und in Nordbayern wieder, wo sie recht schnell Fuß fassen konnten. Es bildeten sich Organisationen, die den Zusammenhalt und den Kontakt unter den verschiedenen Gemeinden sicherten und sie gegenüber den deutschen Stellen und denen der Besatzungsmächte vertraten. Zu nennen ist hier vor allem die »Geistliche Verwaltung der Muslimflüchtlinge in der Bundesrepublik Deutschland«. Sie wurde aus Bundesmitteln und solchen des Landes Bayern unterstützt.

Alles in allem ergab sich in breiten Kreisen der deutschen Öffentlichkeit eine merkwürdige Mischung aus unklarer Furcht und Sympathie. Der Staatsbesuch des Bundespräsidenten Theodor Heuss in der Türkei wurde in den deutschen Wochenschauen mit großer Herzlichkeit dargestellt. Andererseits gab es die Spannungen im Nahostkonflikt, die von einigen Kommentatoren mit islamisch gefärbten Komponenten versehen wurden. Die Möglichkeit der Begegnung von Deutschen mit Muslimen war jedoch die Folge der Anwerbung von Gastarbeitern aus der Türkei seit den sechziger Jahren. Es gibt viele Gründe dafür, warum diese Begegnung in einem weiteren Sinne bisher noch nicht stattgefunden hat. Die muslimische Bevölkerung hat lange für sich und neben der deutschen Bevölkerung gelebt. Inzwischen ist jedoch eine Situation eingetreten, die beide Seiten zwingt, miteinander umzugehen. Dazu muß man mehr voneinander wissen. Das gilt für beide Seiten.

ISLAMISCHE STRUKTUREN IN DEUTSCHLAND

Statistische Daten

Es ist nicht leicht, einen Überblick über die grundlegenden Daten und Fakten hinsichtlich der organisatorischen Strukturen des Islams in Deutschland zu erhalten. Schon die grundsätzliche Frage nach der Anzahl der in Deutschland lebenden Muslime läßt sich nur durch grobe Schätzungen beantworten. Betrachtet man die verschiedenen Statistiken, so wird mit Zahlen gerechnet, die zwischen 1,5 und 2,7 Millionen Muslimen schwanken, wobei zwischen 50000 und 170000 die deutsche Staatsbürgerschaft besitzen. Die Unsicherheit des Datenmaterials hat zahlreiche Ursachen. Bei der Einwanderung von Arbeitsmigranten wurden von den deutschen Behörden in der Regel keine Informationen zur Religionszugehörigkeit eingeholt. Statt dessen traf man in den zuständigen Behörden und sozialen Einrichtungen eher summarische Feststellungen. Alle italienischen, spanischen und portugiesischen Gastarbeiter wurden als katholische Christen betrachtet, alle Griechen als orthodoxe Christen eingestuft. Hier waren die Einschätzungen sicherlich nicht ganz falsch. Aber schon bei den Einwanderern aus Jugoslawien stellte sich die Situation schwieriger dar. Daß zumindest die Bosnier in diesem Zusammenhang als Muslime betrachtet werden müssen, war den deutschen Stellen nicht von vornherein bewußt. Die komplizierten ethnisch-religiösen Verhältnisse in Jugoslawien konnte Mitte der sechziger Jahre ohnehin kaum jemand durchschauen. Ebenso sah man die aus der Türkei kommenden Migranten alle als Muslime, ohne die

Angehörigen der christlichen Minderheit in Betracht zu ziehen. Genausowenig war auf die konfessionelle Differenzierung zwischen sunnitischen Muslimen und Alewiten in der Türkei geachtet worden. Vollends unübersichtlich wurde die Situation seit der Mitte der siebziger Jahre, als die Einreisewelle von Asylbewerbern aus den verschiedensten Staaten, in denen Muslime leben, einsetzte. Man denke an die Menschen aus Bürgerkriegsgebieten wie dem Libanon, an die zahlreichen Flüchtlinge aus kurdischen Gebieten, aus Palästina oder Algerien, die politisches Asyl beantragten und an diejenigen, die auf der Flucht vor Armut und Hunger nach Deutschland gekommen sind. Hier wurden kaum noch statistische Erhebungen durchgeführt, weil die Behörden in diesen Fällen von einer relativ kurzen Verweildauer dieser Personengruppen in der Bundesrepublik Deutschland ausgingen. Inzwischen hat sich jedoch herausgestellt, daß eine Vielzahl von ihnen auf Dauer geblieben und zu einem beträchtlichen Teil bereits eingebürgert ist. Die Konsequenzen dieser Situation für unsere Kenntnis der demographischen Daten liegen auf der Hand. Die in der zugänglichen Literatur genannten Zahlen sind daher nur mit größter Vorsicht zu benutzen.

Unsicherheit herrscht auch über die exakte Zahl der Muslime mit deutscher Staatsangehörigkeit, die zunächst aus der Ungenauigkeit der allgemeinen Zahlen hinsichtlich der Muslime resultiert. Im übrigen wird nur in geringem Umfang registriert oder bekannt gemacht, welcher Religion Personen angehören, die in den komplizierten und umfänglichen Naturalisierungsverfahren die deutsche Staatsbürgerschaft erhalten. Hier mögen auch Fragen des Datenschutzes eine Rolle spielen. Wenn gebürtige Deutsche zum Islam übertreten, wird das zwar statistisch vermerkt, allerdings nur dergestalt, daß ihr Austritt aus einer der christlichen Kirchen zur Kenntnis genommen wird. Zusätzlich werden entsprechende Feststellungen durch die Tatsache erschwert, daß Standesämter und andere Institutionen höchst ungern einen Namenswechsel von einem christlichen zu einem islamischen Vornamen registrieren.

Aus den globalen Zahlenangaben ergeben sich Konsequenzen auch für die ethnische Zugehörigkeit der in Deutschland lebenden Muslime. Als klassisches Beispiel bieten sich in diesem Zusammenhang die Muslime aus der Türkei an. Zunächst wurden alle türkischen Staatsbürger von deutschen Behörden, die mit dieser Personengruppe befaßt waren, als Türken betrachtet. Auch die von islamischen Einrichtungen in Deutschland verbreiteten statistischen Angaben sind in diesem Zusammenhang bemerkenswert ungenau. So enthalten beispielsweise die vom Islamarchiv Deutschland in Soest ausgegebenen Angaben nur allgemeine nationale Zuschreibungen wie »Türken« oder »Araber«. Diese mangelnde Differenzierung zog erhebliche Konsequenzen vor allem im schulischen Bereich nach sich, wo kurdische Kinder aus der Türkei mit dem muttersprachlichen Unterricht für türkische Kinder konfrontiert wurden. Häufig wurden bei Verfahren vor deutschen Gerichten, bei denen Kurden aus der Türkei beteiligt waren, türkische Dolmetscher geladen. Solche Beispiele ließen sich beliebig vermehren. Ähnlich ging es Schülerinnen und Schülern aus nordafrikanischen Staaten an deutschen Schulen, die der ethnischen Herkunft nach als Berber angesehen werden müssen. Inzwischen ist hier eine größere Sensibilität bei deutschen Behörden zu verzeichnen. Heute weiß man besser Bescheid über die vorhandenen inter-ethnischen Spannungen in den verschiedenen Ländern des Nahen und Mittleren Ostens als noch vor zwanzig Jahren. Auswirkungen auf das zur Verfügung stehende Datenmaterial sind allerdings bisher kaum zu verzeichnen. Statistische Zahlen über den jeweiligen Anteil der einzelnen nationalen und ethnischen Gruppen an der Gesamtzahl der Muslime in Deutschland müssen daher mit einer noch größeren Skepsis betrachtet werden als die übrigen Angaben.

Die verschiedenen großen Religionsgemeinschaften in Deutschland zeichnen sich durch unterschiedliche Organisationsformen aus. Die Rolle, die sie in der deutschen Öffentlichkeit spielen können und das Maß an Einfluß, den sie auf das politische, wirtschaftliche und soziale Leben ausüben, ist unter anderem auch von ihren jeweiligen Organisationsstrukturen abhängig. Stimmen diese Strukturen mit denen anderer wichtiger gesellschaftlicher Gruppen und Einrichtungen überein, finden die Repräsentanten der Religionsgemeinschaften leichter Ansprechpartner, denen sie die Bedürfnisse, Forderungen und Probleme ihrer Mitglieder nahebringen können. Das Maß an Parallelität in den Organisationsstrukturen hängt nicht zuletzt von der Dauer der Existenz der jeweiligen Glaubensgemeinschaft in Deutschland ab. Es wird niemanden überraschen, daß die christlichen Kirchen während ihrer jahrhundertelangen Existenz, in der sie die deutsche Gesellschaft in entscheidendem Maß mit prägten, Organisationsstrukturen entwickelt haben, mit deren Hilfe sie ihre Interessen gegenüber anderen gesellschaftlichen Gruppen formulieren und in manchmal scharfen Auseinandersetzungen auch durchsetzen konnten. Neben dem Zentralrat der Juden stellen die christlichen Kirchen die Religionsgemeinschaften dar, die sich in der Öffentlichkeit am nachhaltigsten artikulieren und durch ihren Einfluß auf politische Parteien und Persönlichkeiten des öffentlichen Lebens ihre ethnischen und moralischen Normen als Richtschnur für ein allgemeines politisches Handeln durchzusetzen versuchen. Die Diskussionen um Schwangerschaftsabbruch, Sterbehilfe oder das sogenannte »Kruzifixurteil« sind nur einige Beispiele für diese Bemühungen, Einfluß auf die soziale und politische Entwicklung der deutschen Gesellschaft zu gewinnen. Die christlichen Kirchen agieren aus verschiedensten Gründen verhältnismäßig erfolgreich. Von entscheidender Bedeutung ist die Tatsache, daß die allgemeinen rechtlichen und ethischen Vorstellungen einer großen Mehrheit der deutschen Bevölkerung von christlichen Normen und Traditionen geprägt sind, auch wenn das dem einzelnen nicht immer bewußt ist. Trotz einer weit fortgeschrittenen Säkularisierung kann man Deutschland noch immer – in einem kulturellen Sinn – als christlich bezeichnen. Der Wochen- und der Jahresrhythmus entstanden aus christlichen Vorgaben. Christliche Feste wie Weihnachten, Ostern oder Pfingsten bleiben Feste, auch wenn deren religiöser Gehalt hin und wieder verlorenzugehen droht. Christliche Werte sind einer Vielzahl von Deutschen bekannt, auch wenn sie nicht von allen akzeptiert werden. Ein Kirchenvertreter muß keine langwierigen Erklärungen abgeben, um in einem beliebigen Konfliktfall mit Behörden die Position seiner Institution zu erläutern. Dieses würde einem muslimischen Interessenvertreter ungleich schwerer fallen, da eine deutsche Verwaltungskraft gleich welcher Position über den Islam und seine Lebenspraxis wesentlich weniger weiß als über das Christentum.

Der eigentliche Grund für die organisatorische Schwäche des Islams in Deutschland ist allerdings die Tatsache, daß der Islam hier noch keine Strukturen entwickelt hat, die denen der deutschen Verwaltungen und politischen Institutionen kompatibel sind. Dies läßt sich am leichtesten an einem der zentralen Probleme des Islams in Deutschland verdeutlichen: der Form seiner öffentlichen Anerkennung. Die großen christlichen Kirchen und die jüdische Gemeinschaft in Deutschland sind staatlicherseits als Körperschaften des öffentlichen Rechts anerkannt. Dies verleiht ihnen eine Reihe von Privilegien gegenüber den zahlreichen Religionsgemeinschaften, die diese Anerkennung nicht besitzen, weil sie sich um diese nicht bemüht haben oder weil sie die entsprechenden Voraussetzungen nicht erfüllen. Zu denken ist hier an die zahlreichen christlichen Freikirchen und Gemeinschaften, die sich durch eine bewußte Distanz zu staatlichen Einrichtungen auszeichnen. Muslime haben diese »Staatsferne« in der Bundesrepublik Deutschland nie betrieben. Schon 1957 hat die Deutsche Muslimische Gesellschaft zum ersten Mal einen Antrag auf Anerkennung ihrer Religion als Körperschaft des öffentlichen Rechts gestellt, der aber nicht angenommen wurde. Seitdem haben Muslime immer wieder und seit Mitte der siebziger Jahre in verstärktem Maß versucht, für den Islam diese Anerkennung zu erreichen. Bei diesen Anträgen mußte von den entsprechenden deutschen Institutionen geprüft werden, ob der Islam in Deutschland die entsprechenden Kriterien erfüllte. Üblicherweise werden an eine Religionsgemeinschaft in einem solchen Verfahren folgende Anforderungen gestellt: 1. Es muß sich um eine ausreichend große Gruppe von Gläubigen handeln. Wie hoch auch immer man die Zahl der in Deutschland lebenden Muslime einschätzen mag, dieses Kriterium ist auf jeden Fall als erfüllt anzusehen. 2. Es muß sichergestellt sein, daß die entsprechende Religionsgemeinschaft auf eine längere Zeit in Deutschland existieren wird. Auch in dieser Hinsicht darf man heute wohl feststellen, daß sich der Islam als Religion in Deutschland auf Dauer etabliert hat, und damit auch dieser Forderung genügt. 3. Die Religionsgemeinschaft muß gegenüber dem Staat durch ein Gremium oder eine Person vertreten werden, durch das verbindliche Absprachen für die Gemeinschaft mit staatlichen Stellen getroffen werden können. An dieser organisatorischen Frage scheitern bisher alle Bemühungen von islamischer Seite. Es gehört zu den strukturellen Eigentümlichkeiten des Islams, daß ihm hierarchische Strukturen nahezu vollständig mangeln. Nach orthodoxem islamischem Verständnis steht der Gläubige in einem unmittelbaren Verhältnis zu Gott. Um das Heil zu erlangen, braucht man keine Vermittler oder irgendeinen religiösen Funktionsträger. Die Erfüllung der Gebote Gottes, wie sie im Koran und den Prophetentraditionen niedergelegt sind, reicht dafür aus. Vorbeter beim Freitagsgebet kann jeder sein, der das entsprechende Ritual beherrscht. Es bedarf dafür keiner besonderen Weihe oder einer spezifischen Kompetenz. Islamische Rechtsgelehrte und Theologen werden als Fachleute im religiösen Bereich verstanden, nicht etwa als Autoritäten in einem spirituellen Sinn. Zwar hat auch der Islam im Lauf seiner religionsgeschichtlichen Entwicklung verschiedene Hierarchien wie zum Beispiel die schiitische Form oder die verschiedenen mystischen Ausprägungen ausgebildet. Trotz ihrer beträchtlichen Bedeutung handelt es sich in diesen Fällen jedoch um Sonderformen, die zumindest für den Islam in Deutschland, von der speziellen Frage der Alewiten abgesehen, keine besonders große Bedeutung haben. Diese sehr offene Struktur hat in Deutschland dazu geführt, daß Muslime, die sich in verschiedenen mehr oder weniger großen Gruppen organisiert haben, mit dem Anspruch auftreten, für die hier lebenden Muslime insgesamt zu sprechen. Trat aber eine Gruppe dergestalt an die Öffentlichkeit, meldete sich bald eine andere, die der ersten ihren Alleinvertretungsanspruch streitig machte. Alle verstehen sich jedoch weiterhin als sunnitische Muslime. Während die unterschiedlichen christlichen Konfessionen ihre jeweiligen Vertretungen haben, kann aber nach den Regelungen für die Körperschaften des öffentlichen Rechts eine einzige Religionsgemeinschaft nicht mehrere Vertretungen haben. Die auch in anderen westeuropäischen Staaten häufig festzustellende Tendenz der Aufspaltung islamischer Organisationen machte sich schon früh auch in Deutschland bemerkbar. So legte zum Beispiel zur Zeit der Weimarer Republik der Streit um die tatsächlichen Vertreter des Islams in Deutschland die Arbeit verschiedener islamischer Organisationen lahm. Auch nach dem Zweiten Weltkrieg ergaben sich in vielen Fällen aus persönlichen

Rivalitäten oder Streitigkeiten innerhalb islamischer Organisationen Spaltungen, die inzwischen zu einer fast unübersehbaren Anzahl von islamischen Gruppen und Konventikeln geführt hat. Diese Situation hat es mit sich gebracht, daß staatliche Stellen mit der Begründung einer fehlenden Bezugsorganisation oder -person alle Anträge auf Anerkennung als Körperschaft des öffentlichen Rechts ablehnen mußten. Die übliche Organisationsform islamischer Gruppen in Deutschland ist daher die des eingetragenen Vereins. Diese Vereine werden in der Regel als gemeinnützig anerkannt. Eine andere Rechtsform ist die der Stiftung. Sowohl bei einem gemeinnützigen Verein als auch bei einer Stiftung können Schenkungen in Geld- oder Sachwerten bekanntlich als steuermindernd geltend gemacht werden. Die oft beträchtlichen finanziellen Mittel der großen islamischen Organisationen in Deutschland stammen aus solchen Spenden.

Der Organisationsgrad der Muslime in Deutschland muß als sehr gering bezeichnet werden. Wenn man von einer Zahl von 2,7 Millionen Muslimen ausgeht, so sind von diesen kaum fünf Prozent in islamischen Vereinen und Stiftungen organisiert. Die Zahl dieser Vereine und Organisationen beträgt nach der Schätzung deutscher Muslimorganisationen zwischen drei- und viertausend. Die Tatsache, daß auch deutsche Muslime keinen genauen Überblick über diese Vereine haben, ist der wohl beste Beleg für den oben angesprochenen Datenmangel. Die etwa 120000 organisierten Personen können als praktizierende Muslime angesehen werden. Für die Mehrheit der nichtpraktizierenden Muslime hat sich der Begriff »Kulturmuslime« eingebürgert. Während aber die christlichen Kirchen auch auf nichtpraktizierende Mitglieder zumindest über die Kirchensteuer Zugriff haben, ist dies im gegenwärtigen islamischen Kontext nicht möglich. Es wäre allerdings zu kurz gegriffen, wenn man die Bemühungen islamischer Organisationen um Anerkennung als Körperschaft des öffentlichen Rechts auf einen steuerrechtlichen Aspekt reduzieren wollte. In den wenigsten Staaten der islamischen Welt wird die Armensteuer (Zakat) von einer zentralen staatlichen Institution eingetrieben. Es geht den muslimischen Vertretern vielmehr um die Gleichbehandlung mit anderen Religionsgemeinschaften in Deutschland. Auch dies darf nicht auf die Frage finanzieller Unterstützung in der Sozialarbeit, Krankenpflege und in pädagogischen Einrichtungen beschränkt werden. Wie die Repräsentanten der christlichen Kirchen juristisch völlig zu Recht bei den verschiedensten politischen und gesellschaftlichen Anlässen für eine Millionenschaft von Mitgliedern sprechen, auch wenn nur ein kleiner Teil von ihnen praktiziert, wollen auch die Repräsentanten der Muslime dies für ihre Glaubensgemeinschaft in ihrer Gesamtheit tun können. Sie erheben also mit ihrer Forderung nach Anerkennung als Körperschaft des öffentlichen Rechts eine politische Forderung nach der Repräsentanz der Muslime in Deutschland. Formaljuristisch können sie dieses allerdings nur für die Mitglieder ihrer Organisationen tun. Ob eine Zwangsmitgliedschaft in einer Körperschaft des öffentlichen Rechts für Muslime in Deutschland rückwirkend möglich wäre, ist zweifelhaft. Auf lange Sicht müßte die Anerkennung jedoch dazu führen, daß zum Beispiel die Anmeldung von neugeborenen Kindern muslimischer Eltern zu einer augenblicklichen offiziellen Mitgliedschaft in einer Körperschaft führen würde und sich so für den Islam nach und nach eine den christlichen Kirchen vergleichbare Situation entwickelte.

Von islamischer Seite werden ständig Versuche unternommen, eine einheitliche Organisation aufzubauen, die alle Gruppierungen repräsentiert. Dies ist bisher noch nicht gelungen. Zur Zeit gibt es drei große und eine unüberschaubare Vielzahl von kleinen Vereinen, in denen Muslime in Deutschland organisiert sind. Die Großorganisationen sind die Türkisch-islamische Union der Anstalt für Religion (Diyanet Işleri Türk-Islam Birligi, abgekürzt: DITIB), der Islamrat für die Bundesrepublik Deutschland und der Zentralrat der Muslime. Die Türkisch-islamische Union ist eine halbstaatliche Institution, die den offiziellen Islam in der Türkei vertritt. Die Organisation hat ihre Aktivitäten in Deutschland erst relativ spät auf eine breitere Basis gestellt. Erst 1972 war in der Abteilung für religiöse Angelegenheiten (Diyanet Işleri Başkanligi) im Amt des türkischen Ministerpräsidenten eine Unterabteilung für auswärtige Angelegenheiten gegründet worden, von der aus die religiöse Situation von türkischen Muslimen, die sich als Arbeitsmigranten außerhalb des Landes aufhielten, beobachtet und mitgestaltet werden sollte. Zu Beginn der achtziger Jahre verstärkte das Amt seine Anstrengungen in dieser Hinsicht. Auf diese Weise sollte wohl dem nach der erfolgreichen islamischen Revolution im Iran wachsenden Einfluß radikal-islamischer Vorstellungen auch unter in Deutschland lebenden türkischen Muslimen entgegengewirkt werden. In verschiedenen türkischen Konsulaten wurden Religionsattachés tätig, die als Leiter der Organisation in der jeweiligen Region anzusehen sind. So ist der entsprechende Attaché in der Botschaft der Türkischen Republik in Bonn der höchste Vertreter der Türkisch-islamischen Union (DITIB). Nach eigenem Selbstverständnis ging es ihren Vertretern vor allem darum, sich für den Bau von Moscheen für die türkischen Arbeitsmigranten in Deutschland einzusetzen, »da es an Gebetsstätten in ausreichender Zahl und günstiger Streuung mangelte, um dem entsprechenden Bedarf der türkischen Bevölkerung abzuhelfen«. Das Amt sah darüber hinaus, »daß die vorhandenen Gebetsstätten vorwiegend von unqualifizierten Religionsbediensteten geleitet wurden und daß dem Bedarf nach religiöser Ausbildung nicht abgeholfen werden konnte«. Nicht zu Unrecht schloß das Amt aus dieser Situation, »daß dieses Vakuum von bestimmten fanatisch-politischen Gruppen mißbraucht wurde«. Die Selbstdarstellung der DITIB konstatiert, daß es die türkische Bevölkerung in Deutschland selbst gewesen sei, die an die Behörde für religiöse Angelegenheiten herangetreten sei und von dieser gestellte Religionsbedienstete angefordert habe. Nach den entsprechenden Verhandlungen mit den wegen der Länderhoheit zahlreichen deutschen Stellen ist die DITIB dann am 12. Mai 1985 offiziell gegründet worden. Die Arbeit der türkischen Organisation in Deutschland kann als außerordentlich erfolgreich angesehen werden. Seit Muslime in größerer Zahl in Deutschland lebten, hatte es auch Moscheen und Gebetsräume gegeben. Nach unsicheren Schätzungen betrug ihre Zahl Ende der siebziger Jahre etwa zweihundert.

Man wird heute kaum mehr sagen können, ob und in welchem Maß sie unter der Kontrolle von islamischen Gruppierungen standen, die mit dem offiziellen Islam in der Türkei nur geringe Gemeinsamkeiten hatten oder diesen völlig ablehnten und bekämpften. Nach einigen Vermutungen waren die Moscheen Zentren oder Stützpunkte einer religiösen türkischen Opposition im Ausland. In Predigten, durch Schrifttum und später auch durch Tonbänder und Videofilme wurde gegen die Säkularisierung in der Türkei Front gemacht. Diese politische Agitation entsprach nicht den Bedürfnissen der überwiegenden Mehrheit der türkischen Arbeitsmigranten, die einen Raum für die Erfüllung ihrer religiösen Pflichten suchten und keine Agitationszentrale von Organisationen, die in der Türkei verboten waren. Die Loyalität türkischer Arbeitsmigranten gegenüber ihrem Staat war damals noch außerordentlich hoch. Vertreter der DITIB bemühten sich auf verschiedene Weise Einfluß auf diese »oppositionellen« Moscheen zu gewinnen. Das geschah vor allem dadurch, daß sie Konkurrenzmoscheen einrichteten, die den konkreten *religiösen* Bedürfnissen der Muslime eher entsprachen und in denen eine Form des Islams praktiziert wurde, wie er den Gläubigen aus ihrer Heimat von Jugend auf bekannt war. Eine andere Möglichkeit war, in einer vorhandenen Moschee einen Vorbeter (Imam) zu installieren, der mit den religionspolitischen Vorstellungen der DITIB übereinstimmte, und diesen dann mit den verschiedensten Mitteln zu unterstützen, wobei es sich natürlich um Geld handeln konnte. Sehr viel wichtiger waren jedoch Möglichkeiten, die sich einem Imam mit guten Kontakten zu offiziellen türkischen Stellen in anderer Hinsicht bieten. Er kann die im Orient außerordentlich wichtige Funktion eines Vermittlers ausüben. So ist er in der Lage, einem Mitglied seiner Gemeinde bei den verschiedensten Angelegenheiten behilflich zu sein, die es mit türkischen Stellen zu regeln gibt. Das beginnt mit den verschlungenen Pfaden in Zivilstandsangelegenheiten von der Geburt bis zum Tod eines Menschen und hört bei den Schwierigkeiten bei der Erfüllung der Wehrpflicht für einen jungen türkischen Mann noch lange nicht auf. Etlichen Türken, vor allem einfacherer Herkunft, verursacht der Kontakt mit türkischen wie deutschen Behörden beträchtliches Unbehagen. Die Hilfe und Unterstützung durch eine in dieser Sache erfahrene Autoritätsperson wird daher gerne in Anspruch genommen. In den traditionell geprägten Gesellschaftsteilen aller Staaten des Nahen und Mittleren Ostens ist es außerordentlich wichtig, sich ein Netzwerk derartiger Autoritäts- und Vermittlungspersonen zu erwerben. Zu ihnen gehört in vielen Fällen auch der Imam. Durch den Einsatz staatsnaher Imame im türkischen Milieu deutscher Städte gewannen viele Türken ein Stück Heimat, das ihnen nicht nur in religiöser Hinsicht gefehlt hatte. Daher ist es nicht verwunderlich, daß die DITIB schon 1984 zweihundert von zweihundertvierzig Moscheen unter ihre Kontrolle gebracht hatte.

Inzwischen hat sich die Situation jedoch verändert. Die Zahl der Moscheen ist beträchtlich gestiegen. Ursache dafür war eine weitere Zunahme der muslimischen Bevölkerung in Deutschland, aber auch ein stärkeres religiöses Bewußtsein von Muslimen, das sich auch in Bemühungen um den Bau von Moscheen und die Einrichtung von Beträumen äußert. Mittlerweile hat sich eine lebhafte Konkurrenz zwischen den verschiedenen türkischen Islamorganisationen entwickelt. Nach Daten des Islam-Archivs Deutschland sind etwa die Hälfte der rund 1100 Moscheen in Deutschland der DITIB zuzurechnen. Weitere Aktivitäten der DITIB beziehen sich vor allem auf den pädagogischen Bereich. Durch ihre Vermittlung werden türkische Lehrer für den Religionsunterricht (im Rahmen des muttersprachlichen Unterrichts) für türkische Migrantenkinder an deutsche Schulen vermittelt. Die DITIB nimmt Einfluß auf die Gestaltung von Lehrplänen für die religiöse Unterweisung von muslimischen Kindern in deutschen Schulen und bemüht sich um die feste Etablierung dieses Unterrichts. Sie ist vor allem der offizielle Ansprechpartner der deutschen Schulverwaltung.

Ein Problem in der Einschätzung der DITIB ist sicherlich die Tatsache, daß sie eine staatliche Institution darstellt, die in ihren konkreten tagespolitischen Aufgaben in Abhängigkeit von den politischen Verhältnissen in der Türkei steht. Da diese im Rahmen demokratischer Prozesse ständigen Veränderungen unterworfen sind, verändert sich in der Folge auch die Politik der DITIB, selbst wenn bürokratische Apparate ein gewisses Beharrungsvermögen aufweisen, das allzu radikale Veränderungen auszugleichen versteht. Sollte die durch die Wahl des Führers der Refah-Partei Nedschmeddin Erbakan 1996 eingetretene Entwicklung in der Türkei von längerer Dauer sein, muß damit gerechnet werden, daß die DITIB die bisherige Politik einer Propagandierung der Trennung von Religion und Staat in der Türkei aufgibt und auch in Deutschland die Idee der Notwendigkeit eines islamischen Staates durch offizielle türkische Stellen verbreitet werden.

Daß die DITIB nicht als Dachorganisation aller in

Deutschland lebenden Muslime fungieren kann, wird schon aus der Tatsache deutlich, daß es sich um eine staatliche türkische Organisation handelt. Aufgrund ihrer nationalen Ausrichtung kann sie für die nicht-türkischen Muslime keine offiziellen Funktionen übernehmen. Selbstverständlich stehen die Moscheen der DITIB auch nicht-türkischen Muslimen offen. Sie ist der Dachverband von mehr als fünfhundert Organisationen in Deutschland, die jedoch nahezu ausschließlich in einem türkischen Zusammenhang stehen. Die DITIB-Moscheen werden von nicht-türkischen Muslimen allerdings nur selten frequentiert, weil es geringe Differenzen im Ritual gibt und vor allem die Freitagspredigt auf Türkisch gehalten wird. Arabische oder schwarzafrikanische Muslime besuchen türkische Moscheen besonders an islamischen Festtagen, wenn in ihrer Nähe keine andere Moschee vorhanden ist. Die Tatsache, daß die DITIB die Mehrheit der Muslime in Deutschland vertritt, ist einer der Gründe für die vergeblichen Bemühungen um Anerkennung des Islams als Körperschaft des öffentlichen Rechts. Da sie ausschließlich für türkische Muslime sprechen kann, stellt sie keine repräsentative Vertretung aller Muslime in Deutschland dar. Sie ist auch noch nicht Mitglied in anderen islamischen Dachorganisationen geworden. Weil sie eine türkische staatliche Organisation ist, kann sie nicht die Form einer deutschen Körperschaft öffentlichen Rechts haben. Da sie jedoch etwa die Hälfte der Muslime in Deutschland vertritt, verhindert sie, daß andere islamische Organisationen als deren Repräsentanten auftreten können.

Als zweiter großer islamischer Verband in Deutschland gilt der Islamrat für die Bundesrepublik Deutschland. Es handelt sich hier um den Zusammenschluß von über zwanzig verschiedenen islamischen Gruppen von unterschiedlicher Größe und Bedeutung. Damit wirkt der Rat ungewöhnlich disparat. Aus einigen Dokumentationen von islamischer Seite entsteht der Eindruck, als solle das

Bild einer ungewöhnlich großen Gruppierung hervorgerufen werden. Die entsprechenden Aufstellungen der Mitgliedsvereine enthalten dann jedoch die Namen einzelner Organisationen und getrennt davon auch die der jeweiligen Jugendorganisationen. Im Islamrat sind sowohl Verbände vereinigt, die in ganz Deutschland wirken als auch die Islamischen Föderationen der Bundesländer Bremen, Hamburg, Niedersachsen, Berlin und Baden-Württemberg und schließlich Gruppen, die auf lokaler Ebene tätig sind. Dabei kann es sich dann durchaus um die lokalen Gruppen von auf nationaler Ebene agierenden Verbänden handeln. Diese unklare Struktur macht eine Einschätzung des Islamrates sehr schwierig. Es fällt auf, daß eine der am längsten in Deutschland aktiven Gruppen, die Vereinigung der neuen Weltsicht in Europa (AMGT), gleich dreimal in der Liste der Mitgliedsorganisationen auftaucht. Eine einheitliche inhaltliche Ausrichtung läßt sich ebenfalls nicht ausmachen. Neben großen Organisationen finden sich auch solche, die eher einen konventikelhaften Charakter haben. Es gibt Gruppen, denen ein offen militanter Zug nachgesagt wird wie auch deutsche Sufi-Gruppen, die eher mit einer verbreiteten religiösen oder weltanschaulichen Unsicherheit in Deutschland zu tun haben. Immerhin sprengt der Islamrat den engen türkischen Rahmen, wenngleich die Zahl türkischer oder türkisch beeinflußter Organisationen immer noch überwiegt. Bemerkenswert ist auch die Tatsache, daß sich hier Gruppen zusammengefunden haben, die sich ganz verschiedene Aufgaben gestellt haben. Zu nennen sind hier nur der »Bund Moslimischer Pfadfinder Deutschlands«, das »Moslemische Sozialwerk in Europa« (Moslemische Kollegenschaft im DGB), das »Zentrum zur Erforschung von Wirtschafts- und Sozialordnungen«, ein »Islamischer Verein für türkische Arbeitnehmer Neumünster und Umgebung«, ein »Verein zur Errichtung und Instandhaltung einer Moschee in Lübeck und Umgebung«, ein »Hamburger Verein für Wissenschaft und Kultur«, der sich offenbar von einem Verein »Ihvan, Hamburger Verein für Wissenschaft, Kunst und Kultur« unterscheidet, oder die »Moslemische Frauengemeinschaft Hamburg«. Die Liste der Mitgliedergruppierungen des Islamrates macht deutlich, wie zersplittert diese Organisation ist. Es ist kaum zu erwarten, daß angesichts der inhaltlichen Vielschichtigkeit sowie der unterschiedlichen Größe und regionalen Verbreitung der einzelnen Vereine und Gruppen tatsächlich eine einheitliche und aktionsfähige Großorganisation, die für den gesamten Islam in Deutschland sprechen könnte, entsteht.

Es ist hier nicht der Raum, um jede einzelne der im Islamrat zusammengefaßten Gruppierungen vorzustellen. Auf einige der stärksten sollte allerdings kurz hingewiesen werden, da sie durch ihre vielfältigen Aktivitäten das Erscheinungsbild des Islams in Deutschland in positiver, aber auch in negativer Weise prägen. Zu nennen ist hier an erster Stelle wohl die Vereinigung der neuen Weltsicht in Europa (AMGT), die sich auch Islamische Gemeinschaft Milli Görüş (IGMG) nennt. Sie wird bisweilen als die Auslandsorganisation der türkischen Refah-Partei von Nedschmeddin Erbakan bezeichnet. Inhaltlich steht sie dessen Vorstellungen von einer Abschaffung der laizistischen Staatsordnung in der Türkei nahe. Erbakan forderte während verschiedener türkischer Wahlkämpfe die Wiedereinführung des islamischen Rechts in der Türkei, den Austritt des Landes aus der NATO, eine stärkere Hinwendung zur islamischen Welt, und machte nach seiner Wahl zum Ministerpräsidenten im Frühsommer 1996 durch Besuche in Iran, Pakistan und Libyen in einer Weise auf sich aufmerksam, die die Kritik der westlichen Medien hervorgerufen hat. Erbakan will die »Islamisierung der Türkei« auf friedlichem Wege erreichen. Seine geringen Erfolge in dieser Hinsicht haben schon nach hundert Tagen an der Regierung die Kritik seiner Anhängerschaft hervorgerufen. Die AMGT unterstützt das Parteiprogramm

Erbakans und kann daher zunächst als Vereinigung angesehen werden, die auf die Situation in der Türkei ausgerichtet ist. Die Äußerungen verschiedener ihrer Vertreter lassen jedoch auch Überlegungen erkennen, für eine weltweite Islamisierung zu arbeiten. Dies bedeutet zugleich, daß es auch um eine zahlenmäßige Verstärkung des Islams in Deutschland geht. Dabei muß jedoch wiederum sorgfältig unterschieden werden. Ziel der AMGT ist es zunächst, möglichst viele türkische Muslime an sich zu binden. Dazu dient eine gut funktionierende Organisationsstruktur. Die AMGT unterhält etwa fünfhundert Zweigstellen in Deutschland, vornehmlich an den Siedlungsschwerpunkten der türkischen Bevölkerung. Während sie zunächst durch die Organisation von Koranunterricht bekannt wurde, hat sie inzwischen auch eine gut ausgebildete Infrastruktur von Kaffeehäusern, Jugendclubs, Kindergärten etc. entwickelt, durch die sie türkische Bevölkerungsteile ansprechen kann, die ihr bisher ferner standen. Geplant sind von der AMGT auch islamische Friedhöfe, Krankenhäuser und Altersheime. Über die Mitgliederstärke der AMGT herrscht unter den Beobachtern keine Einheitlichkeit. Während die deutschen Verfassungsschutzbehörden von etwa 30 000 Mitgliedern ausgehen, gab die türkische Tageszeitung *Milli Gazete* im Juni 1975 die Mitgliederzahl mit 42 225 an. Der Verfassungsschutzbericht merkt in diesem Zusammenhang an: »Hinsichtlich der AMGT/ IGMG kann nicht davon ausgegangen werden, daß alle Mitglieder/Anhänger bewußt islamisch-extremistische (islamistische) Ziele verfolgen oder unterstützen.« Grund für die Tatsache, daß die AMGT zu den vom Verfassungsschutz beobachteten islamischen Gruppen gehört, sind Äußerungen wie die folgende: »Die Verfassung des Muslims ist der erhabene Koran. Er erlangte Gesetzeskraft im 7. Jahrhundert. Errichtet wurde diese Verfassung von Allah. Sie gilt bis zum Jüngsten Tag. Alle anderen Verfassungen sind Auflehnung gegen Gott und

Unglaube.« Diese Formulierung kann als Ablehnung der freiheitlich demokratischen Grundordnung der Bundesrepublik verstanden werden. Auch die folgende Äußerung wird der AMGT zugeschrieben: »Der Europäer ist ein Atheist und Götzenanbeter, ein Wucherer, Kapitalist, Sozialist, Zionist, Kommunist und Imperialist, ständig brünstig und besoffen, ehebrecherisch und materialistisch. Er hat sich dem Teufel verschrieben. ... Sie sind Agenten und Spione. Sie können als Arzt auftreten, als Krankenpfleger, als kluger Lehrer, als Gewerkschaftler, aber alle sind Feinde des Islams.« Man darf derartige Äußerungen nicht überbewerten. Häufig sind solche Zitate aus dem Zusammenhang gerissen oder stammen aus einer bestimmten politischen Situation. Im übrigen stellen sie eine typische Reaktion einer Minderheitengruppe gegenüber einer Mehrheit dar. Auf diese Weise legitimiert sie sich selbst und versichert sich ihrer eigenen Identität. Allerdings stellen derartige Äußerungen hervorragende Argumente dar, um die AMGT als seriösen Gesprächspartner der verschiedensten deutschen Stellen zu diskreditieren. Tiefgreifende religions- oder sozialwissenschaftliche Untersuchungen über die tatsächlichen Vorstellungen der AMGT fehlen bisher. Auch dies macht die Beurteilung dieser Gruppierung so schwierig.

Im Juni 1995 gab die AMGT bekannt, daß sie sich zur Aufgabenteilung in zwei getrennte Organisationen gespalten hat. Die Islamische Gemeinschaft Milli Görüş sei in Zukunft für die sozialen, kulturellen und religiösen Aufgaben zuständig. Daneben gibt es die Europäische Moscheebau- und Unterstützungsgemeinschaft (EMUG). Dabei handelt es sich mehr oder weniger um eine Immobilienverwaltungsgesellschaft, die den Besitz an Liegenschaften der Organisation verwalten soll. Diese organisatorische Veränderung hat nach der Einschätzung von Beobachtern die Funktion, Risiken bei der Beantragung der Gemeinnützigkeit der Organisation zu mindern. Auch in diesem Punkt wird der Unterschied zu den Kirchen deutlich, die trotz Immobilienbesitzes keine entsprechenden organisatorischen Veränderungen vornehmen müssen, um ihre Gemeinnützigkeit zu behalten.

Durch ihre Aktivitäten erhält auch die dem Islamrat beigetretene Gruppe Jama'at al-Nur (Gemeinschaft des Lichts) eine erhebliche Bedeutung für das Bild des Islams in der deutschen Öffentlichkeit. Bei dieser Gruppe handelt es sich um den deutschen Zweig der Nurçuluk-Bewegung, die von dem türkischen Religionsgelehrten Sayyid Nursi in der Türkei noch in osmanischer Zeit ins Leben gerufen wurde. Er setzte sich den kemalistischen Reformen entgegen, und seine Anhänger waren schon vor dem Zweiten Weltkrieg heftigen Verfolgungen ausgesetzt. Nursi forderte in den fünfziger Jahren ebenfalls ein Ende der Säkularisierung in der Türkei, Koranunterricht an türkischen Schulen, eine Wiederzulassung von islamischen Bruderschaften in der Türkei etc. Da Sayyid Nursi nach dem Zweiten Weltkrieg eine Zeitlang in Berlin gelebt hatte, mag dies einer der Gründe gewesen sein, daß sich vor allem hier eine Außenstelle seiner Bewegung etablierte, die inzwischen auch in den verschiedensten Städten Deutschlands präsent ist. Es ging den Mitgliedern der Nurçuluk-Bewegung in Deutschland stets darum, dem Islam fernstehende Muslime anzusprechen und sie mit ihren Lehren vertraut zu machen. Intensiv nimmt sie sich türkisch-muslimischer Jugendlicher und Studenten an. Trotz einer relativ straffen, manchmal als »ordensähnlich« bezeichneten Organisationsform sind auch hier Segregationstendenzen festzustellen, die auf persönliche Antipathien von Mitgliedern zurückzuführen sind, und in einer relativ kleinen Gemeinschaft weitergehende Konsequenzen für das Erscheinungsbild der Gruppe haben.

Die dritte Dachorganisation des Islams in Deutschland ist der Zentralrat der Muslime in Deutschland. Er setzt sich aus derzeit sechzehn auf nationaler, regionaler und lokaler

Ebene wirkenden Gruppierungen unterschiedlicher Größe zusammen. Auch hier machen sich die segmentären Tendenzen der islamischen Organisationen in Deutschland bemerkbar. So arbeiten im Zentralrat auf nationaler Ebene mit der Union muslimischer Studentenorganisationen und der Muslimischen Studentenvereinigung gleich zwei Organisationen, die sich dem akademischen Nachwuchs unter den Muslimen in Deutschland widmen. Sicherlich gibt es für diese Situation Gründe. Auch im christlichen Bereich gibt es bei den beiden großen Konfessionen unterschiedliche Studentenvereinigungen, die jedoch in einem Dachverband zusammengeschlossen sind. Dennoch wäre es für die Außenwirkung der Muslime in Deutschland vorteilhafter, wenn auch hier ein einheitlicheres Auftreten möglich wäre. In seinen Selbstdarstellungen betont der Zentralrat seine Dialogbereitschaft mit allen gesellschaftlichen Gruppen in Deutschland. Dabei spricht er vor allem die großen christlichen Kirchen und die hier lebenden Juden an. So heißt es in einer Erklärung: »In diesem Rahmen ist es ein Anliegen des Zentralrates der Muslime in Deutschland, mit allen Gruppen – insbesondere aber mit den Juden und Christen – in unserem Land einen konstruktiven Beitrag zu leisten und am Aufbau einer neuen ethischen Kultur und eines moralischen Gerüstes mitzuwirken. Wir denken konkret aber auch an die Probleme der Jugend, der Arbeitswelt, der sozial Benachteiligten, der alten Menschen oder der Bewahrung der Schöpfung; und es gilt ganz im Sinne unserer Religion, Frieden zu stiften.«

Stärker noch als im Islamrat sind hier die nicht-türkischen Gruppen präsent. Das gilt vor allem für die Repräsentanz von Arabern in diesem Bereich. Allerdings spielt im Zusammenhang mit der Union Türkisch-Islamischer Kulturzentren auch hier das türkische Element keine unwesentliche Rolle. Zu Beginn der achtziger Jahre war diese Gruppierung in der öffentlichen Meinung Westdeutschlands und Westberlins geradezu notorisch. Sie stellt den wichtigsten außertürkischen Zweig der Süleymanli-Bewegung dar. Dabei handelt es sich um die von Süleyman Hilmi Tunahan (1888-1959) gegründete Reform- und Erneuerungsbewegung in der Türkei. Trotz ihrer Verbundenheit mit der islamischen ordensähnlichen Gemeinschaft der Naqshbandiyya weisen die Angehörigen der Süleymanli-Bewegung darauf hin, daß sie sich nicht als islamische Sonderform verstehen: »Ihr Ziel ist, alle Muslime, ohne Unterscheidung ihrer Rasse und Herkunft, in ihren religiösen Angelegenheiten zu unterstützen und ihnen religiöse Unterweisung zu erteilen.« Dem Gründer der Gemeinschaft ging es vor allem um die Verbreitung der Kenntnis des Korans unter Muslimen in der Türkei. Entsprechend wurden auch Korankurse für türkische Jugendliche in Deutschland organisiert. Inzwischen hat sich das pädagogische Spektrum der Bewegung beträchtlich erweitert. Man bemühte sich erfolgreich, durch die Einrichtung von Internaten, Kindern ärmerer Bevölkerungsschichten einen Zugang zu besserer Bildung und Ausbildung zu erschließen. Auf diese Weise gelang es, eine Gemeinschaft zu entwickeln, die von einem hohen Solidaritätsgefühl und starker gegenseitiger Achtung und Zuneigung der Mitglieder gekennzeichnet war. Daraus resultierte ein starker sozialer Zusammenhalt, der sich auch in verschiedensten Bemühungen um soziale Betreuung von Muslimen im allgemeinen äußerte. Die Organisation wurde in der Türkei verboten, setzte jedoch ihre Aktivitäten in Deutschland um so intensiver fort. In den achtziger Jahren kam es zu einer sehr gespannten Situation, weil deutschlandfeindliche Artikel des in Köln ansässigen Führers des deutschen Zweiges der Kulturvereine in türkischen Publikationen in der deutschen Öffentlichkeit bekannt wurden. Dabei handelte es sich nicht zuletzt um eine Reaktion auf polemische Zeitungs- und Illustriertenberichte über Koranschulen, die von den Islamischen Kulturzentren organisiert wurden. Nachdem dieser Prediger zunächst seinen Ton gemäßigt hatte und die erste Aufregung abgeklungen war, wurde er in die Türkei zurückgerufen. Wir haben es hier mit einem Vorgang zu tun, der eines der internen Probleme islamischer Organisationen in Deutschland verdeutlicht. Sprecher islamischer Gruppen müssen sich bei ihren internen wie öffentlichen Äußerungen immer der Tatsache bewußt sein, daß alles, was sie sagen, nicht gegen *sie*, sondern gegen den Islam verwendet werden kann. Der häufig scharfe Ton, mit dem man sich besonders in den siebziger Jahren gegen Erscheinungen eines säkularen Staates und eine mit islamischen Maßstäben nicht zu vergleichende Lebensweise richtete, hat sich inzwischen gewandelt und einer maßvolleren und differenzierteren Einschätzung der deutschen Gesellschaft Platz gemacht.

Von besonderer Bedeutung innerhalb des Zentralrates sind die in den Organigrammen als regionale oder lokale Verbände ausgewiesenen Islamischen Zentren. Sie werden von einer der bedeutendsten islamistischen Gruppierungen, vor allem des Nahen und Mittleren Ostens, von den Muslimbrüdern, kontrolliert. Diese Gruppierung wurde in den zwanziger Jahren von dem ägyptischen Lehrer Hasan al-Banna gegründet. Man kann sie als Urform späterer islamistischer Gruppierungen bezeichnen, auch wenn die Muslimbrüder in ihrer Ideologie und ihrer politischen und gesellschaftlichen Praxis in den vergangenen Jahrzehnten manche Veränderungen und Anpassung an neue Situationen erfahren haben. Im Islamischen Zentrum Aachen haben sie ihren organisatorischen Schwerpunkt in Deutschland. In die Presse geriet das Zentrum, weil auf den mit ihm verbundenen, im Exil lebenden Führer der syrischen Muslimbrüder, Issam al-Attar, 1981 ein Attentat verübt wurde, dem seine Frau zum Opfer fiel. Aufgrund einer guten finanziellen Ausstattung ist das Aachener Zentrum in der Lage, vor allem in Nordrhein-Westfalen zahlreiche, vor allem arabische Muslime zu erreichen. Im

Gegensatz zu der ihnen für die arabische Welt zugeschriebenen antiwestlichen Haltung bemühen sich die Muslimbrüder hier um den Dialog mit allen Teilen der deutschen Gesellschaft und eine zeitweilige Öffnung ihrer Einrichtungen auch für nicht-muslimische Interessenten. Das Islamische Zentrum hat sich in Aachen von seiner Struktur und inhaltlichen Arbeit her als die einflußreichste und prägendste Einrichtung des sunnitischen Islams in Deutschland etabliert. Ihr Arbeitsprogramm hat Vorbildcharakter. In dem seit 1964 bestehenden Zentrum, das in einem architektonisch interessanten Moscheekomplex untergebracht ist, wird ein umfangreiches Bildungs- und Weiterbildungsprogramm angeboten, das über einen engeren religiösen Rahmen weit hinausgeht und – durchaus in der Praxis der Muslimbrüder – soziale und karitative Bereiche erfaßt. Die übernationale Haltung des Zentrums wird schon durch den Namen der Moschee dokumentiert. Sie ist nach dem Prophetengefährten Bilal benannt, bei dem es sich nach der islamischen Tradition um einen Äthiopier handelte, den der Prophet zum ersten Muezzin des Islams ernannte. Die Gründer des Zentrums wollten mit dieser Namenswahl deutlich machen, daß ihnen der universale Aspekt des Islams besonders am Herzen liegt. Im Zentrum sind verschiedene Gruppen, die zum Teil organisatorisch als selbständige eingetragene Vereine existieren, zusammengefaßt. So gibt es eine Internationale Muslim Studenten Union, eine Islamische Jugend, spezielle Mädchengruppen und eine Islamische Fraueninitiative. Das Zentrum bietet verschiedene Beratungsdienste wie zum Beispiel Studienberatung für muslimische Studenten an, hilft bei juristischen Alltagsproblemen, führt islamische Trauungen durch und kümmert sich bei Todesfällen um die Erledigung der notwendigen Formalitäten. Daneben bietet es Muslimen die Möglichkeit, sich in den verschiedensten Fragen, die das islamische Recht betreffen, an ausgebildete islamische Rechtsgelehrte zu wenden.

Insgesamt wirkt das Islamische Zentrum in Aachen als sehr professionell geführt. Die dort tätigen Mitarbeiter sind gut ausgebildet und stellen so etwas wie die Elite des Islams in Deutschland dar. Man kann davon ausgehen, daß hier in absehbarer Zeit eine islamische Hochschule entstehen wird, an der religiöse Funktionsträger der verschiedensten Art ausgebildet werden. Nach Angaben eines Vertreters des Zentrums waren 1990 in Zusammenarbeit mit der Landesregierung in Düsseldorf die Vorbereitungen zur Errichtung einer solchen Hochschule schon recht weit gediehen, während des Golfkriegs erschien es allerdings ratsam, die Pläne zunächst auf Eis zu legen.

Wie schwierig die Darstellung und die Repräsentanz auch des Zentralrats der Muslime in Deutschland gerade im innerislamischen Kontext ist, läßt sich an den vorsichtigen Formulierungen des Verbandes dokumentieren: »Der Zentralrat der Muslime in Deutschland (ZMD) ist ein Spitzenverband der islamischen Dachorganisationen in Deutschland. Er versteht sich als Diskussions- und Handlungsebene seiner Mitglieder und nimmt die Aufgabe eines Dialog- und Ansprechpartners für den deutschen Staat, die Verwaltung und die anderen Gruppen der Gesellschaft wahr. Der Zentralrat will die Moscheegemeinden, islamischen Vereine, Verbände und Dachorganisationen weder ersetzen noch mit ihnen konkurrieren, er will vielmehr ihre gemeinsamen Interessen als Gesellschaftsgruppe vor den Behörden vertreten und die Rechte, die ihnen als Religionsgemeinschaft zustehen, in ihrem Namen verlangen.« Weil der Zentralrat in seiner Selbstdarstellung nicht auf einen Alleinvertretungsanspruch pocht, kann er ohne erkennbaren Widerstand anderer islamischer Verbände seinen selbstgestellten Aufgaben nachgehen. Zwar gibt es so etwas wie Konkurrenz zwischen den drei großen Gruppierungen, wobei die DITIB bei der Bemühung um Anerkennung kaum eine Rolle spielt. Der Zentralrat ist verstärkt in den Mittelpunkt der öffentlichen Aufmerksamkeit geraten, weil er sich mit klaren und fundierten Feststellungen aus islamischer Sicht bei einer Reihe von in der Öffentlichkeit diskutierten Fragen zu Wort gemeldet hat. So gab es Presseerklärungen zum »Kruzifixurteil«, zur Verleihung des Friedenspreises des deutschen Buchhandels an die Islamforscherin Annemarie Schimmel, zu medizinischen Fragen wie Hirntod und Organverpflanzung, zu den Wahlen der Ausländerbeiräte und andere mehr. Wie weit die Feststellung: »Der ZMD ist ein Spitzenverband und vertritt die Mehrheit der muslimischen Organisationen in Deutschland« den Tatsachen entspricht, kann man angesichts der wenigen überprüfbaren Daten und Informationen nicht sagen. Zumindest bemühen sich die Vertreter des Zentralrats in ihren öffentlichen Äußerungen, die Gemeinsamkeiten der verschiedenen islamischen Großorganisationen herauszustellen. Dies mag einer der praktischen Gründe sein, warum er im Gesamtbild des Islams in der deutschen Öffentlichkeit mehr und mehr in den Vordergrund getreten ist.

Interreligiöser Dialog

Lange Zeit waren die größeren und kleineren islamischen Organisationen in Deutschland in hohem Maß auf sich selbst bezogen. Nur in wenigen spektakulären Fällen wurden sie von der deutschen Öffentlichkeit wahrgenommen. Wenn ihre Vertreter sich dann gegenüber deutschen Medien äußerten, war dies häufig durch mangelnde Routine und Unkenntnis der formellen Abläufe von Interviews u. ä. gekennzeichnet. Diese Beobachtung war auch bei deutschstämmigen Muslimen zu machen. Muslimische Akademiker schüttelten nach solchen Vorgängen allgemein den Kopf, und viele distanzierten sich bewußt von islamischen Organisationen. Waren derartige Aufregungen abgeflaut, konzentrierten sich die islamischen Organisationen wieder auf sich selbst und auf ihre auf Muslime gerichtete Arbeit. Einzige Ausnahme waren die Bemühungen einiger prominenter christlicher und muslimischer Theologen, einen islamisch-christlichen Dialog in Gang zu bringen. Dabei ging es allerdings in der Regel um Veranstaltungen, auf denen Gelehrte und intellektuelle Vertreter beider Seiten auf hohem geistigem Niveau ihre Positionen erläuterten. Man darf diese Unternehmungen nicht unterschätzen, da sie in einflußreichen Theologenkreisen in Deutschland wie in verschiedenen nahöstlichen Staaten den Weg zur Überwindung der allgemeinen Sprachlosigkeit zwischen den beiden Religionen ebneten. Wenn heute ein Papst ein islamisches Land besucht, gehört dies zur Normalität im Umgang zwischen Christentum und Islam. Hier hat sich allein seit den fünfziger Jahren ein beträchtlicher Wandel vollzogen. Heute werden die Gemeinsamkeiten und nicht die Differenzen in den Vordergrund gestellt. An diesen Dialog-Veranstaltungen nahmen Mitglieder der verschiedenen großen Islamorganisationen in Deutschland nur als Privatpersonen teil. Erst seit wenigen Jahren treten sie auch als Vertreter ihrer Organisationen auf, was sicherlich mit der wachsenden Bedeutung der islamischen Welt im globalpolitischen Zusammenhang zu tun hat. Die Vorstellung, daß nach dem Ende des Ost-West-Konfliktes nun ein neuer zwischen dem säkularen Westen und der islamischen Welt drohe, war sehr rasch ein viel diskutiertes Thema in Zeitungen, Talkshows und Akademien. Alte Feindbilder wurden vor allem nach dem Golfkrieg erneut heraufbeschworen. Da war die Rede von der islamischen Atombombe oder der Ölwaffe. Der islamische Fundamentalismus wurde der neue allgegenwärtige Gegner der freiheitlich-demokratischen Grundordnung. Hierauf reagierten die Vertreter der islamischen Organisationen in der Bundesrepublik zunächst nur zögerlich. Erst als im Zusammenhang mit dem Golfkrieg von 1990/91 das Interesse am Islam in der deutschen Öffentlichkeit schlagartig wuchs, als kaum ein Tag verging, ohne daß in den großen Medien und in der Presse mehr oder weniger kompetente Journalisten und deutsche Islamkenner sich zu Wort meldeten und Bücher über den Islam Spitzenpositionen in den Bestsellerlisten erreichten, wurde den führenden Vertretern der islamischen Organisationen bewußt, daß sie auch ihren Glauben und die gesellschaftliche und ethische Praxis gegenüber der deutschen Öffentlichkeit sichtbar zu vertreten hatten. Seit dieser Zeit hat sich eine bemerkenswerte Veränderung in der Präsentation der Muslime ergeben. Vertreter muslimischer Organisationen gehen von sich aus auf Bildungseinrichtungen wie Volkshochschulen, Landesstellen für politische Bildung oder kirchliche Akademien zu, um in diesem Rahmen ihre Sicht des Islams darzulegen. Auf diese Weise müssen sie sich direkt mit dem deutschen Publikum, seinen Erwartungen, seinem Vorverständnis und nicht zuletzt seinen Vorurteilen auseinandersetzen. Das bedeutet auch eine genauere und differenziertere Kenntnis der deutschen Gesellschaft als bisher. Je besser aber diese Gesellschaft zur Kenntnis genommen wird, um so deutlicher werden auch die Gemeinsamkeiten und Unterschiede. Die islamischen Organisationen werden, wenn sie die selbstgestellten Aufgaben innerhalb der deutschen Gesellschaft optimal erfüllen wollen, nicht umhin können, auf diesem Weg der Öffnung weiter voranzuschreiten. Nicht-muslimische Beobachter der islamischen Szene in Deutschland dürfen nicht aus den Augen verlieren, daß diese Szene, wie jede andere gesellschaftliche Gruppe auch, ständig starken Veränderungen ausgesetzt ist. Es mag sein, daß manche Formen des Wandels zunächst als taktisches Verhalten in einer fremden Umgebung betrachtet werden könnten. Häufig läßt sich dann jedoch feststellen, daß diese zunächst taktisch begründeten Veränderungen sich so sehr in das Bewußtsein der entsprechenden Gruppen eingegraben haben, daß sie nach einiger Zeit tatsächliche Vorstellungen und feste Praktiken ausmachen.

LEBEN IN EINEM FREMDEN LAND

Lebenszyklus der Muslime im deutschen Alltag

Der Lebenszyklus jedes Menschen ist von zahlreichen Entwicklungen geprägt, die von kulturellen, sozialen, politischen und nicht zuletzt religiösen Normen abhängig sind. Welche Faktoren für diesen Prozeß entscheidend werden, läßt sich nicht immer eindeutig definieren. Muslimische Autoren und westliche Beobachter werden nicht müde, die islamische Welt in einer Weise darzustellen, derzufolge der Islam das ganze Leben bestimmt. Wenn man die verschiedensten Verhaltensweisen der Menschen in den islamischen Gesellschaften genauer untersucht, stellt sich häufig heraus, daß sich manche der allgemein akzeptierten Normen kaum mit den Lehren des Islams in Übereinstimmung bringen lassen. Nicht selten liegen die Wurzeln für diese Abweichungen in älteren vorislamischen Traditionen, die zu einem späteren Zeitpunkt von religiösen Autoritäten als islamisch interpretiert worden sind. Mit den tatsächlichen Vorschriften des Islams haben diese Lebensäußerungen allerdings nur wenig zu tun. Häufig sind es Riten oder Verhaltensweisen, die einem mit dem Islam wenig vertrauten Beobachter als besonders islamisch erscheinen werden und von denen selbst viele Muslime glauben, daß es sich um genuin islamische Vorstellungen und Gebräuche handele. Als Beispiel sei hier nur auf die viel besprochene Stellung der Frau und den damit verbundenen Komplex von Ehre und Schande hingewiesen. Daß sich die Ehre der Männer einer Familie durch das Verhalten der Frauen ebendieser Familie definiert, läßt sich in der Tat in vielen islamischen Gesellschaften beobachten. Man darf diese Tatsache dennoch nicht als »islamisch« beschreiben; allein ein Blick auf andere traditionelle Gesellschaften wie auf Sizilien oder auf dem Peloponnes, in Spanien oder Südfrankreich zeigt, daß auch hier der Ehrenkodex des Mannes durch das Verhalten der Frauen bestimmt wird. Wie wenig gerade der Umgang der Geschlechter mit der Religion zu tun hat, mag ein Vorgang verdeutlichen, der sich in den späten fünfziger Jahren in einer kleinen Stadt in Westfalen abspielte. In der dortigen Textilindustrie waren seit etwa 1955 Gastarbeiter aus Sizilien angeworben worden. Ihre Zahl war nicht groß, was die Gefahr von Konflikten reduzierte, und auch der gemeinsame katholische Glaube verhinderte Spannungen. Zu den ersten, die kamen, gehörte ein intelligenter junger Mann, der eine Ausbildung als Elektriker absolviert hatte und in einem der örtlichen Elektrohandwerksbetriebe einen Arbeitsplatz fand. Der Betriebsinhaber hatte eine Tochter im heiratsfähigen Alter und es kam, wie es kommen mußte. Die junge Frau wurde schwanger, und es wurde eine überstürzte Heirat organisiert. Gefragt, wie er denn mit seinem Schwiegervater zurechtkomme, antwortete der junge Ehemann: »Ich kann mich nicht beklagen. Bei uns zu Hause wäre ich jetzt tot.« Die gesellschaftlich bedingten Verhaltensweisen in den verschiedenen Mittelmeerländern sind also keineswegs abhängig von unterschiedlichen religiösen Vorstellungen.

Geburt und Namensgebung

Die Mehrzahl der heute in Deutschland lebenden Muslime ist nicht hier geboren. Diese Feststellung wird in einem Jahrzehnt nicht mehr den Tatsachen entsprechen. Daraus werden sich Konsequenzen ergeben, auf die die deutschen Behörden und die islamischen Organisationen sich vorbereiten müssen. Die Geburt eines Kindes hat neben emotionalen oder wirtschaftlichen auch verwaltungstechnische Folgen, was für muslimische Eltern mit einer ganzen Reihe von Schwierigkeiten verbunden ist. Die Religionszugehörigkeit eines Kindes richtet sich nach islamischem Recht nach der Religion des Vaters. Daher sind in dieser Hinsicht keine besonderen Erklärungen notwendig. Ein spezieller Aufnahmeritus wie bei der christlichen Taufe ist im islamischen Recht nicht vorgesehen. Natürlich hat die gesellschaftliche Praxis in verschiedenen islamischen Ländern Riten entwickelt, mit denen dokumentiert wird, daß ein Kind der Gemeinschaft der Muslime angehört. So flüstert in einigen Ländern die Hebamme, in anderen der Großvater dem Neugeborenen das islamische Glaubensbekenntnis ins Ohr, damit dies die ersten Worte sind, die es vernimmt und die es durch sein ganzes Leben begleiten werden. Da auch die meisten in Deutschland lebenden Musliminnen ihre Kinder in einem Krankenhaus zur Welt bringen, läßt sich dieser Brauch nicht immer durchführen. Manchmal wird er bei den ersten Besuchen der Verwandtschaft nachgeholt, hat dann aber für viele Muslime nicht mehr die gleiche Bedeutung, da es nicht mehr die ersten Worte, die das Kind hört, sind. Dieses Defizit ändert selbstverständlich nichts an der Tatsache, daß das Kind Muslim ist.

Auch die Frage der Namensgebung, die für einen Muslim von großer Bedeutung ist, kann in der deutschen Umgebung Komplikationen mit sich bringen. Namen haben für Muslime eine herausragende religiöse Bedeutung, weil sie davon überzeugt sind, daß jeder Mensch am Ende der Welt, beim Jüngsten Gericht, bei seinem Namen vor Gottes Richterthron gerufen wird. Muhammad hat seine Gemeinde darauf hingewiesen: »Am Tage des Jüngsten Gerichts werdet ihr bei euren Namen gerufen und bei denen eurer Väter. Wählet daher schöne Namen aus.« Und in einer anderen Tradition heißt es: »Drei Verpflichtungen hat ein Vater gegenüber seinem Sohn, ihm einen Namen zu geben, ihn schreiben zu lehren und ihn zu verheiraten, wenn er das heiratsfähige Alter erreicht hat.« Die Form, in der Muslime die Namen für ihre Kinder auswählen, ist abhängig von ihrer Herkunft, Bildung, gesellschaftlichen Stellung, aber auch von gerade in diesem Bereich häufig anzutreffenden Moden. Sie verhalten sich da nicht anders als Eltern in anderen Kulturen auch. Der häufigste Name für einen Muslim ist selbstverständlich Muhammad, wobei der Name natürlich in den verschiedensten sprachlichen Modifikationen verwendet werden kann. Mohammed, Mehmet oder Mammadu sind die verschiedenen Versionen ein und desselben Namens. Mit diesem Namen dokumentieren die muslimischen Eltern, daß sie sich in besonders enger Weise mit dem »Gesandten Gottes« verbunden fühlen. Wie in der deutschen Namensgebung auch kennt die islamische Welt zahlreiche Namen, bei denen ein Teil Allah oder einer der Beinamen Gottes ist. Man findet Abdallah (Diener Gottes) oder Abdalrahman (Diener des Barmherzigen), um nur zwei zu nennen. Da in der Familie nur eins der Kinder Muhammad heißen kann, werden andere Jungen nach den großen Gestalten der islamischen Frühzeit benannt. Häufig sind die Namen der ersten vier Khalifen, Abu Bakr, Umar, Uthman und Ali in ihren zahlreichen regionalen und dialektalen Varianten. Mädchen werden ebenfalls gerne nach Frauen der islamischen Frühzeit genannt. Häufig wird Aischa, nach der Lieblingsfrau Muhammads oder Fatima, nach der Tochter des Propheten gewählt. Natürlich finden sich auch Namen, deren religiöse Bedeutung nicht ohne weiteres zu erkennen ist oder die gar keinen religiösen Bezug aufweisen können. Daraus darf nicht auf eine Distanz der jeweiligen Eltern zum Islam geschlossen werden. Bei solchen Entscheidungen mögen Familientraditionen eine Rolle spielen, spontane Einfälle, die Begeisterung für Filmstars oder berühmte Sportler, manchmal ist selbst Einfallslosigkeit nicht auszuschließen.

In Deutschland lebende Muslime geben ihren Kindern gerne Namen, die auch in einem deutschen Kontext geläufig, gleichzeitig aber der eigenen Tradition nicht fremd sind. Als Beispiel seien Namen wie Soraya oder Nadia genannt. Mir ist auch eine kleine Denise bekannt, bei der die türkische Mutter darauf hinweist, daß der Name dem türkischen Wort für Meer (deniz) ähnlich sei.

Bei der Festlegung des Namens ergeben sich immer wieder Schwierigkeiten angesichts der in Deutschland geltenden gesetzlichen Regelungen des Namensrechts. Zunächst einmal muß bei unüblichen Namensvorschlägen nachgewiesen werden, daß es sich tatsächlich um gebräuchliche Namen handelt und nicht etwa um Verballhornungen oder Scherze. Da hätte ein muslimischer Vater, der seine Tochter Ismat (Tugend) nennen würde, wohl noch nicht unbedingt Probleme, bei dem Namen Badr (Vollmond) für ein Mädchen wäre das möglicherweise schon eher der Fall. Und jeder türkische Vater, der sich für seine Drillinge Hürriyet (Freiheit), Uhuvvet (Brüderlichkeit) und Musavet (Gleichheit) wünscht, würde auf einem deutschen Standesamt wohl mit gerunzelten Augenbrauen betrachtet. Möglicherweise würde man ein Gutachten über die Gebräuchlichkeit dieser Namen in der Türkei anfordern.

Nach dem deutschen Namensrecht muß ein Name das Geschlecht der entsprechenden Person unzweifelhaft deutlich machen. Nach islamisch korrekter Praxis gehört zum Namen auch der des Vaters. Die Muslime können sich in diesem Zusammenhang auf den oben zitierten Prophetenausspruch beziehen. Daher ist es in vielen islamischen Ländern üblich, daß der Name einer Person mit dem Zusatz »Sohn oder Tochter des...« versehen wird. In einigen Ländern wird auch der Name des Großvaters in diese genealogische Kette eingefügt. Die neuere Gesetzgebung islamischer Staaten hat die Ergänzungen eines Namens durch die Vater- und Großvaternamen reduziert; die Formulierungen »Sohn oder Tochter des...« wurden gestrichen, da allgemein bekannt ist, um wen es sich bei dieser Namenskette jeweils handelt. Daher heißt ein Araber zum Beispiel Muhammad Ali Fu'ad. Muhammad ist sein eigener Name, Ali der seines Vaters und Fu'ad der seines Großvaters. Alle Namen sind eindeutig männliche Eigennamen. Hätte Muhammad eine Schwester mit Namen Laila, so müßte sie korrekterweise Laila Ali Fu'ad heißen. Deutsche Standesämter haben mehrfach derartige Namensverbindungen abgelehnt, da der zweite und dritte Name nicht als Kennzeichen des Vaters bzw. Großvaters angesehen wurden, sondern als weitere Vornamen, die jedoch – weil männlich – bei einem Mädchen keine Verwendung finden dürfen. Es bleibt abzuwarten, wie sich die Standesämter bei einem Anwachsen derartiger Namensvorschläge verhalten werden. In der gegenwärtigen Situation sind solche Konflikte noch nicht so zahlreich, daß Handlungsbedarf gesehen wird. Mit einem wachsenden Selbstbewußtsein der in Deutschland lebenden Muslime, von denen mehr und mehr die deutsche Staatsbürgerschaft besitzen, wird sich diese Problematik allerdings erheblich häufiger stellen.

Sorgerecht

Wenn man von der Häufigkeit ausgeht, mit der deutsche Gerichte mit Fragen des Sorgerechts gescheiterter Ehen zwischen Muslimen, aber auch zwischen Deutschen und Muslimen konfrontiert werden, liegt hier einer der schwierigeren Aspekte für das Leben eines Muslims in Deutschland vor. In dieser Frage gibt es eine umfangreiche islamische Rechtstradition, die mit den gesetzlichen Regelungen der deutschen Zivilrechtssprechung nicht in Übereinstimmung zu bringen ist. Die Mehrzahl der islamischen Gesellschaften können als patrilinear bezeichnet werden. Das bedeutet, daß die rechtliche Stellung der väterlichen Seite einer Familie stärker ist als die der mütterlichen Seite. Diese Dominanz der väterlichen Seite gilt nicht nur für das Erbrecht, sondern auch für das elterliche Sorgerecht. Der Koran ruft die Eltern dazu auf, sich die Erziehung der Kinder zu teilen. In der Praxis kommt es hier zu einer Aufgabenteilung zeitlicher und inhaltlicher Art. Die Mutter sorgt für die Kinder im Säuglingsalter und zwar so lange, wie sie noch der speziellen Fürsorge der Mutter bedürfen, also etwa bis zum sechsten Lebensjahr. Danach tritt in der traditionellen muslimischen Familie eine deutlichere Trennung zwischen Jungen und Mädchen ein. Jungen gehen mehr und mehr in die Obhut des Vaters über, während die Mädchen weiterhin auf den Lebensbereich der Mutter konzentriert bleiben und von ihr die Führung eines Haushalts erlernen. Jungen werden in der Regel mit dem Beruf des Vaters vertraut gemacht. Solange eine Ehe funktioniert, ergeben sich in dieser Aufgabenteilung keine nennenswerten Meinungsverschiedenheiten. Schwierig wird es in den Fällen, in denen die eheliche Gemeinschaft durch die Scheidung aufgelöst wird oder wenn der Vater verstirbt. In diesen Fällen kehrt die Frau traditionell in ihre Herkunftsfamilie zurück. Ihre Kinder bleiben in der Regel in der Familie des Vaters. Das islamische Recht kennt allerdings eine Reihe von Ausnahmen, die in einer alle denkbaren Möglichkeiten behandelnden Kasuistik dargestellt werden. Im übrigen lassen sich hier zahlreiche Unterschiede der Beurteilung durch die verschiedenen islamischen Rechtsschulen feststellen. Ausgangsbasis der islamischen Rechtsprechung ist in diesen Fällen das Wohl des Kindes. Wie dieses Wohl definiert werden kann, ist allerdings eine Frage, die die verschiedenen Rechtsgelehrten äußerst unterschiedlich beantworten. Einigkeit herrscht unter den Rechtsgelehrten darüber, daß Kleinkinder bei der Mutter bleiben sollten. Der Vater bzw. seine Familie hat den Unterhalt dieser Kinder sicherzustellen. Der Mutter wird in der Regel ein Entgelt für ihre Tätigkeit zugesprochen. Das gilt vor allem dann, wenn sie die Kinder stillt. Nach manchen Rechtsgutachten können die Kinder selbst entscheiden, bei welchem Elternteil sie leben wollen. Eine Rechtsschule räumt den Kindern sogar die Möglichkeit ein, alleine zu wohnen, wenn sie sich selbst versorgen wollen. Diese Regelung gilt erstaunlicherweise auch für Mädchen. Die Mehrzahl der Rechtsschulen spricht jedoch die Jungen ab einem Alter von sechs bis sieben Jahren dem Vater zu. Die Mädchen bleiben nach der Mehrheit der Gutachter bei der Mutter, bis sie die Pubertät erreicht haben. Dann werden sie der Obhut des Vaters übergeben, der für die Verheiratung des Mädchens zu sorgen hat. Der Mutter sollte die Möglichkeit gegeben werden, die Kinder hin und wieder zu besuchen. Der Verkehr mit den Kindern kann ihr nur aus schwerwiegenden Gründen verwehrt werden. Als Beispiel sei der Versuch, den Kindesvater zu töten, angeführt. Auch Bemühungen der Mutter, die Kinder dem Islam zu entfremden, gelten als Grund für die Verweigerung des Kontakts. Wenn auch eine geschiedene oder verwitwete Mutter den Kontakt zu ihren Kindern formalrechtlich einklagen kann, so ergeben sich in der deutschen Rechtspraxis häufig Situationen, die immer wieder einen tragischen Ausgang nehmen. Muslimische Väter gehen von der für sie selbstverständlichen Tatsache aus, daß das Sorgerecht für ihre Kinder, das zugleich auch als Verfügungsgewalt angesehen wird, ihnen zusteht. Wenn ein deutsches Familiengericht in einem Streitfall das Sorgerecht der Mutter zuspricht, wird dies von muslimischen Vätern als offenkundiges Unrecht betrachtet. Manche Betroffene versuchen dann, »das Recht in ihre eigenen Hände zu nehmen«, indem sie die Kinder entführen. Berichte über Kinder, die in die Herkunftsländer der Väter gebracht worden sind, finden sich in den Medien immer wieder. Häufig stehen diese Entführungen auch in einem klaren Gegensatz zu den Regelungen des islamischen Rechts. Das ist zum Beispiel dann der Fall, wenn die Kinder noch zu klein sind, um ohne ihre Mutter auszukommen oder wenn Mädchen vor dem Erreichen der Pubertät in die väterliche Familie gebracht werden. Muslimische Mütter können in solchen Fällen möglicherweise die Unterstützung ihrer eigenen Familie in Anspruch nehmen. Deutsche Mütter, die nicht zum Islam übergetreten sind, haben häufig keine Möglichkeit, ihr ihnen auch nach dem islamischen Recht zustehendes Verkehrsrecht durchzusetzen. Sie müßten Prozesse vor islamischen Gerichtshöfen des entsprechenden Herkunftslandes des Vaters oder im Aufenthaltsland des Kindes anstrengen, wobei die Aussicht auf Erfolg angesichts der Komplexität der islamischen Rechtsprechung über die Personensorge oft zweifelhaft ist. Es darf allerdings auch nicht der Eindruck entstehen, daß Kinder aus gescheiterten Ehen nur von ihren Vätern entführt werden. Auch Mütter greifen immer wieder zu diesem Mittel, wenn ihnen von Zivilgerichten das Sorgerecht für ihre Kinder nicht zugesprochen wird, und vor allem dann, wenn ihnen zusätzlich auch das Verkehrsrecht vorenthalten wird.

Kompliziert werden aus islamischer Sicht solche Aktionen, wenn die Kinder aus der Verbindung mit einem Nicht-Muslim stammen. Nach dem säkularen Zivilrecht der Türkei bestehen gegen solche ehelichen Verbindungen keine Einwände. Nach islamischem Recht sind derartige Ehen dagegen nicht möglich; daher können die Kinder als unehelich und damit als der Familie der Mutter zugehörig angesehen werden. Die Mutter hat danach also einen Anspruch auf die Kinder, der vielen Frauen in einer solchen Situation durchaus bewußt ist. Männer wie Frauen, die ihre Kinder aus der formal rechtmäßigen Obhut ihrer früheren Partner entführen, handeln häufig in Unkenntnis der Strafbarkeit ihrer Handlungen.

Zumindest für Jungen ist der Ritus der Beschneidung das äußere Zeichen für die Aufnahme in die Gemeinschaft der gläubigen Muslime. Im Koran wird die Beschneidung nicht als religiöse Pflicht angeführt. Dagegen finden sich zahlreiche Prophetentraditionen, in denen davon die Rede ist. Im übrigen unterscheiden sich auch die verschiedenen islamischen Rechtsschulen hinsichtlich der Frage, ob die Beschneidung religiöse Pflicht oder lediglich eine lobenswerte Praxis ist. Wie in vielen traditionellen Gesellschaften ist die Beschneidung ein Übergangsritus, durch den ein Mensch in einen neuen gesellschaftlichen Status eintritt, in dem er dann andere soziale, religiöse oder ethische Rechte und Pflichten hat als zuvor. Im islamischen Kontext bedeutet das, daß der Mensch von nun an dem islamischen Gesetz und seinen Regeln unterworfen ist. Medizinische Begründungen für diesen Ritus, wie die Vermeidung von Phimose, sind moderne Rationalisierungen von sozialen Vorgängen.

Ein muslimischer Junge sollte zwischen dem siebten Lebenstag und dem fünfzehnten Lebensjahr beschnitten werden. Auf jeden Fall muß der Ritus durchgeführt werden, bevor der Junge das Erwachsenenalter erreicht hat. Da der Ritus festlich begangen wird und mit teilweise erheblichen Kosten verbunden ist, wird er häufig für mehrere Kinder gemeinsam durchgeführt, so daß Jungen unterschiedlichen Alters bei der gleichen Zeremonie beschnitten werden. Der eigentliche Vorgang besteht darin, daß ein Teil der Vorhaut des Penis abgetrennt wird. Die Operation wurde häufig durch den Barbier durchgeführt, doch hat sich in neuerer Zeit für diese Aufgabe ein gewisses Spezialistentum entwickelt. Die Beschneidung der Jungen ist mit einem großen Fest verbunden, zu dem öffentliche Umzüge, Gastmahle und Geschenke für den Initianden gehören. Erst nach dem Vollzug dieses Rituals wird er nach allgemeinem Verständnis als vollgültiger Muslim angesehen.

Auch für in Deutschland geborene muslimische Jungen gelten diese traditionellen Regeln der Beschneidung; die Art und Weise, in der sie vorgenommen wird, ist jedoch von der Situation der Entbindung abhängig. Es ist nicht ausgeschlossen, daß bei der perinatalen Behandlung des Neugeborenen schon beschneidungsähnliche Operationen vorgenommen werden, die von den muslimischen Eltern als Beschneidung angesehen werden. In solchen Fällen wird häufig auf ein weiteres entsprechendes Ritual verzichtet. In allen anderen Fällen muß eine Beschneidung durchgeführt werden. Man kann in diesem Zusammenhang zwischen zwei Praktiken unterscheiden. Im ersten Fall wird die Beschneidung bei einem Besuch im Herkunftsland der Eltern durchgeführt. Der Junge wird dann häufig in einen kollektiven Beschneidungsritus des Dorfes oder Stadtviertels, aus dem die Eltern kommen, eingebunden. Die Kinder sind dann in der Regel schon etwas älter. Diese Praxis hat den Vorteil, daß die dortigen Familien der Eltern des Jungen die fortbestehende Verbindung mit der Verwandtschaft auf diese Weise dokumentieren können. Häufig ist es das erste Mal, daß die ganze Verwandtschaft von ihrem neuen Mitglied Kenntnis nehmen kann. Auch für das Kind bedeutet dieser Vorgang psychologisch eine Versicherung verwandtschaftlicher Zugehörigkeit. Im anderen und inzwischen wohl immer häufigeren Fall werden Beschneidungszeremonien in Deutschland durchgeführt. Dabei werden wie in den Herkunftsländern Gruppenzeremonien durchgeführt. Das bedeutet, daß die verwandtschaftlichen und regionalen Verbindungen als Auswahlkriterien bei der Zusammenstellung der Initianden eine entscheidende Rolle spielen. Angesichts der mehrheitlich aus der Türkei stammenden Muslime erstaunt es nicht, daß es vor allem türkische Jungen sind, die in derartigen Ritualen in die Gemeinschaft der Muslime aufgenommen werden. Die von den Initianden in der Türkei getragene Kleidung ist inzwischen auch in einigen auf islamische Kleidung spezialisierten Konfektionsgeschäften in Deutschland zu kaufen. Häufig werden zur Durchführung der Operationen Beschneidungsspezialisten aus der Türkei eingeflogen, die bei mehreren aufeinanderfolgenden Beschneidungsfeiern ihre Geschicklichkeit dokumentieren. Wie in den Herkunftsländern müssen die Jungen, wenn sie bei der Beschneidung alt genug sind, jede Wehleidigkeit und Ausdruck von Schmerz vermeiden. Das tapfere Ertragen der trotz lokaler Anästhesie auftretenden Schmerzen wird von den Festgästen als Zeichen von Mannhaftigkeit angesehen und durch Geschenke unterschiedlicher Art belohnt. Bisher ist noch nicht bekannt, daß deutsche Stellen in irgendeiner Weise in die Durchführung dieser Beschneidungsrituale eingegriffen hätten. Die Beschneidung von Jungen verstößt nicht gegen ein deutsches Strafgesetz. Verstöße gegen Gesetze zur Ausübung von Heilberufen oder der Vorwurf der Körperverletzung wurden nicht beklagt. Das mangelnde Interesse der staatlichen Autoritäten an diesem Vorgang mag mit der Tatsache zusammenhängen, daß Folgeerkrankungen nach diesem Eingriff nicht bekannt geworden sind. Es ist jedoch nicht ausgeschlossen, daß bei einer ansteigenden Zahl von Beschneidungen deutsche Aufsichtsbehörden in diesem Kontext aktiv werden.

Während die Beschneidung von Jungen in der islamischen Welt allgemein üblich ist, ist die Beschneidung von Mädchen unter islamischen Rechtsgelehrten umstritten. In einem großen Teil der islamischen Welt wird dieser Vorgang als barbarisch und eindeutig unislamisch angesehen. Man kann hier sicherlich von einem speziell in Ägypten, dem Sudan und in den islamischen Regionen Westafrikas verbreiteten Brauch sprechen. In der Praxis gibt es zahlreiche regionale Unterschiede. In der Regel werden Mädchen später als Jungen, aber vor dem Erreichen der

Pubertät beschnitten. Der eigentliche Eingriff kann aus einem kleinen Einschnitt am oberen Ende der Scheide, aber auch aus einer völligen Entfernung der Klitoris und der Schamlippen bestehen. Häufig ist er mit einer Infibulation verbunden. Die Durchführung dieser Operationen obliegt traditionellen Geburtshelferinnen oder alten Frauen. Neuerdings werden sie auch von Hebammen durchgeführt. Die Eingriffe haben nicht zuletzt aufgrund mangelnder Hygiene häufig schwere, ja tödliche Erkrankungen zur Folge. Vor allem die radikale Beschneidung der Mädchen wurde in einigen Staaten der islamischen Welt verboten. Dennoch wird sie weiterhin praktiziert. Frauen, die diese Operationen durchführen, haben daher in der Öffentlichkeit einen sehr schlechten Ruf, werden von den Frauen aber auch mit ängstlicher Verehrung behandelt. Viel stärker als die Beschneidung von Jungen ist das Ritual bei den Mädchen mit der Vermittlung von Wissen um Sexualität verbunden. In einigen Ländern müssen die Initiandinnen in der Vorbereitung auf die Beschneidung bestimmte Tänze erlernen, von denen angenommen wird, daß sie das sexuelle Interesse der Männer erregen.

Zahlreiche internationale, aber auch islamische Organisationen versuchen die Beschneidung von Mädchen einzudämmen. Sie können sich auf die entsprechenden UNO-Resolutionen und auf Gutachten von islamischen Rechtsgelehrten berufen. Trotzdem ist diese Praxis bisher noch nicht vollständig unterdrückt worden. Für die Mehrheit der in Deutschland lebenden Muslime ist die Beschneidung von Mädchen kein Thema. In Herkunftsländern wie der Türkei oder Bosnien wird sie nicht praktiziert. Man muß jedoch davon ausgehen, daß bei hier lebenden Muslimen aus Ländern, in denen diese Praxis verbreitet ist, insgeheim Mädchen beschnitten werden. Bisher sind derartige Fälle allerdings noch nicht an die Öffentlichkeit gedrungen.

Kindergärten und Kindertagesstätten

Eine weitere Etappe im Leben eines kleinen Muslim oder einer kleinen Muslimin kann dann der Besuch eines Kindergartens sein. Dabei muß zunächst einmal ins Bewußtsein gerufen werden, daß der Islam die Eltern verpflichtet, die Kinder zu erziehen. Es ist daher vom traditionellen religiösen Verständnis her durchaus keine Selbstverständlichkeit, ja es kostet die muslimischen Eltern Überwindung, ihre Kinder in einen Kindergarten oder eine Kindertagesstätte zu schicken. Die Bedingungen der Arbeitswelt lassen ihnen aber häufig keine andere Wahl. Die Zwänge treten vor allem dann ein, wenn die Eltern ohne die aus ihrer Heimat gewohnte Unterstützung ihrer Großfamilie in Deutschland leben. Oft war die Beaufsichtigung und Betreuung der Kinder die Hauptursache, warum Muslime Mütter, Großmütter oder ältere weibliche Verwandte nach Deutschland kommen ließen. Sind schon ältere Geschwister vorhanden, so wird ihnen, wie es in den Herkunftsländern auch üblich ist, die Kinderbetreuung übertragen. Hier ergeben sich immer dann Schwierigkeiten, wenn die staatlichen Stellen konsequent die Schulpflicht dieser älteren Kinder durchsetzen. In solchen und ähnlich gelagerten Situationen werden die Angebote von Kindergärten angenommen, wobei die Eltern immer wieder in schwere Gewissenskonflikte geraten. Zumindest in den alten Bundesländern liegt die Organisation der meisten Kindergärten und vergleichbarer Einrichtungen in kirchlicher Trägerschaft. Muslime in Deutschland leben jedoch in der ständigen Furcht, christlichen Missionierungsversuchen ausgesetzt zu werden, eine Gefahr, vor der sie schon vor ihrer Abreise nach Deutschland durch Freunde und Verwandte gewarnt werden. Ob diese Einschätzung richtig ist, mag dahingestellt bleiben. Trotzdem kann schon die Ausstattung der Kindergärten mit christlichen Symbolen wie dem Kruzifix oder Bildern mit Darstellungen aus dem

Alten und Neuen Testament oder aus dem Leben von Heiligen muslimische Eltern beunruhigen. In einer Reihe von Fällen wurde auch bekannt, daß die Erzieherinnen in den Kindergärten im Rahmen ihrer Tätigkeit mehr oder weniger spielerisch religiöse Themen behandeln. Sie gehen auf die zumeist christlichen Feste des Jahreskreises ein, erklären die Bedeutung der entsprechenden Symbole und begründen die Entstehung dieser Feste aus der christlichen Tradition. Natürlich werden auch muslimische Kinder in derartige Themenbereiche eingebunden. Manche muslimische Eltern sehen dadurch ihren Verdacht bestätigt, daß ihre Kinder dem Islam entfremdet werden sollen. Es ist davon auszugehen, daß die Erzieherinnen und Erzieher meistens keine solchen Absichten haben. Sie waren oft unglücklich, wenn die Eltern einen entsprechenden Verdacht äußerten oder wenn die Kinder ohne Angabe von Gründen nicht mehr in den Kindergarten kamen. Nachdem diese Probleme wiederholt aufgetaucht waren, bemüht sich das Personal in vielen Kindergärten mit einem hohen Anteil muslimischer Kinder durch Gespräche mit den Eltern deutlich zu machen, daß deren Befürchtungen unbegründet sind. Die kirchlichen Trägerorganisationen, wie zum Beispiel die Caritas, boten auch entsprechende Weiterbildungsmöglichkeiten für Erzieherinnen und Kindergärtnerinnen an. In einigen Fällen konnten inzwischen muslimische Erzieherinnen in derartigen Einrichtungen eingestellt werden, was die jeweiligen Träger sicherlich einiges an Überwindung gekostet haben wird. In anderen Fällen ging man auch auf die islamischen Feste ein und konnte so die besorgten Eltern beruhigen und den christlichen wie den muslimischen Kindern etwas von der Fremdheit gegenüber der anderen Religion nehmen. Kindergärten, in denen derartige Programme durchgeführt werden, sind von wachsender Bedeutung für das Entstehen eines unbefangenen Umgangs zwischen Muslimen und Nicht-Muslimen in Deutschland.

Es gibt aber einige von kleineren christlichen Gemeinschaften getragene Einrichtungen, die ein Missionierungsinteresse als Motivation für den finanziellen und personellen Aufwand, den sie dort treiben, nicht leugnen. Hier werden Kinder im Vorschulalter ganz bewußt an christliche Glaubensinhalte in einer besonderen Form herangeführt, um sie schließlich in die jeweiligen Gemeinschaften aufnehmen zu können. Bedacht wird bei derartigen Unternehmen nicht, wie sehr Kinder dadurch in Konflikte mit ihren Eltern gebracht werden können. Auf entsprechende Vorbehalte gegenüber einer solchen Vorgehensweise kann man dann die erstaunlich unbefangene Antwort erhalten, daß es die Kinder seien, durch deren Vermittlung man die christliche Botschaft den Eltern nahebringen wolle. Diese christlichen Gruppen übersehen die außerordentliche Festigkeit, mit der auch nichtpraktizierende Muslime an ihrem Glauben hängen. Die umfangreichen Missionierungsversuche im Nahen und Mittleren Osten, aber auch in Indien, die von protestantischen Missionsgesellschaften zu Beginn dieses Jahrhunderts unternommen wurden, waren nur in außerordentlich geringer Weise von Erfolg gekrönt. Sie riefen statt dessen islamische Reformer auf den Plan, die begannen, neue Formen der Seelsorge zu entwickeln. Die Gründung von Organisationen wie dem Muslimischen Verein junger Männer in den zwanziger Jahren in Kairo geht auf diese Auseinandersetzungen zurück.

Obwohl die Zahl christlicher Gruppen, die über Kindergärten ihre Form des Christentums propagieren wollen, klein ist, haben diese Aktivitäten bei den großen islamischen Dachorganisationen, und auch auf lokaler Ebene Reaktionen hervorgerufen, die zur Gründung von islamischen Kindergärten oder Kindertagesstätten geführt haben. Jedoch mußte hierbei zunächst die grundsätzliche Frage nach der Übereinstimmung der Einrichtung von Kindergärten mit dem islamischen Recht geprüft werden.

Diese Frage war nicht neu. In den Armenvierteln der großen Städte des Nahen und Mittleren Ostens sind seit den siebziger Jahren von islamischen Gruppierungen wie den Muslimbrüdern Kindergärten eingerichtet worden. Grund dafür war die Tatsache, daß die Kinder in diesen sozialen Brennpunkten häufig sich selbst überlassen waren, weil beide Elternteile für den Lebensunterhalt der Familie sorgen mußten und eine Beaufsichtigung der Kinder durch Verwandte oft nicht möglich war. Aber auch in den reichen Ölstaaten des arabisch-persischen Golfs stellte sich die Frage der Kinderbetreuung, die dort mehr und mehr in die Hände von ausländischen Kindermädchen übergegangen war. Das lag zum Teil daran, daß Mütter aus wohlhabenden Familien sich intensiv dem gesellschaftlichen Leben widmen, in wachsendem Maß einer eigenen Berufstätigkeit nachgehen oder weil es zum guten Ton gehört, ein oder mehrere Kindermädchen zu beschäftigen. Diese jungen Frauen stammten in vielen Fällen aus Ländern wie den Philippinen oder vom indischen Subkontinent. Eine nicht geringe Zahl von ihnen sind Christinnen. Da ihnen in der Regel keine genauen Anweisungen für den Umgang mit den Kindern gegeben werden, werden diese oft intensiv mit der Heimatkultur der Kindermädchen vertraut gemacht. Viele Kinder lernen die Sprache ihrer Betreuerinnen, viele ihrer Verhaltensweisen und nicht selten die Grundlagen ihrer Religion. Diese Situation hat zu Besorgnis vor allem in religiösen Kreisen und bei islamischen Autoritäten geführt. Letztere eröffneten eine Diskussion über die Vereinbarkeit von Kindergärten mit den Vorschriften des islamischen Rechts. Das Ergebnis war, daß zunächst die Mütter dringend aufgefordert wurden, sich intensiver um ihre Kinder zu kümmern und diese Aufgabe nicht ausschließlich ihrem Dienstpersonal zu überlassen. Die Unterbringung von Kindern in Kindergärten wurde als eine weniger akzeptable Möglichkeit betrachtet. Die Mehrzahl der an der Diskussion beteiligten islamischen

Gelehrten war allerdings der Meinung, daß es immer noch besser sei, die Kinder in nach islamischen Gesichtspunkten geführten Kindergärten unterzubringen, als sie dem unkontrollierten Einfluß von fremden Personen auszusetzen. Danach war es auch nach rechtlichen Gesichtspunkten keine Schwierigkeit mehr, in islamisch geprägten Staaten Kindergärten einzurichten. Häufig sind die Kindergärten der Tradition der Koranschulen folgend in Moscheekomplexen untergebracht. Daneben findet man aber auch entsprechende Einrichtungen in der Nähe von Wohngebieten, in denen es nur noch kleine Moscheen gibt, die räumlich nur für den Vollzug der Pflichtgebete und ähnliche religiöse Aktivitäten ausreichen.

Die meisten islamischen Kindergärten in Deutschland liegen mitten in den Wohngebieten der großen Städte, in denen ein hoher Anteil an islamischer Bevölkerung zu verzeichnen ist. Diese Kindergärten, die von den verschiedensten islamischen Vereinigungen getragen werden, sind nicht nur für Kinder im Vorschulalter Anlaufort, sondern auch für solche, die nach der Schule in eine leere Wohnung kommen, weil beide Eltern arbeiten. Hier werden also nicht nur die Kleinen betreut, sondern auch Lerngruppen für ältere Kinder organisiert. Allgemein wird von Muslimen beklagt, daß die Zahl solcher Betreuungsmöglichkeiten immer noch zu gering sei. Die Ursachen für diese bisher zu wenig entwickelten Strukturen sind unterschiedlicher Art. Ein Grund ist zunächst einmal, daß Institutionen, die zur Kinderbetreuung dienen, in der islamischen Welt bisher keine Tradition hatten. Zwar gab es in den großen Städten Vorschulen und ähnliche Einrichtungen. Diese wurden aber in der Regel von nicht-islamischen Trägern und Organisationen betrieben. In vielen Fällen entsprangen sie Privatinitiativen von Europäerinnen, die sich langfristig in einem islamischen Land aufhielten. Kinder, die in solche Einrichtungen kommen, stammen zumeist aus Familien von Europäern und Amerikanern, die aus beruflichen Gründen im Ausland arbeiten und auf eine westlich geprägte Betreuung ihrer Kinder Wert legen. Natürlich finden sich auch Kinder aus einheimischen Familien. Dabei stammen die Kinder meist aus binationalen Ehen, bei denen die Eltern wünschen, daß sie in einer westlichen Sprache geübt werden, oder aus zumeist wohlhabenden Familien, die sich einem westlichen Lebensstil verbunden fühlen. Da diese Einrichtungen nicht billig sind, werden sie nur von Kindern aus einer entsprechenden Gesellschaftsschicht besucht. Die Mehrzahl der in Deutschland lebenden Muslime gehört nicht zu dieser Gruppe; denn häufig war es ja die materielle Not, die sie zur Auswanderung nach Deutschland veranlaßt hat. Ihnen waren solche Einrichtungen daher fremd. Kinder sind in den traditionellen Vierteln islamischer Städte, vor allem aber auf dem Land selten allein. Erst die in jüngster Zeit auch in islamischen Gesellschaften festzustellende Auflösung der Großfamilien hat hier Veränderungen bewirkt. Erst seit Mitte der achtziger Jahre wird Muslimen in Deutschland allmählich die Notwendigkeit einer institutionalisierten Betreuung der Kinder außerhalb der Familie bewußt. Ein zweiter Grund für die geringe Zahl von islamischen Kindergärten liegt in der strukturellen Schwäche des Islams in Deutschland. Natürlich wäre es, wie die »Kinderladenbewegung« der sechziger Jahre gezeigt hat, möglich, auch aufgrund von Privatinitiativen muslimischer Eltern für entsprechende islamische Einrichtungen zu sorgen. Im Gegensatz zu den etablierten christlichen und jüdischen Großorganisationen, die in Deutschland Kindergärten betreiben, werden die großen islamischen Verbände nicht immer durch staatliche Zuschüsse unterstützt. Solche Zuschüsse werden an die entsprechenden islamische Einrichtungen bisher nur in Ausnahmefällen und nicht in vergleichbarer Höhe vergeben. Es sind also mangelnde Tradition und grundsätzliche Erwägungen, die bisher die Einrichtung islamischer Kindergärten erschwert haben. Es muß jedoch davon ausgegangen werden, daß die Zahl solcher Institutionen dem muslimischen Bevölkerungsanteil in Deutschland angeglichen werden muß. Selbst dann bliebe ein Mißverhältnis bestehen, weil die Reproduktionsrate dieses Bevölkerungsteils deutlich höher liegt als die der übrigen Bevölkerung.

Muslimische Kinder in deutschen Schulen

Wenn auch die Frage der Betreuung von Kindern im Vorschulalter für viele muslimische Eltern kein vordringliches Problem darstellt, so verändert sich die Situation grundlegend, wenn ihre Kinder schulpflichtig werden. Zunächst einmal muß in diesem Zusammenhang festgestellt werden, daß der Islam seine Gläubigen immer wieder dazu auffordert, zu lernen. »Suche Wissen, selbst wenn es in China wäre«, ist einer der immer wieder zitierten Prophetenaussprüche. Schulen gab es auf der arabischen Halbinsel schon in vorislamischer Zeit und der Islam wich von dieser Tradition nicht ab. Es gab in der islamischen Frühzeit und im Mittelalter auch keinen Unterschied bei einer formalen Erziehung für Jungen und für Mädchen. Die Tatsache, daß Mädchen in der islamischen Welt später als weniger lernwürdig betrachtet wurden, wird von vielen Muslimen aller Glaubensrichtungen und Rechtsschulen heftig beklagt. Das islamische Mittelalter kannte ein elaboriertes Schulsystem. Schüler, die dieses System durchliefen, hatten drei verschiedene Lernstadien hinter sich zu bringen. Natürlich gelangten nicht alle Schüler bis zum Ende der dritte Phase. Die Mehrzahl beendete ihre Ausbildung wohl schon nach dem als »propädeutische Phase« bezeichneten Ausbildungsteil. Hier lernten die Schüler zunächst den Koran in Teilen, möglichst aber in seiner Gesamtheit auswendig. Diese pädagogische Praxis ist bis auf den heutigen Tag zu finden. Dabei geht es nicht allein um das phonetische Memorieren des arabischen Textes, sondern auch um die Erklärung seines Inhalts und seiner grammatikalischen Struktur. Schließlich geht es auch um die korrekte Form der Rezitation des heiligen Textes. Auf diesen Bereich der Studien wird besonderer Wert gelegt, da der Koran für die Muslime von unvergleichlicher Bedeutung ist. Ihn zu memorieren, ist auch heute noch für junge Muslime eine heilige Pflicht. In verschiedenen islamischen Ländern werden inzwischen Wettbewerbe ausgeschrieben und abgehalten, bei denen die besten Koranrezitatoren mit Geld- und Sachpreisen ausgezeichnet werden. Die besten Schüler aus jedem Land werden nach Saudi-Arabien zu einem internationalen Wettbewerb eingeladen. Gute Koranrezitatoren sind im übrigen hochangesehene, nicht selten wohlhabende Männer. Sie treten bei den verschiedensten Gelegenheiten öffentlich auf. Kassetten mit ihren Rezitationen werden an allen Straßenecken islamischer Städte angeboten. Für Blinde, die man in diesen Ländern in großer Zahl findet, stellt die Koranrezitation die nahezu einzige Möglichkeit des Broterwerbs dar. Daneben werden auch Prophetentraditionen und die damit zusammenhängenden Erklärungen der islamischen Tradition auswendig gelernt. Auf dem Ausbildungsplan stehen ferner bedeutende Werke der formalen Logik, der arabischen Grammatik und der Prosodie. Seit dem Beginn dieses Jahrhunderts wurden auch »moderne« Fächer wie Geographie, Fremdsprachen und Mathematik in den Unterrichtskanon aufgenommen. Die Schüler waren in dieser Phase zwischen sechs und zwölf Jahren alt. Da es in islamischen schulischen Einrichtungen keine geregelten Schuljahre mit Prüfungen, Zeugnissen und Versetzungen gab, fanden sich Schüler verschiedener Altersgruppen im Unterricht. Dieses offene System bot den begabten Schülern die Möglichkeit, diese propädeutische Phase wie auch die folgenden Stufen rasch zu durchlaufen. Nach der propädeutischen folgte eine mittlere Phase, in der schwierigere Texte behandelt und die Fähigkeit zur Analyse und Interpretation der Aussagen der Bücher geübt wurden. Im Alter von Anfang bis Mitte zwanzig absolvierten die Schüler dann die letzte, die sogenannte externe Phase, in der sie sehr selbständig arbeiteten und nur noch an bestimmten Lehrveranstaltungen ihrer Lehrer teilnahmen, die in der Regel einen Seminar- oder Kolloquiencharakter hatten. Diese Phase der Ausbildung konnte sehr zeitaufwendig sein. Eine Gesamtbildungsdauer von zwanzig und mehr Jahren war nicht ungewöhnlich. Einer der interessantesten pädagogischen Texte aus der islamischen Welt stammt von dem 1231 gestorbenen Abd al-Latif al-Baghdadi. Dieser bekannte Rechtsgelehrte wandte sich mit den folgenden Worten an seine Schüler: »Jede Nacht, wenn du dich schlafen legst, muß du dir Rechenschaft darüber ablegen, was du tagsüber an guten Taten vollbracht hast und dafür Gott danken. Zugleich hast du dein Gewissen zu erforschen, was du an Schlechtem begangen hast und mußt Gott dafür um Verzeihung bitten und dir vornehmen, solche Taten nicht zu wiederholen. Dann mußt du dich darauf konzentrieren, was an guten Taten du am folgenden Tag durchführen willst und mußt Gott darum bitten, dir dabei zu helfen. Ich rate dir, deine Wissenschaften nicht ohne die fremde Hilfe von Büchern zu erlernen, selbst wenn du davon überzeugt bist, daß du sie verstehen kannst. Nimm deine Zuflucht zu Lehrern für jede Disziplin, mit der du dich beschäftigen willst. Wenn dein Lehrer nur begrenzte Kenntnisse hat, dann bemühe dich, alles, was er weiß, von ihm zu lernen, bis du einen anderen, kenntnisreicheren gefunden hast. Du mußt deinen Lehrer verehren und respektieren. Wenn du ihn aus deinen weltlichen Gütern unterstützen kannst, tue das; wenn du dazu nicht in der Lage bist, dann tue es durch die Worte deines Mundes, indem du sein Lob verbreitest. Wenn du ein Buch liest, dann unternimm alles, um es auswendig zu lernen und seine Bedeutung zu verstehen. Stell dir vor, das Buch ist verschwunden und du mußt ohne das Exemplar auskommen, so daß dir sein Verlust nichts ausmacht. Wenn du dich entschlossen hast, ein Buch sorgfältig zu studieren, um es zu verstehen, achte darauf, nicht zur gleichen Zeit an einem anderen Buch zu arbeiten und Zeit zu verschwenden, die nur für das eine Buch reserviert sein sollte. Achte auch darauf, nicht zwei Disziplinen gleichzeitig zu studieren. Konzentriere dich vielmehr für ein oder zwei Jahre, oder welcher Zeitraum auch immer notwendig ist, auf ein Thema. Wenn du dann in diesem Bereich dein Ziel erreicht hast, kannst du zu einem anderen fortschreiten. Du solltest auch nicht der Meinung sein, daß du, nachdem du eine Disziplin beherrschst, dich ausruhen kannst. Im Gegenteil, du hast diese weiter zu betreiben, so daß deine Kenntnisse wachsen und sich nicht etwa verringern. Das geschieht am einfachsten dadurch, daß man das Thema immer erneut wiederholt und sich öfter ins Gedächtnis ruft. Wenn du Anfänger bist, kannst du diese Wiederholung durchführen, indem du laut liest, studierst und dich mit deinen Altersgenossen darüber unterhältst. Wenn du ein erfahrener Gelehrter bist, geschieht es am einfachsten dadurch, daß du unterrichtest und ein Buch über das Thema schreibst. Wenn du beginnst, einen Wissenschaftszweig zu lernen und dich in einer Disputation darüber engagierst, vermische ihn nicht mit einem anderen. Denn jede Wissenschaft genügt sich selbst und ist in der Lage, ohne andere auszukommen. Wenn du Zuflucht zu einer anderen Wissenschaft bei deiner Arbeit im Rahmen einer ersten suchen mußt, zeigt das, daß du deren Inhalt nicht voll ausgeschöpft hast, genau so wie jemand, der eine Sprache anstelle einer anderen benutzt, wenn er diese nur unvollkommen beherrscht oder einen Teil von ihr nicht kennt.

Es ist nützlich, historische Werke zu lesen, Biographien zu studieren und die Erfahrungen der Völker zu betrachten. Wenn man das tut, ist es, als ob man in einer kurzen

Lebensspanne Zeitgenosse der Menschen der Vergangenheit wird, mit ihnen wohl vertraut wird und die Guten unter ihnen wie die Schlechten kennt. Du solltest dein Verhalten nach dem der ersten Muslime ausrichten. Daher lies die Biographie des Propheten, studiere seine Taten und Überlegungen, folge seinen Spuren und bemühe dich mit aller Kraft, ihn nachzuahmen. Wenn du sein Verhalten hinsichtlich des Essens, Trinkens, der Kleidung, des Schlafens und Wachens, der Krankheit und der medizinischen Behandlung, seiner Vergnügungen und des Gebrauchs von Parfüm, seiner Beziehungen zu seinem Gott, seinen Frauen, seinen Genossen und seinen Feinden kennengelernt hast und wenn du etwas von dem tust, was du gelernt hast, wenn es auch nur wenig ist, dann wirst du eine vollkommen glückliche Person werden. Du solltest stets deiner eigenen Natur mißtrauen und keine gute Meinung von dir haben. Unterbreite deine Gedanken gelehrten Männern und prüfe sie an deren Werken, wobei du langsam und vorsichtig vorgehen und jede Hast vermeiden solltest. Sei nicht eingebildet; denn Überheblichkeit wird dich stolpern lassen und Widerspenstigkeit wird dich zu Fall bringen. Der, dessen Augenbrauen nicht naß geworden sind, als er zu den Türen der Gelehrten ging, der wird die Anfänge der Vorzüglichkeit nicht erreichen. Der, der von den Gelehrten nicht beschämt worden ist, wird nicht die Achtung der gewöhnlichen Leute erlangen. Der, der von den Gelehrten nicht kritisiert worden ist, wird sich nicht durchsetzen. Der, der die Anstrengungen des Studiums nicht erfahren hat, wird nicht den Genuß des Wissens erlangen. Wer sich nicht anstrengt, wird keinen Erfolg haben.

Wenn du deine Studien und dein Nachdenken beendet hast, nenne den Namen Gottes und singe seinen Preis, vor allem zur Schlafenszeit, so daß dein Wesen von ihm erfüllt und deine Vorstellung von ihm durchdrungen ist und du sogar im Schlaf von ihm sprichst. Wenn du Freude oder Vergnügen an weltlichen Dingen erfährst, erinnere dich des Todes und der vergänglichen Qualität des Lebens und seiner zahlreichen Enttäuschungen. Wenn dich etwas betrübt, sage: Wir gehören zu Gott und zu ihm kehren wir zurück. Wenn du einen Fehler begehst, sage: Ich bitte Gott um Verzeihung. Behalte den Gedanken an den Tod immer vor deinen Augen und mache Lernen und Frömmigkeit zu deiner Wegzehrung auf dem Weg ins Jenseits ... Wenn sich die Welt von dir abwendet, beklage dich nicht. Denn wie sie sich dir zuwendet, würde dich das davon ablenken, Tugenden zu vervollkommnen. Selten ist es auch so, daß ein reicher Mann sich intensiv mit den Wissenschaften befaßt; es sei denn, er stellt hohe Ansprüche an sich selbst oder hat sein Wissen erworben, bevor er reich wurde. Ich sage nicht, daß die Welt sich von denen abwendet, die nach Wissen suchen. Im Gegenteil sind die es, die sich von der Welt abwenden, weil sich ihre Anstrengungen auf das Studium konzentrieren. Daher bleibt keine Zeit für weltliche Dinge übrig. Weltliche Dinge werden nur durch Gier erworben und viele Gedanken müssen darauf verwendet werden. Im übrigen ist der Sucher nach Wissen zu anspruchsvoll, um sich mit niedrigen Tätigkeiten zu befassen, bei denen er Gewinne zu machen sucht, alle Arten von Betrügereien nutzt oder sich vor reichen Männern erniedrigt und an ihren Türen verharrt. Alle Methoden, Dinge dieser Welt zu erwerben, benötigen Zeit, Kenntnis und Konzentration. Ein ernsthafter Student hat dafür keine Zeit.«

Diese Ermahnung an die Schüler umfaßt all die Idealvorstellungen eines frommen Muslims von der Rolle des Studierens und des Gelehrten. Er ist ganz auf Gott ausgerichtet und die Beschäftigung mit anderen Themen und Wissenschaften lenkt nur vom eigentlichen Ziel des Menschen ab. Diese grundsätzliche Haltung kann man bei islamischen Gelehrten bis auf den heutigen Tag feststellen. Sie gilt als idealtypische Einstellung gegenüber dem Lernen und den Wissenschaften, ist aber auch unter Muslimen, die als Ärzte und Ingenieure, als Anwälte und Volks- oder Betriebswirte tätig sind, verbreitet. Viele von ihnen nehmen sich vor, sich nach ihrem Berufsleben in dieser ideellen Art den religiösen Wissenschaften zu widmen. Es geht dabei weniger darum, ob sie diese Absicht dann auch tatsächlich verwirklichen; vielmehr ist wichtig, daß diese Form wissenschaftlichen Arbeitens als etwas angesehen wird, das den modernen Formen von Studium und Forschung grundsätzlich überlegen ist. Natürlich ist einer überwiegenden Zahl von frommen Muslimen durchaus bewußt, daß auch die islamische Welt eingebunden ist in Globalisierungsprozesse wissenschaftlicher und vor allem technologischer Entwicklungen. Sie wissen, daß islamische Staaten nur dann eine Rolle im weltpolitischen Kontext spielen können, wenn sie wirtschaftlich und technologisch mit anderen Staaten mithalten können. Dennoch bleibt bei ihnen ein gewisses Unbehagen, bei manchen auch schlichte Verzweiflung angesichts dieser Entwicklung. Viele Muslime begegnen westlichen, säkular geprägten Schulsystemen, wie sie in den meisten islamischen Staaten eingeführt worden sind, allein schon wegen der geringen Rolle, die die Vermittlung religiöser Kenntnisse in deren Unterrichtsplänen spielen, mit einer gewissen Zurückhaltung.

Ein zweiter nicht minder wichtiger Aspekt ist die grundsätzlich andere Haltung, die westliche und islamische Gesellschaften im Bezug auf die Ziele von Lernen und wissenschaftlichem Arbeiten einnehmen. Nach westlichen Vorstellungen sollte Kindern in der Schule neben den notwendigen zivilisatorischen Techniken wie Schreiben, Lesen und Rechnen vor allem die Fähigkeit zu selbständigem, kreativem Arbeiten und zu kritischem Denken vermittelt werden. Sie wird als die zentrale Kompetenz für ein erfolgreiches Leben in einer durch ständigen, rasanten Wandel geprägten westlichen Zivilisation angesehen. Wie aus dem Text von Abd al-Latif al-Baghdadi deutlich wird, stellt sich das islamische Wissensideal anders dar. Dieses Ideal hat das

Ziel, das Wissen der Vorväter zu bewahren. Islamische wissenschaftliche Texte sind durch einen ständigen Rückbezug auf die Werke älterer Autoren und die Traditionen der islamischen Frühzeit gekennzeichnet. Traditionell wird immer wieder Wert auf das Memorieren von Büchern gelegt. Die schriftliche Fixierung eines Textes wird in der islamischen Tradition als riskant betrachtet, weil damit die Möglichkeit der Verfälschung größer sei, als wenn man das Werk eines Gelehrten auswendig kenne. Diese Vorstellung mag einen westlichen Beobachter zunächst erstaunen. Muslime nehmen in solchen Diskussionen jedoch Bezug auf den öffentlichen Charakter einer Rezitation. Es gebe ja nicht nur einen Menschen, der einen bestimmten Text auswendig kenne, sondern mehrere. Wenn jemand also bewußt oder unbewußt falsch zitiere, könne man sicher sein, daß ein anderer den Text in seiner korrekten Form im Kopf habe und auf die Fehler des ersten hinweise. Ein schriftlich festgehaltener Text sei dagegen nicht öffentlich. Er werde leise gelesen und könne daher nicht korrigiert werden. Diese Vorstellung stammt noch aus einer Zeit, in der Bücher handschriftlich abgeschrieben wurden und es naturgemäß nur wenige Exemplare eines Textes gab. Gelehrsamkeit wird an der Anzahl der Texte, die jemand auswendig kann, gemessen. Dabei sind die erstaunlichsten Gedächtnisleistungen festzustellen, und es ist durchaus üblich, daß sich Bekannte im Kaffeehaus mit der Zahl der von ihnen auswendig zitierten Gedichte, Lieder und Prosastücke zu übertreffen trachten. Die Einführung der Buchpresse zu Beginn des 19. Jahrhunderts hat hier nur geringe Veränderungen mit sich gebracht, weil die Form der Wissensvermittlung weiterhin oral blieb. Ein Lehrer vermittelt seinen Schülern in einer traditionellen Schule den Inhalt eines Buches dadurch, daß er es ihnen immer wieder rezitiert, bis sie es auswendig können. Mitschreiben galt bis in die fünfziger Jahre unseres Jahrhunderts auch an den großen islamischen Hochschulen in Kairo, Fez oder Qum als verpönt. Diese Art des Unterrichts hat sich auch in den öffentlichen Schulsystemen vieler islamischer Staaten durchsetzen können. Dort referieren die Lehrer den Stoff nach den Schulbüchern. Die Schüler wiederum lernen diese Bücher und die darin enthaltenen Fragen und Antworten auswendig. In vielen Städten des Nahen und Mittleren Ostens kann man nachmittags und abends junge Leute unterschiedlichen Alters beobachten, die ihre Texte auf der Promenade, im Park oder im Innenhof eines Universitätsgebäudes memorieren. Muslimische Schüler oder Eltern, die in einem derartigen schulischen Kontext aufgewachsen sind, haben es nicht leicht, sich in den fremden schulischen Formen zurechtzufinden.

Die Sorge vieler muslimischer Eltern um das schulische Fortkommen ihrer Kinder in der deutschen Gesellschaft kontrastiert mit diesen grundsätzlichen Normen der eigenen Kultur. Daneben gibt es auch zahlreiche andere Faktoren im schulischen Bereich, die muslimische Eltern verunsichern. Wie schon im Zusammenhang mit den Kindergärten, besteht auch beim Besuch von Grundschulen die Befürchtung, daß Lehrerinnen und Lehrer versuchen, muslimische Kinder zum Christentum zu bekehren. Die Tatsache, daß in vielen deutschen Ländern, die bekanntlich die Rechtsaufsicht über die Schulen haben, Kreuze und andere christliche Symbole als Raumschmuck Verwendung finden, bietet häufig Anlaß zu solchen Bedenken. Allerdings sind bisher noch keine Fälle bekannt geworden, bei denen muslimische Eltern die Entfernung christlicher Symbole aus den Unterrichtsräumen gefordert haben. Im Zusammenhang mit den Kontroversen um das sogenannte Kruzifix-Urteil des Bundesverfassungsgerichts im Jahr 1996 haben allerdings muslimische Schüler an bayerischen Berufsschulen darauf hingewiesen, daß ihnen dann genauso die Möglichkeit gegeben sein müßte, Symbole ihres islamischen Glaubens in den Klassenzimmern anzubringen. Es ist nicht ausgeschlossen, daß die Frage nach dem weiteren Verbleib christlicher Symbole und der ersatzweisen Anbringung von Koransprüchen oder Abbildungen heiliger islamischer Stätten in Klassen mit nahezu ausschließlich muslimischen Kindern ein Diskussionspunkt für die Schulverwaltungen wird. Vor allem in der Grundschule werden zum Beispiel die christlichen Feste in das Unterrichtsgeschehen mit einbezogen, die Vorbereitung auf religiöse Ereignisse wie Erstkommunion und Konfirmation spielen zum Teil noch immer eine gewisse Rolle. Es ist in den ersten Phasen, in denen muslimische Kinder auf deutsche Grundschulen gingen, durchaus vorgekommen, daß man sie zwang, auch am christlichen Religionsunterricht teilzunehmen, wobei allerdings eindeutige Richtlinien der Schulverwaltungen seit längerem für Abhilfe gesorgt haben. Auch die in zahlreichen Bundesländern üblichen Schulgebete werden von muslimischen Eltern als mögliche Versuche einer christlichen Missionierung angesehen. Die Schulverwaltungen der Bundesländer, in denen Schulgebete üblich sind, befinden sich hier allerdings in einem Dilemma. Wenn mit Rücksicht auf die muslimischen Schüler Schulgebete abgeschafft würden, riefe dies nicht nur den Widerstand der christlichen Eltern hervor, sondern könnte muslimische Eltern auch zu der Einschätzung bringen, daß es sich bei der jeweiligen Schule um eine völlig religionslose Einrichtung handelt, was möglicherweise als noch sehr viel bedenklicher angesehen würde.

In einigen Bundesländern gestatten die mit Fragen der schulischen Erziehung zusammenhängenden Gesetze die Einrichtung von Schulen, in denen die religiösen und ethischen Vorstellungen einer bestimmten Religion oder Konfession im Lehrangebot besonders beachtet werden. Derartige konfessionelle Schulen könnten das Vorbild für entsprechende islamische Schulen darstellen. Bisher sind solche Schulformen jedoch nur in einem Fall bekannt geworden. In Bonn ist die König-Fahd-Akademie mit einer dazugehörigen Sekundarschule eingerichtet worden, in der nach einem modifizierten Lehrplan des Königreichs Saudi-Arabien unterrichtet wird. Diese Schule wird vor allem von Kindern der muslimischen Oberschicht des Großraums Köln-Bonn besucht, wobei die Mehrzahl der Kinder aus arabischen Familien stammt. Grund- und Hauptschulen, die die überwiegende Zahl muslimischer Kinder in Deutschland besucht, gibt es als islamische Konfessionsschulen meines Wissens bisher noch in keinem Bundesland. Immerhin könnte das Bonner Beispiel Schule machen und die islamischen Dachorganisationen zu einem vergleichbaren Vorgehen bewegen.

Eine weitere Schwierigkeit, der sich islamische Eltern im Kontakt mit deutschen Schulen gegenübersehen, ergibt sich aus der koedukativen Erziehung. Muslimische Eltern sind daran gewöhnt, daß in den meisten Herkunftsländern auch in der Schule eine strikte Geschlechtertrennung herrscht. Dies gilt auch für das Lehrpersonal. Schon die Tatsache, daß in vielen Grundschulklassen Lehrerinnen den Unterricht erteilen, irritiert viele muslimische Eltern. Diese Unsicherheit darf nicht auf islamische Vorschriften zurückgeführt werden. An keiner Stelle der autoritativen Schriften des Islams wird gefordert, daß ausschließlich männliches Unterrichtspersonal in der Lehre eingesetzt werden soll. Trotzdem stellen in vielen islamischen Ländern zumeist Männer das Unterrichtspersonal. Das gilt vor allem für die Situation auf dem Land. Der Umgang mit Lehrerinnen ist für muslimische Eltern dagegen höchst ungewohnt, und so liegt es auf der Hand, daß sich aus dieser ungewöhnlichen Situation sehr leicht Mißverständnisse ergeben können, die allerdings nur sehr wenig mit dem Islam als religiösem Normensystem zu tun haben. Der eigentliche Konflikt in diesem Zusammenhang liegt eher darin, daß die Lehrerinnen durch ihre Position Autoritätspersonen darstellen, was mit der öffentlichen Rolle von Frauen in traditionellen islamischen Gesellschaften nicht in Übereinstimmung zu bringen ist. Vergleichbare Probleme ergeben sich auch für Sozialarbeiterinnen und Familienhelferinnen, die mit muslimischen Familien in Westeuropa zu tun haben. Muslimische Männer sind für die Außenkontakte der Familie zuständig, zu denen auch der Kontakt mit der Schule in Person der Lehrerin gehört. Andererseits sind viele muslimische Männer, vor allem wenn sie aus dem ländlichen Bereich stammen, nicht gewohnt, mit fremden Frauen umzugehen. Der Kontakt mit einer selbstbewußt auftretenden deutschen Lehrerin muß sie also irritieren. Immerhin fällt es einer Lehrerin leichter, eine muslimische Familie in deren Zuhause aufzusuchen, als ihrem männlichen Kollegen, der möglicherweise erst gar nicht in die Wohnung gelassen würde, wenn keine männlichen Familienmitglieder anwesend sind. Insgesamt handelt sich hier aber um eine Situation, die vor allem mit der ersten Generation der Einwanderer zusammenhängt. Schon die zweite Generation von Muslimen, die in den deutschen Schulen die Erfahrung gemacht hat, daß Lehrerinnen vor der Klasse stehen, hat sich an diese Situation gewöhnt.

Kleidung und Kopftuch in der Schule:
In der Grundschule sehen auch muslimische Eltern in der Tatsache, daß Kinder unterschiedlichen Geschlechts auf der gleichen Schulbank sitzen, keinen Verstoß gegen die Vorschriften ihres Glaubens. Diese Einstellung ändert sich allerdings, sobald die Kinder in die Pubertät kommen. Dabei sind vor allem die Mädchen betroffen. Nachdem sie die Geschlechtsreife erlangt haben, müssen sie sich auf ihre Rolle als heiratsfähige junge Frauen einstellen. Dies geschieht dadurch, daß sie nun in der Öffentlichkeit und vor Fremden ihre Haare bedecken, indem sie ein Kopftuch tragen. Zwar könnte man unter kulturgeschichtlichen Gesichtspunkten die Herkunft und tatsächliche allgemeine Verbindlichkeit dieser Sitte in Frage stellen, trotzdem

muß festgehalten werden, daß einige, wenn auch bei weitem nicht alle bedeutende islamische Religionsgelehrte der Gegenwart die Meinung vertreten, daß es zu den religiösen Pflichten einer Frau gehört, ihre Haare vor den Blicken fremder Männer zu verhüllen. Für viele Musliminnen ist diese Praxis völlig selbstverständlich. Sie sehen sie auch nicht als eine besondere Benachteiligung gegenüber ihren männlichen Glaubensgenossen an. »Das Kopftuch sollte eure geringste Sorge sein, wenn ihr mit Muslimen umgeht«, rief leicht entnervt eine bosnische Muslimin auf einer Tagung im November 1995 in Zürich ihren nichtmuslimischen Geschlechtsgenossinnen zu, als diese wiederholt die Frage von Schleier und Kopftuch in die Diskussion einbrachten. In der Tat muß man sich angesichts der Liberalität, die die deutsche Öffentlichkeit gegenüber den verschiedensten Formen von Frisur und Kleidung an den Tag legt, darüber wundern, mit welcher Erbitterung in dieser Frage gestritten wird. Richtig ist sicherlich, daß junge Musliminnen mit dem freiwilligen Tragen des Kopftuchs ein deutliches Bekenntnis zu ihrer Religion und damit auch zu ihrer kulturellen Herkunft ablegen. Dagegen ist ebensowenig einzuwenden wie gegen das Tragen von Kreuzen, Davidsternen oder Amuletten, Sternkreiszeichen u. ä., mit dem Menschen auf ihre besondere innere religiöse oder weltanschauliche Einstellung hinweisen. Dennoch gab es in Schulen lange Zeit immer wieder Konflikte um muslimische Schülerinnen, die mit dem Kopftuch zum Unterricht erschienen. Inzwischen werden an vielen deutschen Schulen Kopftücher als selbstverständlich hingenommen. Große Auseinandersetzungen um die Kleidung von muslimischen Schülerinnen, wie wir sie in Frankreich zu Beginn der neunziger Jahre beobachten konnten, sind so lange nicht zu erwarten, wie der Unterricht durch sie nicht gestört wird. Sicherlich würden Schulaufsichtsbehörden eingreifen müssen, wenn Schülerinnen zum Unterricht in Schleierformen erschienen, bei denen sie nicht mehr erkennbar sind. In einigen islamischen Ländern erscheinen Frauen bekanntlich in der Öffentlichkeit mit Ganzkörperschleiern, die auch das Gesicht verhüllen, in anderen tragen sie Masken, bei denen vom Gesicht lediglich die Augen und die Mundpartie erkennbar bleibt. Diese Sonderformen islamischer Kleidung können von den deutschen Stellen, auch unter Hinweis auf die islamische Rechtsprechung abgelehnt werden.

Die Motivationen von muslimischen Schülerinnen, ein Kopftuch zu tragen, folgen keinem vorgegebenen Muster, sondern werden sehr unterschiedlich begründet. Bei einigen von ihnen entspricht es der tatsächlichen religiösen Überzeugung. Bei Befragungen an nordrhein-westfälischen wie an Berliner Schulen antwortete ein Teil der Schülerinnen auf die entsprechende Frage etwa: »Ich trage ein Kopftuch, weil uns der Prophet Muhammad das so vorgeschrieben hat«. Andere führten die Pflicht zum Kopftuch direkt auf den Koran zurück und damit auf ein göttliches Gebot als eine noch höhere Autorität. Bei wieder anderen spielt ein anderer, nur sekundär vom Islam abzuleitender Aspekt eine Rolle. Für eine Mehrzahl der in Deutschland lebenden jungen Musliminnen steht die Frage von Heirat und Familiengründung in ihren Zukunftsvorstellungen immer noch im Mittelpunkt. Seit früher Jugend wird ihnen, vor allem wenn sie aus traditionellen Familien stammen, von Eltern oder Verwandten erklärt, daß ihre Chancen, einen guten und passenden Ehemann zu bekommen, mit ihrem Ruf in der Öffentlichkeit zusammenhängen. Daher werden sie von klein auf ermahnt, nicht schnell zu laufen, nicht laut zu lachen und sich ganz allgemein großer Zurückhaltung zu befleißigen. Ein »anständiges« Mädchen verläßt das Haus möglichst wenig und ist in der Öffentlichkeit nahezu unsichtbar. Viele muslimische Schülerinnen wie auch ihre Eltern befinden sich hier in einem schwierigen kulturellen Konflikt, besonders dann, wenn die Mädchen auch nach dem Ende der allgemeinen Schulpflicht weiter eine Schule besuchen. Einerseits wird von den Familien durchaus befürwortet, daß begabte Kinder, Jungen wie Mädchen, eine gute Ausbildung erhalten. Diese Einstellung wird gerade auch von sonst die eher strengeren Auslegungen des Islams befürwortenden Gruppen und Verbänden, die Organisationen wie den Muslimbrüdern nahestehen, gefördert. Mit dem Schulbesuch sind jedoch »Risiken« für das Mädchen verbunden. Zu leicht kann der Vorwurf erhoben werden, unerlaubte Kontakte mit jungen Männern aufgenommen zu haben. Allein die Vermutung würde ihrem Ruf und damit ihren Heiratschancen schaden. Durch ein betont »sittsames« Verhalten, zu dem auch das Tragen des Kopftuchs gehört, kann dieses Risiko gemindert werden. Andere Motivationen hängen sicherlich mit der spezifischen Situation zusammen, in der sich muslimische Jugendliche in einer deutschen Umgebung befinden. Viele von ihnen sind ihrer Herkunftskultur schon sehr entfremdet. Häufig können bereits die in der zweiten Generation in Deutschland lebenden Muslime ihre Herkunftssprache nicht mehr richtig sprechen. Dieser Verlust der Muttersprache kann sich sehr unterschiedlich darstellen. Bei einer Fahrt mit der Linie 6 der Berliner U-Bahn, die durch die Stadtbezirke Kreuzberg und Wedding führt, kann man dazu aufschlußreiche Beobachtungen machen. Da unterhalten sich zwei jungen Türkinnen miteinander, wobei die eine nur Deutsch und die andere nur Türkisch spricht. Erstere fühlt sich in ihrer Herkunftssprache nicht mehr so sicher, um sie problemlos anzuwenden, der zweiten ist das Deutsche noch nicht geläufig genug. Noch öfter aber kann man den Vorgang beobachten, daß sich Deutsch und die Herkunftssprache zu einer amüsanten Mischung entwickeln. Dies dokumentiert jedoch zugleich eine schwierige sprachliche Situation. Aus ihrem deutschen Umfeld, aus den elektronischen Medien, der Werbung und nicht zuletzt aus deutschsprachigen Büchern und Zeitungen übernehmen die jungen Muslime alle neu erscheinenden Begriffe in ihren Wortschatz. Sie haben kaum das Bedürfnis, die entsprechenden Vokabeln auch in ihrer Herkunftssprache kennenzulernen. Damit verlieren sie mehr und mehr den Bezug zu dieser Sprache. Nicht viel anders verhält es sich mit anderen Bereichen ihrer Herkunftskultur. Sie erfahren selten etwas über ihre Geschichte, oder über Bauwerke und berühmte landschaftliche Schönheiten ihrer Heimat. Viele von ihnen leiden unter dieser Situation, wenn sie sich dieses Mangels bewußt werden. Identitätsprobleme sind die allgemeine Folge. Ein Mittel, sich der eigenen Identität zu versichern, stellt für junge Musliminnen der Griff zum Kopftuch dar. In solchen Fällen handelt es sich also weniger um eine religiöse als vielmehr um eine kulturelle Selbstversicherung. Schließlich spielt gerade bei heranwachsenden jungen Frauen auch die Freude an der »Verkleidung«, vielleicht auch an der Provokation ihrer Umgebung eine Rolle. Und manche finden Kopftücher einfach chic. Auch hier gibt es Moden, interessante Designs und damit eine Möglichkeit, sich schön zu machen.

In kaum einem anderen Bereich des schulischen Lebens treffen jedoch zwei Rechtsprinzipien, das der Religionsfreiheit und das der Schulordnung, so unvermittelt zusammen wie beim Kopftuch. Deutsche Schulverwaltungen befürchten offensichtlich eine Störung der schulischen Ordnung durch dieses Kleidungsstück. Rein formal kann das Tragen des Kopftuchs nicht verhindert werden, solange die Identität der Schülerin weiter eindeutig festgestellt werden kann oder sie durch dieses Kleidungsstück nicht gehindert ist, am Unterricht teilzunehmen. Auf entsprechende Gefahren und Verletzungsmöglichkeiten für die Trägerin weisen die Schulaufsichtsbehörden hin. Das gilt zum Beispiel für den Werkunterricht oder für die Fälle, in denen mit schnell drehenden Geräten und Maschinen gearbeitet wird. Ob es schon zu derartigen Unfällen gekommen ist, war nicht festzustellen. Die Mädchen sind sich der entsprechenden Gefahren auch bewußt und binden im jeweiligen Unterricht ihre Kopftücher so, daß kein Verletzungsrisiko besteht. Muslimische Schülerinnen, die ein Kopftuch tragen, stellen an vielen deutschen Schulen eine Minderheit selbst innerhalb der Gruppe der Musliminnen dar. Gerade an manchen Hauptschulen, an denen verstärkt aggressive Tendenzen unter Schülern festzustellen sind, werden nach Erfahrungen von Lehrern vor allem die Schülerinnen und Schüler Opfer von Angriffen, die auf die eine oder andere Weise auffallen. Dabei kann es sich um Brillenträger, Körperbehinderte, Schüler unterschiedlicher Hautfarbe oder eben um Kopftuchträgerinnen handeln. Bei letzteren besteht dann die Gefahr, daß andere muslimische Schüler zum Schutz der Mädchen eingreifen, was wiederum zu weiteren Konflikten auf den Schulhöfen führen kann. Es ist daher bis zu einem gewissen Grad verständlich, wenn Schulleitungen bemüht sind, Gefahren für Schülerinnen zu vermeiden, indem sie sie drängen, auf ein solches »rotes Tuch« zu verzichten. Es bleibt die Frage, warum an manchen deutschen Schulen das Kopftuch Anlaß zu Feindseligkeiten unter Schülern gibt und an anderen Schulen nicht.

In diesem Zusammenhang kann auch auf einen anderen Aspekt in der Kopftuchfrage eingegangen werden, der die Schulaufsichtsbehörden mehr und mehr beschäftigen wird. Inzwischen gibt es ja auch muslimische Lehrerinnen an deutschen Schulen, und es ist damit zu rechnen, daß ihre Zahl weiter steigen wird. An vielen deutschen Schulen gibt es muttersprachlichen Unterricht für ausländische Schüler, den bereits einige wenige muslimische Lehrerinnen abhalten. Einige von ihnen tragen auch ein Kopftuch. Dies wurde von der jeweiligen Schulleitung aber kaum zur Kenntnis genommen, weil dieser Unterricht trotz der verschiedenen aus zahlreichen bilateralen Abkommen entwickelten Vorschriften in der Praxis von den Lehrern sehr autonom durchgeführt wurde. Seit einigen Semestern ist an verschiedenen Universitäten, vor allem in der Nähe konzentrierter muslimischer Wohnbevölkerung, festzustellen, daß an den Vorlesungen und Seminaren, Propädeutika und praktischen Übungen immer häufiger muslimische Studentinnen teilnehmen, die ein Kopftuch tragen. Universitäts- oder Institutsleitungen der jeweiligen Einrichtungen haben sich selbstverständlich nicht veranlaßt gesehen, in dieser Kleidungsfrage reglementierend einzugreifen. Ein großer Prozentsatz dieser Studentinnen studiert mit dem Ziel, Staatsexamina in sogenannten Schulfächern abzulegen, um danach den Lehrberuf auszuüben. Noch sind keine muslimischen Referendarinnen an deutschen Schulen erschienen, die mit ihrem Kopftuch ihre Religionszugehörigkeit dokumentieren. Es ist jedoch nur noch eine Frage der Zeit, bis sich die deutschen Schulaufsichtsbehörden mit dieser Thematik auseinandersetzen müssen. Ein Konflikt in der Kopftuchfrage ist inzwischen allerdings bekannt geworden: Eine fest beamtete Lehrerin an einer rheinischen Schule öffentlicher Trägerschaft war zum Islam konvertiert und hatte diesen Religionswechsel ihrer Schulleitung auch angezeigt. Sie hatte weiter deutlich gemacht, daß sie von nun an in der Öffentlichkeit ein Kopftuch tragen werde. Um mögliche Konflikte zu entschärfen und ihre Schüler nicht zu irritieren, hatte sie sich bereit erklärt, zunächst auf das Kopftuch während des Unterrichts zu verzichten und es lediglich auf dem Weg zur Schule und während der Pausenaufsicht zu tragen. Sie hatte gehofft, daß auf diese Weise im Verlauf eines Jahres ein Gewöhnungsprozeß einsetzen würde, der ihr das Tragen des Kopftuchs auch während des Unterrichts erlaubte. Nach Ablauf dieser Zeit teilte sie ihre schon früher gemeldete Absicht der Schulleitung erneut mit. Sie wurde daraufhin zunächst von der Schulleitung und danach auch von der Schulaufsicht in aller Schärfe darauf hingewiesen, daß dies nicht rechtens sei. Dabei wurde auf das viel diskutierte »Kruzifix-Urteil« des Bundesverfassungsgerichts hingewiesen, das die Anbringung von christlichen Symbolen in staatlichen Schulen für den Fall untersagte, daß sich Kinder, auch vertreten durch ihre Eltern, dadurch in der freien Entfaltung ihrer Persönlichkeit gehindert fühlten. Es muß nicht weiter verdeutlicht werden, daß es sich hier um eine andere Sachlage handelt. Schließlich wird es ja auch einem katholischen Geistlichen, der an einer Schule Religionsunterricht erteilt, nicht verwehrt, in einer Kleidung, die auf seinen Beruf hinweist, zum Unterricht zu erscheinen. Der Konflikt zwischen der muslimischen Lehrerin und den Schulbehörden ist bisher noch nicht beigelegt. Es wird sehr interessant sein zu beobachten, auf welche Weise die deutsche Schulaufsicht in vergleichbaren Fällen mit jungen Musliminnen umgehen wird, die eine schulische Laufbahn anstreben und auf dem Kopftuch bestehen. In der Schweiz hat die Regierung des Kantons Genf jedenfalls im Oktober 1996 einer zum Islam konvertierten Lehrerin untersagt, im Unterricht ein Kopftuch zu tragen. Begründet wurde diese Entscheidung mit der im Kanton geltenden Trennung von Kirche und Staat. Vergleichbare Konflikte sind auch in Deutschland zu erwarten.

Die Frage der Koedukation an Grundschulen hat in der Regel wenig Grund zur Besorgnis bei muslimischen Eltern dargestellt. Anders stellt sich die Situation in Haupt- und weiterführenden Schulen dar. Eine beträchtliche Zahl muslimischer Eltern sieht in der Tatsache, daß heranwachsende Jungen und Mädchen in einer Klasse gemeinsam unterrichtet werden, eine Gefahr für ihre Kinder. Es gehört zu den unter deutschen Beobachtern wie auch unter muslimischen Eltern verbreiteten Mißverständnissen, daß die Gefahr allein auf die Mädchen bezogen gesehen wird. Diese Einschätzung ist weniger religions- als vielmehr kulturbedingt. Sie könnte sich auch für Eltern aus sehr konservativen italienischen, griechischen oder spanischen Familien ergeben. Muslimische Pädagogen und Religionsgelehrte sorgen sich dagegen in gleicher Weise um Jungen wie Mädchen. Sie befürchten, daß es unter heranwachsenden Jugendlichen, die in einer Klasse gemeinsam unterrichtet werden, zu Kontakten kommen kann, die in illegitime sexuelle Handlungen münden. Illegitim sind aber alle sexuellen Aktivitäten, die sich außerhalb der Ehe abspielen, wie unschuldig sie in einer freizügigen Gesellschaft auch zunächst erscheinen mögen. Jeder körperliche Kontakt zwischen zwei Personen unterschiedlichen Geschlechts wird von manchen Religionsgelehrten schon als verboten angesehen. Er bedeutet eine Sünde. Einer ganzen Reihe von schon länger in Deutschland tätigen Rechtsgelehrten geht es mehr als ihren Kollegen in der islamischen Welt um diese ethische und theologische Frage. Verfolgt man islamische Rechtsgutachten, gewinnt man geradezu den Eindruck, daß die Gelehrten der Ansicht sind, zwei junge Menschen verschiedenen Geschlechts dürften nicht unbeobachtet allein bleiben, weil sie sich sonst sofort versündigten. Viele muslimische Eltern haben die gleichen Vorstellungen. Ob es ihnen dabei mehr um den Ruf der Tochter oder um das Seelenheil der Kinder geht, mag hier dahingestellt bleiben. Die Schule wird von ihnen auf jeden Fall als eine Gefahr gesehen. Dies mag einer der Gründe sein, warum die erste Generation muslimischer Einwanderer ihre Töchter nach dem Eintritt der Geschlechtsreife zurück in die Herkunftsländer schickte; sie sollten dort ihre schulische Ausbildung beenden oder rasch verheiratet werden. Solche Meldungen sind auch heute noch hin und wieder den Zeitungen zu entnehmen. Nicht minder problematisch ist es, daß muslimische Eltern ihren Töchtern nach der Pubertät den weiteren Schulbesuch verwehren und ihnen damit schwere Hindernisse für ihr berufliches Fortkommen in den Weg legen.

Sportunterricht und Klassenfahrten:
Es sind vor allem zwei konkrete Themenkreise im schulischen Kontext, die zu Schwierigkeiten zwischen muslimischen Eltern und Lehrern führen, der Sport- und Schwimmunterricht und die von den Schülern so geliebten Klassenfahrten. Hier gab es immer wieder Mißverständnisse und Spannungen, die durch einen geringen organisatorischen Aufwand gemildert werden könnten. In der Grundschule ergeben sich im Zusammenhang mit dem Sportunterricht in der Regel keine Schwierigkeiten. Für muslimische Jungen sehen deren Eltern auch nach der Pubertät keine Notwendigkeit, gegen deren Beteiligung an den verschiedenen Unterrichtsangeboten im sportlichen Bereich Einspruch zu erheben. Bei einer besonders strengen Auslegung der Regeln des islamischen Rechts könnten auch bei ihnen Einschränkungen hinsichtlich der Sportbekleidung angezeigt erscheinen. Vorschriften für eine korrekte islamische Kleidung gelten ja nicht nur für Frauen, sondern auch für Männer. Danach müßten auch Männer jede Art von Kleidung vermeiden, die ihre Körperformen zu sehr enthüllt und dadurch auf Frauen aufreizend wirken könnte. Es gibt strenge islamische Rechtsgelehrte, die Sportbekleidung als aufreizend betrachten. In solchen Fällen müßte sichergestellt werden, daß weiblichen Zuschauern der Zutritt zu den entsprechenden Sportanlagen verwehrt würde. (Weitere Konsequenz müßte sein, Sportübertragungen im Fernsehen zu unterbinden.) Tatsächlich beziehen sich die Sorgen der Eltern vor allem auf die Mädchen. Nun ist der Islam durchaus nicht körperfeindlich. Der kulturelle Hintergrund, vor dem diese Religion entstanden ist, war ja nicht zuletzt durch ritterliche Ideale von Tapferkeit, Mannhaftigkeit und Kampfkraft bestimmt. Diese vorislamischen Ideale wurden modifiziert vom Islam übernommen und galten hier nicht nur für Männer. Vom Propheten Muhammad wird gesagt, daß er den Gläubigen empfohlen habe, ihre Töchter unter

anderem Schwimmen und Bogenschießen zu lehren. Daher wird in Staaten wie Iran oder Saudi-Arabien, in denen besonders strikt auf die Einhaltung des islamischen Rechts gedrängt wird, Frauen sportliche Betätigung nicht verboten. Es ist nur darauf zu achten, daß die Sportplätze oder Schwimmbäder in der Zeit, in der sie von Frauen genutzt werden, nicht von Männern besucht oder auch nur eingesehen werden können. Vergleichbare Regelungen gibt es aber auch in Ländern, in denen säkulare Gesetze die rechtliche Grundlage bieten. Ich erinnere mich gut daran, daß es in den späten sechziger Jahren in den öffentlichen Badeanstalten in der irakischen Hauptstadt Baghdad getrennte Nutzungszeiten für Männer und Frauen gab. An einem Tag in der Woche war ein sogenannter Familientag eingerichtet worden, an dem Familien, bei denen es sich in der Mehrzahl um im Irak lebende Ausländer handelte, Zutritt hatten.

Während muslimischen Jungen von ihren Eltern keine Steine in den Weg gelegt werden, wenn sie am Sport- und Schwimmunterricht teilnehmen, stellen sich viele muslimische Eltern bei ihren Töchter auf einen rigorosen Standpunkt und verbieten ihnen die Teilnahme an solchen Aktivitäten. Um muslimischen Mädchen den Schwimmunterricht dennoch zu ermöglichen, sind in Köln spezielle Regelungen geschaffen worden. Ein öffentliches Hallenbad, das von außen praktisch nicht eingesehen werden kann, wurde zu einem bestimmten Termin ausschließlich für muslimische Mädchen reserviert. Die Aufsicht wurde von Lehrerinnen und von weiblichem Personal übernommen. Die Freude und Dankbarkeit der Mädchen war außerordentlich groß. Der zuständige Dezernent der Schulaufsicht, der diese Regelung ermöglicht hatte, schmunzelte, als einige Mädchen zu ihm kamen, um sich zu bedanken und sich von ihm dann in breitestem Kölsch mit den Worten verabschiedeten: »Kommen Se doch mal kucken!« Es stellt sich natürlich die Frage, ob auf die besonderen

Bedürfnisse jeder einzelnen Bevölkerungsgruppe in derartiger Weise eingegangen werden sollte. Gerade in diesem Kontext spricht sehr vieles dafür; die Möglichkeit sich »auszutoben«, ist von größerer Bedeutung als für gleichaltrige nicht-muslimische Mädchen. Die jungen Musliminnen werden stets angehalten, sich langsam zu bewegen. Hier hätten sie die Möglichkeit, ihren jugendlichen Bewegungsdrang auszuleben und auf diese Weise manche Frustrationen, die sie in ihrem Alltag erleben, abzuarbeiten. Die sportlichen Fähigkeiten, die sie durch den Schwimmunterricht erwerben, geben ihnen das Gefühl, sich zumindest in diesem Bereich nicht von ihren übrigen Altersgenossinnen zu unterscheiden. Sie tragen auch zur Bildung eines größeren Selbstbewußtseins bei, weil sie Dinge lernen, die ihre Eltern in vielen Fällen nicht beherrschen. Von allgemeinen gesundheitspolitischen Folgen, die im Zusammenhang mit Diskussionen um Sport- und Schwimmunterricht immer wieder vorgetragen werden, muß hier erst gar nicht gesprochen werden. Während sich der Schwimmunterricht noch immer als problematisch erweist, haben sich im allgemeinen Sportunterricht einige Entspannungen ergeben, was zum Teil den Bemühungen der Schulverwaltungen zu verdanken ist, Jungen und Mädchen im Sportunterricht zu trennen. Trotzdem stehen dem aber immer wieder praktische Hindernisse im Wege. So darf der Sportunterricht für Mädchen nur von Sportlehrerinnen durchgeführt werden. An vielen Schulen fehlt es aber gerade an diesen, so daß gemischte Sportgruppen eingerichtet werden müssen. Nach der siebten oder nach der zehnten Klasse gibt es an vielen deutschen Schulen Neigungsgruppen im Sportunterricht. Die Mädchen finden sich häufig in Gymnastikgruppen u. ä. zusammen, die Jungen bevorzugen dagegen Kampf- oder Mannschaftssportarten. Gerade im Zusammenhang mit dem Sportunterricht kann man immer wieder verblüffende Beobachtungen machen. Ein Teil der muslimischen Mädchen nimmt zum Beispiel am Unterricht in Sportkleidung – auch in kurzen Hosen – teil, behält aber das Kopftuch auf. Dieses Verhalten ist sicherlich nicht mit den Vorschriften des islamischen Rechts in Übereinstimmung zu bringen, zeigt aber deutlich, wie sehr die Frage von Anstand oder Scham kulturell und sozial bedingt ist.

Auch die Schwierigkeiten bei Klassenfahrten und Freizeiten lassen sich organisatorisch mit einigem gutem Willen in den Griff kriegen. Die Vorbehalte muslimischer Eltern gegenüber diesen schulischen Veranstaltungen sind zweigestaltig. Bei gemischten Klassen sehen sie wieder die Gefahr, daß es bei mangelnder Aufsicht zu unerlaubten sexuellen Kontakten kommen könnte. Derartige Befürchtungen werden auch von manchen konservativen christlichen Eltern vorgebracht. Es liegt hier an den Lehrern, die Eltern zu überzeugen, daß keine Gefahr für ihre Töchter besteht. Die Erfahrungen zeigen, daß man die Befürchtungen der Eltern verringern kann, indem man muslimisches Lehrpersonal mit auf die Klassenfahrten nimmt. Vor allem wenn es sich um Lehrerinnen handelt, die als praktizierende Musliminnen bekannt sind, sind viele Eltern gerne bereit, ihre Töchter mitfahren zu lassen. Es hat auch Versuche gegeben, die Kinder abends von den Eltern abholen zu lassen und sie am nächsten Morgen wieder zum Aufenthaltsort der Klasse zurückzubringen. Diese Lösung ist sicherlich nur dann möglich, wenn die entsprechenden Transportmittel zur Verfügung stehen, die entstehenden Kosten von den Familien getragen werden können und die notwendigen Fahrtzeiten ein gewisses Maß nicht überschreiten.

Der zweite Gesichtspunkt betrifft die Frage nach den Nahrungsmitteln. Bei vielen muslimischen Eltern besteht die Befürchtung, daß ihre Kinder bei dieser Gelegenheit wissentlich oder unwissentlich Schweinefleisch essen müssen. Die Abscheu von Muslimen vor diesem Nahrungsmittel ist so stark, daß sie kaum je überwunden werden kann. Sie ist am ehesten mit dem Ekel eines durchschnittlichen Mitteleuropäers bei der Vorstellung vom Verzehr von Menschenfleisch vergleichbar. Darüber hinaus muß damit gerechnet werden, daß die übrigen angebotenen Fleischspeisen den islamischen Reinheitsgeboten ebenfalls nicht entsprechen, weil die korrekte Form der Schlachtung der entsprechenden Tiere nicht gesichert ist. Man könnte nun mit einer ganzen Reihe von islamischen Rechtsgutachten argumentieren, daß Muslimen Speisen, die ihnen von ihren christlichen Nachbarn angeboten werden, erlaubt sind. Im Alltag spielen diese Argumente jedoch keine Rolle und die Skepsis der muslimischen Eltern bliebe weiter bestehen. Auch hier kann die Begleitung der Klasse durch eine Lehrperson muslimischen Glaubens entsprechenden Befürchtungen entgegenwirken. Im übrigen muß organisatorisch tatsächlich dafür gesorgt werden, daß für die muslimischen Kinder Speisen zur Verfügung stehen, die wirklich kein Schweinefleisch oder Produkte vom Schwein enthalten. Dies läßt sich am ehesten bewerkstelligen, indem bei der Vorbereitung der Klassenfahrten für die muslimischen Schüler mit den entsprechenden Anbietern, also Jugendherbergen, Jugendhotels usw. die Zubereitung von ausreichend vegetarischen Gerichten vereinbart wird. Dies hat sich bei vielen Klassenfahrten als eine sehr praktikable Lösung herausgestellt und wird von den Anbietern auch in der Regel problemlos akzeptiert, weil ohnehin die Zahl der Familien, die auf eine vegetarische Kost umsteigen, in Deutschland immer weiter wächst.

Kunst- und Biologieunterricht:
Allerdings gibt es auch Probleme im schulischen Bereich, die nur schwer oder überhaupt nicht zu lösen sind. Es handelt sich um zwei Unterrichtsfächer, die auf den ersten Blick kaum etwas miteinander zu tun haben, bei denen aber muslimische Empfindlichkeiten berührt werden: der

Kunstunterricht und das Fach Biologie. Die Kultur der islamischen Welt ist bis in die Gegenwart gekennzeichnet durch eine deutliche Reserviertheit gegenüber jeder Form von bildlichen Darstellungen lebendiger Wesen. Das alttestamentliche Verbot: »Du sollst dir kein Bildnis machen«, wird im Koran zwar nicht wiederholt, doch besteht in einigen Prophetentraditionen eine vergleichbare Abneigung. Die Sehnsucht nach Schönheit und Schmuck der Menschen suchte sich in der islamischen Welt andere Wege, von denen die vielfältigen Formen der Schriftkunst besonders hervorzuheben sind. So besteht der Wandschmuck in den Häusern von Muslimen oft lediglich aus kalligraphischen Ausführungen bedeutender Koransprüche. Manchmal trifft man auch Fotos mit Landschaften und in den Wohnungen in Deutschland lebender Muslime solche von Autos oder Motorrädern bekannter Nobelmarken. Angesichts der geschilderten Einstellung gegenüber bildlichen Darstellungen fühlen sich manche muslimische Eltern tief getroffen, wenn sie erfahren, daß ihre Kinder im Kunstunterricht Bilder von lebenden Wesen anfertigen müssen. In einigen Fällen hat dies bereits zu schweren Konflikten mit den Kunsterziehern geführt, wobei zumeist die Lehrer den Wünschen der muslimischen Eltern entgegengekommen sind, indem sie deren Kinder zum Beispiel mit Themen wie Stilleben betrauten. Dies ist jedoch keine allgemein verbindliche Regel in einem der Bundesländer oder auch nur der zahlreichen Schulbezirke. Eine generelle Lösung dieses Problems hat sich bisher nicht ergeben. Sie läge in der Einrichtung von islamischen Schulen, für deren Lehrplan im Kunstunterricht dann entsprechende Sonderformen entwickelt werden müßten.

Im Rahmen des Biologieunterrichts ergeben sich eher selten Probleme in Fragen der Naturgeschichte oder der Evolutionstheorie, obwohl zahlreiche konservative islamische Theologen gegen letztere polemisieren und nur noch von fundamentalistischen amerikanischen Christen darin übertroffen werden. Schwierigkeiten tauchen auf, wenn es um das Thema Mensch geht. Die öffentliche Behandlung von Zeugung und Fortpflanzung läßt viele Muslime Scham empfinden, und stellt sich ihnen vor allem im koedukativen Unterricht als unmoralisch dar. Gerade dieses Thema ist ja häufig mit bildlichen Darstellungen der entsprechenden Organe verbunden und wird daher von Muslimen für ihre Söhne wie Töchter als schädlich angesehen. In einigen Publikationen, die in konservativen und radikalen Veröffentlichungen in der Türkei, aber auch in Ägypten und Tunesien erschienen sind, wurde der Biologieunterricht als eine Form von legalisierter Pornographie interpretiert. Es hat Fälle gegeben, in denen muslimische Eltern ihre Kinder für die Zeit, in der dieser Unterrichtsstoff behandelt wurde, ganz aus der Schule genommen haben oder zumindest dafür sorgten, daß sie in den entsprechenden Stunden dem Unterricht fernblieben. Hier ist der Weg zu einer Lösung des Problems noch sehr viel schwieriger als im Kunstunterricht. Selbst wenn islamische Schulen eingerichtet würden, bestünden die Schulbehörden auf der Behandlung des Menschen in seinen vielfältigen Funktionen und würden möglicherweise den Hochschulzugang für das Studienfach Biologie verweigern.

Religionsunterricht:
Den problematischsten Teil des Lehrplans stellt für muslimische Schülerinnen und Schüler sicherlich der Religionsunterricht dar. Das Fach Religion wird als einziges von den schulischen Fächern im Grundgesetz der Bundesrepublik Deutschland verpflichtend festgelegt. Damit besteht ein Anspruch der Schüler auf ein entsprechendes Unterrichtsangebot. Allerdings können Schüler vom 14. Lebensjahr an nicht mehr zur Teilnahme am Religionsunterricht gezwungen werden. Der Rechtsanspruch auf Religionsunterricht, der in den meisten Bundesländern besteht, kann

auch von muslimischen Schülern erhoben werden. In den siebziger Jahren wurden solche Forderungen von islamischer Seite zunächst nicht gestellt. Es kam vor, daß muslimische Kinder, vor allem in Grundschulen, am evangelischen oder katholischen Religionsunterricht teilnehmen mußten, was zu Protesten von deren Eltern führte. Daraufhin wurden diesen Kindern dann Freistunden gewährt. Im übrigen erklärten die Schulaufsichtsbehörden, daß dem Rechtsanspruch der religiösen Unterweisung im muttersprachlichen Unterricht Genüge getan werde. Diese Einschätzung ist sicherlich unzutreffend. Entsprechenden Unterricht erhielten nur die Kinder mit türkischer Staatsangehörigkeit, die die Mehrheit der muslimischen Schüler darstellen. Allerdings hängt der in diesem Unterricht behandelte Stoff nicht zuletzt von dem jeweiligen türkischen Lehrer oder der Lehrerin ab. Je nach dem Zeitpunkt, zu dem diese von den türkischen Stellen nach Deutschland entsandt wurden, kann ihre allgemeine politische und religiöse Grundeinstellung mehr oder weniger säkular sein. Das kann bedeuten, daß von Fall zu Fall auf die Behandlung islamischer Themen großer Wert gelegt wird, oder aber der Islam als Privatsache der Schüler und ihrer Familien betrachtet wird und daher aus dem Lehrplan größtenteils ausgeblendet wird. Einheitliche Regelungen sind hier kaum durchzusetzen. Entsprechende muttersprachliche Angebote für beispielsweise arabische, persische, pakistanische und bengalische Kinder gibt es ebenfalls. Die Schulbehörden bemühen sich trotz finanzieller und personeller Probleme, in all diesen Fällen die entsprechenden Unterrichtsveranstaltungen zu organisieren. Es muß hier nicht gesondert darauf hingewiesen werden, daß diese zusätzlichen Unterrichtsveranstaltungen für die Kinder eine erhebliche Belastung im Vergleich zu ihren deutschen Mitschülern darstellen. Häufig werden die Nachmittage mit bis zu sechs Unterrichtsstunden gefüllt, eine Tortur für Schüler und Lehrer. Für muslimische Kinder mit deutscher

Staatsangehörigkeit wird im übrigen ein wie auch immer gearteter islamischer Religionsunterricht nicht angeboten. Grund für dieses inzwischen von staatlichen Stellen, vor allem aber von den Vertretern muslimischer Verbände heftig beklagte Defizit ist zunächst einmal die organisatorische Segmentiertheit des Islams in Deutschland. Die Entwicklung von allgemein anerkannten Unterrichtsplänen, die Ausbildung von entsprechendem muslimischem Lehrpersonal und die formale Etablierung des Fachs islamische Religion ist zunächst immer wieder an dieser Tatsache gescheitert. Die religiöse Unterweisung muslimischer Kinder wurde daher in den privaten Bereich der Familien und in den der muslimischen Organisationen abgedrängt. Er entzog sich damit nicht nur einer potentiellen staatlichen Kontrolle, sondern auch der der islamischen Dachverbände. Dies brachte eine Reihe von Gefahren mit sich. Deutsche Behörden fürchteten, daß sich radikal-islamische Gruppen im Bereich der religiösen Erziehung besonders engagieren würden, was zu einer schrittweisen Radikalisierung der muslimischen Bevölkerung in Deutschland führen könnte. Die islamischen Dachorganisationen sahen darüber hinaus noch eine weitere Gefahr: Inhaltlich war es möglich, daß sich durch eine unkontrollierte religiöse Unterweisung Formen des Islams in Deutschland verbreiteten, die den Vorstellungen der islamischen Dachverbände von einem allgemein akzeptierten Islam nicht entsprachen. Damit war klar das Risiko einer weiteren Zersplitterung islamischer Grundideen gegeben. Dieses Problem ist auch durch die inzwischen angestellten Überlegungen und Entwicklungen für eine islamische Unterweisung noch nicht aus der Welt geschafft. In vielen Städten haben islamische Organisationen spezielle Schulen eingerichtet, in denen auf breiter inhaltlicher Basis islamischer Religionsunterricht erteilt wird. Diese Einrichtungen haben inzwischen eine erstaunliche organisatorische Flexibilität entwickelt. Sie bieten Veranstaltungen für muslimische Schüler zu den Zeiten an, in denen wegen Klassenfahrten oder anderen schulischen Aktivitäten kein regulärer Unterricht stattfindet. Vor einigen Jahren hatten in der deutschen Öffentlichkeit sogenannte Koranschulen für Aufregung gesorgt, weil dort schlecht ausgebildetes Personal, das offensichtlich kaum die islamischen Grundbegriffe beherrschte, mit archaischen Mitteln versuchte, muslimischen Kindern den Koran und die Grundsätze eines islamischen Lebens einzubleuen. Inzwischen haben sich hier deutliche Veränderungen ergeben. Diese Schulen werden mittlerweile von in den islamischen Wissenschaften ausgebildeten Lehrern betrieben, die mit den deutschen Gegebenheiten vertraut sind. Über die Lehrinhalte dieser Einrichtungen, die von türkischen Schülern als »arabische Schule« bezeichnet werden, dringt allerdings nur sehr wenig nach außen. Deutsche Lehrerinnen beklagen sich immer wieder darüber, daß muslimische Schüler, die während der längeren Unterbrechungen des eigentlichen Unterrichts an Kursen dieser »arabischen Schulen« teilnehmen, sich ihren Mitschülerinnen, aber auch den deutschen Lehrerinnen gegenüber ausgesprochen arrogant verhalten. Sie legen ein typisch männliches Rollenverhalten an den Tag und scheinen davon überzeugt zu sein, als muslimische Männer »zur Krone der Schöpfung« zu gehören, wie eine deutsche Lehrerin bei Gelegenheit bemerkte. Man kann ein solches Verhalten sicherlich auf die Inhalte zurückführen, die an diesen Schulen den jungen Muslimen vermittelt werden. Ob es aus islamischer Sicht klug ist, in einer dem Islam oft wenig freundlich eingestellten deutschen Öffentlichkeit das Selbstbewußtsein der Schüler auf diese Weise zu stärken, mag dahingestellt bleiben. Es sind jedoch ebendiese »wilden« islamischen Einrichtungen, die auch den großen islamischen Organisationen in Deutschland Sorge bereiten.

Zumindest im Bundesland Nordrhein-Westfalen wurden inzwischen weitgediehene Versuche zur Einführung der »islamischen Unterweisung« unternommen. In Zusammenarbeit mit dem in Soest/Westfalen beheimateten Islamarchiv Deutschland hat das Landesinstitut für Schule und Weiterbildung einen Lehrplan für den islamischen Religionsunterricht entworfen. An diesem Lehrplan wurde inzwischen von islamischer Seite heftige Kritik geübt, eine Reihe von Grundsatzentscheidungen muß jedoch deutlich begrüßt werden. An erster Stelle ist hier die Unterrichtssprache zu nennen. Es gab ernsthafte Bemühungen, Türkisch als Unterrichtssprache im islamischen Religionsunterricht einzuführen. Natürlich wurde dieser Druck nicht von offiziellen türkischen staatlichen Stellen ausgeübt. Auf informellen Wegen wurde aber darauf hingewiesen, daß Türkisch als Unterrichtssprache erhebliche organisatorische Vorteile mit sich brächte, da sich die Frage des Lehrpersonals auf diese Weise recht einfach lösen ließe. So könnten zum Beispiel entsprechend ausgewiesene Lehrer und Lehrerinnen aus der Türkei nach Deutschland kommen und ihren Dienst im Rahmen der vorgesehenen Unterrichtspläne aufnehmen. Hinsichtlich der pädagogischen Qualifikation könnten spezielle Regelungen, die den deutschen Anforderungen entsprächen, getroffen werden. Dagegen erhob sich erbitterter Widerspruch von seiten der verschiedensten islamischen Organisationen. Man fürchtete eine Ausgrenzung der muslimischen Kinder aus anderen Herkunftsländern einerseits und eine Türkifizierung des Islams in Deutschland andererseits. Türkische Veröffentlichungen, auch Lehrbücher, die die besondere Rolle der Türken für die Bewahrung und Weiterentwicklung des Islams unterstrichen, bestärkten die Befürchtungen. In solchen Publikationen wird die Meinung vertreten, daß der Islam zwar auf der arabischen Halbinsel entstanden sei und der Prophet Muhammad und die ersten rechtgeleiteten Khalifen Araber gewesen seien. Schon sehr bald aber, spätestens seit der Zeit der Abbasidenkhalifen, sei der Islam mehr und mehr unter den Einfluß persischer Vorstellungen geraten und die Araber hätten sich immer deutlicher von den wahren Lehren des Propheten entfernt. Auf diese Weise habe der Islam schrittweise sein wahres Wesen und seine weltgeschichtliche Aufgabe verloren. Dem drohenden Untergang der Religion Muhammads konnte erst durch das Eintreten der Türken in die islamische Geschichte begegnet werden. Durch sie habe der Islam wieder zu seiner eigentlichen Stärke zurückgefunden. Daher sei es auch nur konsequent gewesen, daß das Osmanische Reich auch über die arabische Welt geherrscht habe. Man kann sich denken, daß solche Ansichten keinen Beifall bei arabischen oder indischen Muslimen finden.

Aber auch die deutschen Stellen lehnten derartige Vorschläge grundsätzlich ab. Die schulische Erziehung wird als hoheitlicher Akt angesehen. Dies hat nach Ansicht der Schulbehörden auch für den Religionsunterricht an staatlichen Schulen zu gelten. In einem solchen Zusammenhang kann auf Deutsch als Amts- und damit auch als Unterrichtssprache nicht verzichtet werden. Eine Alternative wäre die Einrichtung von türkischen Privatschulen für alle in Deutschland lebenden türkischen Schüler. Dies wiederum liegt kaum im Interesse der deutschen, aber wohl auch nicht im Rahmen der Möglichkeiten der türkischen Seite. Im übrigen läge in einem solchen Fall die Schulaufsichtspflicht auch weiterhin bei den deutschen Behörden. Schwerer noch wiegt aber ein zweites Argument gegen Türkisch als Unterrichtssprache im islamischen Religionsunterricht. Trotz seiner unzweifelhaften Bedeutung für Geschichte und Kultur der islamischen Welt ist Türkisch eine von vielen islamischen Literatursprachen. Man könnte kaum Kindern aus Bangladesh oder aus dem philippinischen Mindanao zumuten, eine ihnen völlig fremde Sprache zu erlernen, nur weil sie Muslime sind und die Mehrheit der in Deutschland lebenden Anhänger dieser Religion aus der Türkei stammt. Eine Alternative, die sich aus der islamischen Religionsgeschichte hätte begründen lassen, wäre das Arabische als Unterrichtssprache gewesen. Schließlich ist es die Sprache, in der der Koran offenbart worden ist und deren Grundkenntnisse von jedem praktizierenden Muslim eigentlich erwartet werden könnten. Solche Vorschläge wurden allerdings nie ernsthaft zur Diskussion gestellt, so daß man Deutsch als Unterrichtssprache bestimmte. Die Vorteile dieser Regelung liegen auf der Hand: Den deutschen Aufsichtsbehörden ist es so viel leichter möglich, ihrer Aufsichtspflicht über diesen Unterricht nachzukommen. Im muttersprachlichen Unterricht ist diese Kontrolle nicht zuletzt deshalb so schwierig, weil in den Schulämtern in der Regel kaum Mitarbeiter tätig sind, die auch nur eine der verwendeten Sprachen so weit beherrschen, daß sie dem Stoff auch nur in etwa folgen könnten. Durch die Entscheidung für Deutsch als Unterrichtssprache entsteht auch eine größere Transparenz in diesem Bereich. Es ist möglich, Vorurteile gegenüber der »islamischen Unterweisung«, wie sie bei manchen deutschen Lehrern wie überhaupt in der deutschen Öffentlichkeit vorhanden sein mögen, abzubauen. Muslime können leichter mit dem Hinweis auf die deutsche Schulaufsicht Gerüchten über die Vermittlung von radikal-islamischem Gedankengut entgegentreten. Zugleich bedeutet Deutsch als Unterrichtssprache eine Anerkennung der Universalität des Islams. Nun können an ihm Schülerinnen und Schüler aus allen Ländern, in denen Muslime leben, teilnehmen, ohne wegen mangelnder Türkischkenntnisse ausgegrenzt zu werden. Zugleich werden die immer wieder festzustellenden nationalen und regionalen Unterschiede und internen Diskrepanzen zwischen Muslimen abgebaut. Deutsch als Unterrichtssprache dient also zum einen der Stärkung des inneren Zusammenhalts des Islams in Deutschland, zum anderen wird auf diese Weise der Unterschied zwischen den muslimischen Schülern und der sie umgebenden deutschen Gesellschaft verringert. Die Verwendung des Deutschen dient einer Integration des

Islams in Deutschland, denn nicht zuletzt wird auf diese Weise dem Islam ein Teil seiner Exotik genommen. Er wird mehr und mehr eine »normale« Religion in Deutschland, so daß gesellschaftliche Spannungen sich nicht mehr allein am Islam festmachen können, sondern als das deutlich werden, was sie in der Regel sind: Auseinandersetzungen um Arbeitsplätze oder gesellschaftliche Stellung, aber nicht um dogmatische Fragen, die in einer säkularen Gesellschaft an sich keine Rolle spielen.

Die Verwendung von Deutsch als Unterrichtssprache im islamischen Religionsunterricht wurde von den meisten muslimischen Organisationen in Deutschland begrüßt, und von wenigen ohne größeren Widerstand hingenommen. In der Unterrichtspraxis haben sich jedoch Probleme ergeben, die als Anlaufschwierigkeiten betrachtet werden sollten. Vor allem dann, wenn Lehrer und Schüler einer Unterrichtsgruppe allesamt Türkisch beherrschen, wird Deutsch als Unterrichtssprache aufgegeben. Dies mag zunächst als durchaus praktikabel angesehen werden. Es bedeutet jedoch, daß ein grundsätzliches schulisches Prinzip nicht beachtet wird. Konflikte sind daher nicht ausgeschlossen. Wenn die Zahl der in Deutschland ausgebildeten muslimischen Pädagogen zunimmt, wird sich das Problem jedoch von selbst erledigen. Komplizierter gestaltete sich dagegen der Versuch, eine einheitliche Haltung der islamischen Organisationen zu den Lehrplänen und Unterrichtsmaterialien herbeizuführen. Das Interesse von Muslimen an dieser Entwicklung war bundesweit, obwohl die Pläne nur für Nordrhein-Westfalen ausgearbeitet wurden. Zu Recht gehen die Interessenten davon aus, daß diese Pläne eine Vorbildfunktion auch für andere Bundesländer haben werden. Zum gegenwärtigen Zeitpunkt kann man nicht sagen, daß der Versuch einer einheitlichen Meinungsbildung völlig gescheitert ist. Doch wird aus Diskussionen mit den Sprechern der verschiedenen islamischen Interessenvertretungen ein beträchtliches Maß an

Kritik und Unmut deutlich. Sie entzünden sich an der Form, in der Muslime an der Entwicklung der Lehrpläne beteiligt wurden. Die Lehrpläne und Materialien wurden am Landesinstitut für Schule und Weiterbildung des Landes Nordrhein-Westfalen entwickelt, das in Soest/Westfalen beheimatet ist. Hier befindet sich auch das Islam-Archiv Deutschland, das von dem deutschen Muslim Muhammad Salim Abdullah Bednorz gegründet wurde und geleitet wird. Es lag nahe, daß die mit der Entwicklung der Lehrpläne für den islamischen Religionsunterricht beauftragten Mitarbeiter des Landesinstituts sich mit dieser Einrichtung in Verbindung setzten, deren Bibliothek nutzten und ihre Verbindungen und guten Dienste bei der neuen und nicht einfachen Aufgabe in Anspruch nahmen. Seit dem Beginn der neunziger Jahre gab es in islamischen Kreisen allerdings Gerüchte, daß das Islam-Archiv von der Milli-Görüş-Bewegung »übernommen« worden sei. Richtig ist an dieser Feststellungen, daß sich diese islamische Organisation an der Finanzierung des Archivs beteiligt. Wie weit der Einfluß auf die tatsächliche wissenschaftliche und publizistische Arbeit des Archivs geht, läßt sich jedoch nicht genau feststellen. Schon die Verbindung von Islam-Archiv und Milli-Görüş-Bewegung führte aber dazu, daß die Vertreter anderer islamischer Organisationen auf deren direkten Einfluß auf die Konzeption der Lehrpläne für die islamische Unterweisung schlossen. Bei jeder sich bietenden Gelegenheit wandten sich Mitglieder der »Konkurrenzorganisationen« an die Schulbehörden und an die wissenschaftliche Öffentlichkeit, um zu verdeutlichen, daß die Lehrpläne und das Unterrichtsmaterial von radikal-islamischem Gedankengut beeinflußt seien. Trotz der in den Lehrbüchern genannten deutschen Wissenschaftler und islamischen Autoritäten würden einseitige und enge Vorstellungen vom Leben im Islam vermittelt...

Diese Empfindlichkeiten und Eifersüchteleien lassen auf

eine gewisse Naivität bei der Entwicklung der Lehrpläne für den islamischen Religionsunterricht auf seiten des Landesinstituts schließen. Die Uneinigkeiten hätten in Rechnung gestellt werden müssen. Andererseits kann von den Mitarbeitern des Instituts zu Recht darauf hingewiesen werden, daß eine einheitliche Position der verschiedenen islamischen Organisationen ohnehin nicht zu erreichen gewesen wäre. Das Vorpreschen des Landesinstituts hat ohne Zweifel einige klare Vorteile. Es liegt nun ein Lehrplan vor, der erprobt werden muß. Sicherlich wird sich in dieser Phase herausstellen, inwieweit das vorliegende Konzept trägt und von den Muslimen in Deutschland als akzeptabel angesehen wird. Veränderungen der Pläne sind vor der endgültigen Festlegung noch ohne weiteres möglich. Die verschiedenen islamischen Gruppen, aber auch kompetente Einzelpersonen haben die Möglichkeit, ihre Kritik vorzutragen und zu einer Optimierung der staatlichen Vorgaben für den islamischen Religionsunterricht beizutragen. Inwieweit dies nun auch tatsächlich geschieht, bleibt abzuwarten. Der gesamte Vorgang kann als symptomatisch für die Situation des Islams in Deutschland bezeichnet werden. Die verschiedenen islamischen Gruppen können sich gerade in grundsätzlichen Fragen nicht auf ein gemeinsames Vorgehen verständigen. Es bedarf einer von außen kommenden Initiative, um die berechtigten Forderungen der Muslime einer Realisierung anzunähern und sie zur Zusammenarbeit zu veranlassen.

Die Einführung des Fachs religiöse Unterweisung für Muslime bringt eine Reihe von Konsequenzen mit sich. Schülerinnen und Schüler, für die ein solcher Unterricht eingerichtet werden soll, sind genügend vorhanden. Es mag hier Schwankungen der Zahlen geben, die von der jeweiligen Bevölkerungsstruktur abhängig sind. In den Gebieten, in denen sich eine muslimische Wohnbevölkerung konzentriert, wird dieser Unterricht häufiger und in stärkerem Maß angeboten werden als in ländlichen

Gemeinden. Man darf aber nicht davon ausgehen, daß auf Dörfern oder in den wohlhabenderen Stadtgebieten keine Muslime wohnen. Man denke nur daran, wie viele Ärzte und andere Freiberufler in erster Generation aus einem Land der islamischen Welt nach Deutschland gekommen sind und sich hier mit großem wirtschaftlichem und beruflichem Erfolg auf längere Zeit niedergelassen haben. Hier liegen also keine Probleme vor. Was für die Durchführung von Unterrichtsveranstaltungen für Muslime fehlt, sind Lehrerinnen und Lehrer. Zwar gibt es eine Menge Muslime in Deutschland, die an einer der berühmten Stätten islamischer Gelehrsamkeit wie der Azhar-Hochschule in Kairo, der Qarawiyin-Moschee in Fez oder den schiitischen Zentren in Kerbela und Najaf oder Qum studiert haben. Die Mehrzahl von ihnen verfügt auch über ausgezeichnete Deutschkenntnisse und hat nicht zuletzt pädagogische Erfahrung. Allerdings handelt es sich in vielen Fällen um einen Personenkreis, der im wissenschaftlichen Bereich an Universitäten und Fachhochschulen beschäftigt ist. Häufig sind diese Fachleute im Bereich des akademischen Mittelbaus aktiv, was in der Regel eine sehr zeitaufwendige und arbeitsintensive Tätigkeit bedeutet. Selbst wenn man die meisten von ihnen dazu bewegen könnte, zusätzlich die religiöse Unterweisung für muslimische Kinder zu übernehmen, würde dies selbst in den Universitätsstädten kaum den berühmten Tropfen auf den heißen Stein bedeuten. Es bleibt also nicht anderes übrig, als Studiengänge für die »religiöse Unterweisung für Muslime« an deutschen Hochschulen einzurichten, wie es vergleichbare Studiengänge auch für die christlichen Konfessionen gibt. Die Alternative wäre die Etablierung einer islamischen Hochschule, vergleichbar mit der Jüdischen Hochschule in Heidelberg. Diese zweite Variante wird zur Zeit von den großen islamischen Verbänden in Deutschland vorgezogen. Sie hat ohne Zweifel eine Reihe von Vorteilen. Der Islam erschiene in der deutschen Öffentlichkeit einheitlicher, und zugleich würde die inhaltliche Vielgestaltigkeit islamischer Vorstellungen und Glaubenspraktiken eine gewisse Koordinierung erfahren. Auf diese Weise könnte von Muslimen für Muslime geklärt werden, welche Glaubensvorstellungen unverzichtbar sind, was als eine schöne und zu bewahrende, aber nicht unbedingt verbindliche Tradition zu betrachten wäre und was schließlich Rituale und Praktiken sind, die von manchen Muslimen zwar als islamisch angesehen werden, aber mit den Normen und Idealen des Islams nichts zu tun haben. Eine derartige Hochschule hätte also über den reinen Ausbildungscharakter für islamische Religionslehrer hinaus eine wichtige Funktion für den Islam in Deutschland. Pläne zur Errichtung einer derartigen Hochschule sind bisher nicht besonders weit gediehen. Das Islamische Zentrum in Aachen war Ende der achtziger Jahre in seinen Überlegungen schon besonders weit vorangeschritten. Angesichts der islamfeindlichen Haltung der deutschen Öffentlichkeit im Zusammenhang mit dem Ausbruch des Golfkriegs 1990/91 sahen es die führenden Persönlichkeiten des Zentrums aber als nicht opportun, die Pläne weiter voranzutreiben. Die Alternative zur islamischen Hochschule wäre die Einrichtung von entsprechenden Studiengängen an mehreren deutschen Universitäten. Dabei kämen solche Hochschulen in Frage, die in muslimischen Ballungsgebieten liegen. Zu nennen wären hier die Universitäten in Köln und Umgebung, im Ruhrgebiet, in Berlin, im Stuttgarter und Münchner Raum. Hier wäre der Zugang vor allem für muslimische Studentinnen leichter möglich als bei einer zentralen islamischen Hochschule, auch wenn dort Studentinnenwohnheime eingerichtet würden. Gerade junge Frauen aus konservativen muslimischen Familien würden es wahrscheinlich vorziehen, sich im Pendelbereich an einer Universität einzuschreiben, um die Nacht in der Obhut ihrer Familie verbringen zu können. Die Frage, inwieweit sich die entsprechenden Universitäten für einen solchen

Studiengang öffnen könnten, bliebe zu prüfen. Nicht ganz einfach zu bewerkstelligen wäre die Besetzung der entsprechenden Professorenstellen. Ob nicht-muslimische Islamwissenschaftler von den Vertretern des Islams in Deutschland als Professoren akzeptiert würden, mag bezweifelt werden. Auch die christlich-theologischen Fakultäten in Deutschland sehen die Zugehörigkeit zur entsprechenden Glaubensgemeinschaft als Grundvoraussetzung zur Erteilung eines Rufes auf einen Lehrstuhl an. Es gibt zwar einige promovierte und habilitierte Muslime in Deutschland oder an Universitäten in der islamischen Welt, die in Deutschland die entsprechenden akademischen Grade erworben haben. Sie würden aber wohl nicht ausreichen, um alle entsprechenden Stellen zu besetzen. Hier liegt also noch ein weiter Weg vor den deutschen Wissenschaftsbehörden und den islamischen Organisationen.

Ausbildung und Beruf

Nach der schulischen hat die berufliche Ausbildung für die jungen Muslime in Deutschland eine gleich große Bedeutung wie für ihre anderen Altersgenossen. Unter religiösen Gesichtspunkten steht ihnen die Mehrzahl der üblichen Berufe offen. Einige Ausnahmen bilden allerdings solche Berufe, die zu Konflikten mit den Vorschriften des islamischen Rechts führen können. Zu nennen sind hier unter anderen besonders zwei: Goldschmied und Bankkaufmann. Zwar dürfen Frauen nach islamischem Recht Gold- oder Silberschmuck tragen; Männern dagegen sind solche Möglichkeiten, sich zu schmücken, nicht gestattet. Auch die Verwendung von Edelmetallen als Gegenstände des täglichen Gebrauchs sind verpönt. Dies hat dazu geführt, daß in islamischen Gesellschaften der Beruf des Gold- oder Silberschmieds traditionell von den Angehörigen religiöser Minderheiten ausgeübt wurde. Berühmt waren die jüdischen Silberschmiede im Jemen oder die sabäischen Goldschmiede in den Bazaren von Baghdad und anderen großen irakischen Städten. Noch heute stammt die Mehrzahl der Schmuckhändler in den großen Goldbazaren von Dubai oder Sharja aus Indien, und auch die blühende Schmuckproduktion in den Vereinigten Arabischen Emiraten wird von indischen Goldschmieden betrieben. In Deutschland werden sich also kaum muslimische Auszubildende für diesen Beruf finden. Bankkaufleute kommen unvermeidlich in Konflikt mit einer der wichtigsten Vorschriften des islamischen Rechts, dem Verbot, Zinsen zu nehmen oder zu zahlen. Beides wird als ein schwerer Verstoß gegen die Gebote Gottes betrachtet und dem Abfall vom Islam gleichgesetzt. Auch wer bei diesem Frevel Hilfestellung leistet, macht sich schuldig. Daher vermeiden viele Muslime in der islamischen Welt die entsprechenden Tätigkeiten und überlassen sie wiederum den religiösen Minderheiten. Das Zinsverbot wirkt sich auch auf die Situation in Deutschland aus. Muslime lassen sich kaum in diesem Bereich ausbilden und man findet in türkischen oder anderen Banken, deren Muttergesellschaften sich in der islamischen Welt befinden, häufig nicht-muslimisches Personal. Gewiß würden islamische Rechtsgelehrte mit dem Argument der Notwendigkeit des Lebensunterhalts begründen, daß die Tätigkeit in einer Bank auch einem Muslim gestattet werden könnte. Die Abneigung gegen diesen Beruf ist bei vielen jedoch so groß, daß sie gar nicht auf eine entsprechende Idee kämen. Institute, die nach dem System des »islamic banking« arbeiten, sind meines Wissens in Deutschland noch nicht vorhanden.

Anders stellt sich die Situation in einem Bereich dar, in dem sich viele muslimische Arbeitnehmer in Deutschland, aber auch in den Herkunftsländern finden, nämlich im Hotel- und Gaststättengewerbe. Hier kommen sie zwar unweigerlich mit Nahrungsmitteln in Kontakt, die vom

Koran verboten sind oder als verboten betrachtet werden. In erster Linie sind hier Schweinefleisch und jede Form von Alkohol zu nennen. Immer wieder kommt es zu Anfragen an islamische Rechtsgutachter, ob sich Muslime, die diese Speisen und Getränke servieren, versündigen. Die Rechtsgutachten stimmen bei der Beantwortung dieser Frage erstaunlicherweise meist überein. Der Koran verbietet den Konsum, nicht aber das Servieren dieser Nahrungs- und Genußmittel. Von daher kann darin kein Verstoß gegen ein göttliches Gebot gesehen werden. Den Gutachtern ist auch bewußt, daß Muslime, die in Deutschland oder einem anderen westlichen Land als Kellner arbeiten, dies tun, um der Not in ihrer Heimat zu entgehen und für ihre Familien sorgen zu können. Es wird jedoch gerne gemahnt, daß ein Muslim Orte meiden sollte, an denen er mit verbotenen Dingen in Kontakt kommt und sich, wenn möglich, einen anderen, weniger problematischen Arbeitsplatz suchen sollte.

Die Zahl der muslimischen Schülerinnen und Schüler, die weiterführende Schulen besuchen und die deutsche Fachhochschul- oder die allgemeine Hochschulreife erwerben, nimmt langsam, aber stetig zu. Viele von ihnen wagen den Schritt auf die Universität allerdings noch nicht, sondern beginnen eine qualifizierte Ausbildung. Beliebt sind vor allem »white-collar-Berufe«, also die verschiedenen kaufmännischen Ausbildungen – vom Bankbereich abgesehen –, aber auch solche im handwerklich-technischen Bereich. Da kein statistisches Material über die Wahl der Ausbildungsberufe von Muslimen zu erhalten ist, lassen sich hier nur sehr allgemeine Aussagen treffen. Kaufmännische Berufe liegen nahe, weil sie einer weitverbreiteten Tradition unter Muslimen in Deutschland entsprechen. Natürlich sind die Weiterbeschäftigungschancen in den wirtschaftlichen Bereichen, in denen Muslime der unterschiedlichsten Nationalitäten aktiv sind, für diese Auszubildenden besser als in anderen wirtschaftlichen Bereichen, in denen immer noch Vorurteile gegenüber muslimischen Mitarbeitern vorhanden sind. Handwerkliches Geschick findet sich ebenfalls bei vielen Muslimen. Sie stehen hier häufig in der Tradition der Familien ihrer Herkunftsländer. Wir haben es alles in allem mit einem großen Potential von begabten jungen Menschen zu tun, die in absehbarer Zeit für die Entwicklung des wirtschaftlichen Wachstums in Deutschland von immer größerer Bedeutung sein werden. Doch auch die Zahl der muslimischen Studentinnen und Studenten nimmt zu. Nach neuesten Schätzungen studieren an deutschen Hochschulen und Universitäten derzeit ca. 50 000 Musliminnen und Muslime. Etwa 15 000 von ihnen stammen aus Migrantenfamilien. Wie in anderen Fällen auch, sind es zunächst die Kinder aus muslimischen Akademikerfamilien, die den Schritt an die Universität unternehmen. In vielen Fällen studieren sie die Fächer, in denen auch ihre Mütter oder Väter ein wissenschaftliches Examen abgelegt haben. Gerade unter ihnen gibt es aber auch viele, die Fächer aus den orientalistischen Wissenschaften belegen. Dabei neigen sie den Spezialdisziplinen zu, die mit den Herkunftsländern ihrer Eltern in Zusammenhang stehen. Häufig besteht bei ihnen der Wunsch, die Sprache ihrer Eltern oder Großeltern richtig zu lernen, etwas über die Geschichte und Kultur der Türkei, der arabischen Welt oder des Iran zu erfahren und genauere Kenntnisse des Islams zu erhalten. Diese Studienwahl hat sehr viel mit der Suche nach der eigenen Identität zu tun und ist bei jungen Menschen, die zwischen zwei Kulturen aufgewachsen sind, nicht weiter verwunderlich. Nicht immer führen sie diese Studien zu Ende, sondern wechseln zu Studiengängen wie Wirtschaftswissenschaften oder Medizin. Sie sind aber in jedem Fall, ob mit oder ohne einen orientalistischen Studienabschluß, ideale Vermittler zwischen deutschen und orientalischen Lebensformen. Daher sollten sie in ihren Bemühungen, ihre Identität zu finden und zu festigen, besonders unterstützt werden.

Inzwischen wächst die Zahl der jungen Musliminnen und Muslime, die aus einem typischen »Gastarbeitermilieu« stammen und nun den Schritt an die Universität wagen. Eine interessante Entwicklung hat sich an einigen Universitäten im Ruhrgebiet herausgestellt. Dort studieren viele junge Musliminnen Fächer aus dem pädagogischen Bereich. Nicht wenige dokumentieren durch das Kopftuch eine bewußte Zugehörigkeit zum Islam. Diese Studentinnen werden zweifellos durch Studienangebote im Bereich der Sozialpädagogik, die sich besonders mit den Problemen interkulturellen Lernens u. ä. befassen, angezogen. Sie nehmen auch an den in diesem Kontext angebotenen Lehrveranstaltungen zu islamischen Themen teil. Eine muslimische Dozentin berichtete, daß sie erwartet habe, gerade bei den offensichtlich frommen Studentinnen auf ein breites Wissen über den Islam zu treffen. Statt dessen erklärten ihr die Studentinnen ganz offen, daß sie diese Lehrveranstaltungen besuchten, weil sie zu wenig vom Islam wußten und sich hier eine Verbesserung ihrer Kenntnisse erwarteten. Alles in allem ist hier eine Situation im Entstehen begriffen, die optimistisch stimmt. Wir haben es mit jungen Musliminnen zu tun, die in ihrem Glauben verwurzelt sind und wissenschaftliche Kenntnisse erwerben, mit denen sie zu einer Integrierung der muslimischen Gemeinschaft in die deutsche Gesellschaft beitragen können. Auf diese Weise wird der Furcht mancher Muslime vor westlichen Wissenschaften und dem Verlust ihrer Identität durch die Begegnung mit westlichem Gedankengut begegnet. Im übrigen liegt hier eine Parallelentwicklung vor, wie wir sie in vielen islamischen Ländern beobachten können. An traditionellen islamischen Hochschulen werden heute auch Fächer wie Soziologie oder Psychologie angeboten, weil führenden muslimischen Denkern bewußt geworden ist, daß islamische Gesellschaften in einem globalen Kontext existieren, in dem diese Wissenschaften eine bedeutende Rolle spielen.

Heirat und Partnerschaft

Kaum ein Aspekt im Leben von Muslimen stellt sich dem außenstehenden Beobachter so fremd und kompliziert dar wie der von Heirat und Partnerschaft. In keinem anderen Lebensbereich ist auch die Frage nach den tatsächlichen religiösen Vorschriften so schwierig zu beantworten wie hier, und nirgendwo sonst kollidieren die Verhaltensweisen einer mehr oder weniger liberalen Gesellschaft so hart mit traditionellen mediterranen Normen. Gerade hier kommt es immer wieder zu erheblichen Konflikten zwischen den Vorstellungen der deutschen Öffentlichkeit und der islamischen Tradition.

Der Koran stellt an mehreren Stellen fest, daß die Ehe zu den vielen guten Dingen gehört, die Gott den Menschen zugänglich gemacht hat. Aus islamischer Sicht erfüllt sie drei Funktionen: Zunächst ist sie der von Gott vorgegebene Weg der Reproduktion, der Erzeugung von Nachkommenschaft. Der Koran sieht hier geradezu ein göttliches Moment, das durch die Menschen in der Ehe realisiert wird. Gott ruft die Kinder ins Leben, die Eltern werden zu einem göttlichen Werkzeug. Die Nachkommenschaft wird von vielen großen islamischen Gelehrten als der erste und eigentliche Grund der Ehe betrachtet. Sie können sich dabei auf den Propheten Muhammad selbst berufen, von dem die folgenden Aussagen überliefert sind: »Heiratet und mehret euch; denn am Jüngsten Tag will ich mit euch Staat machen!« Und: »Eine häßliche Frau, die viele Kinder zur Welt bringt, ist besser als eine schöne, die keine bekommt.«

Eine zweite Funktion der Ehe liegt darin, den einzelnen Mitgliedern Sicherheit und Geborgenheit zu bieten. Der Ehemann hat die Verpflichtung, für den Lebensunterhalt von Frau und Kindern zu sorgen. Die Ehefrau hat die Aufgabe, den Haushalt zu führen und die Erziehung vor allem der kleinen Kinder zu übernehmen. Diese »Arbeitsteilung« zwischen Mann und Frau gehört zu den Grundprinzipien einer islamischen Gesellschaft. Islamische Kritiker bedauern immer wieder, daß diese gottgewollte Arbeitsteilung von den Muslimen mißverstanden worden ist und zu einer unberechtigten Abwertung der Stellung der Frau in islamischen Gesellschaften geführt hat. Nach ihrer Auffassung sollte ein Gleichgewicht zwischen Männern und Frauen in der Gesellschaft herrschen, auch wenn das letzte Wort in allen wichtigen Entscheidungen beim Ehemann liegen sollte. Die Familie wird als die kleinste und zugleich wichtigste Form menschlichen Zusammenlebens angesehen. Hier wird der Sinn für Rücksichtnahme, Solidarität und gegenseitige Achtung unter den Menschen erlernt. Diese Fähigkeiten können dann zu einer Stärkung und Festigung der gesamten islamischen Gemeinschaft beitragen. Der Koran sieht im übrigen die Menschheit als eine große Familie an, da alle Menschen aus einem einzigen Menschenpaar stammen.

Drittens ist die Ehe schließlich die einzige, von Gott gewollte Möglichkeit der Befriedigung des Geschlechtstriebs. Außerhalb der Ehe wird sie als Unzucht betrachtet und hart bestraft. Der Islam erkennt die Gewalt des Geschlechtstriebs durchaus und weiß, daß es nicht leicht ist, ihm zu widerstehen. Heirat ist die einzige Möglichkeit, ihn zu kanalisieren und zugleich zu legalisieren. Der Prophet Muhammad hat dazu mahnend gesagt: »O ihr jungen Männer, wer von euch heiraten kann, der heirate; so bewahrt er am besten seine Augen vor unlauteren Blicken und seinen Körper vor Ausschweifung.« Aus dieser Einstellung zur Schwäche des Menschen ergibt sich geradezu eine Verpflichtung zur Ehe. Junggesellentum oder eine Existenz als Single wird als unislamisch betrachtet. In einem Fall soll Muhammad zu einem Mann, der keinen Grund dafür vorbringen konnte, daß er unverheiratet war, gesagt haben: »Dann bist du nicht von unserer Gemeinde; dann bist du ein Bruder des Teufels.« In gleicher Weise hat er auch Formen zölibatärer Lebensweise abgelehnt: »Verhängt selbst keine Erschwernisse über euch selbst, damit euch keine schweren Lasten aufgebürdet werden. Denn andere Völker haben dies getan, und es ist ihnen schwergemacht worden. Ihre Spuren sind in den Zellen und den Klöstern der Mönche. Sie haben sie selbst ersonnen, wir haben sie ihnen nicht vorgeschrieben.« Diese Vorstellung hat sich tief in das Bewußtsein jedes einzelnen Muslims eingegraben, ob er nun seinen Glauben praktiziert oder nicht. Daraus ergibt sich, daß viele junge Muslime in Deutschland sich innerlich darauf einrichten, schon recht früh zu heiraten. Heiraten in jungen Jahren stehen aber nicht nur in Deutschland eine Reihe von Hindernissen im Wege. Da bei einer Hochzeit die Zahlung eines Brautgelds durch den Bräutigam an die Familie der Braut unabdingbar ist, verzögern sich in manchen Staaten der islamischen Welt die Heiraten beträchtlich, weil die notwendigen finanziellen Mittel nicht ohne weiteres zur Verfügung stehen. In Deutschland stellt sich die Situation anders dar. Hier ist das Heiratsalter durch staatliche Regelungen festgelegt. Im übrigen sorgen Schulbesuch und Ausbildung dafür, daß eventuelle Heiratspläne immer wieder hinausgeschoben werden. Oft funktioniert die soziale Kontrolle der Familien über die jungen Leute in Deutschland nicht so effektiv wie in den Herkunftsländern. Ein großer Teil der jungen Muslime kann sich der Anziehungskraft des freizügigeren Lebens der deutschen Altersgenossen nicht entziehen. Erfahrungen im Umgang mit dem anderen Geschlecht sind leichter möglich als in der Türkei oder Tunesien. Muslimische Eltern, aber auch die Führung der islamischen Verbände sehen diese Entwicklung mit Besorgnis. Manche Eltern wie auch die islamischen Verbände fürchten auch, daß sich Beziehungen zu nicht-muslimischen Partnern ergeben, die dann in eine Ehe münden könnten. Dies stellt im Fall der Heirat eines Muslims mit einer Christin zwar kein rechtliches Problem dar, wird aber dennoch nicht gerne gesehen. Während die christliche Ehefrau in einer islamischen Gesellschaft in die religiöse Umgebung ihres Ehemannes einheiratet und von ihr keine Gefährdung für die religiöse Einstellung ihres Mannes und der gemeinsamen Kinder ausgeht, stellt sich die Situation in Deutschland anders dar. Es besteht nach Meinung der Vertreter islamischer Organisationen die Gefahr, daß die muslimischen Ehemänner immer stärker in die westliche Lebensweise integriert werden und sich dem Islam entfremden. Die Gründe für die Ablehnung von Kontakten zu potentiellen deutschen Partnern sind unterschiedlich. Die Eltern sorgen sich vor allem um den Ruf ihrer Töchter. Um kein Risiko einzugehen, bemühen sich viele von ihnen, ihre Töchter möglichst schnell zu verheiraten. In der Regel handelt es sich um sogenannte arrangierte Ehen. Junge Männer aus den Herkunftsregionen, aus der Verwandtschaft oder aus dem Bekanntenkreis der Eltern werden den Töchtern als Ehepartner vorgeschlagen. Ein Teil der jungen Frauen ist mit derartigen Regelungen einverstanden. Sie haben eine offene und vertrauensvolle Beziehung zu ihren Eltern und sind sicher, daß diese nur ihr Wohl im Sinn haben. Meistens aber gehen derartige Arrangements mit heftigen Konflikten einher. Die jungen Frauen sind von dem europäischen Ideal der romantischen Liebe nicht unbeeinflußt geblieben und wollen sich ihren Partner selbst aussuchen. Sie befinden sich häufig jedoch in einer ungünstigen Position, weil ihre Bindungen an die eigene Familie sehr stark sind und ein Bruch kaum vorstellbar ist. Nicht selten wird von den Familienmitgliedern auf die jungen Frauen beträchtlicher psychischer Druck ausgeübt. Typisch mag der Fall einer jungen Jordanierin sein, die in Deutschland die Schule mit der mittleren Reife abgeschlossen, die Lehre in einem handwerklichen Betrieb erfolgreich absolviert hatte und nun ein regelmäßiges Einkommen bezog, mit dem sie die häufig knappe Familienkasse auffüllte. Die Eltern hatten in Jordanien einen jungen Mann gesucht, der nach ihrer Einschätzung als Ehemann für ihre Tochter in Frage kam. Die junge Frau hatte sich dem Wunsch der Eltern ohne Widerstand gefügt, obwohl der junge Mann weder über eine adäquate Schulausbildung noch einen entsprechenden Beruf verfügte. Ihre Haltung wurde deutlich, als sie bei der Bestellung des Aufgebots den Termin für die standesamtliche Trauung festlegen sollte. Nach einiger Überlegung meinte sie: »Nehmen wir den kommenden Mittwoch in einem Monat. Das ist der Geburtstag meiner Mutter. Dann freut sie sich.« Im Endeffekt kam die Heirat nicht zustande, weil der Auserwählte sich im Lauf des Monats auch den Eltern der Braut gegenüber so unmöglich aufgeführt hatte, daß diese ihn nach Jordanien zurückschickten. In anderen Fällen versuchen die jungen Frauen, an ihre Zustimmung zu einer Heirat andere Bedingungen zu knüpfen. Aus entsprechenden Befragungen in Baden-Württemberg ergab sich, daß die Frage einer Berufsausbildung hier offenbar eine große Rolle spielte. Die Eltern der jungen Frauen hatten mit der Bemerkung: »Du heiratest ja doch«, Ausbildungswünsche ihrer Töchter abgelehnt oder zumindest behindert. Um doch eine Ausbildung abschließen zu können, wird häufig die Zustimmung zur Hochzeit mit einem von den Eltern ausgesuchten Ehemann gegeben, ein Abkommen, das viele Mädchen dann später als einen Fehler ansehen. Sie sind älter und erfahrener, häufig auch wirtschaftlich unabhängig geworden und sollen dann eine arrangierte Ehe eingehen. Auch der Ablösungsprozeß von der Familie verstärkt sich in der Zeit der Ausbildung, wobei die Tatsache, daß die Eltern sie überhaupt vor eine derartige Wahl gestellt hatten, sichtlich mit von Bedeutung ist. Lösungen in den sich abzeichnenden Konflikten hängen von den Männern ab, die die Eltern ihren Töchtern vorschlagen. Sind diese aus der Sicht der jungen Frauen völlig unakzeptabel, wird trotz des zuvor gegebenen Versprechens die Zustimmung zu einer Ehe oft kategorisch verweigert. Durch die größer gewordene berufliche und damit auch materielle Unabhängigkeit der jungen Frauen sind die Einflußmöglichkeiten der Eltern deutlich verringert. Nicht selten hatte sich schon eine gewisse finanzielle Abhängigkeit der Eltern von ihren Töchtern entwickelt, die diese manchmal auch skrupellos nutzten.

Die Sorge der Vertreter islamischer Organisationen ist dagegen vor allem eine ethisch-moralische. Sie müssen zur Kenntnis nehmen, daß junge Muslime sich in ihrem Verhalten der Freizügigkeit ihrer deutschen Altersgenossen in sexuellen Fragen häufig angleichen. Der Austausch von Zärtlichkeiten bis hin zum Sexualverkehr ist heute in islamischen Gesellschaften auch nicht mehr ganz ungewöhnlich, wenn dies auch stets in größter Heimlichkeit vor sich geht und für die jungen Frauen immer ein erhebliches Risiko darstellt. In Deutschland ist es für viele Menschen geradezu selbstverständlich, daß Jugendliche nach der Geschlechtsreife ein weites Spektrum sexueller Aktivitäten erkunden. Wie bei anderen Jugendlichen handelt es sich bei jungen Muslimen um partnerschaftliche Beziehungen, die auf eine gewisse Dauer hin angelegt sind. Weder die materiellen noch die weiteren gesellschaftlichen Umstände erlauben eine Eheschließung. Dies hindert die jungen Leute jedoch nicht daran, sexuelle Erfahrungen zu machen, die unter islamisch-moralischen und rechtlichen Gesichtspunkten als »Unzucht« bezeichnet werden müssen. Auch der Islam ist sich der Tatsache bewußt, daß das Fleisch schwach ist. Die muslimischen Gelehrten wissen, daß es unter jungen Muslimen solche gibt, die sündigen. Und es ist diese im Grunde theologisch zu betrachtende Tatsache, die einigen von ihnen besondere Sorge macht. Für sie stellt sich die Frage, wie man die Versündigung der jungen Muslime verhindern kann, wenn sich die gesellschaftliche Praxis nicht ändern läßt. Bemerkenswert ist ein Versuch, dieses Dilemma zu lösen, der in Berlin bekannt wurde. Dabei wurde von sunnitischer Seite das Konzept der sogenannten Zeitehe vorgeschlagen, die im schiitischen Recht praktiziert wird und die Rechtmäßigkeit zeitlich begrenzter Beziehungen zwischen jungen Musliminnen und Muslimen garantiert. Danach würden Heiratsverträge über eine festgelegte kürzere Zeit abgeschlossen, die weniger aufwendig zu formulieren sind, als andere Eheverträge. Unter Umständen könnten sie auch verlängert oder in normale Verträge umgewandelt werden. Besonders viel Beifall hat dieser Vorschlag bisher noch nicht gefunden. Er macht aber deutlich, wie sehr die aktuelle Situation die Religionsgelehrten beschäftigt.

Für den Fall, daß es zu einvernehmlichen Regelungen im Bezug auf die Wahl des Ehepartners unter allen Beteiligten kommt, sind eine Reihe von rechtlichen Vorschriften zu beachten, um eine im islamischen Sinn rechtsgültige Ehe zustande zu bringen. Die Beachtung dieser Regeln wird in einem Heiratsvertrag dokumentiert. Er wird abgeschlossen zwischen dem Bräutigam und dem Vertreter der Braut. Bei diesem kann es sich um einen männlichen Verwandten oder eine männliche Person mit gutem Leumund handeln. Die Braut selbst ist in diesem Fall nicht rechtsfähig. Sie muß jedoch ihre Zustimmung zu dem Vertrag deutlich machen. Ein wichtiger Punkt des Vertrages ist das Brautgeld. Seine Höhe ist von so vielen Faktoren abhängig, daß es den Rahmen jeder Untersuchung sprengen würde, sie alle darzulegen. Zu ihnen gehören die Nähe der Verwandtschaft zwischen dem Brautpaar, die Schönheit der Braut, ihre Ausbildung, die gesellschaftliche Stellung ihrer Familie, das Maß an Verbundenheit mit den traditionellen Vorstellungen des Herkunftslandes, um nur einige zu nennen. Wichtig für die Gültigkeit des Vertrages ist jedoch, daß ein Brautgeld fixiert wird. Der Vertrag sollte bei einem religiösen Richter (Qadi) abgeschlossen werden, der ihn notariell beurkundet. Hier können sich für Muslime in Deutschland einige Schwierigkeiten ergeben, wenn zum Beispiel kein Qadi zur Verfügung steht oder die Vertragsparteien zu ihm kein Vertrauen haben. Ein anderer Grund kann die asylrechtliche Praxis sein, einem Asylbewerber den Aufenthalt nur in einem bestimmten, genau festgelegten geographischen Raum zu gestatten, so daß keine islamische Autorität erreicht werden könnte. Nicht selten wurden und werden dann Ehen vor säkularen Einrichtungen wie deutschen Standesämtern geschlossen. Auch in den türkischen Konsulaten können Zivilehen von türkischen Staatsbürgern geschlossen werden. Mitte der neunziger Jahre lag die Zahl im türkischen Generalkonsulat in Berlin bei fünfzig bis achtzig Ehen pro Monat. Unter islamischen Gesichtspunkten sind diese Ehen allerdings nicht gültig. Solche Verbindungen werden in vielen Fällen zu einem späteren Zeitpunkt nach der zivilen Eheschließung durch islamische Gerichte sanktioniert. Praktische Probleme dieser Art gab es vor allem für schiitische Muslime in Deutschland, da für diese nur das schiitisch-islamische Zentrum in Hamburg als Anlaufstelle für die Beurkundung eines Ehevertrages in Frage kam. Seit Beginn der neunziger Jahre kann man nun in Deutschland reisende schiitische Rechtsgelehrte beobachten, die zu Ehewilligen gerufen werden und die entsprechenden Heiratsverträge beglaubigen.

Manchmal werden Ehen zwischen türkischen Muslimen nur vor einer islamischen Autorität geschlossen und nicht etwa auch parallel vor einem deutschen oder türkischen Standesamt. Damit wird in Deutschland eine Verhaltensweise aufgenommen, die seit der Gründung der Türkischen Republik mit ihrer säkularen Zivilgesetzgebung vor allem auf dem Land praktiziert wurde. Besonders wenn einer der zukünftigen Ehepartner nicht alle durch die staatliche Gesetzgebung geforderten Vorgaben für eine Eheschließung erfüllte, wurden Ehen vor dem Imam oder Prediger (Hatip) des Dorfes geschlossen. Sie wurden als Imam-Hatip-Ehen bekannt. In vielen Fällen wurden auf diese Weise die staatlichen Anforderungen an das Mindestalter der Brautleute umgangen. Diese Form der Eheschließung wurde darüber hinaus auch dann gewählt, wenn der Ehemann eine weitere Frau heiraten wollte. Diese Möglichkeit wird vom islamischen Recht bekanntlich nicht ausgeschlossen. Das türkische Zivilrecht untersagt dagegen jede Form von Polygynie. Im Lauf der Jahre entstand durch die Imam-Hatip-Ehen eine Situation, in der eine Vielzahl von Ehen staatlich nicht sanktioniert war. Dies hatte unterschiedliche Konsequenzen. Zunächst einmal kann ein Staat es auf Dauer kaum hinnehmen, wenn von ihm als allgemein verbindlich erklärte Regeln von einem Teil der Bevölkerung ignoriert werden. Er verliert damit an Autorität, was wiederum Konsequenzen in zahlreichen weiteren Bereichen des öffentlichen Lebens nach sich ziehen kann. Neben dieser grundsätzlichen Erwägung stellen sich aber noch einige Nachteile ein, die sich auch direkt auf die Personen auswirken, die in Imam-Hatip-Ehen leben. Zu nennen ist hier zunächst einmal der Status der Kinder, die aus derartigen Verbindungen stammen. Nach staatlichem Recht sind sie unehelich. Im dörflichen Kontext, in dem diese Eheform vor allem praktiziert wurde, mag dies keine größere Rolle gespielt haben, weil die Dorfgemeinschaft in der Regel diese Eheform als legal ansah. In der Dorfschule, als der ersten staatlichen Institution, mit der diese Kinder in Berührung kamen, ließen sich die Verhältnisse vielleicht noch kaschieren. Anders war es, wenn die Imam-Hatip-Ehen zerbrachen. Die unweigerlich folgenden Streitigkeiten um das Sorgerecht für die Kinder aus einer solchen Ehe ließen die beiden Rechtssysteme des islamischen Rechts und des staatlichen türkischen Rechts zusammenstoßen. Wenn die Mutter sich an ein staatliches Gericht wandte, konnte sie auf die Unehelichkeit der Kinder verweisen. Damit standen ihr die Kinder zu, wenn auch die Frage der Durchsetzbarkeit ihres Rechtsanspruchs weiterhin ungeklärt blieb. Für die Söhne aus Imam-Hatip-Ehen war mit dem Eintritt in den Wehrdienst eine Situation gegeben, in der sie sich mit ihrer Unehelichkeit auseinandersetzen mußten. In ihren Personalpapieren mußten zwangsläufig Ungereimtheiten auftreten; häufig kam es zu Diskriminierungen dieser Soldaten. Konflikte traten aber vor allem bei Erbstreitigkeiten auf. Dazu kam es, wenn ein Mann in einer staatlichen Ehe mit einer Frau und in einer Imam-Hatip-Ehe mit einer anderen Frau verheiratet war und beide Frauen ihm Kinder geboren hatten. Im Erbkonflikt konnten die Kinder aus der Imam-Hatip-Ehe leicht aus der Erbfolge ausgeschlossen werden, weil sie nicht als rechtmäßige Kinder des Erblassers galten. Es galt jedoch auch der umgekehrte Fall. Starb ein Kind aus einer Imam-Hatip-Ehe, konnte zwar die Mutter, nicht aber der Vater in die Erbfolge eintreten. Die türkische Gesetzgebung sah die Unmöglichkeit dieser Situation ein und sanktionierte von sich aus die bis zu einem bestimmten Zeitpunkt geschlossenen Imam-Hatip-Ehen. Das Problem war damit allerdings nicht gelöst; denn auch nach dieser gesetzlichen Regelung wurden weiterhin Imam-Hatip-Ehen geschlossen, die nun wiederum illegal waren. Daher war die türkische Gesetzgebung immer wieder zu entsprechenden Angleichungen gezwungen.

Eine Imam-Hatip-Praxis bei der Eheschließung ist inzwischen auch in Deutschland zu beobachten. Entweder werden diese Ehen hier oder in der Türkei vor einem Imam geschlossen. Die formal-rechtliche Verbindlichkeit der in Deutschland geschlossenen Ehen stellt sich ebenso problematisch dar wie die entsprechenden türkischen Fälle. In den geschilderten Konfliktfällen bei Scheidung oder im Erbfall wird die Situation jedoch dadurch verschärft, daß die deutschen Gerichte von der Rechtslage her keine andere Möglichkeit haben, als diese Verbindungen als unehelich einzuschätzen. Bei Zahlung von Arbeitslosenhilfe oder Sozialhilfe, deren Handhabung von Personen, die in einer eheähnlichen Gemeinschaft zusammenleben, häufig beklagt wird, ergeben sich auch für die Paare, die in einer Imam-Hatip-Ehe zusammenleben, die entsprechenden Ungerechtigkeiten. Ebenso kompliziert kann sich die Rechtslage im Fall des Todes eines der Ehepartner darstellen, wenn dieser einen Anspruch auf Rentenzahlungen aus der gesetzlichen Rentenversicherung hat. In einem solchen Fall könnte der Ehepartner die Zahlung einer Teilrente beantragen. Da Imam-Hatip-Ehen oder andere Ehen, die nur nach islamischem Ritus geschlossen worden sind, den deutschen Regelungen formal nicht entsprechen, besteht zumindest die Gefahr, daß der Rentenantrag des überlebenden Ehepartners von den deutschen Rentenanstalten negativ beschieden wird. Mittlerweile kann man beobachten, daß deutsche Gerichte auch mit ähnlich gelagerten Ehekonflikten von Muslimen aus anderen Herkunftsländern als der Türkei befaßt sind. Daraus ist zu schließen, daß vermehrt Ehen nach islamischem Recht geschlossen werden, die mit dem deutschen Ehe- und Zivilrecht nicht übereinstimmen.

Es kommt offenbar immer wieder vor, daß in Deutschland lebende Muslime, die mit einer Frau verheiratet sind, während eines Urlaubsaufenthalts in ihrem Heimatland eine weitere Ehe eingehen. Häufig bringen sie diese zweite Frau dann mit nach Deutschland. Die aus einer derartigen Situation resultierenden Spannungen sind leicht auszumalen. Mehrfach waren deutsche Gerichte dann mit der Frage der Zahlung von Unterhalt an die erste Frau und die Kinder aus erster Ehe befaßt. In solchen Fällen waren die Ehefrauen, die mit der Anwesenheit einer weiteren Frau konfrontiert wurden, samt ihren Kindern aus der ehelichen Wohnung ausgezogen und hatten sich an das zuständige Sozialamt gewandt, um für sich und ihre Kinder Sozialhilfe zu beantragen. Das Sozialamt richtete seinerseits entsprechende Zahlungsaufforderungen an den jeweiligen Ehemann, der diese mit unterschiedlichen Begründungen verweigerte. Ein häufig genutztes Argument der Ehemänner war, daß es ihnen nach islamischem

Recht erlaubt sei, mit mehr als einer Frau zur gleichen Zeit verheiratet zu sein. Die erste Frau hätte die Tatsache einer zweiten Ehe akzeptieren müssen, unabhängig davon, ob sie zuvor informiert worden sei oder nicht. Durch das Verlassen der gemeinsamen Wohnung habe sie sich eheschädigend oder zumindest ehewidrig verhalten. Da sie aus freien Stücken die eheliche Gemeinschaft aufgegeben habe, könne der Ehemann auch nicht zu Unterhaltszahlungen herangezogen werden. Die deutschen Gerichte stellen sich in der Regel auf den Standpunkt, daß eine zweite Ehe illegitim ist und das Verhalten des Mannes eheschädigend ist. Die Verurteilung zur Zahlung von Unterhaltsgeld ist dann die Konsequenz. Inzwischen haben sich in diesem Bereich leichte Veränderungen in der deutschen Rechtsprechung entwickelt. Seit einigen Jahren wird auch eine zweite Ehe als rechtmäßig betrachtet. Die deutschen Behörden verlangen jedoch in jedem einzelnen Fall, daß grundsätzlich und auf Dauer festgelegt wird, für welche der Frauen die allgemeine Krankenversorgung oder Rentenzahlungen gedacht sein sollen. Die angesprochenen Beispiele stammen aus der »ersten Generation«, handeln also von Muslimen, die noch sehr stark in den Vorstellungen ihrer Herkunftsreligion verwurzelt sind. Die beteiligten Parteien kennen das deutsche Rechtssystem nicht und versuchen häufig, die vorhandenen Konflikte auf traditionelle Weise beizulegen. Daher werden viele Fälle einer deutschen Öffentlichkeit gar nicht bekannt. Wenn aber solche »grauen« Ehen verstärkt von Muslimen der zweiten und dritten Generation geschlossen werden, wird sich die Zahl der Konflikte notgedrungen vermehren.

Eine für die islamische Welt typische Eheform ist die der sogenannten Parallelcousinenheirat. In einem solchen Fall heiratet ein junger Mann die Tochter des Bruders seines Vaters. Diese Ehen sind zwar in islamischen Gesellschaften nicht so weit verbreitet, wie es bei der Lektüre der entsprechenden Literatur manchmal den Anschein hat, gelten jedoch als die ideale Form der islamischen Ehe. Über die Ursache für das Entstehen einer solchen Ehe gibt es die unterschiedlichsten Theorien. So finden sich zum Beispiel ökonomische Erklärungsmodelle. Danach hätte die Zahlung des Brautgeldes in Nomadengesellschaften in Vieh erfolgen müssen, mit der Konsequenz, daß die Herden unrentabel geworden wären. Wenn Cousin und Cousine heiraten, blieben die Herden dagegen zusammen. Eine sozialpsychologische Erklärung lautet, bei dieser Ehe könne sich die Familie der jungen Frau weiterhin um sie kümmern und sie gegen eine ungerechte Behandlung in der neuen Familie schützen. Neben der idealen Parallelcousinenheirat gibt es auch Heiraten mit der Kreuzcousine, also der Tochter des Bruders der Mutter. Solche Ehen sind nach islamischem Recht ebenfalls erlaubt. Die gesellschaftlichen Vorstellungen in Deutschland und die zivilrechtlichen Regelungen gestatten Ehen zwischen so nah verwandten Personen nur in Ausnahmefällen. Während in islamischen Gesellschaften die Zahl der Parallel- und anderen Cousinenheiraten aufgrund der wachsenden Urbanisierung und der Auflösung der Großfamilien heute ständig zurückgeht, findet sie sich unter Muslimen in Deutschland immer häufiger. Es liegen auch hier keine statistischen Daten vor. Mir ist aber eine Anzahl von arabischen Familien bekannt, in denen praktisch alle jungen Leute mit Kindern von Brüdern oder Schwestern ihrer Eltern verheiratet sind. Der Grund dafür liegt auf der Hand. Die Auswahl an möglichen Ehepartnern aus dem eigenen kulturellen und religiösen Kontext ist über die Großfamilie hinaus zu klein, und deutsche Ehepartner werden nicht gerne gesehen. Man hat auch den Eindruck, daß durch diese Eheschließungen der Zusammenhalt der Familien weiter gestärkt werden soll.

Der Prozentsatz der Scheidungen im Verhältnis zu den geschlossenen Ehen ist in der islamischen Welt nicht höher als in westlichen Staaten. Das mag überraschen angesichts der Tatsache, daß das islamische Recht eine recht einfache

Scheidungsmöglichkeit für den Ehemann eröffnet. Nach einem dreimaligen Aussprechen der Scheidungsformel ist die endgültige Trennung der Eheleute vollzogen. Sie können dann auch nicht erneut heiraten, es sei denn, daß die Frau zunächst mit einem anderen Mann verheiratet war und von diesem wieder rechtmäßig geschieden worden ist. Es müßte dann auch erneut ein Brautpreis gezahlt werden. In jedem Fall ist die Scheidung in islamischen Gesellschaften mit Kosten und dem Verlust von Sozialprestige für beide Ehepartner und für deren Familien verbunden. Treten schwere Konflikte zwischen den Eheleuten auf, besteht in der islamischen Welt die Möglichkeit, daß die Frau zu ihrer Herkunftsfamilie zurückkehrt. Von den Familien beider Seiten werden dann Versöhnungsverhandlungen eingeleitet, die in der Regel zu einer Beendigung des Konfliktes und zur Rückkehr der Frau zu ihrem Mann führen. Für muslimische Ehepaare in Deutschland ergibt sich das Problem, daß die Autorität der Großfamilie und deren Mechanismen zur Konfliktbereinigung nicht so funktionieren können, wie in islamischen Gesellschaften. Häufig sind zahlreiche Mitglieder der Familie in den Herkunftsländern geblieben oder dorthin zurückgekehrt. Bei ihnen handelt es sich in der Regel um die älteren Familienangehörigen. Diese verfügen jedoch wiederum über die größte Autorität in der Familie und sind damit die typischen Vermittler in innerfamiliären Streitigkeiten unterschiedlichster Art. Da sie häufig nicht zu erreichen sind und nicht um Vermittlung gebeten werden können, können sich Ehestreitigkeiten zu schweren Konflikten auswachsen, die in einer endgültigen Scheidung münden. Die aus dieser Situation resultierenden Folgen beschäftigen dann häufig wieder deutsche Gerichte im Rahmen der Scheidungsauseinandersetzungen. Dabei kann es um Fragen des Zugewinnausgleichs oder die Zuordnung der Kinder gehen. Die oft tragischen Konsequenzen im Falle »grauer Ehen« sind schon angesprochen worden.

Krankheitsfall

Auch Muslime werden krank. In Deutschland sind sie dann auf das deutsche Medizinsystem angewiesen. Dieses System hat auf muslimische Patienten außerordentlich flexibel und effektiv reagiert. Die freie Arztwahl macht es möglich, daß die Patienten Ärzte aufsuchen können, zu denen sie auch als Muslime Vertrauen haben. So gibt es in jeder Stadt eine ausreichende Anzahl von Frauenärztinnen, zu denen Musliminnen oft ein intensives, über den rein medizinischen Bereich hinausgehendes Vertrauensverhältnis entwickeln können. Es gibt darüber hinaus eine große Zahl von Ärzten islamischen Glaubens, an die sich Muslime gerne um medizinische Hilfe wenden. Hin und wieder kommt es dennoch zu Mißverständnissen. Dabei spielt häufig die Verordnung von Medikamenten eine Rolle. Viele Arzneimittel bestehen aus Inhaltsstoffen, bei deren Einnahme Muslime befürchten, gegen die Speisevorschriften des Islams zu verstoßen. Häufig enthalten Arzneimittel Alkohol, den Muslime auch im medizinischen Zusammenhang für eine verbotene Substanz halten. Es gibt allerdings Rechtsgutachten auch von den strengsten und konservativsten Rechtsgelehrten, die die Verabreichung von Alkohol als Bestandteil von Arzneimitteln ausdrücklich für erlaubt erklären. Über einen anderen Konflikt berichtete mir ein arabischer Arzt, der eine internistische Praxis in Norddeutschland führt. Eines Tages kam ein muslimischer Patient, den er schon länger behandelte, sehr erregt zu ihm. Wütend warf er ihm ein verschriebenes Medikament auf den Tisch und verließ dann laut schimpfend die Praxis. Der Arzt las daraufhin, wohl zum ersten Mal, sorgfältig den Beipackzettel des Medikaments und stellte fest, daß es einen Inhaltsstoff enthielt, der aus Schweinedrüsen gewonnen wurde. Da nun Schweinefleisch bekanntlich absolut verboten ist und Muslime ihm gegenüber einen bis zum Brechreiz gehenden Ekel empfinden, ist die Verärgerung des Patienten durchaus nachzuvollziehen. Mir sind in diesem Zusammenhang keine islamischen Rechtsgutachten bekannt. Doch könnte man gewiß das in vielen Rechtsgutachten zu findende Argument anführen, daß ein Muslim ja Schweinefleisch essen darf, wenn die Gefahr besteht, daß er verhungert. Analog müßten auch Medikamente erlaubt sein, deren Bestandteile vom Schwein gewonnen sind.

Läßt sich bei einer Krankheit ein stationärer Aufenthalt in einem Krankenhaus nicht vermeiden, können Situationen entstehen, die Muslime verunsichern. Zunächst spielt hier die Tatsache eine Rolle, daß in Deutschland Krankenhäuser häufig von christlich-karitativen Organisationen getragen werden. Raumschmuck wie Kruzifixe und Bilder mit christlichen Motiven, Krankenhauskapellen, christliche Seelsorger und spezielle Programme des Krankenhausrundfunks machen den besonderen Bezug zur christlichen Religion deutlich. Manche Muslime fürchten hier wie in den Kindergärten oder Schulen christlicher Trägerschaft, christlichen Missionsversuchen ausgesetzt zu werden. Vor allem die Gesprächsversuche der katholischen oder protestantischen Krankenhauspfarrer werden nicht selten als Missionsaktivität interpretiert. Eine islamische Krankenhausseelsorge hat sich bisher noch nicht allgemein etablieren können. Hier liegt ein eindeutiges Defizit vor, das zur Verunsicherung von muslimischen Patienten beiträgt. Eine mögliche Antwort wäre die Übernahme von Krankenhäusern in die Trägerschaft islamischer Organisationen nach dem Vorbild der christlichen Kirchen. Meines Wissens sind in dieser Hinsicht jedoch noch keine Überlegungen in der Öffentlichkeit bekannt geworden. Als weniger problematisch erweisen sich inzwischen die Ernährungsfragen. Noch vor wenigen Jahren war zu beobachten, daß Muslime, aus Angst gegen die islamischen Speisevorschriften zu verstoßen, kaum etwas von der angebotenen Krankenhauskost zu sich nahmen. Bei den mittlerweile eingeführten Menüangeboten in vielen Krankenhäusern und Kliniken haben sich in dieser Frage deutliche Entspannungen ergeben. Immer noch schwierig stellt sich der Umgang mit den islamischen Bekleidungsvorschriften in Krankenhäusern dar. Männlichem medizinischem Personal gegenüber müssen Musliminnen die Formen der korrekten islamischen Kleidung genauso wahren wie in jeder anderen Situation. Fromme Musliminnen behalten daher auch während eines Krankenhausaufenthalts ihre Kopftücher auf oder bedecken ihre Haare auf eine andere Weise. Dabei kommt es hin und wieder zu ungewöhnlichen Situationen, die zur Erheiterung des medizinischen Personals beitragen. So wurde in der Orthopädie der Universitätsklinik in Münster vor wenigen Jahren eine Patientin aus einer sehr konservativen muslimischen Familie eingeliefert, bei der eine komplizierte Operation am Knie durchgeführt werden mußte. Der behandelnde Arzt hat, wie er schmunzelnd berichtete, nie das Gesicht seiner Patientin gesehen, weil sie es jedesmal bedeckte, wenn er das Krankenzimmer betrat. Mit ihrem Knie war er dagegen wohl vertraut.

Durchaus in einem religiösen Zusammenhang ist auch eine muslimische Gepflogenheit zu sehen, die sich aus Sicht des deutschen Krankenhauspersonals störend auf den Betriebsablauf auswirkt. Es gehört zu den guten Taten eines Muslims, kranke Verwandte oder Freunde zu besuchen. Je öfter man solche Besuche macht, um so besser. Je nach Größe des Bekannten- oder Verwandtschaftskreises eines Patienten kann sich eine beträchtliche Zahl von Menschen in einem Krankenzimmer drängen und sich ein recht lebhaftes Treiben entwickeln. Wir haben es hier aber nicht nur mit einem religiösen, sondern auch mit einem kulturellen Phänomen zu tun. In vielen Ländern der islamischen Welt wird Gesellschaft als eine gute Form der Therapie für den Patienten angesehen. Er wird von seinem Leiden abgelenkt und behält Interesse an seiner Umgebung. Diese Auffassung wird auch von orientalischen Christen oder Juden geteilt, die in gleicher Weise bei Krankenbesuchen verfahren, was häufig mit den Besuchsregelungen mancher deutscher Krankenhäuser kollidiert. Vor allem in Krankenhäusern in Regionen mit einem hohen Bevölkerungsanteil von Muslimen sind auch mehr und mehr Musliminnen in Krankenhäusern tätig. Ihnen gelingt es eher, Konflikte dieser Art beizulegen oder gleich ganz zu vermeiden.

Recht unbefangen gehen islamische Rechtsgelehrte mit der Frage nach Organtransplantationen um. Das islamische Recht erlaubt sie grundsätzlich, obwohl die Unverletzlichkeit eines menschlichen Körpers im lebenden oder toten Zustand außerordentlich hoch geachtet wird. Bei der Abwägung zwischen der Unverletzlichkeit des menschlichen Körpers einerseits und der Möglichkeit lebensverlängernder Maßnahmen durch die Verletzung dieses Körpers durch eine Organentnahme, hat sich das islamische Recht für die Lebensbewahrung entschieden. In aktuellen Tages- und Wochenzeitungen wird immer wieder allgemein dazu aufgerufen, Organe zu spenden, wobei besonders an Nierenspender appelliert wird. Damit ist das rechtliche Problem aber noch nicht in jeder Hinsicht gelöst, denn aus islamisch-rechtlicher Sicht stellt sich nun die Frage, ob ein Muslim von einem Nicht-Muslim ein Organ erhalten darf oder nicht. Hier ist die Antwort positiv. Die Implantierung des Körperteils eines Nicht-Muslims bei einem Muslim wird als unproblematisch angesehen. Komplizierter stellt sich die Sachlage dar, wenn der Organspender Muslim und der Empfänger kein Muslim ist. Auch solche Möglichkeiten sind in einem deutschen Kontext ohne weiteres denkbar. Hier unternimmt das islamische Recht eine Differenzierung, die einem unbefangenen deutschen, nicht-muslimischen Beobachter merkwürdig vorkommen muß. Grundsätzlich gilt eine entsprechende Organspende als erlaubt. Es muß allerdings dafür Sorge getragen werden, daß beim Tod des nicht-muslimischen

Empfängers für das gespendete Organ eine islamische Bestattung sichergestellt wird. Es ist mir nicht bekannt, daß in Deutschland solche Überlegungen bei einer Organtransplantation je angestellt worden sind. Es kann jedoch nicht ausgeschlossen werden, daß in absehbarer Zeit derartige Fragestellungen auf die Transplantationsmedizin zukommen werden.

Eine andere von islamischen Rechtsgelehrten in diesem Zusammenhang häufig diskutierte Frage betrifft die sogenannten Schönheitsoperationen. Die Zahl der in Deutschland von Muslimen betriebenen Kliniken, an denen kosmetische Operationen durchgeführt werden, ist hoch. Hier stellt sich das islamische Recht auf den Standpunkt, daß jeder Mensch in der Form, in der er existiere, eine Schöpfung Gottes sei. Von daher sind Schönheitsoperationen ein Eingriff in den Schöpfungsakt Gottes und damit Blasphemie. Nebenbei bemerkt, fallen die Verwendung von Haarteilen und Haarfärbemitteln, Schuhe mit hohen Absätzen und jede andere Technik, die geeignet ist, den menschlichen Körper in seinem äußeren Erscheinungsbild zu verändern, unter diese Regelung. Allerdings lassen die Rechtsgelehrten Ausnahmen zu, wenn durch die kosmetische Operation mehr oder weniger schwerwiegende Behinderungen beseitigt werden. Zahnregulierungen verstoßen demnach nicht gegen die Vorschriften des islamischen Rechts. Auch in den Fällen, in denen Menschen durch körperliche Anomalien schwere Nachteile für ihr soziales Leben hinnehmen müssen, sind kosmetische Operationen nach islamischer Ansicht gestattet.

Ein medizinisches Thema, das vor allem muslimische Frauen immer wieder betrifft, ist das der verschiedenen Formen von künstlichen Schwangerschaften von der In-Vitro-Fertilisation bis zu den Leihmüttern. Hier haben sich die islamischen Rechtsgelehrten bisher für die künstliche Befruchtung als mit dem islamischen Recht vereinbar ausgesprochen. In der Frage der Leihmütter gibt es noch keine allgemein gültige Meinung. Wenn man allerdings die Tendenzen der bisher vorliegenden Rechtsgutachten betrachtet, ist hier wohl mit keiner positiven Beurteilung zu rechnen.

In diesem Zusammenhang sollte auch ein anderes, noch nicht gelöstes ethisches Problem im medizinischen Bereich angesprochen werden, nämlich das der lebensverlängernden Maßnahmen bei unheilbar kranken Patienten. Hier hat sich eine sehr ernste und lebhafte Diskussion entwickelt. In verschiedenen internationalen islamischen Gremien war man teilweise zu der folgenden Einschätzung gekommen: Falls nach übereinstimmender Ansicht der Ärzte durch medizinische Maßnahmen keine Gesundung oder auch nur Besserung des Zustandes des Patienten erreicht werden kann, sollte es erlaubt sein, die lebensverlängernden Maßnahmen zu beenden. Bedingung für die Einstellung von künstlicher Beatmung und anderer medizinischer Techniken ist allerdings, daß entweder der Patient oder, wenn dieser dazu nicht in der Lage ist, seine nächsten Angehörigen ihre Zustimmung geben müssen. Andere Gelehrte argumentieren, daß das Leben eines Menschen allein in Gottes Hand liege. Es dürfe dem Menschen nicht gestattet werden, in dessen Schöpfermacht einzugreifen. Nach Einschätzung unterschiedlicher Beobachter ist nicht damit zu rechnen, daß die islamischen Gelehrten sich in nächster Zeit in dieser Frage zu einer einheitlichen Beurteilung durchringen können.

Ruhestand

Die nächste Etappe im Leben eines Menschen nach der Heirat und einem langen Berufsleben ist der Ruhestand. Die meisten Muslime der ersten Generation sind davon ausgegangen, daß sie nach einer gewissen Zeit wieder in die Heimat zurückkehren würden. Die Verweildauer wurde häufig länger als ursprünglich geplant. Der Wunsch, in der Heimat den Lebensabend zu verbringen, blieb aber weiter bestehen. In vielen Fällen verklärte sich das heimatliche Dorf zum schönsten Platz auf Erden. Nicht selten hatte man sich dort ein schönes Haus gebaut, in dem man sich während der Urlaubszeit aufgehalten hatte. Tatsächlich kehrten auch viele Muslime in ihre Heimatländer zurück und leben dort, häufig komfortabel, von ihrer Rente. Dieser Idealfall ist aber nur dann gegeben, wenn der Gesundheitszustand keine ständige ärztliche Betreuung erforderlich macht. Meist aber sind Männer wie Frauen durch ein hartes Arbeitsleben frühzeitig gealtert und leiden an verschiedensten chronischen Erkrankungen. Die ärztliche Versorgung ist in der Türkei oder Marokko, besonders auf dem Land, mit den Verhältnissen in deutschen Industrieregionen nicht zu vergleichen. Daher ziehen es viele ältere Muslime vor, weiter in Deutschland zu bleiben. Ein zusätzlicher Grund für die Aufgabe des Traums von der Rückkehr in die Heimat mag auch damit zusammenhängen, daß die sozialen Bindungen im Herkunftsdorf schwächer geworden sind, daß der überwiegende Teil der engeren Familie, also Kinder und Enkel in Deutschland bleiben wollen und dieses Land im Lauf von zwanzig, dreißig Jahren doch zu so etwas wie einer Heimat geworden ist. Trotz engerer Familienbindungen als in vergleichbaren deutschen Haushalten ergibt sich heute mehr und mehr das Problem der Unterbringung von alten Musliminnen und Muslimen in Alters- und Pflegeheimen. Unter islamisch-rechtlichen Gesichtspunkten ist die Situation nicht einfach. Die Frage stellt sich nämlich, ob die Einrichtung von Alters- und Pflegeheimen mit den Normen des Islams überhaupt in Einklang gebracht werden kann. Die ersten islamischen Rechtsgutachten zu dieser Thematik waren recht eindeutig. Der Koran schreibt an vielen Stellen vor, daß die Kinder sich um ihre alt gewordenen Eltern kümmern sollen. Dies könne nicht geschehen, indem man diese Aufgabe anonymen Institutionen übertrage. Von daher wurden Alters- und Pflegeheime als unislamisch verworfen und zu einem typischen Beispiel westlicher Dekadenz erklärt. Inzwischen haben sich auch hier die Anschauungen gewandelt. Verschiedene Rechtsgelehrte haben festgestellt, daß sich auch in vielen Teilen der islamischen Welt die sozialen Verhältnisse dahingehend verändert haben, daß neue Regelungen für die gebotene Fürsorge der Kinder für ihre alt gewordenen Eltern gefunden werden müssen. Als problematisch hat sich vor allem die Wohnungssituation in vielen großen Städten in islamischen Staaten herausgestellt. Häufig werden die kleinen Wohnungen, wie zum Beispiel in Algier, die für drei bis vier Personen konzipiert waren, nun von bis zu fünfzehn Menschen bewohnt. Unter solchen Bedingungen ist die Aufnahme von ein oder zwei Menschen, die dazu noch einer besonderen Aufmerksamkeit und Pflege bedürfen, nicht mehr möglich. Die Errichtung und der Betrieb von Altersheimen werden nach jüngsten islamischen Rechtsgutachten zu guten Taten, die Gott wohlgefällig sind. Kinder, die ihren Eltern den Aufenthalt in einem Altersheim finanziell ermöglichen, erfüllen nach dieser Ansicht in gleicher Weise ihre vom Koran vorgeschriebene Kindespflicht wie diejenigen, die ihre Eltern in ihren eigenen Haushalt aufnehmen. Diese Rechtsposition gewinnt mehr und mehr Anhänger unter den Religionsgelehrten.

In Deutschland haben inzwischen verschiedene Alten- und Pflegeheime muslimische Patienten aufgenommen. Häufig wird in diesem Zusammenhang über Schwierigkeiten bei der religiösen Betreuung berichtet. In einigen deutschen Städten haben sich muslimische Besuchsdienste gebildet, die diese Betreuung zumindest teilweise übernehmen. Bei verschiedenen islamischen Organisationen in Deutschland werden inzwischen auch erste Überlegungen angestellt, spezielle muslimische Alten- und Pflegeheime zu gründen. Noch ist diese Thematik nicht sehr aktuell; die

Zahl der Musliminnen und Muslime, die auf einen Platz im Altersheim angewiesen sind und dabei auf einem Heim islamischer Trägerschaft bestehen würden, ist noch nicht sehr groß. Pläne für die Einrichtung von Musterheimen scheiterten bisher an den unzureichenden finanziellen Mitteln und an der Tatsache, daß staatliche Zuschüsse teilweise von der Anerkennung als Körperschaft des öffentlichen Rechts abhängig gemacht werden. Hier stehen wir wieder vor dem Problem, das zahlreiche organisatorische Entwicklungsmöglichkeiten des Islams in Deutschland behindert. Noch besteht in der Frage der islamischen Alten- und Pflegeheime kein aktueller Handlungsbedarf. Diese Situation kann sich aber schon in wenigen Jahren anders darstellen. Hier bleibt eine wichtige Aufgabe für die islamischen Organisationen in Deutschland bestehen.

Tod und Bestattung

Sterben und Tod eines Menschen sind auch in islamischen Gesellschaften wichtige persönliche, soziale und religiöse Momente für den Sterbenden und seine Umgebung. Meist stirbt ein Mensch in der islamischen Welt im Kreise seiner Angehörigen und Freunde. Als schöner Tod wird es angesehen, wenn der Sterbende noch einmal das islamische Glaubensbekenntnis spricht, das ihn durch sein ganzes Leben begleitet hat. Ist er dazu nicht mehr in der Lage, wird die Formel für ihn von einem der Anwesenden rezitiert. Nachdem der Tod eingetreten ist, müssen rituelle Waschungen des Leichnams durchgeführt werden. Dann werden alle Körperöffnungen geschlossen, um den Leichnam für die Bestattung herzurichten. In vielen islamischen Gesellschaften ist es üblich, daß nach dem Eintritt des Todes Frauen durch lautes Wehklagen ihrem Schmerz über den eingetretenen Verlust Ausdruck geben. Daneben werden auch »Klageweiber« beauftragt, durch verschiedene

Trauerkundgebungen auf den Tod der entsprechenden Person aufmerksam zu machen. Seit der frühesten islamischen Zeit ist versucht worden, diese exaltierten Äußerungen der Trauer zu untersagen. Der Khalif Umar soll einmal auf eine Gruppe von Klageweibern mit der Peitsche eingeschlagen haben, damit sie einen wirklichen Grund zur Klage hätten. Ein übertriebenes Klagen wird von frommen Muslimen als Zweifel an der Auferstehung von den Toten betrachtet. Dennoch kann man in vielen islamischen Gesellschaften von einer speziellen »Trauerkultur« sprechen.

Die Mehrzahl der Sterbenden erlebt in Deutschland die letzte Stunde in einem Krankenhaus. Das gilt auch für Muslime. Häufig sind sie durch Medikamente ruhiggestellt oder aus anderen Gründen nicht mehr bei Bewußtsein. Im Gegensatz zu der Situation in islamischen Gesellschaften ist das Sterben von Muslimen in Deutschland häufig eine einsame Angelegenheit. Sie sind in keiner anderen Lage als Nicht-Muslime. Die Sterbebegleitung durch die Familie oder Freunde, die in islamischen Ländern üblich ist, läßt sich in deutschen Krankenhäusern kaum realisieren. Auch in deutschen Krankenhäusern kommt es nach dem Bekanntwerden des Todes eines Muslims immer wieder zu Trauerkundgebungen, die vom Pflegepersonal jedoch in der Regel rasch unterdrückt werden, um die Störung anderer Patienten zu vermeiden. Für die rituellen Waschungen und die Herrichtung des Leichnams für die Beerdigung hat sich in den Städten mit einer hohen muslimischen Wohnbevölkerung inzwischen eine gut funktionierende Routine entwickelt, bei der die lokalen Gruppen der großen islamischen Organisationen in Deutschland eine wichtige Rolle spielen. Diese Organisationen nehmen ihre Aufgabe allerdings nicht wahr, wenn bekannt wird, daß sich der Verstorbene zu seinen Lebzeiten für eine Einäscherung seines Leichnams entschieden hat. Sie sehen in einer solchen Verfügung die Leugnung des Glaubens an die Auferstehung von den Toten und interpretieren den Wunsch nach Einäscherung als einen eindeutigen Beweis, daß der Verstorbene vom Islam abgefallen ist. In der islamischen Welt wird die Bestattung eines Menschen nach dem Eintritt des Todes möglichst rasch durchgeführt. Der Leichnam sollte möglichst nicht bei Nacht »über Erden stehen«. Er wird häufig direkt nach den Waschungen in ein Leichentuch gehüllt und zum Friedhof gebracht. Dabei wird der Weg des Trauerzuges so eingerichtet, daß man an der Moschee vorbeikommt. Hier wird kurz angehalten und gemeinsam die Fatiha, die Eröffnungssure des Korans, gebetet. Am Friedhof angekommen, wird der Tote in das vorbereitete Grab gelegt. Die Formen der Gräber unterscheiden sich von Land zu Land. Es finden sich auch innerhalb eines Landes unterschiedliche Bestattungsformen zwischen den Städten und den ländlichen Gebieten. Es gibt Erdbestattungen, die Leichen werden aber auch in aufwendigen Monumenten beigesetzt. Nach den Vorschriften des islamischen Rechts erfolgt die Grablegung ohne einen Sarg. Der Tote wird so plaziert, daß er auf der rechten Seite liegend in Richtung Mekka blickt. Dann wird das Grab geschlossen. Nach islamischer Vorstellung wird der Verstorbene im Grab von den Todesengeln Munkar und Nakir besucht, die ihn nach seiner Religion und seinem Propheten befragen. Gibt er auf diese Fragen die richtigen Antworten, lassen sie ihn in Frieden. Der Tote kann dann im Grab ruhen und den Jüngsten Tag erwarten. Weil der Tod nach islamischer Auffassung nicht das endgültige Verlöschen eines Menschen bedeutet, und viele Muslime glauben, daß die Toten noch Anteil am Leben ihrer Angehörigen nehmen, haben sich verschiedene Formen von Gräberkulten entwickelt. Verwandte und Freunde suchen die Gräber auf und beten die Fatiha für das Seelenheil der Toten. Die Gräber werden an islamischen Festtagen besucht und geschmückt. In manchen islamischen Ländern ist es üblich, dort zu essen und zu trinken und einen kleinen Teil der Speisen und Getränke am Grab zu lassen, so daß der Tote Anteil am Mahl und damit an der Welt der Lebenden hat. Diese Praxis wird von strengen Muslimen abgelehnt. In einigen Ländern ist sie verboten. Sie macht jedoch deutlich, daß die Toten sich nach islamischem Glauben in einer Phase zwischen Leben und Auferstehung befinden. Daher darf die Ruhe der Toten nicht gestört werden, und die Gräber sind unverletzlich bis zum Jüngsten Tag. Exhumierungen sind nur in Ausnahmefällen erlaubt und Umbettungen nach Auffassung einiger Autoritäten des islamischen Rechts praktisch nicht möglich. Das gilt ausdrücklich auch dann, wenn der Tod eines Muslim auf Reisen, weit von seiner Heimat entfernt eingetreten ist. Mir liegt beispielsweise ein Rechtsgutachten vor, dem folgender Fall zugrunde liegt. Ein Geschäftsmann aus Saudi-Arabien war auf einer Reise in Hongkong verstorben. Er wurde dort zunächst bestattet und einige Zeit später in sein Heimatland überführt. Dort wurde er dann in einem Sarg beigesetzt. Das Rechtsgutachten führte aus, daß sowohl die Überführung wie die Bestattung in einem Sarg nicht mit dem islamischen Recht in Übereinstimmung zu bringen seien. Da der Fehler aber nun einmal geschehen sei, solle man die Angelegenheit auf sich beruhen lassen und den Toten nicht etwa durch eine erneute Öffnung des Grabs und die Entfernung des Sargs stören.

Aus den beschriebenen Regeln des islamischen Rechts wird deutlich, daß im Zusammenhang mit der Bestattung von Muslimen in Deutschland erhebliche Probleme entstehen können. Zur Zeit bemüht sich die Mehrzahl der aus der Türkei stammenden Muslime in Deutschland noch, ihre Toten in die Heimatorte überführen zu lassen. Eine Reihe von Beerdigungsunternehmen sind auf diese Dienstleistung eingerichtet. Die Leichen werden möglichst rasch per Flugzeug in die Türkei gebracht und dort auf den Heimatfriedhöfen beigesetzt. Auf diese Weise sollen die

Grabpflege gesichert und die fälligen Grabbesuche der Verwandtschaft ermöglicht werden. Im übrigen sind die durch die Überführung entstehenden Kosten geringer als bei der Bestattung in Deutschland. Angesichts der Tatsache, daß sich der Lebensmittelpunkt zahlreicher aus der Türkei stammender Muslime und ihrer Familien inzwischen mehr und mehr nach Deutschland verlagert hat, sind hier Veränderungen eingetreten. Bei anderen muslimischen Bevölkerungsteilen war die Überführung der Verstorbenen in die Heimat aus Kostengründen oder aus anderen Umständen wie Bürgerkriegen etc. nicht üblich oder möglich. Die angemessene Grabpflege ist in der Türkei nicht mehr in dem Maß gesichert, wie dies zuvor der Fall gewesen sein mag, da kaum noch jüngere Familienangehörige in der Türkei zurückgeblieben sind. Dementsprechend gestalten sich auch die Grabbesuche recht schwierig, und so ziehen es auch die aus der Türkei stammenden Muslime mehr und mehr vor, ihre Toten in Deutschland zu bestatten. Das islamische Recht gestattet grundsätzlich, daß Muslime außerhalb der islamischen Welt beerdigt werden. Die Gelehrten gehen dabei davon aus, daß auf den Friedhöfen Teile abgetrennt sind, die für Muslime vorgesehen sind und daß die islamischen Bestattungsvorschriften beachtet werden. Bei den Bestattungen geraten sie oft mit den verschiedenen Friedhofsordnungen der Städte in Konflikt, weil darin die muslimische Sitte, die Toten ohne einen Sarg der Erde zu übergeben, meistens verboten und die Benutzung von Särgen vorgeschrieben ist. Islamische Organisationen werden daher immer wieder bei den städtischen Friedhofsämtern vorstellig, um eine Aufhebung des Sargzwangs zu erreichen. In einigen Städten wie zum Beispiel in Gelsenkirchen konnten sie in dieser Hinsicht schon Erfolge erzielen. Bei Grabfeldern, die speziell für Muslime ausgewiesen wurden, muß kein Sarg mehr verwendet werden. Was die Ausrichtung der Toten in Richtung Mekka betrifft, so ist es im allgemeinen eher ein

Zufall, wenn eine Grabstelle entsprechend angelegt ist. Da sie nach islamischem Recht aber keine unverzichtbare Voraussetzung für die Bestattung ist, hat es hier bisher noch keine größeren Probleme gegeben. Allerdings wird inzwischen bei Gräberfeldern für Muslime auf verschiedenen städtischen Friedhöfen auf eine entsprechende Ausrichtung geachtet.

Das größte und bisher noch nicht gelöste Problem stellt jedoch die Tatsache dar, daß die Gräber nur eine befristete Zeit von den Friedhofsverwaltungen gepachtet worden sind. Die Nutzungsdauer ist von Stadt zu Stadt unterschiedlich und kann zwischen fünfzehn und dreißig Jahren betragen. Danach werden die Gräber wieder eingeebnet, und das Terrain nimmt erneut andere Tote auf. Diese Praxis widerspricht in eklatanter Weise den islamischen Vorstellungen von der Totenruhe. Diesbezügliche Auseinandersetzungen der Angehörigen der Toten mit der jeweiligen Friedhofsverwaltung werden in nächster Zukunft mehr und mehr zunehmen, da die Fristen für die Nutzung der Grabstellen in vielen Fällen in den nächsten Jahren ablaufen. Schon ist es zu einigen spektakulären Fällen gekommen. In Köln sollte im Jahr 1995 ein Reihengrab nach Ablauf der Nutzungsfrist eingeebnet werden, wovon die türkischen Hinterbliebenen eher zufällig erfuhren. Sie waren sich offenbar der begrenzten Nutzungsrechte nicht bewußt gewesen. Die Tochter des bestatteten Muslims wandte sich an die Öffentlichkeit und drohte, sich an dem Grab ihres Vaters anzuketten, um jede Störung seiner Totenruhe zu verhindern. Der Fall konnte durch das Entgegenkommen der Kölner Friedhofsverwaltung zunächst beigelegt werden. Das Argument, mit dem die deutschen Friedhofsverwaltungen eine begrenzte Nutzungsdauer vertreten, ist der Mangel an zur Verfügung stehender Fläche. Demnach bleibt keine Möglichkeit, Grabstätten für alle Zeiten zuzuweisen. Eine, wenn auch kostspielige Lösung ist die Einrichtung von privaten Grabstätten. Islamische Organisationen sind bemüht, Anhänger für die Einrichtung derartiger privater muslimischer Begräbnisanlagen zu gewinnen. Allerdings ist von der Existenz solcher muslimischer Friedhöfe allgemein noch nichts bekannt. Eine Lösung dieser schwierigen Thematik kann nur in Kooperation zwischen den islamischen Organisationen und den deutschen Friedhofsverwaltungen erfolgen.

Die deutschen Verwaltungen werden häufig allerdings in komplizierte und schwer zu entscheidende Situationen gebracht. Als Beispiel mag ein Vorfall vom März 1996 in Münster dienen. Nach Berichten der örtlichen Presse war dort ein libanesischer Muslim verstorben, der nach dem Willen der Ehefrau auf einem der dortigen Friedhöfe beigesetzt worden war. Offenbar hatte es Abstimmungsschwierigkeiten zwischen der Ehefrau und dem Vater des Verstorbenen gegeben, der die Bestattung auf einem islamischen Gräberfeld auf einem Friedhof in Essen wünschte. Nachdem die Beisetzung in Münster stattgefunden hatte, verlangten Vertreter einer in Berlin ansässigen, im übrigen wenig bekannten islamischen Organisation eine Umbettung auf den Friedhof in Essen. Sie drohten der Stadtverwaltung in Münster mit einer entsprechenden Erzwingungsklage. Das Beispiel zeigt die Schwierigkeiten deutscher Behörden im Umgang mit den Forderungen islamischer Organisationen. Im Hinblick auf die verbotene Ruhestörung des Toten verstößt die entsprechende islamische Organisation mit ihrer Forderung eindeutig gegen islamisches Recht. Das Problem der deutschen Stellen ist, daß sie kaum die Möglichkeit haben, die Rechtmäßigkeit von Forderungen islamischer Organisationen zu überprüfen. Daher werden Konflikte dieser Art immer wieder auftauchen.

Das Beispiel der Grabesruhe macht deutlich, wie kompliziert sich Auseinandersetzungen um berechtigt erscheinende Forderungen von muslimischen Organisationen entwickeln können. Wenn man Begräbnispraktiken in den verschiedensten islamischen Ländern betrachtet, wird man feststellen, daß die unbegrenzte Totenruhe nicht immer verlangt wird. In einigen Fällen werden Gräber nach einer Spanne von vierzig Jahren wieder belegt. Die entsprechenden Rechtsgutachten gehen davon aus, daß nach diesem Zeitraum alle Überreste des Leichnams verschwunden sind. Im indischen Bombay werden die Gräber auf den islamischen Friedhöfen schon nach achtzehn Monaten wieder belegt. Dabei werden die noch vorhandenen Überreste »beiseite gelegt«. Für die überwiegende Zahl der in Deutschland lebenden Muslime berührt die Frage der Grabesruhe allerdings einen zentralen Bereich ihres religiösen Bewußtseins. Es wird in absehbarer Zukunft wohl kaum möglich sein, sie mit dem Verweis auf Praktiken in anderen islamischen Ländern für eine Veränderung ihrer Positionen zu gewinnen.

Betrachtet man den Lebenszyklus einer Muslimin oder eines Muslims in der gegenwärtigen deutschen Gesellschaft, wird man feststellen können, daß die Zahl der tatsächlich unlösbaren Konflikte mit dem System der staatlichen Normen im Alltagsleben recht gering ist. Die deutschen Gegebenheiten bieten ein hohes Maß an Toleranz gegenüber religiösen Minderheiten. Konflikte entstehen vor allem dann, wenn von muslimischer Seite Forderungen gestellt werden, die einen eher traditionellen als einen auf dem islamischen Recht begründeten Hintergrund haben. Das islamische Recht erweist sich in der Regel flexibler als viele traditionelle kulturelle und gesellschaftlichen Vorstellungen von Muslimen, deren Maß an Islamizität in einigen Fällen zumindest in Frage gestellt werden könnte. Man kann den in Konflikten mit Muslimen befindlichen staatlichen Institutionen nur raten, sich an mehrere islamische Rechtsgelehrte zu wenden, wenn sie eine Verletzung des Verfassungsrechts auf freie Ausübung der Religion vermeiden und gleichzeitig nicht einfach Forderungen hinnehmen wollen, die als islamisch begründet deklariert werden.

Als gläubiger Muslim im deutschen Alltag

Das islamische Recht teilte die Welt lange Zeit in zwei Teile ein: das Gebiet des Islams (dar al-islam) und das Gebiet des Krieges (dar al-harb). Die dar al-islam war das Gebiet, in dem das islamische Recht seine Gültigkeit hatte und in dem Muslime ohne jede Behinderung ihren religiösen Pflichten nachkommen konnten. Weil diese Pflichterfüllung nur hier in möglichst vollkommener Weise vonstatten gehen konnte, sollten Muslime sich ausschließlich im Gebiet des Islams aufhalten. Als dar al-harb wurden diejenigen Teile der Welt angesehen, in denen andere Formen des Rechts zur Anwendung kamen. Die Dominanz des nicht-islamischen Rechts mußte Konsequenzen für die Ausübung der verschiedenen Glaubenspflichten mit sich bringen. Ein Gebiet, in dem Gebet, Fasten und Almosengeben für Muslime aber erschwert oder gar unmöglich war, sollten Muslime meiden. Trotz dieser Weisung gab es Ausnahmen. Muslimische Händler zogen im Verlauf der islamischen Religionsgeschichte immer wieder in Städte und Regionen, in denen das islamische Recht keine Rolle spielte oder unbekannt war. Häufig ließen sie sich über Jahre in Städten nieder, in denen Muslime eine Minderheit bildeten. Sie konzentrierten sich in ihrer Gesamtheit in bestimmten Stadtvierteln, in denen sie ihren religiösen Pflichten unbehelligt nachgehen konnten. Hier bauten sie Moscheen und Beträume, gründeten religiöse Schulen und finanzierten Rechtsgelehrte. Nicht selten heirateten die muslimischen Händler auch einheimische Frauen, die zum

Islam übertraten. Auf diese Weise wuchsen die islamischen Gemeinden in der Diaspora. In diesem kleinen Bereich muslimischer Stadtviertel galt auch islamisches Recht. Häufig wurde dieses Recht auch im Umgang mit der andersgläubigen Mehrheit angewendet, wenn entsprechende Rechtsvorstellungen oder Regelungen bezüglich des zu schlichtenden Konflikts fehlten. Man kann geradezu feststellen, daß die Ausbreitung des Islams über große Teile Asiens oder Schwarzafrikas ohne die muslimischen Kaufleute nicht möglich gewesen wäre. Die Leidenschaft für den Handel und der Wunsch, den Islam zu verbreiten, waren allgemein akzeptierte Gründe, trotz anderslautender Empfehlungen in einem Gebiet außerhalb der dar al-islam zu leben. Auch Gesandtschaften muslimischer Herrscher, die in diplomatischem Auftrag in die Gebiete des Krieges reisten, verstießen nicht gegen die Vorschriften des islamischen Rechts, wenngleich noch im 19. Jahrhundert solche Unternehmen von Sorgen der zurückbleibenden Angehörigen für das Seelenheil der Reisenden begleitet wurden.

Angesichts der heutigen Reise- und Kommunikationsmöglichkeiten mag es überraschen, daß die Frage, ob es einem Muslim nach islamischem Recht erlaubt sei, sich für längere oder kürzere Zeit außerhalb der islamischen Welt aufzuhalten, doch immer wieder in Rechtsgutachten diskutiert wird. Wie so häufig, läßt sich eine einheitliche Haltung islamischer Rechtsgelehrter auch hier nicht feststellen. Noch vor wenigen Jahren erklärte zum Beispiel einer der einflußreichsten islamischen Rechtsgelehrten in Saudi-Arabien, daß es nicht gestattet werden könne, daß Muslime ihren Urlaub in einem westlichen Lande verbringen. Er begründete seine Haltung damit, daß muslimische Touristen den Gefahren der westlichen Lebensweise schutzlos ausgeliefert seien und von der Dekadenz des Westens zu leicht verführt werden könnten. Selbst Sprachkurse im Ausland lehnte er aus diesen Gründen ab.

Zu der Situation von Arbeitsmigranten äußerte sich dieser Gelehrte freilich nicht. Auf sie bezogen gibt es eine vergleichbar strenge Haltung anderer Gelehrter, nach der ein Muslim außerhalb der Gebiete des Islams arbeiten darf, wenn ihn seine wirtschaftliche Situation in seinem Heimatland dazu zwingt. Muß ein Muslim seine Heimat auf der Suche nach Arbeit verlassen, sollte er nach dieser Einschätzung jedoch zunächst versuchen, einen Arbeitsplatz in einem anderen islamischen Land zu finden, ehe er in die westlichen Industrienationen auswandert. Dieser schroffen Haltung steht eine flexiblere Position gegenüber, der eine große Zahl von islamischen Rechtsgelehrten anhängt. Sie haben neben den beiden Gebieten von dar al-islam und dar al-harb noch einen dritten Bereich entwickelt, den sie als Gebiet des Vertrags (dar al-ahd) bezeichnen. Darunter werden die Staaten zusammengefaßt, mit denen islamische Länder oder einzelne Muslime Rechtsabkommen geschlossen haben. Dabei wird nicht speziell geprüft, nach welchen Rechtsnormen diese Verträge abgeschlossen worden sind. Wenn derartige Verträge bestehen, geht das islamische Recht davon aus, daß in diesen Ländern Muslime ihren Glaubenspflichten ohne Behinderung nachkommen können, so daß Reisen von muslimischen Touristen, aber auch längere Aufenthalte möglich sind. Doch auch diesen Gelehrten ist bewußt, daß es für Muslime nicht leicht ist, sich in einer fremden Kultur einzuleben und zugleich die eigene religiöse Identität zu bewahren. Die Probleme ergeben sich in unterschiedlicher Schwere bei den einzelnen religiösen Pflichten und Vorschriften. So stellt die Pilgerfahrt für Muslime, die in Deutschland leben, selbstverständlich kein Problem dar. Aber die Lebensbedingungen in einer westlichen Industrie- und Dienstleistungsgesellschaft bewirken, daß die täglich zu vollziehenden Rituale den Gläubigen einige Mühen abverlangen, die sie in der islamischen Welt nicht auf sich nehmen müssen.

Das Glaubensbekenntnis

Wie an anderer Stelle geschildert (vgl. S. 14ff), ist das Bekenntnis zum Islam in einer islamischen Umgebung eine Selbstverständlichkeit, die keiner besonderen Formen oder Rituale bedarf. Lediglich in Ländern, in denen es viele nicht-islamische Minderheiten gibt, hat die Frage nach der Religionszugehörigkeit eine gewisse gesellschaftliche, manchmal auch politische oder wirtschaftliche Relevanz. Dennoch bleibt die Mehrheitssituation für die Muslime weiter bestehen. Sich zum Islam zu bekennen, bedeutet daher keine besondere Überwindung und ist nicht mit der Gefahr verbunden, wegen seiner Religion diskriminiert oder gar verfolgt zu werden. In der Rolle einer Minderheit, in der sich Muslime in Deutschland befinden, stellt sich diese Glaubenspflicht ganz anders dar. Gewiß garantiert das Grundgesetz der Bundesrepublik Deutschland als eines seiner wichtigsten Prinzipien die Religions- und Glaubensfreiheit aller Menschen, die in seinem Geltungsbereich leben. Es bezieht auch die Personen ein, die keine deutschen Staatsbürger sind, aber in Deutschland leben. Im Alltagsleben von Kindern und Erwachsenen, die in einem säkularen Staat leben, bedeutet das Bekenntnis zu einer Religion und den damit verbundenen Normen und Ritualen inzwischen etwas anderes als in einer Zeit, in der die Mehrzahl der deutschen Bevölkerung noch als religiös-praktizierend bezeichnet werden konnte. Um so mehr Überwindung mag es Muslime in einer religionsfernen Gesellschaft kosten, sich zu ihrem Glauben zu bekennen, zumal die deutsche Gesellschaft dem Islam gegenüber durch zahlreiche Vorbehalte und Vorurteile geprägt ist, die durch ungenaue, manchmal auch böswillige Darstellungen dieser Religion in den verschiedenen Medien noch verstärkt werden. Muslimen wird ihr religiöses Bekenntnis bei den verschiedensten verwaltungstechnischen Gelegenheiten abverlangt. Die Kette der entsprechenden Verwaltungsakte beginnt mit der standesamtlichen Anmeldung von Kindern, gefolgt von der Einschulung, der steuerlichen Veranlagung, der Musterung zum Wehrdienst und vielen anderen Situationen. Immer wieder kommt es dabei zu geringschätzigen Bemerkungen, zu einem mokanten Lächeln und zu ausgesprochenen Beleidigungen. Für manche Muslime bedeutet das Bekenntnis zu ihrem Glauben eine Überwindung, die sie in der Regel aber mutig auf sich nehmen. Sie sind stolz darauf, Muslime zu sein und bringen diesen Stolz dann auch zum Ausdruck. Dieser Stolz auf eine Religion ist vielen Deutschen wiederum nur schwer verständlich und führt zu Fehleinschätzungen und zur Bestätigung von Vorurteilen. Andere Muslime bekennen sich nicht offen zum Islam, um den beschriebenen unangenehmen Situationen auszuweichen. Wird dann in der deutschen Umgebung bekannt, daß es sich um einen Muslim handelt, wird ihm diese Zurückhaltung, die ja im Grunde den Normen der säkularen Gesellschaft entspricht, wiederum negativ ausgelegt.

Das Gebet

»Wer seines Herrn gedenkt und wer seines Herrn nicht gedenkt, der ist jeweils wie einer, der lebt, und einer der tot ist.« Dieser Ausspruch, der vom Propheten Muhammad überliefert wird, macht deutlich, welch hohen Stellenwert das Gebet für das religiöse Leben aller Muslime hat. Dabei sind die täglichen Pflichtgebete zu genau festgelegten Zeiten durchzuführen. Schon in diesem Zusammenhang ergeben sich für einen Muslim, der seiner Gebetspflicht exakt nachkommen will, einige Probleme, denn zunächst einmal ist nicht ohne weiteres festzustellen, wann die Zeit für das jeweilige Gebet gekommen ist. Die Zeiten sind abhängig vom Sonnenstand, der sich bekanntlich von Tag zu Tag verändert, und von der Position des Betenden auf der Erde in seinem individuellen geographischen Verhältnis zur Sonne. Das bedeutet, daß der Beginn der Gebetszeit sich an jedem Tag ein klein wenig verändert und an verschiedenen Orten in einem Land zu unterschiedlichen Zeiten gebetet werden muß. So beträgt der Zeitunterschied für das Gebet zwischen den beiden heiligen Städten des Islams, Mekka und Medina, etwa fünf Minuten. Man mag diese Praxis für übertrieben halten, viele Muslime sind jedoch davon überzeugt, daß es besonders verdienstvoll ist, wenn sie sich genau an die vorgegebenen Zeiten halten. Während die einzelnen Gebetszeiten in der islamischen Welt durch die Massenmedien auf die Minute genau angegeben werden, fehlten vielen Muslimen in Deutschland lange Zeit derartige Möglichkeiten, sich die exakten Zeitangaben für das Pflichtgebet zu verschaffen. Inzwischen haben sich in diesem Bereich die Kommunikationstechniken erheblich verbessert. Die in Deutschland tätigen islamischen Organisationen und Vereine stellen ihren Mitgliedern die entsprechenden Angaben zur Verfügung. Dabei werden die Gebetszeiten auch nach den entsprechenden geographischen Regionen differenziert. Die Organisationen nutzen dazu vor allem ihre eigenen Veröffentlichungen, erreichen jedoch wegen ihres niedrigen Organisationsgrades nur eine geringe Zahl der Muslime.

Eine weitere Voraussetzung für die korrekte Erfüllung der Gebetspflicht ist, daß der Betende eine Position einnimmt, bei der er nach Mekka gewandt ist. Diese Gebetsrichtung wird als Qibla bezeichnet und ist in den Moscheen durch die Gebetsnische, den Mihrab, angegeben (vgl. S. 18). In Hotels findet man in den Zimmern entsprechende Orientierungshilfen mit der Gebetsrichtung. Inzwischen werden auch Kompasse angeboten, die die Qibla anzeigen. Ein derartiges Hilfsmittel ist über islamische Versandfirmen und in den Läden, die einigen Moscheen angeschlossen sind, auch in Deutschland käuflich zu erwerben. Viele Muslime kennen diese Geräte jedoch noch nicht und Moscheen sind nicht ohne weiteres zu finden. So leben viele Muslime immer wieder in der Unsicherheit, ob ihr Gebet auch gültig ist, weil sie nicht genau die korrekte Gebetsrichtung bestimmen können.

Auch die Ausstattung des Platzes oder Raums, in dem das Gebet vollzogen wird, kann für besonders strenge Gläubige Probleme mit sich bringen. Zu diesem Zweck ausgestattete Beträume und Moscheen bereiten ihnen in der Regel keine Schwierigkeiten. Wenn das Gebet jedoch in der häuslichen Umgebung einer Wohnung vollzogen werden muß, kann es zu Unsicherheiten kommen. In vielen Wohnungen in Deutschland lebender Muslime findet sich Wandschmuck, der in seiner Form und Präsentation durchaus der Wohnungsausstattung von Deutschen entspricht. Es gibt Bilder mit Landschaftsdarstellungen, aber auch Poster von Stars der Sportwelt und der Unterhaltungsbranche. Immer wieder richten Muslime in diesem Zusammenhang an die Rechtsgelehrten die Frage, ob es denn erlaubt sei, in Räumen zu beten, in denen Bilder von lebenden Wesen vorhanden seien. Hintergrund dieser Anfragen ist das Bilderverbot im Islam (vgl. S. 181). Es gibt in der Tat im Islam ikonoklastische Tendenzen, die mit der vorislamischen Praxis zusammenhängen, Götterstandbilder zu verehren. Die strenge Ablehnung jeder Form von Idolatrie hat dazu geführt, daß sich in der islamischen Kultur eine traditionelle Abneigung gegen jegliche bildnerische Wiedergabe des Menschen entwickelte. Da solche religiösen Verehrungsrituale heute nicht mehr verbreitet sind, ist es nach Ansicht der meisten Rechtsgelehrten nicht notwendig, auf derartige Formen des Raumschmucks zu verzichten. Sie weisen jedoch wiederum unter Bezugnahme auf das Vorbild des Propheten darauf hin, daß Bilder vom Gebet ablenken könnten. Nach der Überlieferung hat es der Prophet abgelehnt, auf einem Tuch zu beten, auf dem menschliche Figuren eingewebt waren. Daraufhin machten seine Frauen aus diesem Stoff Vorhänge, gegen deren Verwendung der Prophet keine Einwände mehr erhob.

Wir haben es hier mit zwei Problemen zu tun, die Muslime verunsichern, die aber nicht so gravierend sind, daß sie nicht durchaus gelöst werden können. Es ist jedoch immer zu bedenken, daß viele von ihnen nach Deutschland kommen, ohne eine tiefgreifende Kenntnis des Islams und seiner vielgestaltigen Flexibilität zu besitzen. Zugleich sind ihnen die gebotenen Möglichkeiten, sich entsprechend zu informieren, oft nicht bekannt. Noch schwieriger stellt sich die Einhaltung der Gebetszeit dar, selbst wenn die genaue Uhrzeit für das Gebet bekannt sein sollte. Am 23. April muß ein Muslim in Mekka das Morgengebet um 4.33 Uhr verrichten, das Mittagsgebet um 12.19 Uhr, das Nachmittagsgebet um 15.42 Uhr, das Abendgebet um 18.44 Uhr und das Nachtgebet um 20.14 Uhr, wenn er sich an die exakten Zeiten halten will. Diesen Gebetsrhythmus müßte man sich mit einer geringen zeitlichen Verschiebung für einen Muslim in Deutschland vor Augen führen, um die daraus resultierenden Probleme betrachten zu können. Das Arbeitsleben in einer Industrie- und Dienstleistungsgesellschaft entwickelt seinen eigenen Rhythmus, der in der Regel nicht mit dem des islamischen Pflichtgebets in Übereinstimmung zu bringen ist. Das Morgengebet mag in diesem Zusammenhang noch die wenigsten Probleme bieten, obwohl auch viele Muslime als Schichtarbeiter beschäftigt sind und zur Zeit des Morgengebets arbeiten müssen. In die üblichen Arbeitszeiten fallen in der Regel das Mittags- und das Nachmittagsgebet, während beim Abend- und Nachtgebet wiederum die Schichtarbeiter mit den Arbeitszeiten in Konflikt geraten. Wichtige Vorbedingung für das Pflichtgebet sind auch die rituelle Reinheit des Betenden wie des Gebetsplatzes. Während die Reinheit des Gebetsplatzes leicht mit entsprechenden Unterlagen wie Teppichen, Matten oder ähnlichem auch unter ungünstigen Bedingungen sichergestellt werden kann, bedarf es für die rituelle Reinheit des Körpers einer Waschmöglichkeit. Auch hier können sich im deutschen Arbeitsalltag Schwierigkeiten ergeben.

Während in der islamischen Welt in Produktionsfirmen, in Verwaltungszentren oder auch in Universitäten oder Krankenhäusern in der Regel an einer zentralen Stelle Beträume eingerichtet werden, sind Plätze, an denen das Pflichtgebet verrichtet werden kann, in deutschen Fabriken oder Bürogebäuden die absolute Ausnahme. Es ist durchaus üblich, daß Muslime in ihrer Heimat an den für einen fremden Beobachter erstaunlichsten Stellen beten. Das mag auf freiem Feld geschehen, auf einer Verkehrsinsel oder am Rand einer Autobahn. Zum gültigen Vollzug des Pflichtgebets ist also kein spezieller Raum erforderlich, so daß ein Muslim auch in einer Fabrikhalle oder einem Büro beten könnte, wenn er für die notwendige rituelle Reinheit Sorge tragen kann. Allerdings stimmen die meisten deutschen Arbeitgeber der Arbeitsunterbrechung für ein Gebet aus innerbetrieblichen und arbeitsorganisatorischen Gründen nicht zu. Muslime argumentieren häufig dagegen, daß die zehn Minuten verlorener Arbeitszeit durchaus nachgearbeitet werden könnten. Dem wird betrieblicherseits geantwortet, daß die Arbeitsabläufe durch die entsprechenden Unterbrechungen gestört würden. Man kann sich leicht vorstellen, wie kompliziert sich die Arbeit an einem Fließband gestalten würde, wenn plötzlich mehrere Mitarbeiter gleichzeitig fortgingen, um zu beten. Obwohl sich inzwischen viele Produktionsprozesse in ihren Abläufen so verändert haben, daß eine entsprechende Pause nicht zu schwerwiegenden Betriebsstörungen führen würde, bleiben die meisten deutschen Unternehmensleitungen bei ihrer Ablehnung. Im übrigen fehlen in den meisten Betrieben sämtliche Voraussetzungen, die zum gültigen Vollzug des Pflichtgebets nötig sind.

Für viele Muslime bedeuten diese Umstände eine schwere Belastung ihres Gewissens. Problematisch war in diesem Zusammenhang, daß ihre eigenen Kenntnisse vom islamischen Recht vielfach nicht ausreichten, um selbst Lösungsmöglichkeiten für diese Situation finden zu können. Die Reaktionen von Muslimen waren unterschiedlich: Einige nahmen den Normenverstoß bewußt in Kauf und entfernten sich mehr und mehr von ihrer bis dahin geübten Glaubenspraxis. Andere versuchten, durch exzessives Beten in der Freizeit das Versäumnis auszugleichen. Sie waren sich dennoch weiterhin bewußt, einen Normenverstoß begangen zu haben. Erst nach und nach setzte sich unter diesen muslimischen Arbeitern die Erkenntnis durch, daß das islamische Recht verschiedene Möglichkeiten bereithält, um im Alltagsleben auftretende Schwierigkeiten bei der Abhaltung des Pflichtgebets zu beheben. Zunächst einmal ist festzustellen, daß das Gebet nicht zu den angegebenen Zeiten auf die Minute genau beginnen muß. Dies wäre in früheren Zeiten, als nicht überall Uhren vorhanden waren, auch gar nicht möglich gewesen. Daher hat das islamische Recht festgelegt, daß das Pflichtgebet in dem Zeitraum zu vollziehen ist, der zwischen dem ersten und dem nächsten Gebet liegt. Das bedeutet am Beispiel der Gebetszeiten für die Stadt Mekka, daß das Morgengebet von 4.33 Uhr an bis zum Beginn des Mittagsgebets um 12.19 Uhr durchgeführt werden kann. Damit bietet sich dem Betenden die Möglichkeit, das Morgengebet und das Mittagsgebet miteinander zu verknüpfen und auf diese Weise den Tagesablauf von nur einer Gebetseinheit unterbrechen zu lassen. Für Muslime in Deutschland bedeutet diese Regelung, daß das Nachmittagsgebet und das Abendgebet ohne Konsequenzen für den Arbeitsalltag kombiniert werden können. Das Nachtgebet stellt unter den beschriebenen Bedingungen meist keine arbeitstechnische Schwierigkeit dar. Gleiches gilt auch für das Morgengebet. Wirklich problematisch ist oft das Mittagsgebet, weil es in die für viele Betriebe eingeführte Kernarbeitszeit fällt. Falls in Betrieben Mittagspausen üblich sind, können diese zum Beten genutzt werden, was auch in vielen Fällen geschieht. So wird jedoch die mittägliche Erholungspause stark verkürzt, da ja nicht nur das Gebet zu vollziehen ist, sondern auch die notwendigen Waschungen durchgeführt und der Betplatz vorbereitet werden müssen. Muslime führen häufig darüber Klage, daß sie sich zum rituellen Waschen auf die oft wenig ansprechenden Toilettenräume der Betriebe begeben müßten. Nur wenige Unternehmen haben in dieser Hinsicht den besonderen Bedürfnissen der muslimischen Mitarbeiter Rechnung getragen, so daß es viele Muslime abgelehnt haben, das Mittagsgebet im Betrieb zu verrichten. Falls in den Betrieben Gleitzeitregelungen gelten, kann wenigstens das Mittags- und Nachmittagsgebet verbunden werden. Alles in allem bleibt das Mittagsgebet jedoch ein ständiges Problem für praktizierende Muslime. Immerhin besteht aber nach islamischem Recht auch die Möglichkeit, versäumte Gebete bei einer anderen Gelegenheit nachzuholen. Von dieser Regelung machen auch viele Muslime in Deutschland Gebrauch. Es hat jedoch einiger Zeit bedurft, bis diese Erleichterungsmöglichkeit in das Bewußtsein gedrungen war. Im übrigen gilt weiterhin das Ideal, daß zu einer möglichst vollkommenen Form des Gebetsvollzugs auch eine Einhaltung der vorgeschriebenen Zeiten gehört.

Angesichts dieser Problematik haben islamische Rechtsgelehrte nach weiteren Möglichkeiten gesucht, in der Tradition vorhandene Erleichterungen auszuloten und auf die Minderheitensituation anzuwenden. Das islamische Recht kennt die Möglichkeit, auf Reisen den Umfang des Pflichtgebets zu halbieren. Entsprechend argumentieren einige Gelehrte, daß muslimische Arbeitsmigranten sich ja auf einer Reise befinden und daher ihre Gebete entsprechend reduzieren können. Sie verlangen dabei von den Gläubigen, daß sie sich innerlich deutlich für eine der beiden möglichen Länder, Deutschland oder das Herkunftsland, als Lebensmittelpunkt entscheiden. In dem jeweils anderen Gebiet wäre dann die Reduzierung des Gebetumfangs möglich. Diese Erleichterung des Gebetsvollzugs ist allerdings nicht obligatorisch, und Muslime können auch auf Reisen weiterhin dieser Pflicht im vollen Umfang nachkommen.

Nicht minder kompliziert stellt sich für in Deutschland lebende Muslime das Gebot der rituellen Reinheit dar, die eine der grundsätzlichen Voraussetzungen eines gültigen Pflichtgebets darstellt. In der häuslichen Umgebung ist sie natürlich ohne Schwierigkeiten zu erreichen, wenngleich sich unter den Bedingungen der üblichen deutschen Wohnungen auch dort durchaus Probleme ergeben können. Der Islam unterscheidet zwischen zwei Formen ritueller Waschungen, bei denen die eine als die große Waschung und die andere als kleine Waschung bezeichnet wird (vgl. S. 17f). Die kleine Waschung, die vor jedem Gebet vollzogen werden muß, besteht aus einer genau vorgeschriebenen Reihenfolge von Reinigungshandlungen, bei denen die entsprechenden Körperteile mit Wasser benetzt werden müssen. Die heutigen Rechtsgelehrten weisen in ihren Gutachten auf den symbolischen Charakter dieser Waschung hin. Es geht hier also weniger um die tatsächliche Säuberung von Verschmutzungen, als darum, daß der Betende seine Bereitschaft signalisiert, mit reinem Herzen seine Glaubenspflicht zu erfüllen. Von daher gestatten einige Rechtsgelehrte auch, daß Muslime an ihren Arbeitsplätzen die Waschung der Füße reduzieren. So reicht es zum Beispiel, wenn mit befeuchteten Fingern lediglich über Socken oder Strümpfe gestrichen wird. Das symbolische Moment der Reinigung wird jedoch nicht von allen Rechtsgelehrten in dieser Absolutheit gesehen. Das wird an einem anderen Beispiel deutlich: Im November 1996 wurde einem islamischen Rechtsgelehrten, der in englischsprachigen Zeitungen zu den verschiedensten Anfragen rechtlicher und religiöser Art Stellung bezieht, die Frage gestellt, ob Frauen mit lackierten Fingernägeln beten dürften. Er war zwar der Meinung, daß Frauen auch geschminkt ihr Pflichtgebet vollziehen könnten, lackierte Nägel dagegen einen schweren Nachteil mit sich brächten: Der Lack verhindere die direkte Berührung der Nägel mit Wasser, womit seiner Ansicht nach die Waschung nicht vollständig vollzogen und das anschließend durchgeführte Gebet ungültig sei. Wir haben es hier mit einer typischen Meinungsverschiedenheit unter Rechtsgelehrten zu tun, wobei der eine den symbolischen Aspekt in den Vordergrund stellt, den der andere zwar ebenfalls anerkennt, aber auch konsequent in der Praxis durchgeführt sehen will.

Nach dem Geschlechtsverkehr muß eine große Waschung vollzogen werden. Traditionsgemäß muß man dabei in einem entsprechenden Becken vollständig untertauchen. Derartige Becken sind in den öffentlichen Bädern der islamischen Welt vorhanden, in Deutschland dagegen praktisch nicht zu finden. Muslime könnten zu diesem Zweck öffentliche Schwimmhallen benutzen, was natürlich reichlich unpraktisch ist. Häufig wird daher von unsicheren Gläubigen die Frage gestellt, ob auch die Benutzung der Dusche, wie sie in den meisten deutschen Badezimmern vorhanden ist, für eine große Waschung ausreicht. Anlaß zu dieser Frage gibt die verbreitete Annahme, daß beim Duschen genauso alle Körperteile von Wasser benetzt und damit gereinigt werden wie beim Eintauchen in ein Wasserbecken. Die Antwort eines islamischen Rechtsgutachters auf diese Frage ist recht eindeutig: Eine Dusche, die ausschließlich der körperlichen Reinigung dienen soll, kann nicht zugleich auch als rituelles Bad betrachtet werden. Nur wenn die Dusche ausschließlich zur rituellen Reinigung gedacht ist, wird sie auch als solche angesehen. Als Beleg für seine Auffassung verweist er auf die Tatsache, daß das islamische Recht bei Wassermangel auch Sand oder Staub für die Waschung gestattet, eine Regelung durch die der symbolische Charakter der rituellen Waschung deutlich wird.

In zahlreichen Rechtsgutachten wird auf die Frage eingegangen, in welcher Kleidung man das Pflichtgebet zu absolvieren habe. So herrscht zum Teil Uneinigkeit darüber, ob Männer beim Gebet eine Kopfbedeckung tragen müssen. Es soll hin und wieder vorkommen, daß barhäuptige Gläubige aus Moscheen verwiesen werden. In früheren Zeiten entstanden um die Frage der Kopfbedeckung beim Gebet schwere Kontroversen mit politischen Implikationen. So weigerten sich zu Beginn des 19. Jahrhunderts Soldaten des osmanischen Heeres, Schirmmützen zu tragen, weil diese sie beim Gebet behinderten. Man ließ daraufhin den Schirm weg und schuf so den Fez, der von da an als eine typisch orientalische Kopfbedeckung in die europäische Ikonographie des Orients Einzug hielt. Als in der Türkischen Republik der Staatsgründer Kemal Atatürk das Tragen von Turbanen verbot und dafür europäische Hüte mit Krempen einführen wollte, griffen viele Männer vor allem in der ländlichen Türkei statt dessen zu Schirmmützen, die sie so drehen konnten, daß sie sie beim Beten nicht mehr behinderten. In manchen Moscheen, auch in Deutschland, werden Kappen und Mützen für die Gläubigen bereitgehalten. Die Mehrheit der Rechtsgelehrten aber ist in der Frage der Kopfbedeckung einer Meinung: Laut Überlieferung soll der Prophet beim Gebet zwar einen Turban getragen haben, was jedoch eine zeitbedingte, historische Verhaltensweise gewesen sei, die heute keinen verpflichtenden vorbildhaften Charakter mehr habe. Kontroversen in dieser Frage werden von den religiösen Autoritäten als überflüssig und der Stellung des Islams in Deutschland als abträglich betrachtet. Ein weiterer Streitpunkt hängt mit der Länge der Kleidung beim Gebet zusammen. Es soll vorkommen, daß Gläubige der Moschee verwiesen werden, weil ihre Gewänder die Fußknöchel bedeckt lassen. Auf die entsprechenden Anfragen reagierten die meisten Rechtsgelehrten mit Ärger oder zumindest mit Unverständnis. Sie weisen auf die Tatsache hin, daß der Prophet Muhammad zwar geboten habe, daß Männer in Gewändern, die ihre Knöchel bedeckten, vom Gebet ausgeschlossen werden sollten, stellen zugleich aber fest, daß sich dieses Verbot auf die besonderen Bedingungen in der frühislamischen Zeit bezog. Damals seien besonders lange Gewänder von Männern getragen worden, denen man offenbar den Vorwurf der Überheblichkeit machen konnte. Da heute auch in den meisten Ländern in der islamischen Welt von Männern Hosen getragen würden, die die Knöchel bedeckten, könne von einem Zeichen von Überheblichkeit nicht mehr die Rede sein und somit auch die Vorschrift des Propheten nicht mehr zu beachten.

Die passende Gebetskleidung für Frauen wird in Rechtsgutachten ebenfalls diskutiert. Sie sollen Gewänder tragen, die ihren gesamten Körper bedecken. Wie diese Kleider beschaffen sein sollen, spielt im einzelnen keine Rolle. Ähnliche Kleidungsvorschriften betreffen auch Frauen, die den Koran studieren oder rezitieren. Für Frauen ergibt sich im Zusammenhang mit dem Gebet noch eine geschlechtsspezifische Besonderheit. Während der monatlichen Regelblutungen gelten sie nach islamischem Recht als rituell unrein und können daher nicht beten. Die Diskussionen in den zahlreichen Rechtsgutachten zu diesem Thema drehen sich nicht um eine Erklärung oder Begründung dieser Vorschrift. Vielmehr werden praktische Fragen nach dem Umgang mit der Monatsregel gestellt. Die Unbefangenheit, mit der in diesem Zusammenhang argumentiert wird, mag außenstehende Beobachter, die die besondere Distanz zwischen den Geschlechtern in den islamischen Gesellschaften kennen, überraschen. Diese Unbefangenheit hat aber Tradition und läßt sich bis in frühislamische Zeit zurückverfolgen. Nach den allgemein akzeptierten Überlieferungen kamen Frauen mit ihrer Unterwäsche zu Aischa, der Lieblingsfrau des Propheten, und fragten sie, ob sie beten könnten oder nicht.

Sieht sich ein in Deutschland lebender Muslim schon

beim Pflichtgebet vor eine Reihe von Problemen gestellt, so ist der Pflicht des Gemeinschaftsgebets am Freitagmittag noch schwieriger nachzukommen. Berufstätigen Muslimen ist es an diesem Tag kaum möglich, den Arbeitsplatz für einige Zeit zu verlassen, um sich zum Mittagsgebet in eine Moschee zu begeben, zumal diese häufig weit von der Arbeitsstätte entfernt sind. Allein die Wege nähmen aus der Sicht der Arbeitgeber ungebührlich viel Zeit in Anspruch. Eine Rückkehr zum Arbeitsplatz wäre in vielen Fällen kaum noch zu vertreten, wenn man das an Freitagen übliche frühere Arbeitsende in Rechnung stellt. Da die Zeitspanne für das Mittagsgebet aber immerhin bis nach 15 Uhr dauert, könnte diese Zusammenkunft der praktizierenden Muslime so festgelegt werden, daß sie noch vor dem Nachmittagsgebet beendet würde. Dabei ergibt sich allerdings aus der besonderen Form des Mittagsgebets eine Schwierigkeit. Ein konstitutiver Bestandteil des Freitagsgebets ist eine, bei manchen muslimischen Gruppen auch zwei Predigten (vgl. S. 19). Das Gemeinschaftsgebet bedarf also eines größeren Zeitaufwandes, als es bei anderen Pflichtgebeten der Fall ist. Dennoch versuchen die islamischen Gemeinden in Deutschland, die Zeit für diese Gottesdienste so festzulegen, daß sie mit Beginn des Nachmittagsgebets beendet sind. Es bleibt ihnen aus der Sicht des islamischen Rechts auch kaum eine andere Möglichkeit. Aus diesem Grund versäumen viele Muslime zu ihrem eigenen Leidwesen das Freitagsgebet.

Doch auch das Freitagsgebet an sich gibt zu manchen Diskussionen unter Muslimen Anlaß. Immer wieder wird aus Kreisen der Gläubigen die Frage gestellt, warum die Gebete auf arabisch rezitiert werden müßten, obwohl doch die Mehrzahl der Muslime auf der Welt gar keine Araber seien. Für sie sei das Arabische völlig unverständlich und habe überhaupt keinen Nutzen für die Gläubigen. Ebenso wird die Tatsache kritisiert, daß in manchen Ländern auch die Freitagspredigt auf arabisch gehalten werde. Die Antwort der Rechtsgelehrten ist in diesem Zusammenhang übereinstimmend und eindeutig: Die Gebete, die ja aus Teilen des Korans bestehen, müssen auf arabisch zitiert werden. Der Koran als Wort Gottes kann in seiner gesamten Bedeutung nur auf arabisch annähernd verstanden werden. Übersetzungen sind immer auch die Worte und die Interpretation des entsprechenden Übersetzers. Ein kurzer Blick auf die verschiedenen deutschen, englischen oder französischen Übersetzungen macht dies deutlich. Während die rituellen Gebete also auf arabisch rezitiert werden müssen, muß die Freitagspredigt in der Sprache der Gläubigen, die zu diesem Gemeinschaftsgebet zusammengekommen sind, gehalten werden. Diese Ansicht wird von den meisten der in Deutschland lebenden Muslime geteilt, die sich in dieser Hinsicht auch nicht von den Muslimen in anderen westeuropäischen Ländern unterscheiden. Eine Anekdote kann dies illustrieren: In Bradford, einer Stadt im Norden Englands, in der vom indischen Subkontinent stammende Muslime nahezu die Mehrheit der Bevölkerung ausmachen, wurde einmal ein bekannter arabischer Gelehrter eingeladen, die Freitagspredigt zu halten. Als er die ersten Sätze auf arabisch von sich gegeben hatte, erhob sich ein würdiger älterer Mann, unterbrach den Prediger und sagte: »Darf ich den verehrten Gentleman daran erinnern, daß die Sprache des Islams Englisch ist.«

Die Moschee

Nach den Vorschriften des islamischen Rechts sollen sich alle Muslime einer Stadt am Freitag in einer Moschee, der Freitagsmoschee, zum Gebet zusammenfinden. In den großen Städten der islamischen Welt gibt es in der Regel mehrere Freitagsmoscheen, da auch große Moscheen wie die von Casablanca mit ihrem Platz für 250 000 Gläubige nicht in der Lage sind, alle Betenden in den Millionenstädten des Orients oder Asiens aufzunehmen. In Deutschland sind Freitagsmoscheen, in denen sich alle Muslime einer Stadt treffen, nicht einmal in Ansätzen festzustellen. Auch hier wird die Zersplitterung des Islams in Deutschland augenfällig. An Moscheen und Gebetsräumen herrscht allerdings kein Mangel. Lange Zeit waren diese Einrichtungen in Privatwohnungen, ehemaligen Garagen oder aufgegebenen Fabrikhallen untergebracht. Diese einfache Etablierung war möglich, weil die Vorschriften des islamischen Rechts im Bezug auf Moscheebauten wenig ausführlich oder präzise sind. Im Grunde gibt es nur zwei bauliche Gegebenheiten, die als unabdingbar gefordert werden. Jede Moschee muß über eine Gebetsnische (Mihrab), die die Gebetsrichtung nach Mekka anzeigt, verfügen. Wie dieser Mihrab ausgestattet ist, bleibt den Erbauern der Moschee freigestellt. Es gibt keine Angaben über Umfang und Größe. Man findet Gebetsnischen von kaum einem Meter Höhe, ohne jeden Schmuck, aber auch über zwei Meter hohe Formen, die mit kostbaren Materialien gebaut und mit verschiedenen Ausschmückungen versehen sind. Der zweite vorgeschriebene Ausstattungsteil einer Moschee ist die Kanzel (Minbar). In der Regel besteht sie aus einem erhöhten Sitz, zu dem mehrere Stufen hinaufführen. Die Form der Kanzeln ist wiederum sehr variabel. Es gibt feste Predigtstühle, aber auch solche, die mit Rollen versehen sind und zur Predigt in das Moscheeinnere hineingefahren werden können. Die Kanzeln können ganz unterschiedliche Höhen haben und sind nicht zuletzt von der Größe der Moschee abhängig. Man findet einfache Brettergestelle wie auch aufwendig und aus kostbaren Hölzern und Einlegearbeiten gestaltete Beispiele der großen Handwerkstraditionen der islamischen Welt. In Ostafrika bestehen die Kanzeln aus Stein. Die Anzahl der Stufen ist unterschiedlich. In einer Reihe von Moscheen, die von türkischen Muslimen besucht werden, gibt es im

Unterschied zu anderen Moscheen zwei Kanzeln. Von einer wird die Freitagspredigt gehalten. Die andere besteigt der Prediger, wenn er der Gemeinde ein Rechtsgutachten erläutern will. Auch über die Art und Weise, in der die Prediger die Kanzeln nutzen, läßt sich kein einheitliches Bild gewinnen. Einige stehen bei der Predigt, andere sitzen. In verschiedenen islamischen Ländern vermeiden es die Prediger, sich auf die oberste Stufe der Kanzel zu stellen, weil dies nur dem Propheten Muhammad zusteht. In anderen Ländern wiederum nutzen die Prediger auch diese oberste Stufe, eben weil sie dem Vorbild des Propheten folgen wollen. Heute sind die Kanzeln natürlich auch mit Mikrophonen und Lautsprechern ausgerüstet. In modernen großen Moscheen werden auch Videowände benutzt, damit auch die weiter entfernt betenden Gläubigen den Prediger sehen können.

Im unmittelbaren Umfeld der Moscheen oder in den traditionellen Moscheehöfen in der islamischen Welt finden sich Waschgelegenheiten für die rituelle Reinigung. Durch die geringen Entfernungen zwischen den Waschgelegenheiten und dem eigentlichen Betraum wird die Gefahr minimiert, daß sich ein Gläubiger auf dem Weg erneut verunreinigt. Für die Form der Anlagen für die rituelle Reinigung lassen sich ebenfalls keine einheitlichen Vorschriften feststellen. Es kann sich um einfache Wasserkrüge handeln, die auf primitive Holzgestelle gesetzt worden sind, oder um komplizierte Waschanlagen, an denen sich zwanzig und mehr Personen gleichzeitig waschen können.

Gebetsnische, Kanzel und Waschmöglichkeiten sind auch unter schwierigen Umständen in einem Raum oder in einem Gebäude, das als Moschee dienen soll, zu installieren. Damit sind alle Bedingungen für das Gebet erfüllt. Die zahllosen Moscheen in Deutschland sind alle auf diese Weise ausgerüstet. Darüber hinaus ist das Moscheeinnere mit Lampen geschmückt, es finden sich an den Wänden Koransprüche und die kalligraphisch gestalteten

Namen der großen Gestalten der islamischen Frühgeschichte. Der Fußboden ist mit Teppichen ausgelegt. Die Innenausstattung einer Moschee in Deutschland folgt dem Vorbild der Moscheen aus den Herkunftsländern der Muslime, die dieses Gotteshaus frequentieren. Es lassen sich daher durchaus regional unterschiedliche Formen feststellen. Nicht zuletzt hängt die Ausgestaltung der Moschee auch von der Spendenbereitschaft und der wirtschaftlichen Potenz der mit ihr verbundenen Muslime ab. Häufig steht das prächtige Innere der Moscheen in einem erstaunlichen Gegensatz zum ärmlichen Erscheinungsbild der Außenfassade. Wie in islamischen Ländern finden sich auch in deutschen Städten ganze Moscheekomplexe, zu denen die Moschee selbst, ein Schulraum, ein Lebensmittelgeschäft und eine Teestube gehören, sowie eine kleine Bibliothek, in der Bücher und andere Druckschriften, Videokassetten und Kalligraphien verkauft werden.

Bis etwa Mitte der achtziger Jahre gab es bei der Einrichtung einer Moschee keine kritischen Reaktionen aus der deutschen Umgebung. Häufig war den Nachbarn und den deutschen Behörden gar nicht bekannt, daß sich in einer bestimmten Gegend eine Moschee etabliert hatte. »Ich habe nur gemerkt, daß freitags mittags immer so viele Autos in der Gegend geparkt haben«, kommentierte ein deutscher Bürger in einer westfälischen Kleinstadt die Frage, wie lange es denn schon die Moschee im Haus gegenüber gäbe. Wenn deutsche Kommunalbehörden von der Nutzung der entsprechenden Gebäude als Moscheen hörten, schaltete sich in der Regel das zuständige Bauordnungsamt ein. Unter baupolizeilichen Gesichtspunkten wurde dann geprüft, ob die Statik des Gebäudes für die entsprechenden Versammlungen ausreichte, ob die geeigneten Fluchtwege vorhanden waren und ob in ausreichendem Maß Parkplätze zur Verfügung standen. In der Regel verliefen diese Prüfungen ohne größere Beanstandungen. Auflagen der Behörde wurden von den Trägern der

Moscheen gewöhnlich ohne größere Widerstände umgesetzt.

Mit dem wachsenden Selbstbewußtsein vieler Muslime, vor allem aber mit deren Erkenntnis, daß ihr Aufenthalt in Deutschland dauerhaft sein werde, änderte sich die Situation. Eine irritierte deutsche Öffentlichkeit mußte nun zur Kenntnis nehmen, daß die Muslime nicht mehr bereit waren, ihre Gotteshäuser in Hinterhöfen und Fabrikgeländen zu verstecken. Sie wollten Moscheen bauen, wie sie sie aus ihren Herkunftsländern kannten. Dieser Wunsch stieß in vielen Kommunalverwaltungen auf wenig Verständnis und Akzeptanz. Dabei ist kaum festzustellen, ob es sich um eine grundsätzlich antiislamische Einstellung bei den entsprechenden Beamten handelt, bei der formale Gründe lediglich vorgeschoben werden, oder tatsächlich um die allgemein übliche Anwendung der für jedermann gültigen Vorschriften des Bau- und Bauordnungsrechts. Genausowenig läßt sich erkennen, ob Muslime mit dem Bau einer Moschee ausschließlich ein religiöses Bedürfnis erfüllen wollen oder ob es ihnen auch um eine Demonstration ihrer Präsenz in Deutschland oder gar um den Versuch einer Provokation der deutschen Öffentlichkeit geht. Wahrscheinlich finden sich auf beiden Seiten eine Fülle von nicht eingestandenen Vorurteilen, vor allem aber mangelnde Kenntnisse der Grundlagen des islamischen Rechts sowie der deutschen Verwaltungsvorschriften. Kennzeichnend für die Situation ist die Tatsache, daß in verschiedenen deutschen Gemeinden unterschiedliche Bauordnungen existieren. Was in Hamburg möglich ist, mag schon im benachbarten Ahrensburg nicht mehr möglich sein. Da den muslimischen Antragstellern die rechtlichen Verhältnisse häufig nicht bekannt sind, sehen sie die Ablehnung eines Antrags für einen Moscheebau als Schikane des Bauamtes ihrer Gemeinde an, wenn sie zugleich feststellen können, daß ihren Glaubensbrüdern in der Nachbarkommune der Moscheebau gestattet wurde.

Die mangelnde Übersicht über die jeweiligen Entscheidungsgründe führt zu Mißverständnissen. Hauptursache für das Entstehen von Konflikten ist in der Regel die mangelnde Vorbereitung eines Moscheebaus durch die jeweilige muslimische Gemeinde. Einer der jüngsten Konflikte in diesem Zusammenhang ereignete sich 1996 in einer islamischen Gemeinde in Böblingen. Dort hatte die der DITIB, also der türkischen staatlichen religiösen Organisation nahestehende islamische Gemeinde vor einigen Jahren ein ehemaliges Gasthaus erworben, das als Moschee genutzt wurde. Auf seine Zweckbestimmung wies lediglich eine kleine, über der Eingangstür angebrachte stilisierte Moschee hin. Die islamische Gemeinde war mit diesem Zustand nicht sehr glücklich und sann über Möglichkeiten nach, dem Gebäude einen deutlichen Hinweis auf seine religiösen Funktionen zu geben. Über einige Jahre wurde bei den Mitgliedern Geld gesammelt und nach weiteren Sponsoren Ausschau gehalten. Als die notwendige Summe zusammengekommen war, stellte man den Antrag für den Bau eines Minaretts. Aus den bei dem zuständigen Bauamt eingereichten Unterlagen wurde deutlich, daß die islamische Gemeinde ein Minarett in osmanischem Stil errichten wollte. Die Gemeinde Böblingen lehnte den Bauantrag ab und begründete die Ablehnung mit der Fremdartigkeit der Architektur des geplanten Bauwerks, das sich nicht an die umgebende Bauweise anpasse. Die Frage der Auslegung des entsprechenden Bebauungsplans hätte möglicherweise auch zu anderen Ergebnissen führen können. In Hamburg findet sich eine große Moschee an der Außenalster in einer der bevorzugten Lagen der Stadt mit zahlreichen orientalischen Stilelementen. Auch in Pforzheim ließ sich der Bau einer Moschee in einem traditionell-orientalischen Stil realisieren. Die islamische Gemeinde in Böblingen erhob Widerspruch gegen diese Entscheidung und beschritt den Klageweg, der bis zum Bayerischen Verwaltungsgerichtshof führte. Dieses oberste Gericht gab der Klage der islamischen Gemeinde in Böblingen statt. In der Begründung erklärten die Richter, daß ein Minarett einen wichtigen symbolischen Wert für die Religionsausübungen von Muslimen habe und sahen in der Ablehnung des Minarettbaus einen Verstoß gegen das Verfassungsrecht der freien Religionsausübung. Warum der Streit eskalierte, läßt sich heute kaum noch rekonstruieren. Aber offensichtlich hatte die islamische Gemeinde im Vorfeld des Bauantrags ihre Wünsche der Stadtverwaltung nicht ausreichend deutlich machen können. Ein Sorge der in der Nachbarschaft wohnenden Deutschen war offenbar, daß sie nun zu den Gebetszeiten durch den Ruf des Muezzin gestört werden könnten. Offenbar erst im nachhinein machte die islamische Gemeinde deutlich, daß sie nicht die Absicht habe, den Gebetsruf vom Minarett aus erschallen zu lassen. Die Gemeinde Böblingen wird sich dem Urteil beugen. Es besteht nun allerdings in der Stadtverwaltung Unsicherheit darüber, wie man sich verhalten soll, wenn eine andere in der Gemeinde ansässige islamische Gemeinde ebenfalls bei ihrer Moschee ein Minarett errichten will.

Der geschilderte Konflikt ist von seinem Inhalt und seinem Ablauf her in vieler Hinsicht beispielhaft. Zunächst besteht in einer Gemeinde eine Moschee, die von der deutschen Nachbarschaft kaum zur Kenntnis genommen wird. Die Hinweise auf den religiösen Charakter des Gebäudes sind wenig auffällig. In Böblingen ist es eine stilisierte Moschee, in anderen Städten sind es vielleicht nur Schilder, in denen in türkischer Sprache auf die tatsächliche Funktion des entsprechenden Hauses hingewiesen wird. Wenn es sich um größere Komplexe mit Moschee, Schulräumen, Teestube und Geschäften handelt, ist dieser Bereich durch Mauern oder andere Gebäude so abgeschottet, daß Passanten kaum Einblick nehmen können. Bei so viel Diskretion kommt es nur selten zu Konflikten mit der deutschen Umgebung. Muslime sind, wie die Gläubigen anderer Religionen, stolz auf ihren Glauben. Es gehört zu ihren Glaubenspflichten, ihre Überzeugung öffentlich zu bekennen. Dies Bekenntnis kann sich auch in Form eines Moschee- oder Minarettbaus äußern. Sobald sie der Präsenz des Islams sichtbar Ausdruck verleihen, entstehen häufig Spannungen. Die Demonstration der Existenz des Islams führt auf deutscher Seite nicht selten zu einer in der Regel unbegründeten, irrationalen Angst vor Überfremdung. Die Ablehnung der Moschee durch die deutsche Umgebung wird natürlich möglichst rational begründet. Diese Rationalisierungen reichen von finanziellen Überlegungen bis hin zu Fragen des Lärmschutzes. Deutsche Nachbarn äußern die Befürchtung, daß durch die Moschee die Grundstückspreise in der Umgebung negativ beeinflußt werden. Man sorgt sich, daß der Besucherverkehr eine Belastung darstellt. Die Luft werde schlechter, es bestehe eine erhöhte Unfallgefahr, und schließlich wurden Bedenken laut, daß der Gebetsruf am frühen Morgen die Nachtruhe der Anwohner stören könne.

Gerade die Tradition des islamischen Gebetsrufs berührt offenbar einen neuralgischen Punkt. Die deutschen Reaktionen sind gerade hier besonders vielschichtig. Da ist zunächst einmal die fremde und ungewöhnliche Glaubensäußerung. Der Inhalt der Rufe kann wegen der fremden Sprache nicht verstanden werden. Manche vermuten Aufrufe zum heiligen Krieg, andere eine Verspottung des christlichen Glaubens. Hier haben sich die erstaunlichsten Vorstellungen entwickelt. Andere Argumentationen beziehen sich auf die Tatsache, daß die Bundesrepublik Deutschland ein Staat ist, in dem verfassungsmäßig Staat und Religion getrennt sind. Die Ablehnung des Glockengeläuts der christlichen Kirchen wird konsequenterweise auch auf den islamischen Gebetsruf ausgedehnt. Christliche Kreise gehen folgendermaßen auf diese Begründung ein: In einer Zeit, in der das traditionelle Läuten der Glocken mehr und mehr eingeschränkt wird, kann einer fremden Form der

Glaubensäußerung kein Raum gegeben werden. Muslimischen Kreisen ist die Ablehnung des Gebetsrufs in der deutschen Öffentlichkeit bewußt. Sie reagieren darauf unterschiedlich. Manche islamische Gemeinden wie die in Böblingen erklären, daß sie bereit sind, auf den Gebetsruf vom Minarett aus zu verzichten. Eine derartige Erklärung wird in anderen Gemeinden geradezu zur Bedingung für die baurechtliche Erlaubnis des Minaretts gemacht. Im Fall einer westdeutschen Kommune wurde der Baugenehmigung die Auflage beigegeben, daß keine Treppe oder Leiter eingebaut werden solle, damit für den Muezzin keine Möglichkeit bestünde, von oben den Gebetsruf erschallen zu lassen. Andere islamische Gemeinden fordern dagegen den Gebetsruf ein. So erklärte nach Zeitungsmeldungen im Oktober 1996 eine islamische Gemeinde im hessischen Dillenburg, daß sie den Ruf zum Gebet in Zukunft durchführen werde, um ihre Gleichberechtigung mit den entsprechenden Manifestationen der christlichen Kirchen, also dem Geläut der Glocken, zu verdeutlichen. Die Anträge wurden von dem zuständigen Landratsamt bisher damit abschlägig beschieden, daß die geplante Lautsprecheranlage die Sicherheit des Straßenverkehrs gefährde. Die Rechtsvertreter der islamischen Gemeinde argumentierten dagegen, daß die Anlage mit sechzig Dezibel leiser sei als die meisten Kirchenglocken. Solche Meldungen sind es dann wieder, die deutsche Besorgnisse entstehen lassen. Man befürchtet, daß der Antrag auf Minarettbau mit dem Verzicht auf den Gebetsruf nur ein erster Schritt sei.

Der meistgehörte Einwand im Zusammenhang mit der Errichtung von Moscheen lautet folgendermaßen: »Warum sollen wir einen Moscheebau gestatten, wenn es in der islamischen Welt verboten ist, christliche Kirchen zu bauen?« Die in dieser Frage enthaltene Behauptung ist zunächst einmal differenziert zu beantworten. In der Tat gibt es Staaten in der islamischen Welt, die sich gegen alles wenden, was nur im geringsten den Anschein einer Verbindung mit christlichen Vorstellungen oder Symbolen aufweist. Zum Teil handelt es sich um auch dem wohlwollenden Beobachter schwer verständliche Vorschriften. So war es den amerikanischen Soldaten, die sich im Rahmen der Verteidigung Saudi-Arabiens gegen befürchtete irakische Angriffe in dem arabischen Königreich aufhielten, nicht gestattet, Weihnachtsbäume zu importieren. Die schweizerische Luftfahrtgesellschaft Swiss Air ist von den saudischen Behörden angewiesen, während des Aufenthalts ihrer Flugzeuge auf den internationalen Flughäfen des Landes nachts die Außenbeleuchtung abzuschalten, damit man das am Heck angebrachte Schweizer Nationalsymbol, ein weißes Kreuz auf rotem Grund, nicht sehen kann. Natürlich ist in diesem Land jede Form von offizieller religiöser Aktivität christlicher Konfessionen verboten. Diese stellt für die vielen im Land lebenden christlichen Gastarbeiter ohne Zweifel eine Erschwernis ihrer ohnehin komplizierten Situation dar. Von dieser besonders radikalen Ausnahme abgesehen können Christen in den meisten islamischen Staaten ihrer Religion ohne Behinderung nachgehen. In einigen Staaten wie zum Beispiel in den Vereinigten Arabischen Emiraten, finden sich neu erbaute Kirchen, die allerdings auf die Anbringung christlicher Symbole an den Außenseiten der Gebäude verzichten müssen. In vielen Staaten, denen häufig die Mißachtung der Menschenrechte vorgeworfen wird, werden Christen ihrer Religion wegen nicht behindert. So wurden im Irak auch die während der amerikanischen Luftangriffe im Januar 1991 zerstörten Kirchen rasch wieder aufgebaut. Mit dem Hinweis auf diese liberale Haltung in religiösen Fragen in einer Reihe von islamischen Staaten kann man Einwänden gegen den Bau von Moscheen in Deutschland leicht die Spitze nehmen.

Anders verhält es sich mit der Frage nach der architektonischen Form dieser Moscheen. Ein Vergleich der verschiedenen Moscheeformen in der islamischen Welt zeigt, daß es keinen kanonischen Baustil gibt. In Westafrika folgen auch die Moscheen der Form der traditionellen Lehmbauten. Ein Teil der chinesischen Muslime baut die Moscheen in einem Stil, der den chinesischen Tempeln sehr ähnlich ist. Leider haben die Muslime in Deutschland bisher noch keinen eigenen Stil für den Bau ihrer Moscheen gefunden. Wenn Moscheebauten entworfen werden, handelt es sich um architektonische Muster, die in den Herkunftsregionen der jeweiligen Bauherren verbreitet sind. Das bedeutet, daß die Mehrzahl dieser Moscheen entsprechenden Bauten in der Türkei ähnelt. Die schiitische Moschee an der Alster in Hamburg ist recht geschickt in die Umgebung eingefügt. Ihre iranischen Vorbilder sind jedoch deutlich erkennbar. Vergleichbare Beispiele ließen sich auch für Moscheebauten beibringen, bei denen arabische Vorbilder Pate gestanden haben. In Fällen, in denen die Bauherren, die den Moscheebau beantragen, über ausreichende Mittel verfügen, läßt sich vieles regeln. Wenn, wie das beim islamischen Zentrum in Aachen der Fall ist, das Bauwerk architektonisch isoliert in einer parkähnlichen Umgebung steht, sind in der Regel keine Bauverordnungen in Anwendung zu bringen, die bestimmte Dachneigungen oder Ausrichtungen der Bauten vorschreiben. In solchen Fällen erheben die Baubehörden auch keinen Einspruch gegen orientalische Schmuckelemente an den Außenwänden des Gebäudes. Sobald aber eine islamische Gemeinde mit begrenzten Mitteln im Rahmen einer vorhandenen Bebauung architektonische Formen realisieren will, die der Umgebung nicht entsprechen, ergeben sich Probleme, die sich kaum einvernehmlich lösen lassen. Besonders kritisch wird es von Deutschen auch gesehen, wenn islamische Gemeinden leerstehende oder nicht mehr genutzte christliche Kirchen aufkaufen und diese zu Moscheen umfunktionieren. Allerdings sind sich auch Muslime nicht sicher, ob aus islamischer Sicht so verfahren werden kann. Die Mehrheit der islamischen Autoritäten ist grundsätzlich der Meinung, daß Muslime auch in christlichen Gotteshäusern beten können. Daher kann eine Kirche auch in eine Moschee umgewandelt werden. Dies ist im Verlauf der islamischen Geschichte auch mehr als einmal geschehen.

Das Fasten

Während sich im Zusammenhang mit dem Pflichtgebet im Rahmen des islamischen Rechts Möglichkeiten der Anpassung an moderne Industrie- und Dienstleistungsgesellschaften entwickelt haben, stellt die Pflicht des Fastens an Muslime in Deutschland ungleich schwerer zu erfüllende Anforderungen. Die besondere Belastung gerade von Schwerarbeitern ist natürlich nicht auf die Produktionsprozesse westlicher Staaten beschränkt; auch in der islamischen Welt stehen Industriearbeiter in der Zeit des Fastenmonats Ramadan unter besonderem Druck. Die steigende Zahl von Arbeitsunfällen und das Absinken der Produktionsrate während der Fastenzeit ist auch in Betrieben in islamischen Ländern festzustellen. Lange Jahre sind von verschiedenen Regierungen Versuche unternommen worden, von islamischen Rechtsgelehrten Begründungen für eine Erleichterung der Fastenpflicht zumindest für Schwerarbeiter zu erlangen.

Das islamische Recht kennt eine Reihe von Ausnahmeregelungen für das Fasten im Monat Ramadan. So sind Kranke, schwangere Frauen oder stillende Mütter von der Pflicht befreit. Sie müssen die versäumten Fastenperioden aber nachholen (vgl. S. 20). Kämpfer im Glaubenskrieg dürfen nicht fasten, da sie ja ihre Kampfkraft schwächen würden. Hat jemand das Fasten gebrochen, kann er statt dessen eine genau festgelegte Zahl von Armen speisen. Heute werden als Äquivalente auch entsprechende Geldzahlungen an karitative Einrichtungen angesehen. Das Nachholen der versäumten Fastentage ist immer möglich, was unter volkswirtschaftlichen Gesichtspunkten allerdings von geringerem Nutzen ist. Nachgeholte Fastentage können sich sogar noch negativer auswirken als das Fasten im Ramadan. Im Fastenmonat sind alle Menschen in der islamischen Welt auf die Tatsache eingerichtet, daß generell eine geringere Aufmerksamkeit im Arbeitsleben, im Straßenverkehr oder Privatleben herrscht als zu anderen Jahreszeiten. Die Arbeitsgeschwindigkeit ist langsamer und das Leben ganz allgemein gemächlicher. Wenn jemand außerhalb des Ramadan fastet, findet er sich in einer anderen Umgebung. Das Arbeitstempo ist höher. Spezielle Rücksichten auf Fastende können nicht genommen werden. Es kommt häufiger zu schwierigeren Situationen vor allem am Arbeitsplatz als während des Ramadan. Daher hielt man nach anderen Möglichkeiten Ausschau, mit Hilfe des islamischen Rechts die Fastenregelungen zu modifizieren. Der bekannteste Versuch wurde in dieser Hinsicht bereits Ende der fünfziger Jahre in Tunesien unternommen. Der tunesische Staatspräsident, Habib Bourguiba, beauftragte islamische Rechtsgelehrte, ein Rechtsgutachten zu erstellen, das den Tunesiern erlauben sollte, während des Ramadan nicht zu fasten. Die Argumentation in diesem Gutachten bezog sich auf die Regelung des islamischen Rechts, daß Kämpfer im Glaubenskrieg vom Fasten befreit sind. Das arabische Wort für Glaubenskrieg ist ›Jihad‹ und bedeutet zunächst einmal nichts anderes als ›Anstrengung aller Kräfte‹ (vgl. S. 28). Diese Anstrengung kann auf die verschiedensten Ziele gerichtet sein. Man kann die Bemühungen eines Schülers oder Studenten um ein erfolgreiches Studium oder die eines Bauern um eine gute Ernte als Jihad bezeichnen. Die tunesischen Rechtsgelehrten sahen in ihrem Gutachten das Land in einem Kampf, einem Jihad, gegen die Unterentwicklung. Diejenigen, die sich aktiv an diesem Kampf beteiligten, konnten nach dieser Ansicht als Kämpfer im Glaubenskrieg betrachtet werden. Diesen wiederum ist das Essen und Trinken im

Monat Ramadan aber erlaubt. Mit dieser Argumentation, die in die Tradition der ›Rechtskniffe‹ des islamischen Rechts einzuordnen ist, war also das Fastengebot aufgehoben. Mit allen Mitteln, die einem autoritär geführten Staat zur Verfügung stehen, versuchte das Regime Bourguiba nun, diese Rechtsauffassung in der Praxis auch durchzusetzen. Lebensmittelgeschäfte, vor allem aber Gaststätten mußten tagsüber geöffnet sein und durften ihr Angebot nicht hinter Tüchern oder anderen im Ramadan sonst üblichen Formen des Sichtschutzes verstecken. Die entsprechenden Leuchtreklamen mußten eingeschaltet werden. Staatliche Bedienstete hatten tagsüber zu essen. Der Staatspräsident selbst speiste in der Öffentlichkeit unter den Augen der Medien, die diese Nachricht im ganzen Land verbreiteten. Diese Kampagne hielt einige Jahre an. Dann allerdings geschah etwas Erstaunliches. Trotz des Dispenses durch die Rechtsgelehrten und des staatlichen Drucks führte die weit überwiegende Zahl der Tunesier ihre bis dahin geübte Fastenpraxis weiter fort. Unbeeindruckt von allen staatlichen Pressionen fasteten sie tagsüber mit den entsprechenden Konsequenzen für die Arbeitsproduktivität. Angesichts der mangelnden Aussicht auf Erfolg wurden die staatlichen Bemühungen um eine Änderung der Fastenpraxis schließlich sang- und klanglos aufgegeben. Im übrigen hatten die Regierungen benachbarter Länder, denen die prowestliche Politik der tunesischen Regierung zu Beginn der sechziger Jahre ein Dorn im Auge war, mit einer Gegenpropaganda begonnen. Sie brandmarkten das tunesische Regime wegen seiner Haltung gegenüber dem islamischen Fastengebot als unislamisch.

Bis in die späten siebziger Jahre hinein hat es immer wieder Versuche von Regierungen verschiedener islamischer Länder gegeben, Erleichterung im Monat Ramadan vor allem für Schwerarbeiter durch entsprechende Äußerungen von islamischen Rechtsgelehrten zu erreichen. So führte man eine Gruppe von unabhängigen Gelehrten, die

1975 zu einer internationalen Konferenz in Algier zusammengekommen waren, in ein Stahlwerk und ließ sie aus unmittelbarer Nähe einen Stahlabstich miterleben. Die Gelehrten zeigten sich sehr beeindruckt von den extremen Belastungen, denen die Stahlarbeiter ausgesetzt waren und erkannten auch die Risiken, die ihnen bei mangelnder Konzentration drohten. Es war ihnen klar, daß diese Arbeit an die Grenzen physischer und psychischer Belastbarkeit des Menschen stößt, sahen aber keine Möglichkeit, die Arbeiter trotz der extremen Arbeitsbedingungen von der Pflicht des Fastens zu befreien. Immerhin aber stellten sie fest, daß die Arbeiter nur so lange das Fasten einhalten müßten, wie es ihnen bei aller Anstrengung möglich sei. Gott verlange schließlich nichts, was über die Kraft des Menschen hinausginge.

Aus den beiden Beispielen wird deutlich, daß die Praxis des Fastens im Monat Ramadan tief im Bewußtsein der Muslime verankert ist. Auch wenn ihnen Entlastungsmöglichkeiten aufgezeigt werden, halten sie doch an dieser Glaubenspflicht fest. Das gilt auch für die in Deutschland lebenden Muslime. Bei der praktischen Durchführung des Fastens haben sie eine Reihe von praktischen Problemen zu lösen. Wie beim Pflichtgebet muß geklärt werden, zu welchem Zeitpunkt genau das Fasten zu beginnen und zu enden hat. Das gilt sowohl für die tägliche Fastenperiode als auch für den Fastenmonat insgesamt. Nach den traditionellen Vorstellungen des islamischen Rechts beginnt der Fastenmonat, wenn die Sichel des neuen Mondes erschienen ist. Für die Fixierung dieses Termins reicht aber nach traditionellem Verständnis eine entsprechende mathematische Berechnung nicht aus. Vielmehr muß der Mond von zwei verläßlichen Zeugen tatsächlich gesehen worden sein. Wenn dies aufgrund der Wetterlage aber nicht möglich ist, beginnt das Fasten eben einen Tag oder gar zwei Tage später. Wenn der Mond dann immer noch nicht gesichtet wird, wird der Beginn des Fastens verkündet, weil die Gelehrten dann davon ausgehen, daß er tatsächlich erschienen sein muß, auch wenn man ihn nicht sieht. So erhält man in islamischen Ländern auf die Frage, wann der Ramadan beginnt, durchaus Antworten wie: »Wir wissen es nicht. Es kann heute sein, aber auch morgen.« Vergleichbares läßt sich auch über das Ende des Fastenmonats sagen. In einigen Ländern wird die Ausschau nach dem Mond, der das Fasten des Ramadan beendet, sehr feierlich begangen. Diejenigen, die als erste das Erscheinen des Mondes melden, erhalten ein Geschenk. In den letzten Jahren hat es sich in der islamischen Welt allerdings eingebürgert, eine entsprechende Mitteilung religiöser Autoritäten in Mekka abzuwarten, ehe regional der Beginn oder das Ende des Ramadan verkündet wird. Dabei besteht aber immer noch das Problem, daß durch die geographische Ausdehnung der islamischen Welt der Ramadanbeginn mit entsprechenden Verzögerungen einsetzen kann.

Es war für Muslime in Deutschland lange Zeit schwierig, die für den Beginn und das Ende des Fastenmonats notwendigen Informationen zu erhalten. Auch sie richten sich inzwischen nach den Ankündigungen, die von den elektronischen Medien aus islamischen Ländern übermittelt werden. Darüber hinaus sind die islamischen Organisationen in Deutschland in der Lage, die entsprechenden Angaben zu machen.

Komplizierter stellt sich aus der Sicht des islamischen Rechts die Frage nach der täglichen Fastendauer dar. Durch die Krümmung des Globus bedingt, verlängert sich die Dauer der Helligkeit in unseren Breiten nach Norden. Muslime in nördlichen Staaten Europas wie Finnland, Norwegen oder Schweden können in eine Situation kommen, in der der Ramadan in die Zeit der Mittsommernacht fällt, in der es also praktisch keinen Sonnenauf- und Sonnenuntergang gibt. In all diesen Ländern leben Muslime, in Finnland zum Beispiel schon seit Jahrhunderten. In der Frage, wie sie sich in einer derartigen Lage verhalten sollen, sind islamische Rechtsgelehrte zu dem Ergebnis gekommen, daß die tägliche Fastenphase derjenigen des am weitesten nördlich gelegenen islamischen Siedlungsgebiets entsprechen solle. Nach anderen Auffassungen wird die Fastenzeit in der Stadt Bordeaux als die gültige auch für weiter nördlich lebende Muslime festgesetzt. Für Deutschland werden häufig auch die für die Muslime Bosniens oder der Türkei geltenden Fastenzeiten zugrunde gelegt. Die islamischen Gemeinden und Organisationen geben inzwischen die exakten Daten für die täglichen Fastenzeiten in Aushängen, Kalendern und telefonischen Nachrichtendiensten an. Dennoch bleibt für in Deutschland lebende Muslime die Aufgabe, das Fasten einzuhalten, schon aus den geschilderten technischen Gründen schwieriger als im islamischen Kulturkreis.

Keine der islamischen Glaubenspflichten kollidiert so mit den in Deutschland gegebenen gesellschaftlichen Verhältnissen wie das Gebot des Fastens. Die Öffentlichkeit nimmt den Fastenmonat praktisch nicht zur Kenntnis. In den Medien bleibt diese Thematik nahezu ausgespart. Lediglich wenn der Erzbischof von Köln den Muslimen für gemeinsame Gebete im Ramadan den Dom zur Verfügung stellt, ist dies eine Nachricht wert. Natürlich versuchen Muslime das Fasten einzuhalten. Und natürlich ist die Einhaltung dieser Pflicht in einer fremden kulturellen Umgebung ein schwierigeres Unterfangen als in einer Kultur, in der alle Menschen in den Vorgang des Fastens eingebunden sind. Häufig wissen auch Deutsche, die in regelmäßigem Kontakt mit Muslimen stehen, nicht, daß der Fastenmonat begonnen hat. Gedankenlos bieten sie ihren muslimischen Gesprächspartnern Getränke oder Speisen an. Das nötigt diese wiederum, sich dafür zu entschuldigen, daß sie fasten. Dabei ist es traditioneller muslimischer Brauch, sich gegenseitig zu beglückwünschen und Gott zu danken, daß man die Kraft zum Fasten hat. Eine Entschuldigung für das Fasten läuft daher allen kulturellen

Normen zuwider. Auch die in der islamischen Welt weitverbreitete Praxis, während des Ramadan die Nacht zum Tag zu machen, ist in Deutschland nur schwer zu realisieren. Gewiß besuchen sich Muslime in dieser Zeit abends häufiger als gewöhnlich. Man bereitet die überlieferten Fastenspeisen zu und richtet den häuslichen Tagesablauf nach den Bedürfnissen der Fastenden ein. Zu diesen Fastenspeisen gehören in türkischen Familien verschiedene Marmeladen, Honig, Schafskäse, Kaviar, eingelegte grüne und schwarze Oliven und verschiedene speziell im Ramadan angebotene Würste. In vielen arabischen Ländern gehören frische Früchte zu diesen Speisen. Weißbrot, Fladenbrot und süßes Gebäck ergänzen dieses Angebot. In marokkanischen Familien ist es üblich, das Fasten mit einer Suppe zu brechen, deren Hauptbestandteile Kichererbsen und Linsen sind. Sie ist mit Zitronensaft gewürzt. Dazu werden Datteln gereicht. So vielfältig wie die Herkunftsländer sind auch die Ramadanspeisen der in Deutschland lebenden Muslime.

Das Frühstück wird vor den Beginn des Fastens gelegt und während des Tages werden keine Speisen zubereitet. Auch der Tee oder Kaffee, der bei vielen muslimischen Familien für Gäste ständig bereitgehalten wird, wird erst am Abend gekocht. Muslime können am Arbeitsplatz aber nicht auf besondere Rücksicht hoffen. Noch in den siebziger Jahren sahen es die deutschen Gewerkschaften als eine richtige Politik an, wenn muslimischen Arbeitern in dieser Zeit keine besonderen Vergünstigungen gewährt wurden. Sie verteidigten diese Haltung mit dem Argument, daß bei der Gewährung besonderer Arbeitserleichterungen für Muslime die Integration dieser Personengruppe in den Betrieben, aber auch in der deutschen Gesellschaft behindert würde.

Gerade im Zusammenhang mit dem Fasten werden den Rechtsgelehrten zahlreiche Fragen vorgelegt, wie zum Beispiel nach der Benutzung von Parfüm und Kosmetika während des Fastens. Der Gebrauch von Parfüm wird in den Rechtsgutachten ausdrücklich Männern und Frauen empfohlen. Muslime folgen damit dem Beispiel des Propheten, der während des Ramadan Parfüm benutzte. Auch gegen Kosmetika werden keine Einwände erhoben. Ebenso verhält es sich mit den verschiedensten medizinischen Behandlungen. Intravenöse oder intramuskuläre Injektionen brechen das Fasten nicht. Ausnahme in diesem Zusammenhang sind nur solche Injektionen, durch die das Hungergefühl genommen oder das Fasten durch einen anderen Effekt erleichtert wird. Auch die Verwendung von Augen- und Nasentropfen oder die Benutzung von Sprays gegen Atembeschwerden ist erlaubt. Anders verhält es sich dagegen mit dem Zähneputzen. Die Gelehrten sehen die Gefahr, daß man dabei etwas von dem Wasser oder der Zahnpasta schluckt, wodurch das Fasten gebrochen würde. Sie verweisen auf einen Ausspruch des Propheten Muhammad, der nach der Überlieferung gesagt haben soll: »Der Geruch aus dem Mund eines Fastenden ist Gott lieber als der Duft von Moschus.« Daher gilt die Regel, daß man sich vom Mittag bis zum Sonnenuntergang die Zähne nicht mehr putzen darf.

Häufig werden islamische Rechtsgelehrte gefragt, von welchem Alter ab Jugendliche fasten sollen. Die Antworten sind nicht einheitlich. Offensichtlich wird das Fasten nach der Pubertät als Pflicht angesehen. Nach verschiedenen Traditionen wurden in frühislamischer Zeit Kinder vom siebten Lebensjahr an angehalten zu fasten. Häufig empfehlen Rechtsgelehrte den Eltern, die Kinder zunächst für einen oder zwei Tage fasten zu lassen und die Fastenperiode nach und nach zu verlängern. Eltern und andere Familienangehörige sollen die Kinder, die den Tag über gefastet haben, besonders loben und ihnen zur Belohnung ein besonderes Geschenk machen. Auf diese Weise seien sie bei Erreichen der Pubertät die Mühen und Belastungen des Fastens gewöhnt. Muslimische Kinder, die in deutsche

Schulen gehen, müssen spätestens nach Erreichen der Pubertät mit dem Fasten beginnen. Die daraus resultierenden Schwierigkeiten für die Konzentrationsfähigkeit der Schüler haben häufig zu Anfragen der Eltern bei Rechtsgelehrten geführt. Die Haltung der islamischen Autoritäten ist hier sehr unterschiedlich. Sie unterscheiden zunächst einmal zwischen normalen Schultagen und solchen, an denen Examen oder andere Prüfungen anstehen. An normalen Schultagen sollten Schüler nach allgemeiner Auffassung fasten. Die Familien sollen in dieser Zeit den Tagesablauf so einrichten, daß jeder seinen beruflichen Pflichten nachgehen kann. Einige Gelehrte sind der Meinung, daß die Schülerinnen und Schüler, die sich auf ein Examen vorbereiten, das Fasten abbrechen sollten, um sich ganz auf die Vorbereitung zu konzentrieren. Ihnen widerspricht eine Reihe von Gutachtern, die der Meinung sind, daß die Fastenzeit eine besonders günstige Zeit für die Vorbereitungen auf Prüfungen darstellt. Man könne viel ruhiger arbeiten, weil man nicht durch Mahlzeiten unterbrochen werde. Wenn der Hunger gegen Abend zu groß werde, müsse man die Vorbereitungen unterbrechen und könne sie nach dem Fastenbrechen wieder aufnehmen. Es sei lediglich eine Frage der Organisation der Arbeit. Diese Gutachter weisen deutlich darauf hin, daß das Fasten beschwerlich sein müsse. Sonst habe es keinen religiösen Wert.

Eine besondere Bedeutung erhält der siebenundzwanzigste Ramadan. In dieser Nacht soll nach islamischer Überlieferung dem Propheten Muhammad zum ersten Mal ein Teil des Korans offenbart worden sein. Sie wird als die »Nacht der Bestimmung« bezeichnet (vgl. S. 20). Der Koran sagt über sie: »Die Nacht der Bestimmung ist besser als tausend Monate.« Nach verschiedenen islamischen Traditionen haben Gebete, die in dieser Nacht an Gott gerichtet werden, eine ganz besondere Kraft. Vor diesem Tag und vor einigen anderen Festtagen werden in einigen islamischen

Ländern spezielle Speisen zubereitet. In Anatolien sind es ein Fettgebäck (Lokma), das das Siegel des Propheten symbolisiert, Blätterteig (Katmer), der für das geschriebene Edikt Muhammads steht und schließlich ein Brandteig (Pishi), der seinen Segen symbolisiert. Soweit es technisch möglich ist, bereiten die muslimischen Familien auch in Deutschland diese traditionellen Speisen zu. Inzwischen bieten Spezialgeschäfte die notwendigen Zutaten an. Auch die fertigen Produkte können gekauft werden.

Vor allem zum Fest des Fastenbrechens am Ende des Monats Ramadan werden – ähnlich wie beim christlichen Weihnachtsfest – in muslimischen Familien Geschenke gemacht. Das Fest des Fastenbrechens ist vor allem auch ein ganz besonderes Fest für die Kinder und wird nicht ohne Grund in der Türkei auch als »Zuckerfest« bezeichnet. Die festliche Stimmung, die in diesen Tagen in der islamischen Welt überall in der Öffentlichkeit zu spüren ist, herrscht in Deutschland nur im engeren Familien- und Freundeskreis. Die deutsche Umgebung nimmt das Fest nicht zur Kenntnis, und es gibt auch keine besonderen Reaktionen etwa von Unternehmen des deutschen Einzelhandels. Muslime müssen sich, anders als die deutsche Gesellschaft zu Weihnachten, Ostern oder Pfingsten, den festlichen Rahmen selbst schaffen. Da es sich bei allen islamischen Festen um bewegliche Festtage handelt, können sie auf Arbeitstage fallen, in denen die Kinder zur Schule gehen und die Erwachsenen zur Arbeit müssen. Die Geschäfte sind geöffnet. Für die Mehrheit der Menschen in Deutschland handelt es sich um einen ganz normalen Tag. Dennoch feiern die Muslime in Deutschland das Fest des Fastenbrechens. Sie bereiten festliche Mahlzeiten zu, deren Rezepte sie aus ihrer Heimat mitgebracht haben. Muslimische Schüler bleiben, in der Regel mit Einverständnis ihrer Eltern, an diesem Tag der Schule fern. Die Erwachsenen nehmen, wenn es möglich ist, einen oder zwei Urlaubstage. Wenn eine Freistellung nicht möglich ist, wird nach dem Arbeitsende gefeiert. Auch in Deutschland gehören gegenseitige Besuche zu den wichtigsten Ritualen bei diesem Fest. Man sucht sich in den Wohnungen auf, überreicht Geschenke und kostet von den speziell zum Feiertag hergestellten Süßigkeiten.

Trotz aller Bemühungen bleibt das Fest in Deutschland für Muslime, die sich der Festformen in ihren Heimatländern bewußt sind, nur ein schwaches Echo. Angesichts der zahlreichen Schwierigkeiten, in Deutschland den Ramadan richtig zu begehen und das Fest des Fastenbrechens in angemessener Weise zu feiern, bemühen sich jedes Jahr immer mehr Muslime, diese Zeit in einem islamischen Land zu verbringen. Sie richten ihre Urlaubsplanung so ein, daß sie den ganzen Monat oder doch wenigstens einen Teil davon in ihren Heimatorten verbringen können. Allerdings wird die Zahl derer, die dorthin noch enge Kontakte haben, immer geringer. Daher verreisen viele in islamische Länder, die sie noch nicht kennen und verbinden auf diese Weise touristische und religiöse Motive. Alles in allem bleibt die Glaubenspflicht des Fastens einer der wirklich schwierigen Bereiche islamischen Lebens in Deutschland.

Das Almosen

Der Koran und die islamische Tradition erlegen dem Muslim auf, einen Teil seines Einkommens für karitative Zwecke zur Verfügung zu stellen (vgl. S. 22f). Der Terminus für dieses Pflichtalmosen ist Zakat. Über die Höhe dieser Abgabe bestehen unterschiedliche Ansichten in den verschiedenen Rechtsschulen. Wenn man die Vielzahl der in diesem Zusammenhang gestellten Anfragen an islamische Rechtsgutachter in Betracht zieht, herrscht auch unter Muslimen große Unsicherheit hinsichtlich des Umfangs, des Zeitpunkts, der Empfänger usw. von Almosen. In vielen Staaten der islamischen Welt liegt es ganz in der Verantwortung der Gläubigen, ob und wie sie diese Pflicht erfüllen. Staatliche oder religiöse Verwaltungseinrichtungen kümmern sich nur in einigen wenigen Ländern darum, daß die entsprechenden Summen auch tatsächlich bezahlt werden. Muslimen ist aber bewußt, daß Besitz eine Gabe Gottes ist, die dem Menschen nur auf Zeit anvertraut worden ist. Daher hat er einerseits sorgsam mit ihm umzugehen, ist aber andererseits auch verpflichtet, von dem Einkommen, das er aus diesem Besitz erzielt, einen Anteil denen zukommen zu lassen, die in weniger glücklichen Umständen leben. In der Regel überreichen die Gläubigen zu einem bestimmten Zeitpunkt, zum Beispiel an einem Feiertag, eine Geld- oder Sachspende an einen ihnen persönlich bekannten Bedürftigen. Oft entsteht so etwas wie eine regelrechte Geschäftsbeziehung zwischen dem Geber und dem Empfänger, und so kann es geschehen, daß der Bedürftige seinen Gönner daran erinnert, daß er die ihm zustehende Gabe bisher noch nicht erhalten habe und sie sozusagen anmahnt. Die Zakat-Pflicht hat über Jahrhunderte in entscheidendem Maß dazu beigetragen, daß ein staatliches Sozialsystem, wie wir es in modernen Staaten kennen, nicht notwendig war. Auch heute noch spielt der Zakat eine wichtige Rolle bei der Linderung der größten materiellen Not in vielen islamischen Ländern.

Für Muslime, die in Deutschland mit einer islamischen Gemeinde verbunden sind, stellt die Zakat-Pflicht kein besonderes Problem dar. Sie können die entsprechenden Abgaben an die Mitarbeiter der Moschee übergeben. Die so zusammenkommenden Mittel werden für karitative Zwecke, aber auch zum Unterhalt der Moscheen und der ihnen angeschlossenen Einrichtungen verwendet. Durch diese Gelder ist es verschiedenen islamischen Organisationen gelungen, einen beträchtlichen Kapitalrückhalt anzusammeln, der vornehmlich in Immobilien angelegt wird.

Die Investition in Sachwerte ergibt sich aus dem Zinsverbot des Korans, auf das später eingegangen werden wird. Stolz sind die in Deutschland lebenden Muslime vor allem auch auf die hohen Summen, mit denen sie der leidenden Bevölkerung in Bosnien während der langen Zeit der Auseinandersetzungen im ehemaligen Jugoslawien helfen konnten. Nach eigenen Angaben hat es sich dabei um insgesamt dreistellige Millionenbeträge gehandelt.

Es ist den in Deutschland lebenden Muslimen aber selbstverständlich auch möglich, den Zakat nach eigenem Gutdünken zu spenden, wobei allerdings nach den jeweiligen Umständen gefragt werden muß: Gehört zum Beispiel die Finanzierung des Studiums oder der Ausbildung eines jüngeren Verwandten zu den Möglichkeiten, mit denen die Zakat-Pflicht erfüllt werden kann? Die Antwort der Rechtsgelehrten ist in diesem Fall positiv. Kann man den Zakat auch von Einkommen zahlen, das man auf unrechtmäßige Weise, zum Beispiel aus Zinsgewinnen, erworben hat? Hier entscheiden die Gelehrten negativ. Diese Gewinne müssen natürlich für gute Zwecke gespendet werden, die Zakat-Pflicht bleibt darüber hinaus auch noch bestehen. Eine Frage, die unter muslimischen Gemeinden in verschiedenen deutschen Städten diskutiert wurde, bezog sich auf die Empfänger der Pflichtabgabe. Den Muslimen ist natürlich nicht verborgen geblieben, daß es auch in Deutschland soziale Brennpunkte und Menschen in Not gibt. Verschiedentlich wurden Rechtsgutachter danach gefragt, ob die Zakat-Pflicht auch durch Gaben an Nicht-Muslime oder an christliche karitative Organisationen erfüllt werden könne. Die grundsätzliche Haltung der Rechtsgutachter ist zunächst einmal, daß es nicht verboten sein kann, einem Bedürftigen, der nicht Muslim ist, eine milde Gabe zukommen zu lassen. Was allerdings die Erfüllung der Zakat-Pflicht betrifft, so kann man durchaus verschiedene Auffassungen hören. So sind die einen der Meinung, daß das Almosen für einen Nicht-Muslim nur dann auf die Zakat-Pflicht angerechnet werden könne, wenn es keine bedürftigen Muslime mehr gebe. Dabei wird immerhin die Einschränkung gemacht, daß diese Regel sich nur auf einen überschaubaren Bereich beziehen könne und nicht etwa auf die gesamte islamische Welt. Die andere Rechtsmeinung hält dafür, diese Almosen auf die Zakat-Pflicht anzurechnen, weil sich die Bedachten durch diese gute Tat veranlaßt sehen könnten, Muslime zu werden. Die Gabe wird in diesem Kontext als Bekenntnis zum Islam und als vorbildhafte Handlung gesehen, die sich für die Gemeinschaft der Muslime als positiv herausstellen kann.

Die Pilgerfahrt

Die für die in Deutschland lebenden Muslime am wenigsten problematische Glaubenspflicht ist die Pilgerfahrt. Natürlich ist die Reise zu den heiligen Stätten des Islams mit finanziellen Belastungen und körperlichen Strapazen verbunden. Die Minderheitensituation führt auch dazu, daß die festliche Stimmung, mit der die Pilger in der islamischen Welt von Verwandten und Freunden verabschiedet werden, auf deutschen Flughäfen oder an Bahnhöfen nicht entstehen kann. Indes bieten verschiedene Spezialreiseveranstalter Pilgerfahrten nach Mekka an, bei denen schon im Vorfeld ein wenig von der Atmosphäre entsteht, wie man sie bei dieser Gelegenheit in der islamischen Welt erleben kann. Für alle Muslime, die die Pilgerfahrt machen, bedeutet dies eines der einschneidendsten Erlebnisse ihres gesamten Lebens. Vor allem für die Gläubigen, die in einer Diasporasituation leben, stellt die Pilgerfahrt auch eine Versicherung und Bestätigung ihres Glaubens dar. Unter dem intensiven Eindruck dieser Pilgerfahrt in die Zentren der islamischen Welt, versuchten viele Muslime nach der Rückkehr in ihre Heimatländer auch dort den Islam im

Rahmen einer Reformbewegung stärker durchzusetzen. Angesichts der heutigen Kommunikationsmöglichkeiten ergeben sich derartige Entwicklungen nicht mehr in dem gleichen Maß. Die Pilgerfahrt ist dennoch von außerordentlicher Bedeutung für den aus Deutschland kommenden Muslim. Die Erfahrung, nicht mehr einer Minderheit anzugehören, bewirkt bei vielen Pilgern aus Deutschland eine Stärkung des Selbstwertgefühls, was einem weniger unsicheren Umgang mit der Mehrheitsbevölkerung zuträglich ist. Daß unter Muslimen der deutschen Mehrheitsbevölkerung gegenüber ein gewisses Minderwertigkeitsgefühl vorhanden ist, wurde mir deutlich, als ein bekannter libanesischer Muslim bei der Diskussion seinen deutschen Glaubensbrüdern sagte: »Ich weiß nicht, warum ihr so verzagt seid. Ihr müßt euch bewußt werden, daß ihr zu einer großen Weltgemeinschaft gehört.« Viele Muslime, die in Deutschland leben, haben berichtet, daß sie diese Erfahrung der Zugehörigkeit zu einer Gemeinschaft von mehr als zwei Milliarden Menschen im Rahmen der Pilgerfahrt gemacht haben. Es war für sie ein Unterschied, ob sie die abstrakten Zahlen der Weltmuslimbevölkerung zur Kenntnis genommen hatten oder ob sie ein Teil einer vieltausendköpfigen ergriffenen Menge waren, die ihnen ein unvergleichliches Gefühl von Zusammengehörigkeit vermittelte.

Muslimische Pilger, die in ihre Heimat zurückkommen, werden in der Regel von einer großen Gruppe von Verwandten und Bekannten vom Flughafen abgeholt. Diese häufig sehr aufwendigen Willkommenszeremonien geben nicht nur der Wertschätzung und der Verehrung des jeweiligen Pilgers Ausdruck, sondern bedeuten zugleich einen Prestigegewinn für diejenigen, die ihn in Empfang nehmen. Sie können für sich immerhin in Anspruch nehmen, daß sie diesem heiligen Mann oder dieser heiligen Frau sehr nahestehen. Ein wenig von dem Glanz des Pilgertums fällt auch auf die Abholer ab. Der Begrüßung schließt sich ein oft sehr elaboriertes Ritual an, bei dem dem Pilger besondere Ehren erwiesen werden. Es finden Empfänge und Festmähler statt, und man begrüßt den Heimkehrer auch in Zukunft mit dem entsprechenden Ehrentitel. In einigen islamischen Ländern, wie zum Beispiel Ägypten, werden die Häuser der Pilger mit Bildern der Reise nach Mekka geschmückt. Man kann die Transportmittel erkennen, und symbolische, häufig stark abstrahierte Darstellungen weisen auf die besonderen Anforderungen hin, denen der Pilger entsprochen hat.

Muslime, die von Deutschland aus die Pilgerreise unternehmen, finden sich in einem völlig anderen gesellschaftlichen Zusammenhang. Weder die Abfahrt noch die Rückkehr der Pilger werden von der deutschen Umgebung gesondert zur Kenntnis genommen. Selbst weniger am Islam interessierte Deutsche wissen, daß es für Muslime die Pflicht der Wallfahrt nach Mekka gibt. Doch wann der Pilgermonat ist und wann die eigentlichen Zeremonien stattfinden, weiß kaum jemand. Pilgerfahrten werden nicht nur in der islamischen Welt, sondern auch in Deutschland als Pauschalreisen angeboten. Dies hat seinen guten Grund. Die Pilgerreisen haben sich zu einem außerordentlich komplizierten organisatorischen Vorgang entwickelt, da innerhalb von wenigen Tagen mehr als eine Million Menschen in einem relativ begrenzten geographischen Raum eine Anzahl von zeitaufwendigen und manchmal auch umständlichen Ritualen vollziehen müssen. All diesen aufgeregten, nicht selten unerfahrenen und unsicheren Menschen muß nicht nur Gelegenheit zum Vollzug der Rituale gegeben werden, es muß sich auch um den reibungslosen Ablauf der Reise an sich gekümmert werden. Eine der größten Sorgen vieler Pilger ist es, in den Menschenmengen verlorenzugehen. Sie müssen auch mit Nahrungsmitteln, Unterkunft und der notwendigen Anleitung versehen werden. All dies kann heute nur noch mit einem konsequenten Organisationsmanagement erfolgreich bewältigt werden. Daher ist es nicht verwunderlich, daß vor allem Reisegruppen zu den Wallfahrtsstätten zugelassen werden. In jedem Jahr bestimmen die für die Organisation der Pilgerfahrt verantwortlichen Behörden in Saudi-Arabien, wie groß die Zahl der Muslime aus jedem Land sein darf, die nach Mekka kommen. In Deutschland werden die Wallfahrten für die Muslime von Reisebüros oder speziellen Reiseveranstaltern organisiert, die mit größeren islamischen Organisationen in Verbindung stehen. Auf eine andere Weise ist die Reise kaum zu realisieren. Die Gemeinsamkeit der Reisegruppen schafft ein Klima von Gemeinschaft, das in etwa mit den Erfahrungen von Pilgern zu vergleichen ist, die aus einem islamischen Land nach Mekka reisen. Die lebhafte Anteilnahme der Öffentlichkeit an dem Unternehmen fehlt jedoch in der Diaspora, und dieses emotionale Defizit ist Muslimen, die sich an die Begeisterung erinnern, mit denen sie selbst Pilger zum Abfahrtspunkt ihrer Reise begleitet haben, durchaus bewußt. Mit ihrer Rückkehr verhält es sich nicht anders. All die öffentlichen Formen der Anerkennung des Pilgers und das damit verbundene Sozialprestige entwickeln sich erst gar nicht im Kontext der deutschen Gesellschaft. Lediglich in der kleinen Gemeinschaft der islamischen Gemeinden erfahren die Pilger die Befriedigung, zu der kleinen Schar von Muslimen zu gehören, die diese Glaubenspflicht erfüllt hat.

Die Muslime in aller Welt feiern die Pilgerfahrt mit, auch wenn sie selbst nicht zu den heiligen Stätten gereist sind: An den Tagen, an denen das Pilgerritual seine Höhepunkte erlebt, feiern sie gemeinsam das Opferfest. Bei dieser Gelegenheit schlachtet jede muslimische Familie, die dazu finanziell in der Lage ist, ein Lamm. Wohlhabende Familien schlachten auch größere Tiere, und Arme müssen sich mit einem Huhn begnügen. In diesem Opferritual symbolisiert sich die Einheit der islamischen Welt. Von daher hat das Opferfest gerade für Muslime in der Diaspora eine größere inhaltliche Bedeutung als das Fest des Fastenbrechens, wenngleich letzteres aufwendiger gefeiert wird. Die Probleme, die schon im Zusammenhang mit dem Fest des Fastenbrechens beschrieben worden sind, ergeben sich auch beim Opferfest. Letzteres ist in der deutschen Öffentlichkeit noch weniger bekannt, was die Möglichkeit, diese Tage festlich zu begehen, zusätzlich erschwert.

Mit dem Ritual des Opfers sind für Muslime in Deutschland zahlreiche Probleme verbunden. Wenn man in der Zeit des Opferfestes durch die islamische Welt reist, kann man allenthalben die für das Opfer bestimmten Tiere auf Märkten, an Hoftüren angebunden oder auf Dächern verstaut finden. Es ist nicht weiter schwierig, ein Opfertier zu erwerben. Am Tag des Opfers wird es dann rituell geschlachtet. Dabei wird es nach Mekka gewandt, und mit der Anrufung Gottes wird ihm dann die Kehle durchgeschnitten. Es wird geschächtet. Wenn das Tier ausgeblutet ist, wird es zerlegt. Einen Teil des Fleisches verzehrt die Familie bei einem gemeinsamen Mahl. Der Rest wird an Bedürftige verteilt. Es ist in Deutschland zunächst einmal gar nicht selbstverständlich, überhaupt ein passendes Opfertier zu bekommen. Erst in den letzten Jahren sind Produzenten dazu übergegangen, lebende Schafe für muslimische Kunden zur Verfügung zu halten. Wenn der Kauf eines Opfertiers gelungen ist, folgt die Schwierigkeit des Schlachtens. Es soll Fälle gegeben haben, in denen die Tiere in der Wohnung geschächtet wurden, wobei vor allem das Badezimmer für diese Zwecke verwendet wurde. Stand ein Garten oder Hof zur Verfügung, wurde die Schlachtung hier durchgeführt. Diese Vorgänge führten zu häufig überzogenen Reaktionen der deutschen Umwelt. Ich erinnere mich noch gut an eine Taxifahrerin in einer westdeutschen Kleinstadt, die sich während einer längeren Fahrt über die muslimische Schlachttechnik so sehr aufregte, daß ihre mangelnde Aufmerksamkeit eine Gefahr zumindest für ihren Fahrgast darstellte. Sie sah die Schächtung als inhuman und barbarisch an. Die in deutschen Schlachthöfen üblichen Techniken fand sie dagegen überhaupt nicht verwerflich. Auch die in deutschen ländlichen Gegenden noch üblichen Formen der Hausschlachtung erregten sie nicht weiter. Es ist wohl vor allem der Kehlenschnitt, der noch immer den Unwillen der deutschen Gesellschaft hervorruft.

Darüber hinaus sehen sich auch die Ordnungsbehörden auf den Plan gerufen. Es handelt sich schließlich aus verwaltungsrechtlicher Sicht um Formen des Schwarzschlachtens. Zumindest die Fleischbeschau der geschlachteten Tiere ist aus hygienischen und seuchenpolizeilichen Gründen vor dem Verzehr des Schlachttiers vorgeschrieben. Wenn diese Fleischbeschau nicht stattfindet, können Ordnungsstrafen verhängt werden. Es liegt den islamischen Gemeinden in Deutschland viel daran, mit den deutschen Behörden gut zusammenzuarbeiten. Im Zusammenhang mit dem Opferfest wurden gemeinsam verschiedene Überlegungen angestellt, um einerseits den deutschen Vorschriften, andererseits auch den berechtigten religiösen Interessen der Muslime Rechnung zu tragen. Im Zusammenhang mit der eigentlichen Schlachtung wurden in den achtziger Jahren Ausnahmeregelungen für das Opferfest erteilt. Um die gesundheitspolizeilichen Vorschriften zu erfüllen, kamen einige islamische Gemeinden auf die Idee, die rituelle Schlachtung aller Tiere der Gemeindemitglieder gemeinsam durchzuführen. Auf einem diskret gelegenen Bauernhof wurden die Schafe nach den Vorschriften des islamischen Rechts gleichzeitig geschlachtet, während ein Veterinär die Tiere begutachtete und durch seinen Stempel zum Verzehr freigab. Die Presse war von dem Vorgang informiert worden und berichtete ohne sensationelle Untertöne. Im Gegenteil, die islamischen Gemeinden und die deutschen Behörden waren der Meinung, auf diese Weise eine akzeptable Lösung für ein allgemeines Problem gefunden zu haben.

Allerdings stellte sich heraus, daß die Schlachtung von hundert oder mehr Schafen einige Schwierigkeiten mit sich brachte. Der zeitliche Aufwand war größer, als man vorausberechnet hatte. Der Abtransport der geschlachteten Tiere erwies sich als komplizierter als gedacht. Die Belastung für die Bauernhöfe, auf denen die Schlachtungen stattfanden, waren erheblich. In den nächsten Jahren fanden sich immer weniger landwirtschaftliche Betriebe, die für derartige Aktionen zur Verfügung standen. Offenbar haben sich jedoch unterschiedliche Lösungen finden lassen, denn in den vergangenen Jahren ist in den Medien nur noch ganz selten über Probleme im Zusammenhang mit dem Opferfest berichtet werden. Ein interessantes und für das Zusammenleben von Muslimen und Nicht-Muslimen in Deutschland förderliches Projekt wurde von Religionsgelehrten ausgearbeitet, die die Probleme mit den Schlachtungen bei der Pilgerfahrt untersuchten: Dort opferten Hunderttausende von Pilgern Tiere. Diese mußten bereitgestellt werden, waren zu schlachten und konnten nur teilweise konsumiert werden. Die Reste wurden sich selbst überlassen oder vergraben. Viele Muslime sahen in dieser Praxis einen unzulässigen Umgang mit den Gaben Gottes, nicht zuletzt angesichts der Tatsache, daß viele Menschen auf der Welt Hunger litten. Man errichtete daher in der Nähe der Opferstätte große Kühlanlagen, in denen das übriggebliebene Fleisch verarbeitet und für die Verteilung an Bedürftige in der gesamten islamischen Welt vorbereitet wurde. Doch dies war ein umständliches und nicht sehr effektives Verfahren. Daher schlugen einige islamische Rechtsgelehrte vor, anstelle der Opfertiere Gutscheine zum gleichen Wert zu kaufen. Dafür erhielten die Käufer eine geringe Menge Fleisch von einem Opfertier, und die eingenommenen Überschüsse könnten dann von internationalen Muslimorganisationen im Rahmen verschiedener Hilfsaktionen verwendet werden. Entscheidungen zu diesem Vorschlag sind bisher noch nicht erfolgt.

Sie würden eine »Modernisierung« des Opferritus bedeuten und sind im gesamtislamischen Zusammenhang sicher nicht ohne weiteres durchzusetzen. Für den Islam in Deutschland würde eine solche Entwicklung aber sicherlich eine Annäherung an die Vorstellungen der Mehrheitskultur bedeuten.

Die Speisegebote

Kaum ein Aspekt des täglichen religiösen Lebens der Muslime ist der deutschen Umgebung so geläufig wie das koranische Verbot, Schweinefleisch zu essen oder Alkohol zu trinken. Daneben finden sich allerdings noch weitere Speisetabus, auf die Muslime zu achten haben. Besonders tief verwurzelt ist die Sorge, Fleisch von Tieren zu essen, die nicht nach den Vorschriften des islamischen Rechts geschlachtet worden sind. Diese Befürchtung besteht nicht nur bei Muslimen in der Diasporasituation. Eine Sozialanthropologin, die eine Untersuchung bei einer Gruppe von Ägyptern durchführte, die im Südirak angesiedelt worden waren, berichtete folgendes: Die sunnitischen Ägypter lebten in einer schiitischen Umgebung. Die Forscherin, die selbst Muslimin ist, fragte die Ägypter, ob es unter religiösen Gesichtspunkten Schwierigkeiten mit ihren schiitischen Nachbarn gebe. Die Antwort ging dahin, daß es keine religiösen Unterschiede zwischen den beiden Gruppen gebe, eine Reaktion auf die man häufig trifft. Bei der Nachfrage der Forscherin, wo die Ägypter denn ihr Fleisch kauften, erhielt sie allerdings die Antwort: »Natürlich bei einem sunnitischen Metzger. Wer weiß denn, was die Schiiten mit dem Fleisch machen?«

Nach der Vorstellung einer großen Zahl islamischer Rechtsgelehrter, vor allem aber der Tradition in verschiedenen islamischen Ländern, muß jedes Tier, dessen Fleisch für den Verzehr bestimmt ist, geschächtet werden. Dabei muß der Name Gottes ausgesprochen werden. Jedes andere Fleisch gilt als unrein und darf von Muslimen nicht gegessen werden. Diese Vorschrift beruht auf dem Koran, nach dem Blut als verboten angesehen wird. Ein Muslim muß angesichts dieses Gebots darauf achten, daß er nur Fleisch zu sich nimmt, das völlig frei von Blut ist. Die Probleme liegen auf der Hand. Muslime in Deutschland können beim Einkauf kaum wissen, ob das Fleisch von Tieren stammt, die wirklich rituell korrekt geschlachtet worden sind. In den meisten deutschen Bundesländern ist die rituelle Schlachtung nach islamischer Vorschrift nicht gestattet, weil das Schächten die deutschen Tierschutzvorschriften verletzt. Bei der Tötung in Schlachthäusern oder Großschlächtereien müssen Großtiere wie Rinder in Rückenlage gebracht werden. Zudem muß der Kopf gestreckt werden. Das löst bei den Tieren Angstzustände und Abwehrreaktionen aus, die sie noch mehr leiden lassen. Allerdings muß in diesem Zusammenhang darauf hingewiesen werden, daß in den kulinarischen Traditionen der meisten in Deutschland lebenden Muslime Rindfleisch kaum eine Rolle spielt. Schafe und Geflügel sind die sehr viel stärker bevorzugten Fleischlieferanten. Insofern gehen die verschiedenen Auseinandersetzungen um die rituelle Schlachtung von Rindern an der tatsächlichen Lebenspraxis der Muslime in Deutschland vorbei. Im Bundesland Hessen allerdings können auch Großtiere nach den Maßgaben des islamischen Rechts geschlachtet werden. Muslimische Fleischhändler sind daher in allen anderen Bundesländern gezwungen, das von ihnen verarbeitete Rindfleisch aus Hessen oder aus dem Ausland, vor allem aus Frankreich, zu importieren, wo das Schächten ebenfalls erlaubt ist. In den vergangenen Jahren haben sich wiederholt Muslime an Verwaltungsgerichte gewandt, um eine generelle Erlaubnis für ihre besondere Art der Schlachtung zu erhalten. In einem Verfahren vor dem Verwaltungsgericht München im Mai 1996 versuchte ein türkischer

Großschlächter diese Erlaubnis zu erhalten. Um die finanziellen Dimensionen zu verdeutlichen, um die es in diesem Geschäftsbereich geht, sei darauf hingewiesen, daß allein diese Firma monatlich ca. neunhundert Tonnen Fleisch von geschächteten Rindern aus Frankreich einführt, was zusätzliche Kosten von ca. tausend DM pro Tonne ausmacht. Es handelt sich also um eine Verteuerung von zehn Millionen DM pro Jahr. Man kann davon ausgehen, daß es in Deutschland noch weitere muslimische Großhändler gibt, die vor ähnlichen Problemen stehen. Das Verwaltungsgericht in München verließ sich auf den Sachverstand verschiedener Gutachter und bezog sich bei seiner Entscheidung auf schriftliche Gutachten der Universität Ankara, der Azhar-Universität in Kairo und der Schiitischen Islamischen Gemeinschaft in Hamburg. Damit stützte es sich auf ein breites Meinungsspektrum islamischer Rechtskenntnis. Die verschiedenen Äußerungen der Experten wiesen zunächst einmal darauf hin, daß der Korān an keiner Stelle eine bestimmte Form der Schlachtung vorschreibt. Auch in den Prophetentraditionen ließen sich keine derartigen Angaben feststellen. Von daher könne die Schächtung nicht als zwingend vorgeschrieben betrachtet werden. In der Tat kennt das islamische Recht eine ganze Anzahl von Methoden, durch die ein Tier zu Tode gebracht werden kann, ohne daß es nicht mehr gegessen werden könnte. So wird Jagdbeute, die durch Falken oder andere Jagdvögel geschlagen worden ist, verzehrt, wenn der Beute bei dem Angriff eine Wunde zugefügt worden ist. Im übrigen bleibt festzuhalten, daß es verschiedene Möglichkeiten gibt, Fleisch von Blut zu reinigen. Schon die mittelalterlichen arabischen Kochbücher weisen darauf hin, daß man Fleisch sorgfältig von Blut befreien solle. Aus solchen Texten kann man schließen, daß auch damals nicht ausschließlich geschächtet wurde.

Das Münchner Verwaltungsgericht meinte in seiner Urteilsbegründung, es sei nicht notwendig, Tiere aus religiösen Motiven zu quälen. Notfalls könnten Gläubige ganz auf Fleisch verzichten oder auf Geflügel oder Fisch ausweichen. Schließlich bestehe ja immer noch die Möglichkeit, importiertes Fleisch geschächteter Tiere zu konsumieren. In der Tat gibt es zahlreiche Muslime in Deutschland, die auf den Konsum von Fleisch verzichten, um das Risiko des Blutkontakts zu verhindern. Mit der Tatsache, daß Juden in Deutschland die Schächtung erlaubt ist, setzt sich das Gericht jedoch nicht auseinander. Es wäre interessant, wie die Richter die ungleiche Behandlung erklären würden. Auch das vorgeschlagene Ausweichen auf Geflügelfleisch stellt im Grunde keine Lösung dar, da auch Geflügel nach der Tradition geschächtet wird.

Während man sich in der Frage der Schächtung auch nach islamischem Recht bis zu einem gewissen Maß in einer Grauzone bewegt, bleiben andere Aspekte der Vorschriften bei der Schlachtung von Tieren unumstritten. Dazu gehört vor allem, daß über das zu schlachtende Tier der Name Gottes gesprochen werden muß. In diesem Zusammenhang entbrannten Mitte der achtziger Jahre verschiedene Diskussionen in der islamischen Welt, deren Ergebnis auch auf das tägliche Leben der Muslime in Deutschland Auswirkungen hat. Es stellte sich zum Beispiel die Frage, ob es erlaubt sei, Tiefkühlprodukte wie Hähnchen oder anderes Geflügel in der Küche zu verwenden, da nicht sicher sei, daß sie nach den islamischen Vorschriften geschlachtet worden seien. Der Hintergrund dieser Diskussionen muß nicht unbedingt religiöser Art gewesen sein. Denn diese Fragen tauchten zu einem bestimmten Zeitpunkt auf, nachdem zuvor über viele Jahre niemand ein Problem in diesem Zusammenhang gesehen hatte. Schließlich sind auch geschäftliche Aspekte in diesem Kontext zu beachten. Das Ergebnis dieser Diskussionen war, daß die Rechtsgelehrten bestimmte Importe für unbedenklich hielten, andere aber als riskant ablehnten. Akzeptabel waren Importwaren, die aus christlichen

Ländern kamen. Man konnte sich dabei auf eine Prophetentradition berufen, nach der es Muslimen erlaubt ist, Speisen, die ihnen von Christen oder Juden angeboten werden, zu essen. Danach ist zumindest nicht ausgeschlossen, daß bei der Schlachtung des Geflügels der Name Gottes angerufen worden ist. Nicht für den Verzehr geeignet sind jedoch Importe aus Ländern, deren Staatsideologie atheistischer Natur ist, weil hier natürlich keine Anrufung Gottes stattgefunden hat. Damit waren Importe aus den Staaten des damaligen Warschauer Paktes und aus Rot-China ausgeschlossen. Gerade in Deutschland aber gab es auch andere Meinungen in dieser Frage. Hier argumentierten Muslime vor allem historisch und wiesen darauf hin, daß die Bedingungen, unter denen der Prophetenausspruch entstanden sei, keine Bedeutung besäßen. Muslimen sei von Christen angebotenes Fleisch erlaubt gewesen, weil bei diesen nicht damit zu rechnen war, daß sie bei der Schlachtung den Namen eines vorislamischen heidnischen Gottes angerufen hätten. In jener Zeit hätten Juden und Christen gleichermaßen wie Muslime den Namen des Einen Gottes angerufen. Als Konsequenz aus dieser unsicheren Rechtslage sind in einigen Fällen islamische Rechtsgelehrte in Hähnchenfabriken in Frankreich bei der Schlachtung anwesend und rezitieren während des Schlachtvorgangs ununterbrochen die vorgeschriebene Formel »Im Namen Gottes«. Die aus muslimischer Sicht vorhandene Problematik im Umgang mit Fleisch kann wohl nur gelöst werden, wenn die entsprechende Produktion von Muslimen kontrolliert, oder das Fleisch aus islamischen Ländern nach Deutschland importiert würde. Angesichts der europäischen Regelungen gerade im Agrarbereich ist mit einer solchen Lösung allerdings in naher Zukunft nicht zu rechnen.

Das Tabu von Schweinefleisch ist eine der am konsequentesten befolgten Vorschriften des islamischen Rechts. Auch viele Muslime, die es mit anderen religiösen Regeln weniger genau nehmen, meiden seinen Verzehr. Die simpelste Begründung dafür beruht auf alttestamentlichen Geboten aus dem Buch Leviticus, nach denen es zur Zeit des Propheten auf der arabischen Halbinsel keine Schweine gegeben habe. Komplexere Erklärungsversuche, die sich auch auf das gleiche Verbot in anderen nahöstlichen Religionen beziehen, stellen fest, daß das Schwein die gleiche Ernährung wie der Mensch braucht. Es stellt also in dieser Hinsicht eine direkte Konkurrenz für ihn dar. Der Nahrungsverbrauch des Schweins werde aber nicht durch seinen Nutzen als Nahrungslieferant ausgeglichen. Das Schwein liefert danach so viel an Nährwert für den Menschen, wie es selbst verbraucht. So wird durch das Verbot von Schweinefleisch die Vergeudung von Nahrungsmitteln verhindert. Eine andere Argumentation hebt ebenfalls auf die Kosten der Aufzucht von Schweinen besonders in einer subtropischen Umgebung ab. Da Schweine nicht über Schweißdrüsen verfügen, durch die sie sich bei großer Hitze abkühlen können, müssen Kühlungsmöglichkeiten zur Verfügung gestellt werden, um die Tiere vor dem Hitzschlag zu bewahren. Diese Kühlung kann jedoch nur durch Wasser erfolgen, was knapp und teuer ist. Damit stellt sich die Schweinezucht in den Kernländern der islamischen Welt als aufwendig und kostspielig dar. Dies soll zum Verbot von Schweinefleisch geführt haben. All diese scharfsinnigen Überlegungen mögen etwas für sich haben. Sie stellen aber im Grunde nur Nachrationalisierungen gegebener Tatsachen dar. Auch das häufig von Muslimen vorgebrachte Argument, daß Schweine Trichinen haben könnten und der Koran aus gesundheitlichen Gründen den Konsum von Schweinefleisch verbiete, ist nicht ausreichend. Denn auch bei anderen Tieren, deren Fleisch im Koran erlaubt ist, kann es zu Entwicklungen kommen, die Gefahren für die menschliche Gesundheit bedeuten. Im Zeitalter von BSE muß dies nicht weiter erläutert werden. Der eigentliche Grund ist wohl, daß in vorislamischer Zeit

Schweine den verschiedenen altorientalischen Mondgöttinnen geopfert wurden. Es ist das Verbot von Schweinefleisch in der monotheistischen Religion des Islams vor dem Hintergrund theologischer Überlegungen zu sehen.

Viele Muslime in Deutschland meiden auch alle Produkte, bei denen auch nur der Verdacht besteht, daß Teile des Schweins in irgendeiner Weise bei der Herstellung Verwendung gefunden haben (vgl. S. 213 f). Das gilt zunächst einmal für alle Arten von Aspik, für Wurstsorten, die mit Tierblut hergestellt sind, aber auch für Süßigkeiten, bei denen Fettsorten verwendet worden sind, die vom Schwein stammen könnten. Genauso schwierig stellt sich die in der deutschen Küche vielfach gebräuchliche Verwendung von Speck oder Schweinefett dar. Dazu gehören praktisch alle fritierten Speisen. Wenn man bedenkt, welche Rolle Pommes frites und andere in Fett ausgebackene Gerichte vor allem bei Kindern und Jugendlichen spielen, kann man ermessen, welche Gedanken sich Muslime um ihren täglichen Nahrungskonsum machen müssen. Die Schwierigkeiten sind dabei vor allem sozialer, aber auch finanzieller Art. Einladungen von Nicht-Muslimen zum Essen können praktisch nicht angenommen werden; es sei denn, die Gastgeber wissen um die entsprechenden Nahrungstabus und richten sich darauf ein. Daß es sich in solchen Fällen nicht nur um die Vermeidung des beliebten deutschen Schweinebratens dreht, ist aus den oben angesprochenen Gründen wohl deutlich geworden. Auch gemeinsame Restaurantbesuche von Muslimen und Nicht-Muslimen erweisen sich aus diesen Gründen als problematisch. Die Speisegebote haben Konsequenzen für das Kantinenessen, aber auch für den Kauf von Tiefkühlkost. Damit sind Muslime gezwungen, mehr Geld für frische Produkte auszugeben und mehr Zeit für die Zubereitung der entsprechenden Gerichte aufzuwenden. Wenn man die Ernährungsgewohnheiten von Muslimen in Deutschland genauer untersucht, kann man einen hohen Anteil von fleischfreien Nahrungsmitteln feststellen. Frische Salate, die nach orientalischer Tradition mit Brot oder Weizenschrot gemischt werden, Milchprodukte wie Käse und Joghurt, Eierspeisen und Obst sind obligatorisch im Speiseplan. Das Fleisch von muslimischen Händlern, deren Seriosität garantiert ist, ist in der Regel teurer als das, welches in deutschen Supermärkten zu kaufen ist. Daher kommen Fleischgerichte in muslimischen Familien in Deutschland seltener auf den Tisch als bei nichtmuslimischen Familien der gleichen sozialen Schicht. Leider fehlen bisher noch immer genauere Untersuchungen zum Ernährungsverhalten von Muslimen in Deutschland und den daraus resultierenden gesundheitlichen Konsequenzen.

Wie in vielen anderen Fällen von Nahrungstabus hat auch der Verzehr von Schweinefleisch immer wieder zu Kontroversen und Polemiken zwischen Muslimen und nicht-muslimischen Deutschen geführt. »Der Mensch ist, was er ißt«, war noch eine der harmloseren Formulierungen in diesen Streitigkeiten. In die Auseinandersetzungen mischten sich auch radikale Vegetarier ein, die sich dann aber auch genauso heftig gegen die Schlachtung und den Verzehr von Lammfleisch aussprachen. Der in den vergangenen Jahren festzustellende allgemeine Rückgang beim Verbrauch von Schweinefleisch in Deutschland mag zu einer gewissen Entspannung in diesen Auseinandersetzungen beigetragen haben.

Wie das Tabu von Schweinefleisch wird auch das Verbot von Alkohol von vielen Muslimen streng eingehalten. Man hat in diesem Zusammenhang den Eindruck, daß die Enthaltsamkeit bei diesem Genußmittel für Muslime in den letzten Jahren geradezu ein Identitätsmerkmal innerhalb einer Gesellschaft geworden ist, in der Alkohol zur sozialen Droge Nummer eins geworden ist. Die liberale Haltung, die das islamische Mittelalter dem Weinkonsum entgegenbrachte und die in der arabischen, persischen und türkischen Literatur zu einer bemerkenswerten Weinpoesie geführt hat, läßt sich heute unter Muslimen nicht mehr finden. Während mittelalterliche Rechtsgelehrte noch den Rausch, nicht aber das Getränk als verboten ansahen, gilt heute die Regel, daß alle Substanzen, die in großer Menge genossen einen Rausch verursachen, auch in kleinen Mengen verboten sind. Diese Regelung wird in erster Linie auf Alkohol angewendet. Das bedeutet, daß Muslimen auch schwach alkoholische Getränke nicht erlaubt sind, alkoholfreie Getränke wie die entsprechenden Biere dagegen schon. Bei strikter Anwendung der Regel, daß auch kleine Mengen verboten sind, wenn große Mengen zu einem Rausch führen, müßten auch Getränke wie Kaffee, Tee und Coca-Cola verboten sein. Es gibt in der Tat auch Muslime, die selbst diese Getränke vermeiden und sich auf Wasser, ungegorene Milch und ungegorene Fruchtsäfte beschränken. Die Verwendung von Alkohol in medizinischen Präparaten, sei es als Medikament, sei es als Desinfektionsmittel, ist dagegen erlaubt. Die Erklärungen von Muslimen für das Alkoholverbot des Korans sind sehr unterschiedlich. Sie beziehen sich auf historische Gegebenheiten in der Zeit des Frühislams, sehen die verschiedenen Formen von Alkohol vor allem aber als unrein an. Jeder Kontakt mit Alkohol muß also eine entsprechende rituelle Reinigung zur Folge haben. In der Konsequenz des Alkoholverbots sind auch alle anderen Drogen, die Rauschzustände verursachen, für Muslime untersagt. Dies gilt natürlich für die sogenannten harten Drogen wie Heroin, Kokain, Crack und die verschiedenen Designerdrogen, aber auch für Haschisch, eine Droge, die ihren Ursprung in der islamischen Welt hat. Noch bis in die fünfziger Jahre war der Haschischkonsum eine im Orient weitverbreitete Genußform, was nicht zuletzt mit ihrem niedrigen Preis zusammenhing. In verschiedenen Ländern des Nahen und Mittleren Ostens wurde und wird auch noch heute das notwendige Grundprodukt in großen Mengen hergestellt.

Objektiv gesehen hat der Verzicht auf Alkohol natürlich zahlreiche Vorteile gesundheitlicher und sozialer Art. Allerdings ist Alkohol in Deutschland eine sozial allgemein anerkannte Droge, die kein Politiker abzuschaffen in der Lage wäre. Der Konsum von Wein oder Bier ist für die Mehrzahl der Deutschen eine Selbstverständlichkeit. Die Frage eines Gastgebers: »Möchten Sie etwas trinken?« bezieht sich in der Regel auf alkoholische Getränke. Ein Abend in netter Runde beim Bier in einem Lokal oder bei Freunden gehört zu den beliebtesten Freizeitvergnügen. Diejenigen, die nicht mittrinken wollen, werden leicht als Spielverderber betrachtet, gehänselt und auch von anderen sozialen Aktivitäten ausgeschlossen. Auch Muslime haben unter einer solchen Situation zu leiden. Es gibt muslimische Veröffentlichungen in Deutschland, aber auch in der islamischen Welt, in denen die Deutschen als eine Gesellschaft von undisziplinierten und trunksüchtigen Menschen beschrieben werden und in denen einem Muslim geraten wird, jeden Kontakt mit Deutschen zu meiden. Es entsteht so unter Muslimen ein Bild der deutschen Mehrheitsbevölkerung, das kaum den Realitäten entspricht. Weil es jedoch durch ein gegenseitiges Kennenlernen nicht korrigiert wird, kann es sich verfestigen und trägt zu gegenseitigen Mißverständnissen und Fehleinschätzungen bei.

Das islamische Recht in wirtschaftlichen Fragen

Der Islam ist eine Religion, in der das Privateigentum an Grund und Boden sowie an materiellen und technischen Produktionsmitteln eindeutig bejaht wird. Auch die Lohnarbeit von abhängig Beschäftigten wird in Übereinstimmung mit den Regeln des Korans angesehen. Viele islamische Theoretiker interpretieren das im Koran festgehaltene Eigentumsrecht jedoch als eine Form von Treuhänderschaft: Gott überläßt dem Besitzer das Eigentum zur Nutzung, wobei aber dem Wohl aller Muslime Rechnung getragen werden muß. Es wird als Eigentum auf Zeit angesehen, über das Gott Rechenschaft abgelegt werden muß. Wirtschaftliche Aktivitäten, die auf Gewinn gerichtet sind, gelten als gottgefällige Werke. Grundprinzip jedes wirtschaftlichen Handelns muß nach islamischer Auffassung jedoch Ehrlichkeit sein. Gegen Betrug und die Verfälschung von Produkten tritt das islamische Recht energisch ein. Die Wirtschaftsordnung des islamischen Mittelalters, die zum Teil auch heute noch praktiziert wird, ist ein System, das auf einen korrekten Verkehr der wirtschaftlichen Kräfte und der Partizipatoren am Markt ausgerichtet ist. Die Art und Weise, in der wirtschaftliche Gewinne erzielt werden, war und ist Thema der islamischen Rechtsdiskussionen und wurde bis in die fünfziger Jahre in vielen islamischen Ländern durch die Institution der Marktaufsicht kontrolliert.

Die positive Haltung gegenüber wirtschaftlichen Aktivitäten, die in manch anderen Religionen nicht festzustellen ist, liegt nicht zuletzt in der Tatsache begründet, daß der Prophet Muhammad vor seiner Berufung als Kaufmann tätig war. Allerdings betonte der Prophet auch immer wieder die Sozialverpflichtung des Eigentums, und Sparsamkeit und Bescheidenheit sind Tugenden, die von Muhammad immer wieder lobend erwähnt werden. In vielen Traditionen wird von der persönlichen Bedürfnislosigkeit, ja der Armut des Propheten gesprochen. Auch in dieser Hinsicht gilt er Muslimen als Vorbild. Angesichts dieser grundsätzlich positiven Haltung gegenüber wirtschaftlichem Handeln fällt Muslimen der Umgang mit einer durch Marktmechanismen bestimmten Wirtschaftsordnung, wie sie in Deutschland praktiziert wird, nicht schwer. Allerdings kommt es in zweierlei Hinsicht zu einer Unvereinbarkeit der wirtschaftlichen Vorschriften des Islams und wichtigen Instrumenten der westlichen Wirtschaftssysteme: Zinsen und bestimmte Formen von Versicherungen sind nach islamischer Vorstellung verboten.

Versicherungen

Bei den Versicherungen stellt sich die Haltung der islamischen Rechtsgelehrten nicht konsequent und einheitlich dar. Seit dem Beginn des 20. Jahrhunderts haben sich Gelehrte immer wieder mit der Frage befaßt, wie man das Phänomen der Versicherung in einem islamischen Rechtskontext fassen könnte. Die Schwierigkeit lag darin, für unterschiedliche Formen von Versicherungen eine gemeinsame Lösung zu finden. An dieser Stelle sollen nur zwei Arten von Versicherungen betrachtet werden, mit denen Muslime in Deutschland besonders häufig zu tun haben: die Kapitallebensversicherung und die verschiedenen Risikoversicherungen. Die Antwort der Versicherungsgegner ist, was die Lebensversicherung betrifft, sehr eindeutig: »Im Fall der Lebensversicherung erhält der Versicherungsnehmer die Summe, die er eingezahlt hat und einen Zuwachs an Geld, ohne eine Gegenleistung erbracht zu haben. Diese Art von Zuwachs ist ein ungerechtfertigter Gewinn.« Die Rechtsgutachter sehen diesen »ungerechtfertigten Gewinn« als eine Art der Zinszahlung an, die im Islam verboten ist. Weiter meinen die Versicherungsgegner: »Die Versicherungsgesellschaften investieren ihre Gelder in Aktivitäten, die auf die Erzielung von ungerechtfertigten Gewinnen gerichtet sind.« Und schließlich: »Wenn der Versicherungsnehmer die fälligen Raten verspätet zahlt, werden für sie Zinsen berechnet.« Befürworter von Lebensversicherungen nehmen das Argument des »ungerechtfertigten Gewinns« nicht auf.

Sie vergleichen vielmehr den Eintritt in eine Lebensversicherung mit einer Pension: »In allen islamischen Ländern gibt es Pensionssysteme vor allem für Menschen im öffentlichen Dienst. Gelehrte überall in der islamischen Welt haben Pensionen als übereinstimmend mit dem islamischen Denken anerkannt. In der Tat nutzt die Azhar-Universität, der älteste Sitz islamischen Lernens, für seine Mitarbeiter ein Pensionssystem. In einem solchen System zahlt jeder, der sich daran beteiligt, einen bestimmten Anteil seines Einkommens ein. Die Arbeitgeber müssen ebenfalls einen Anteil einzahlen, der in manchen Fällen zwei- bis dreimal so hoch ist wie der der Arbeitnehmer. Wenn Arbeitnehmer in den Ruhestand treten, erhalten sie ihre Pension, die nach der jeweiligen Höhe ihrer Einzahlungen berechnet wird. Gewöhnlich wird die Pension an den Arbeitnehmer, seine Frau und seine unmündigen Kinder gezahlt. Wenn der Arbeitnehmer stirbt, wird die Pension weiter an seine Frau gezahlt, allerdings in einer reduzierten Höhe. Wenn seine Kinder ein bestimmtes Alter erreicht haben, werden die Zahlungen eingestellt. Ein Arbeitnehmer kann noch ein oder zwei Jahre nach seinem Ausscheiden aus der Arbeitswelt leben, ein anderer fünfundzwanzig Jahre oder sogar noch mehr. Im ersten Fall erhält der Arbeitnehmer sehr viel weniger an Pension im Vergleich zu dem, was er eingezahlt hat. Im zweiten Fall erhält er sehr viel mehr, als er in das System eingezahlt hat. Dennoch ist das gesamte System akzeptabel, weil es sich um eine Frage der sozialen Sicherheit handelt. Dies ist tief verwurzelt im islamischen Denken.« Im Grunde haben wir es hier mit einem Versicherungssystem auf Gegenseitigkeit zu tun. Die Frage für Muslime in Deutschland ist nun, welche der zahlreichen Versicherungsgesellschaften nach diesem Prinzip der Gegenseitigkeit arbeitet. Wenn diese Frage ausreichend geklärt ist, müßte noch überprüft werden, ob diese Gesellschaft das eingesammelte Kapital ihrer Mitglieder auch in einer Weise investiert, die sich mit islamischen Grundsätzen in Übereinstimmung befindet. Falls das Kapital in Brauereien, Weingüter oder andere Produktionsbetriebe für alkoholische Getränke investiert wird, käme sie für einen strengen Muslim schon nicht mehr in Frage. Gleiches würde für jede Betriebsform gelten, durch die Zinsgewinne erzielt werden. Muslime in Deutschland stehen vor der Schwierigkeit, wie sie die wirtschaftlichen Aktivitäten einer Versicherungsgesellschaft abschätzen können. Häufig verzichten sie daher auf diese Form der Alterssicherung. Im Grunde müßte die gleiche Frage aber auch im Fall der Sozialversicherung und der von ihr einbehaltenen Pflichtbeiträge gestellt werden. Hier haben wir es mit einer Versicherung auf Gegenseitigkeit zu tun, so daß sie mit den beschriebenen islamischen Grundsätzen konform geht. Problematisch bleibt allerdings die Frage nach der Anlageform der entsprechenden Mittel. Besorgte muslimische Beitragszahler werden von Rechtsgelehrten häufig dahingehend beruhigt, daß diese Versicherungen in der Regel das Geld der Mitglieder in Immobilien oder mündelsicheren Aktien anlegen, bei denen »ungerechtfertigte Gewinne« normalerweise nicht zu erzielen seien. Wenn es aber doch einmal der Fall sein sollte, handele es sich um einen so geringen Teil der Gesamteinnahmen der Versicherung, daß man ihn vernachlässigen könne. Immerhin zeigen solche Fragen, daß sich viele gläubige Muslime lebhafte Gedanken machen und eine große Unsicherheit besteht, wie sie sich am besten versichern können. Die Konsequenz aus dieser unsicheren Situation wird sein, daß sich über kurz oder lang islamische Lebensversicherungsgesellschaften in Deutschland etablieren, bei denen Muslime sicher sein können, daß sie ihre Geschäfte auch wirklich nach den Prinzipien des Islams abwickeln. Deutsche Versicherungen werden sich gegen diese Konkurrenz nur wehren können, wenn sie spezielle Produkte für muslimische Kunden anbieten.

Auch bei Risikoversicherungen können sich nicht alle

Rechtsgelehrten zu einer Billigung durchringen: »Der Versicherungsnehmer, der sich gegen eine Gefahr versichert, leistet ja Zahlungen in der Erwartung, dafür eine Gegenleistung zu erhalten. Diese Gegenleistung ist in diesem Fall aber nichts, das feststehen würde, es ist vielmehr eine bloß mögliche Sache, d. h. eine Sache, die nicht tatsächlich vorhanden ist.« Sie vergleichen diese Form der Risikoabsicherung mit dem Glücksspiel, das schon im Koran verboten ist: »Das Element der Gefahr ist bei der Versicherung offensichtlich: Manchmal tritt ein Schadensfall ein, manchmal nicht. Dies genau ist Glücksspiel: Das Prinzip des Glücksspiels ist die Schaffung einer Chance zum Gewinn, um sich selber oder sein Eigentum dem auszusetzen, was sich aus dieser Chance ergibt. Der Versicherungsnehmer wünscht ja, wenn er einen Versicherungsvertrag abschließt, einen kleinen Geldbetrag einzusetzen, um vom Versicherer eine große Summe zu erhalten. Dies ist auch beim Glücksspiel der Fall.« Wir haben es hier mit einem ernsthaften Problem für Muslime in Deutschland zu tun; denn im Grunde ist jede Haftpflichtversicherung eine Risikoversicherung. Jeder Muslim, der in Deutschland einen Personenwagen oder anderes vergleichbares Verkehrsmittel fährt, muß eine Haftpflichtversicherung abgeschlossen haben. Tut er das nicht, macht er sich strafbar. Wie er sich in diesem Fall verhalten soll, ist eine der häufig diskutierten Fragen, wobei der Vergleich mit dem Glücksspiel immer wieder herangezogen wird. So wird argumentiert, daß Risikoversicherungen einen Glücksspiel- oder Wettcharakter haben, weil bei ihnen statistische Methoden genutzt werden, auf deren Basis die Beiträge berechnet werden. Diese Methoden sind nach Ansicht der Rechtsgelehrten die gleichen, die von Systemspielern bei Glücksspielen angewendet werden. Eine besondere Rolle spielen dabei natürlich die verschiedenen Möglichkeiten der Wahrscheinlichkeitsrechnung. Auch hier haben sich selbstverständlich Gegenpositionen innerhalb der islamischen Gelehrtenschaft entwickelt. So meint ein syrischer Rechtsgelehrter zu dieser Einschätzung kritisch: »Bekanntlich ist nun die Identität oder die Ähnlichkeit der Form nach in der mathematischen Methode in bezug auf eine verbotene oder eine erlaubte Handlung kein Grund, das Erlaubte für verboten zu erklären. Wäre letzteres möglich, so würde es das Verbot jeder wirtschaftlichen Aktivität bedeuten, bei der die Wahrscheinlichkeitsrechnung benutzt wird, die Rechenmethode, die die Stütze von Marketingstudien, Studien der Nachfrageerwartung und für seriöse wirtschaftliche Studien für Projekte geworden ist. Wir sagen nicht nur, daß diese Studien und Berechnungen dem islamischen Recht zufolge erlaubt sind; sie sind sogar Pflicht, damit nicht wirtschaftliche Vorhaben in Ermangelung genauer Studien über sie und ihren Nutzen von Fehlschlägen und Verlusten betroffen werden. Die mit dem islamischen Recht übereinstimmende Rechtsbestimmung basiert ja auf der tatsächlichen Beschaffenheit des Vertrages, auf seiner Natur, den Rechten bzw. Verpflichtungen der beiden vertragschließenden Parteien und den sozialen und ökonomischen Zielen, die damit verwirklicht werden. Was für ein Unterschied besteht doch zwischen der Versicherung und dem Glücksspiel bzw. der Wette in all diesen Dingen.« Diese ausführliche von Rüdiger Lohlker dokumentierte Auseinandersetzung macht deutlich, mit welcher Disputationskunst hier vorgegangen wird. Diese Diskussionen werden inzwischen unter Muslimen in Deutschland immer intensiver zur Kenntnis genommen und unterschiedlich gewichtet. Häufig werden diese Kontroversen auf die deutschen Verhältnisse uminterpretiert. Die Uneinheitlichkeit der Positionen der islamischen Rechtsgelehrten macht die in Deutschland lebenden Muslime in dieser Frage sehr unsicher. Gerade in diesen Bereichen, in denen sie einer Entscheidung nicht ausweichen können, müssen sie sich häufig auf sich selbst verlassen. Hier liegt vor den islamischen Organisationen eine Aufgabe, der sie bisher nur in Ansätzen gerecht werden. Man sollte von diesen Organisationen jedoch auch nicht zu viel verlangen. Solange aber der geballte Sachverstand der gesamten Gelehrtenschaft der islamischen Welt hier zu keiner eindeutigen Stellungnahme zu bewegen ist, wird sich auch für die in Deutschland lebenden Muslime keine Entscheidung ergeben.

Zinsverbot

Noch sehr viel komplizierter stellt sich für Muslime in Deutschland die Zinsproblematik dar. Für viele Muslime sind die im Koran festgesetzten Verbote von Zinsen (arabisch: Riba) eindeutig. In Sure 2,278 heißt es dazu: »O ihr, die ihr glaubt, fürchtet Gott und laßt künftig das, was an Zinsnehmen anfällt, bleiben, so ihr gläubig seid.«

Der Umgang mit Zinsen, also die Zahlung wie die Einforderung von Zinsen, ist daher laut Koran für einen Muslim gleichbedeutend mit dem Abfall vom Islam. Noch schärfer formuliert der Koran das Zinsverbot in Sure 2,275: »Diejenigen, die den Zins verzehren, werden so aufstehen, wie der aufsteht, den der Satan packt und zu Boden schlägt. Dies, weil sie sagen: Das Verkaufen ist gleich dem Zinsnehmen. Aber Gott hat das Verkaufen erlaubt und das Zinsnehmen verboten. Wer eine Ermahnung von seinem Herrn bekommt und dann aufhört, darf das, was vorher geschah, behalten. Seine Angelegenheit wird Gott überlassen. Diejenigen aber, die es von neuem tun, sind die Gefährten des Feuers; darin werden sie ewig weilen.« Es hat im Verlauf der islamischen Rechtsgeschichte immer wieder Diskussionen darum gegeben, ob das im Koran verwendete Wort »Riba« mit »Wucher« wiedergegeben werden muß und daher ein geringerer Zinsatz erlaubt sei. Wie bei anderen Geboten und Verboten gab es Rechtskniffe, mit denen das Verbot in der Praxis umgangen werden konnte.

Das ist auch heute noch so, wenn man anstelle von Zinsen von der Erhebung von Dienstleistungsgebühren spricht, die in ihrer Höhe den marktgängigen Zinsen entsprechen. Dennoch bleibt für die meisten Gläubigen das Zinsverbot eine der zentralen Bestimmungen im Islam. Viele Muslime, die sich mit dieser Frage befassen, sehen im Zinsverbot einen klaren Beweis für die Klugheit und über Jahrhunderte andauernde Richtigkeit des heiligen Buches der Muslime. Ihnen ist bekannt, daß eine der Ursachen für die wirtschaftlichen Probleme vieler Staaten der Dritten Welt die sogenannte Schuldenkrise ist. Durch die sich entsprechend erhöhenden Zinszahlungen wächst die ohnehin immense Verschuldung dieser Staaten gegenüber Geberländern, dem Internationalen Währungsfonds und internationalen Großbanken immer weiter. Die aus dieser Situation resultierenden wirtschaftlichen Schwierigkeiten der betroffenen Staaten haben schwere soziale und politische Implikationen zur Folge. Muslimischen Beobachtern sind diese Entwicklungen sehr bewußt und sie weisen immer wieder darauf hin, daß die Beachtung des vom Koran geforderten Zinsverbots derartige Probleme wenn nicht verhindern, so doch zumindest erleichtern könnte. Daher ist die Frage der Zinsen ein zentraler Aspekt in einer islamischen Wirtschaftsordnung. Der übergeordnete Begriff ist für einige islamische Wirtschaftstheoretiker der der Solidarität. Der Prophetenausspruch: »Wer satt zu Bett geht, während sein Nachbar hungert, ist kein Muslim« wird in diesem Zusammenhang gerne zitiert. Dennoch ist muslimischen Wirtschaftstheoretikern auch bewußt, daß ein Verzicht auf Zinsen erhebliche Nachteile für den einzelnen Sparer oder Investor, aber auch für die gesamte Volkswirtschaft hat. Gerade diejenigen unter den Gelehrten, die für eine besonders strenge Anwendung und Einhaltung des Zinsverbots eintreten, geben ihre Ratlosigkeit angesichts des weltweiten Phänomens der Inflation offen zu. Sie schlagen Ratsuchenden vor, ihr Geld so zu investieren, daß nur erlaubte Gewinne erzielt werden können, wie zum Beispiel den Kauf von Immobilien. Es finden sich allerdings auch einige bedeutende Rechtsgelehrte, die das Zinsverbot des Korans anders interpretieren. Zu ihnen gehört der höchste ägyptische Rechtsgelehrte, Muhammad al-Aschmawi. Er versteht die auf Zinsen bezogenen Koranverse als Aufforderungen zu sozialer Gerechtigkeit und als Verbot der vollständigen wirtschaftlichen Ausnutzung von Menschen. In einer außerordentlich komplexen Argumentation kommt er zu dem Schluß, daß Zinsen, wie sie in normalen Bankgeschäften üblich sind, nicht gegen die Vorschriften des Islams verstoßen. Vergleichbare Einschätzungen soll auch der iranische Revolutionsführer, Ayatollah Khomeini, getroffen haben.

Muslime in Deutschland haben auch die Diskussionen um die Zinsfrage in der islamischen Welt mit großer Aufmerksamkeit zur Kenntnis genommen. Es herrscht hier angesichts der unterschiedlichen Positionen eine große Unsicherheit. Wie in vielen anderen Fällen auch bevorzugen fromme Muslime hier die strengere Auslegung des Korans. Dies bringt zahlreiche praktische Probleme mit sich. Es wird nicht weiter verwundern, daß viele dieser Muslime es vermeiden, einen Kredit aufzunehmen. Konsumgüter zum Beispiel der Unterhaltungselektronik werden möglichst bar bezahlt. Die ältere Generation von Muslimen investiert vorwiegend in Immobilien in ihren Herkunftsländern. Dabei handelt es sich in den meisten Fällen um Summen, die ebenfalls ohne die Aufnahme von Krediten finanziert werden können. Die großen islamischen Organisationen in Deutschland, die über ein beträchtliches Spendenaufkommen verfügen und dieses im Interesse ihrer Mitglieder anlegen müssen, konzentrieren sich ebenfalls auf den Immobilienbereich. Ein anderer Anlagebereich, der vom islamischen Recht gebilligt wird, sind bestimmte Aktien. Dabei muß darauf geachtet werden, daß die entsprechenden Gesellschaften in Wirtschaftsbereichen tätig sind, die keine im islamischen Sinn unrechtmäßigen Gewinne erzielen. Auch reine Spekulationspapiere und »junk-bonds« sind nicht akzeptabel.

Die meisten in Deutschland lebenden Muslime müssen nur selten mit großen Geldsummen umgehen. Allerdings bringt aus islamischer Sicht schon die Anlage eines durchschnittlichen Einkommens einige Probleme mit sich. In der Regel erhalten Arbeitnehmer in Deutschland ihren Lohn oder ihr Gehalt durch Überweisungen auf ein entsprechendes Konto bei einer Bank. Die Banken zahlen auch auf die Guthaben auf Giro-Konten Zinsen, so gering diese Summen manchen Kunden auch erscheinen mögen. Manche besonders genaue Muslime tasten diese kleinen Summen nicht an, so daß sie im Lauf der Jahre zu größeren Guthaben anwachsen können. Es kommt immer wieder vor, daß Muslime bei der endgültigen Rückkehr in ihre Heimatländer diese aus den Zinsen gewonnenen Summen auf den Konten belassen, so daß sie letztendlich von den fortlaufenden Kontoführungs- und anderen Gebühren aufgebraucht werden und der Bank anheimfallen. Gleiches läßt sich auch bei Sparkonten beobachten, wobei die Zinssummen entsprechend höher und die Gebühren geringer sind. Diese Fälle sind auf die Gesamtheit der in Deutschland lebenden Muslime gesehen nicht gering. Verschiedentlich haben sich islamische Rechtsgelehrte über diese Praxis Gedanken gemacht. Auf entsprechende Anfragen schlagen sie vor, die Zinsgewinne für karitative Zwecke zu spenden. Die entsprechenden Summen dürfen jedoch nicht auf die zu zahlenden Pflichtabgaben im Rahmen der Zakatzahlungen angerechnet werden. Die Gelehrten weisen auch darauf hin, daß man sich durch eine entsprechende Handlung keine besonderen religiösen Verdienste erwirbt. Vielmehr befreit man sich von einem unrechtmäßigen Besitz, den zu nutzen eine schwere Sünde wäre.

Ausgehend vom Zinsverbot werden nicht nur, wie wir gesehen haben, Überlegungen hinsichtlich der verschiedenen Versicherungen angestellt, sondern auch solche, die im täglichen Leben der in Deutschland lebenden Muslime durchaus eine Rolle spielen können. Als Beispiel sei auf die Diskussionen um Ratengeschäfte hingewiesen. Ratenkäufe werden von den islamischen Rechtsgelehrten unterschiedlich eingeschätzt. Die Tatsache, daß der Gesamtpreis einer Ware bei einem Ratenkauf höher ist als bei einer Einzelzahlung, wird von manchen als eine Form von Zins und damit als verboten betrachtet. Andere Gelehrte sind dagegen der Meinung, daß Ratenkäufe erlaubt seien und der höhere Preis zum Beispiel durch die Preisschwankungen am Markt gerechtfertigt sei. Wie meist, wenn zwischen den Rechtsgelehrten Uneinigkeit herrscht, stellen sich auch hier viele Muslime auf die vermeintlich oder tatsächlich strengere Position ein und meiden Ratenkäufe.

Grundsätzliche Probleme

Muslime sind gehalten, jede ihrer Handlungen, und sei sie noch so unwesentlich, darauf zu überprüfen, ob und wie sie vor Gott als dem gerechten Richter bestehen kann. Muslime in Deutschland leben in einer Welt, die nicht nur durch einen ständigen und teilweise sehr raschen sozialen Wandel gekennzeichnet ist, sondern in der auch ständig neue Technologien entwickelt und auf den Markt gebracht werden. Diese Entwicklung vollzieht sich teilweise schneller als in den Ländern, in denen Muslime eine Mehrheit der Bevölkerung bilden. Sie müssen sich daher früher mit Themen wie Geburtenkontrolle, künstliche Befruchtung, der Benutzung von CD-Playern, Videogeräten und -spielen, Home-Computern oder des Internets, Einlegesohlen, künstlichen Wimpern, genmanipulierten Pflanzen oder Techno-Musik auseinandersetzen, um nur einige wenige

Beispiele zu nennen. Die bedeutendsten und über die meiste Autorität verfügenden islamischen Rechtsgelehrten leben in Ländern und dort wiederum in einem sozialen Umfeld, wo sie von diesen raschen Veränderungen in den unterschiedlichsten Bereichen des täglichen Lebens sehr viel weniger berührt werden als junge Muslime in Berlin, Köln oder München. Von daher reagieren sie mit ihren Gutachten auch nicht unmittelbar auf diese Formen des Wandels. Sie sehen es im übrigen auch nicht unbedingt als ihre Aufgabe an, auf jede gesellschaftliche und kulturelle Veränderung zu antworten. Es ist ihre Pflicht, warnend die Stimme zu erheben, wenn sie den Eindruck gewinnen, daß dieser Wandel den Islam in seiner Gesamtheit gefährdet oder die Muslime auf einen falschen Weg führt. Für Muslime in Deutschland bedeutet das immer eine gewisse Verzögerung, ehe sie wissen, ob eine bestimmte Neuerung oder Erfindung aus islamischer Sicht akzeptabel ist oder nicht. Die so entstehende Unsicherheit hat zur Folge, daß manche Neuheiten zunächst einmal als unislamisch und damit als verboten abgelehnt werden. Es kommt vor, daß spätere positive Entscheidungen von Rechtsgelehrten nicht zur Kenntnis genommen werden und die Vorstellung vom Verbot mancher Innovationen weiter bestehen bleibt. Auf diese Weise kann aus dem Islam und dem islamischen Recht eine objektiv nicht begründbare Kritik an sozialen und kulturellen Verhältnissen in Deutschland entstehen, und damit eine Distanz zur deutschen Mehrheitsgesellschaft, die einem gedeihlichen Zusammenleben hinderlich ist.

Die geschilderte Situation läßt sich nur langsam ändern. »Der Islam ist in Deutschland eine sehr junge Religion«, kommentierte mir gegenüber ein deutscher Muslim die Lage. Er wies darauf hin, daß einerseits in einem westlichen Sinn ausgebildete Muslime, die die deutsche Gesellschaft gut kennen, dazu beitragen, die Unsicherheit der islamischen Gemeinschaft in Deutschland zu beenden.

Muslimische Richter, Anwälte, Ärzte und Professoren sind eher in der Lage, ihren Glaubensbrüdern die Vorzüge und Nachteile des westlichen politischen, wirtschaftlichen und sozialen Systems zu verdeutlichen. Zugleich können sie sehr viel kompetenter über die Probleme ihrer Religionsgemeinschaft berichten als ein außenstehender Beobachter. Auf der anderen Seite muß aber die Zahl der kompetenten islamischen Rechtsgelehrten, die in Deutschland gelebt haben oder besser noch dort geboren sind, erheblich gesteigert werden. Sie bieten die Gewähr, daß der gesellschaftliche und kulturelle Wandel aus islamischer Sicht ständig beobachtet und angemessen beurteilt wird und daß diese Einschätzungen den in Deutschland lebenden Muslimen auch rasch vermittelt wird. Am nächsten läge es, eine Lehr- und Forschungsanstalt für muslimische Religionslehrer und Theologen in Deutschland zu gründen oder an einer deutschen Universität eine Fakultät für islamische Studien einzurichten. Voraussetzung dafür wäre eine ausreichend große Anzahl von interessierten und qualifizierten, in Deutschland aufgewachsenen und über die allgemeine Hochschulreife verfügenden jungen Musliminnen und Muslimen. Diese Zahl wird in einigen Jahren erreicht sein. Man kann den deutschen Kultusverwaltungen und den islamischen Organisationen nur raten, sich gemeinsam über eine derartige Institution Gedanken zu machen.

DER ISLAM IN EUROPA

Die islamische Welt stellt keine Einheit dar. Die Unterschiede in den Glaubensvorstellungen und der religiösen Praxis von Muslimen in Pakistan, Nordafrika, Indonesien, Belize, Senegal oder der Türkei sind so beträchtlich, daß mancher unbefangene Beobachter sich schon die Frage gestellt hat, inwieweit man überhaupt von *einem* Islam sprechen kann und ob nicht eher eine Pluralform von Islam für diese religiöse Situation verwendet werden müsse. Auch der bekannte syrische Historiker und Soziologe Aziz al-Azmeh hat immer wieder vergleichbare Einschätzungen der Lage des Weltislams vorgetragen. Die offiziellen Sprecher internationaler islamischer Organisationen lehnen derartige Vorstellungen selbstverständlich ab, machen aber durch ihre zahlreichen Aktivitäten zugleich deutlich, daß ihnen an einer stärkeren Vereinheitlichung der islamischen Außendarstellung gelegen ist. Zugleich unternehmen sie die verschiedensten Versuche, auch die innere Situation der islamischen Weltgemeinschaft deutlicher zu strukturieren. So bemühen sie sich um eine eindeutigere und einheitlichere Weiterentwicklung des islamischen Rechts, um islamische Positionen zu aktuellen wirtschaftlichen, sozialen und ethischen Problemen und eine größere Übereinstimmung in der Politik der verschiedenen islamischen Staaten.

Da der Islam in West- und Nordeuropa in den meisten Ländern nur selten auf eine längere Geschichte zurückblicken kann, stammen die Muslime hier aus den unterschiedlichsten islamischen Staaten mit deren verschiedenartigen religiösen, sozialen und kulturellen Traditionen. Sie spiegeln hier in Europa in einem hohen Maß die Verschiedenartigkeit der islamischen Welt in ihrer

Gesamtheit wider. Bisher ist es den unterschiedlichsten islamischen Organisationen, die in den verschiedenen europäischen Staaten auf nationaler Ebene aktiv sind, nicht gelungen, europaweit einen effektiven Zusammenschluß zustande zu bringen. Angesichts der Vielfalt der politischen und wirtschaftlichen, sozialen und kulturellen europäischen Einrichtungen, die im Zusammenhang mit der Europäischen Gemeinschaft immer stärker an Einfluß gewinnen, wäre eine größere Präsenz europäischer islamischer Organisationen durchaus im Interesse der in Europa lebenden und arbeitenden Muslime.

Die Situation der verschiedenen muslimischen Minderheiten in Europa ist gekennzeichnet durch die Rolle, die die entsprechenden Staaten im Zusammenhang mit der europäischen kolonialen Expansion gespielt haben. Länder wie Deutschland, deren koloniale Aktivitäten sich auf Gebiete bezogen, in denen der Islam nur eine untergeordnete Rolle gespielt hat, sehen sich einer anderen Situation gegenüber als England oder Frankreich, die seit Beginn ihrer kolonialen Ausdehnung stets mit islamischen Gesellschaften konfrontiert waren. Die Konsequenz aus diesem frühen und intensiven Kontakt war vor allem eine größere Professionalität im Umgang mit den im »Mutterland« lebenden Muslimen. Kaum eine britische oder französische Familie kann jemanden in ihrer Verwandtschaft aufweisen, der nicht im Rahmen seines Militärdienstes, als Mitarbeiter der Kolonialverwaltung oder als Firmenvertreter in einem der vom Islam geprägten Kolonialgebiete seines Landes tätig war. Vergleichbares kann man auch für die Niederlande oder Spanien feststellen. Auch die offizielle Art und Weise, mit der der Islam in diesen Kolonialstaaten angesehen wurde, ist von einer grundsätzlichen Kenntnis dieser Religion gekennzeichnet. Islamwissenschaftliche Studien sind von jeher in diesen Ländern praxisbezogener gewesen als in Deutschland. Damit war auch die Zahl der Studenten, die sich diesem Fach widmeten, größer. Ob sich der Umgang mit Muslimen in diesen Staaten weniger problematisch erweist als in Deutschland, wo die Kenntnisse über den Islam immer noch sehr viel geringer sind, mag dahingestellt bleiben. Vergessen werden darf in diesem Zusammenhang auch nicht die Tatsache, daß sich der politische und gesellschaftliche Status der Muslime in den europäischen Staaten sehr unterschiedlich darstellt. Es versteht sich von selbst, daß er in einem Land wie England, in dem ein großer Teil der Muslime die britische Staatsbürgerschaft besitzt und als Wahlbürger auf die politischen Verhältnisse auf lokaler wie auf nationaler Ebene Einfluß nehmen kann, eine andere ist als in Deutschland, wo über das Wahlrecht von Migranten aus islamischen oder anderen Ländern auf lokaler Ebene immer wieder Grundsatzdiskussionen zwischen den verschiedenen Parteien angezettelt werden.

Jedes westeuropäische Land hat seit dem Ende des Zweiten Weltkriegs Einwanderungswellen von Muslimen erlebt, die sehr unterschiedliche Ursachen und Verläufe hatten. Auch die Reaktionen der Behörden dieser Staaten unterschieden sich voneinander. Vor der Entstehung der Vorläufer der Europäischen Gemeinschaft hatte es keine zwischen den einzelnen Staaten abgesprochene oder koordinierte Politik gegenüber diesen Migrantenströmen gegeben. Die Ursachen für diese Wanderbewegungen waren zu unterschiedlich und der Grad der Bereitschaft und die Möglichkeiten, die Einwanderer in das jeweilige gesellschaftliche, wirtschaftliche und politische System zu integrieren, differierten in den einzelnen Staaten beträchtlich. Doch auch nach der sich verstärkenden wirtschaftlichen und politischen Integration der Mitglieder der Europäischen Gemeinschaft ist es trotz mancher Ansätze noch nicht zu einer einheitlichen oder auch nur koordinierten europäischen Einwanderungspolitik gekommen. Noch immer wird die Politik gegenüber Migranten als nationalstaatliche Aufgabe betrachtet. Diese Politik erschöpft sich bisher vor allem in mehr oder weniger erfolglosen Versuchen, jede Einwanderung aus Staaten, die nicht der Europäischen Gemeinschaft angehören, zu unterbinden. Die überwiegende Zahl der Einwanderer kommt aus Staaten der Dritten Welt. Diese Menschen kommen nach Europa auf der Flucht vor Kriegen oder bürgerkriegsähnlichen Zuständen, aus Hunger- und Katastrophengebieten oder als politisch, ethnisch oder religiös Verfolgte. Einen sehr großen Teil machen Migranten aus islamischen Ländern aus. Die in allen Staaten der Europäischen Gemeinschaft stetig steigenden Zahlen von Einwanderern machen die Unzulänglichkeit der Abwehrversuche dieser Politik deutlich. Es muß nicht eigens darauf hingewiesen werden, daß für die Altersstruktur aller west- und nordeuropäischen Länder die Einwanderung von jüngeren Personengruppen höchst willkommen ist. Schon unter diesem Gesichtspunkt wäre eine sorgfältige und ausgewogene europäische Einwanderungspolitik notwendig. Eine solche Politik würde auch die Glaubwürdigkeit und moralische Autorität der europäischen Staatengemeinschaft in der internationalen Politik verstärken. Schließlich kann nicht die Einhaltung von Menschenrechten wie Meinungs-, Presse oder Religionsfreiheit in autoritär geführten Ländern eingefordert werden, während Einwanderungswilligen das Recht eines menschenwürdigen Lebens in politischer Sicherheit verweigert wird. Erst wenn eine solche Einwanderungspolitik konzipiert und realisiert wird, hat die europäische Gemeinschaft auch das Recht, in internationalen politischen Auseinandersetzungen die Einhaltung von Menschenrechten einzufordern.

Grossbritannien

Die Situation der Muslime in Großbritannien ist durch die besondere Einwanderungssituation zu Beginn der sechziger Jahre gekennzeichnet. Bis zum Jahr 1962 war Bürgern der britischen Kolonien und der Mitgliedstaaten des Commonwealth die ungehinderte Einreise in das Mutterland möglich. Eine erste Migrantenwelle nach Großbritannien hatte es in den späten vierziger Jahren gegeben, als größere Gruppen von Einwanderern der karibischen Inseln nach London und in andere große englische Städte kamen. Unter ihnen war die Zahl der Muslime sehr gering. In den fünfziger Jahren setzte die Einwanderung vom indischen Subkontinent ein, die zunächst die Zahl von zehntausend Personen pro Jahr nicht überstieg. Es handelte sich bei diesen Einwanderern um Menschen, die auf britischen Schiffen gearbeitet hatten und sich in den Hafenstädten der Insel niederließen. Eine zweite Gruppe waren Geschäftsleute, die zwischen den indischen Staaten und Großbritannien hin und her reisten und auf häufig verwandtschaftlicher Basis »Netzwerke« und Kooperationsstrukturen aufbauten, die zunächst für ihre wirtschaftlichen Aktivitäten gedacht waren, sich alsbald aber als außerordentlich effektive Unterstützungssysteme für die Einwanderung nach Großbritannien herausstellen sollten. In der ersten Hälfte der sechziger Jahre kam es nämlich zu einem ersten beträchtlichen Anstieg der Einwanderungszahlen. Dieser Anstieg stand in unmittelbarem Zusammenhang mit der Verabschiedung des Commonwealth Immigrants Act von 1962. Im Jahr 1958 war es in Notting Hill (London) und in Nottingham zu Unruhen gekommen, bei denen Jugendliche aus Einwandererfamilien eine Rolle gespielt hatten. Darauf setzte in der britischen Öffentlichkeit eine Debatte über die Einwanderungspolitik ein, die auf eine Begrenzung des freien Zuzugs hinauslief. Wie nicht anders zu erwarten, nahmen daraufhin die Einwanderungszahlen schlagartig zu, da viele Comonwealth-Bewohner den anstehenden Regelungen des Gesetzes zuvorkommen wollten. Das Gesetz gestattete in seiner 1968 noch verschärften Form nur noch solchen Inhabern von britischen Pässen oder Bürgern des Commonwealth die ungehinderte Einreise nach Großbritannien, die dort über verwandtschaftliche Beziehungen verfügten. Die Einreisekontrollen, die dieses Gesetz vorsah, erwiesen sich als wenig effektiv. Die in den fünfziger Jahren aufgebauten Netzwerke indopakistanischer Kaufleute wurden nun zu erfolgreich operierenden Einwanderungsagenturen. Der Commonwealth Immigrants Act hatte aus heutiger Sicht einen nicht beabsichtigten Effekt. Bis zum Inkrafttreten dieses Gesetzes war die Einwanderungsrate von der Arbeitsmarktsituation in Großbritannien abhängig gewesen. Sank die Nachfrage nach Arbeitskräften, sank auch die Einwanderungsrate, und umgekehrt. Diese Relation löste sich nun auf. Dazu trug einerseits die Tatsache bei, daß zahlreiche Personen, die durch das Gesetz betroffen waren, möglichst schnell nach Großbritannien kommen wollten, um nicht ausgeschlossen zu werden. Andererseits entstand auch ein wirtschaftliches System, das den Einwanderern behilflich war, ins Land zu kommen. Dieses System war auf Profit ausgerichtet. Je größer die Zahl der mehr oder weniger legal Einreisenden war, um so höher waren die Gewinne. Für die Organisatoren dieses »Einwanderungsgeschäfts« war das weitere wirtschaftliche Fortkommen ihrer Klienten nur so lange von Interesse, bis die entsprechenden Honorare für die Einwanderung bezahlt worden waren. Rücksichten auf die sich ständig ändernden Bedingungen des britischen Arbeitsmarktes wurden dabei nicht genommen.

Die indopakistanischen Einwanderer nach Großbritannien zeichneten sich durch eine hohe Konzentration auf ganz bestimmte Herkunftsregionen aus. Für Pakistan läßt sich feststellen, daß eine große Gruppe von Einwanderern aus dem Mirpur-Distrikt im südlichen Kaschmir und dem Cambellpur-Distrikt im nordöstlichen Punjab kam. Kleinere, aber noch immer signifikante Gruppen kamen aus der nordwestlichen Grenzprovinz zu Pakistan. In der Regel handelte es sich um Gegenden, die durch mühsame und wenig erfolgreiche Landwirtschaft geprägt waren. Im Fall von Mirpur stellte auch der Bau eines großen Staudamms, durch den nach der Fertigstellung etwa zweihundertfünfzig Dörfer überflutet wurden, eine Motivation für die Emigration nach Großbritannien dar. In Bangladesh, das bis 1971 noch Teil Pakistans gewesen war, sahen die Bezirke Sylhet im Nordosten und die Region um die Hafenstadt Chittagong die höchsten Abwandererzahlen. In der Indischen Union war es vor allem der Staat Gujarat, aus dem zahlreiche Muslime nach Großbritannien abwanderten. Nicht alle indopakistanischen Einwanderer kamen direkt vom indischen Subkontinent. Im Zusammenhang mit der Afrikanisierungspolitik in ostafrikanischen Staaten wie Kenya oder Uganda sahen sich viele Muslime, die im 19. und frühen 20. Jahrhundert nach Ostafrika gekommen waren, gezwungen, diese Länder zu verlassen. Eine erhebliche Zahl von ihnen kam nach Großbritannien.

Während man die indopakistanische Einwanderung der sechziger Jahre auf Bedingungen und Entwicklungen der britischen Innenpolitik zurückführen kann, haben andere Wanderbewegungen ihre Ursache in der außenpolitischen Situation der ehemaligen Kolonialmacht. Als Beispiel mögen die türkischen Zyprioten dienen. In der Folge der Spannungen um die Unabhängigkeit der Insel von Großbritannien fürchteten offenbar zahlreiche Muslime auf Zypern, daß ein politischer Erfolg des Erzbischofs Makarios zu schweren Behinderungen für sie führen würde. Sie nahmen überraschenderweise die Gelegenheit wahr, nach Großbritannien zu kommen und wanderten nicht etwa in die Türkei aus. Andere Gruppen kamen aus weiteren ehemaligen Kolonialgebieten, so aus Malaysia, den verschiedenen westafrikanischen und auch den arabischen Staaten. Von jeher lebte in London die größte irakische Exilgemeinde, und für viele Jemeniten, Ägypter und Bewohner der Golf-Emirate war London immer so etwas wie eine zweite Heimat. Auch für Iraner ist London immer noch einer der bevorzugten Exilorte, auch wenn Los Angeles eine der weltgrößten iranischen Exilgemeinden beherbergt.

Die Zahlen über die Verteilung der muslimischen Bevölkerung in Großbritannien nach regionaler oder nationaler Herkunft sind ebenso ungenau wie in anderen Staaten Europas. Der Anteil der jeweiligen Einwanderergruppe bleibt jedoch erstaunlich konstant. Zahlen aus dem Jahr 1986 sprechen von etwa 940000 Muslimen im Vereinigten Königreich. Von ihnen stammt die bei weitem größte Zahl aus dem indopakistanischen Raum. Einwanderer aus Pakistan, Bangladesh, der Indischen Union und von Muslimen indischer Herkunft aus Ostafrika machen etwa zwei Drittel der muslimischen Bevölkerung in Großbritannien aus. Die nationale Gruppe mit dem nächst großen Anteil sind arabische Muslime, gefolgt von Türken (türkische Zyprioten eingeschlossen) und Iranern. Die größte westafrikanische Gruppe von Muslimen stammt aus Nigeria. Angesichts der Mehrheitsverhältnisse kann es nicht überraschen, daß der Islam in Großbritannien deutlich indopakistanisch geprägt ist. Manche Entwicklungen im Islam Großbritanniens lassen sich ohne die zahlenmäßige Überlegenheit dieser Muslime nicht erklären. So sei als Beispiel nur auf den weltweit beachteten Konflikt um den Roman *Die satanischen Verse* des in Großbritannien lebenden indopakistanischen Autors Salman Rushdi hingewiesen. Die Attacken gegen dieses Buch kamen vor allem aus dem indopakistanischen Lager. Die arabischen Muslime in Großbritannien haben sich dagegen sehr zurückhaltend gezeigt und sich in Übereinstimmung mit dem von der

Azhar-Universität in Kairo herausgegebenen Rechtsgutachten befunden. Auch dieses lehnte das Buch ab, sah aber keinen Grund für eine Apostasieerklärung. Damit wird schon eines der grundsätzlichen Probleme der Muslime in Großbritannien deutlich. Es fehlt ihnen wie ihren Glaubensbrüdern in Deutschland eine gemeinsame Basis.

Einer der wichtigsten Unterschiede im Vergleich zur Situation religiöser Organisationen in Deutschland ist die Tatsache, daß es in England grundsätzlich keine juristische Form gibt, die mit den Körperschaften öffentlichen Rechts vergleichbar ist, in der die deutschen Großkirchen ihre staatlich anerkannte Form gefunden haben. Zwar gibt es in Großbritannien rechtliche Vorschriften, nach denen karitative Institutionen eingerichtet werden müssen und nach denen sie ihre Aufgaben erfüllen. Voraussetzung ist der religiöse Charakter dieser Organisationen und zumindest einige Aktivitäten im erzieherischen Bereich. Da diesen Regelungen alle Moscheegemeinden und anderen islamischen Gruppen und Organisationen entsprechen, wenn sie nur das Interesse an einem karitativen Status signalisieren, ist die Zahl gemeinnütziger muslimischer Institutionen kaum noch zu übersehen.

Die Zahl der Moscheen hat sich in Großbritannien mit dem Anwachsen der muslimischen Gemeinschaften ständig vergrößert. Während 1963 lediglich dreizehn Moscheen registriert waren, nahm deren Zahl seit 1966 um jeweils sieben Einrichtungen dieser Art pro Jahr zu. Von 1975 an stieg diese Steigerungsrate auf nahezu zwanzig neue Moscheen pro Jahr. Nach 1980 wurden in einigen Jahren sogar dreißig und mehr Moscheen pro Jahr neu registriert. Wie groß die Zahl der Moscheen und Beträume ist, die nicht registriert wurden, weil die entsprechenden Anträge nicht gestellt wurden, kann nicht einmal geschätzt werden. Angesichts der Mehrheit von Muslimen indopakistanischer Herkunft kann es nicht erstaunen, daß es vor allem vom Subkontinent stammende Gruppen sind, die die meisten Moscheen kontrollieren. Zwei große Strömungen des indopakistanischen Islams spielen in diesem Zusammenhang eine besondere Rolle: die Deobandi- und die Brelwi-Bewegung. Die Deobandi-Bewegung geht zurück auf die Gründung einer von Aufbau und Lehrmethoden her modernen Schule für islamische Studien in Deoband, einer Stadt ca. hundert Kilometer nördlich von Delhi, die seit der Moghulzeit ein Zentrum islamischer Gelehrsamkeit gewesen war. Entgegen den traditionellen Formen der islamischen Wissensvermittlung in der Madrasa wurde in dieser neuen Schule nach einem festgelegten Lehrplan vorgegangen. Die Fortschritte der Studenten wurden durch jährliche Examen überprüft. Die Finanzierung der Schule wurde durch Schulgebühren und Spenden sichergestellt und war also nicht wie sonst üblich, von »frommen Stiftungen« abhängig. Damit war es einzelnen Stifterfamilien oder Gruppen von Rechtsgelehrten, die derartige Stiftungen verwalten, nahezu unmöglich, die Politik der Schule zu beeinflussen. Unterrichtet wurde vor allem in Urdu, das durch die Schule von Deoband zur eigentlichen Sprache der Muslime auf dem Subkontinent wurde. Der Schwerpunkt des Unterrichts lag auf dem Studium von Koran, Prophetentraditionen und dem islamischen Recht, obwohl andere Fächer wie Logik und Philosophie nicht ausgeschlossen wurden. Vor allem durch die Intensität mit der die Prophetentradition studiert wurde, gewann die neue Schule in Deoband Anerkennung über den indischen Bereich hinaus. Die neue Art des islamischen Unterrichts hatte rasch großen Erfolg. Hundert Jahre nach der Gründung der ersten Schule zählte man auf dem Subkontinent nahezu neuntausend Einrichtungen, die nach den Prinzipien von Deoband arbeiten. Man zählt die Deobandis zu den »Puritanern« des modernen indopakistanischen Islams. Das mag mit ihrer Distanz zu volksislamischen Formen der Heiligenverehrung und des Gräberkults zusammenhängen, die unter Muslimen auf dem

Subkontinent immer eine große Rolle gespielt haben, was allerdings nicht bedeutet, daß sie der weitverbreiteten islamischen Mystik feindlich gegenüberstehen. Nach dem Zusammenbruch des Moghulreiches und der Entmachtung seiner islamischen Autoritäten bot die Schule von Deoband den indischen Muslimen auf die vielfältigen Fragen des täglichen Lebens eine neue Antwort auch aus der Sicht des islamischen Rechts. Ihre reformistischen Tendenzen haben dazu geführt, daß sich von ihr kleinere Gruppierungen abspalteten, die dennoch die grundsätzlichen Vorstellungen der Deoband-Bewegung weiterhin teilen.

Die Brelwi-Bewegung wurde von Ahmad Riza Khan († 1921) gegründet. Ihren Namen erhielt sie von der Stadt Bareilly, die ca. hundert Kilometer nördlich von Delhi liegt. Im Mittelpunkt der Doktrin der Brelwi-Bewegung steht die Gestalt des Propheten Muhammad, der als der entscheidende Mittler zwischen Gott und den Gläubigen angesehen wird. Die Stellung des Propheten wird deutlich an der aufwendigen Art und Weise, in der sein Geburtsfest gefeiert wird. Die Verehrung des Propheten geht so weit, daß polemische Gegner der Bewegung vorwerfen, sie hätte den Propheten an die Stelle Gottes gesetzt. Auch den Personen, die ihre Herkunft auf die Familie des Propheten zurückführen können, wird besondere Wertschätzung entgegengebracht. Zum Teil hat sich ein deutlicher Heiligenkult herausgebildet, der von den Vertretern der Deobandi-Bewegung kritisch betrachtet wird.

Die beiden Bewegungen haben in Großbritannien zahlreiche Moscheen gegründet oder unter ihre Kontrolle gebracht. Die Deobandi-Bewegung stellt sich dabei als die besser organisierte und nach außen einheitlicher erscheinende Gruppierung dar. Das hängt sicherlich mit der gemeinsamen Schultradition zusammen. Auch die Tatsache, daß in Dewsbury ein College in der Deobandi-Tradition gegründet wurde, unterstreicht den höheren Organisationsgrad dieser Gruppe. Die Brelwi-Bewegung stellt in Großbritannien dagegen eine sehr viel heterogenere Gemeinschaft dar. Dies hängt mit den starken persönlichen Beziehungen zusammen, die die Mitglieder zu ihren sich häufig auf die Verwandtschaft mit dem Propheten berufenden religiösen Autoritäten pflegen. Nur in einigen außergewöhnlichen Situationen hat sich die Bewegung zu gemeinsamen Aktionen zusammenfinden können. Neben diesen indopakistanischen Gruppierungen gibt es selbstverständlich auch solche arabischer oder iranischer Herkunft, von denen einige in der britischen Öffentlichkeit deutlicher hervortreten. Dies mag in einigen Fällen an dem potenteren finanziellen Hintergrund liegen, in anderen an dem größeren öffentlichen Interesse. So gibt es islamische Organisationen und Institutionen, die von internationalen Muslimorganisationen finanziell und inhaltlich unterstützt werden. Andere treten durch spektakuläre Verlautbarungen an die Öffentlichkeit und erregen so die Aufmerksamkeit der Medien. Zu nennen sind hier Einrichtungen, die sich auf libysche oder iranische Hilfe verlassen können.

Insgesamt läßt sich für die organisatorischen Strukturen des Islams in Großbritannien eine ähnliche Feststellung treffen wie für Deutschland. Wenn auch zahlreiche Gründungen muslimischer Dachverbände stattgefunden haben, so fehlt doch immer noch eine einheitliche, effektive Organisationsform, die die Autorität und das Mandat hat, für alle im Land lebenden Muslime zu sprechen.

Im Gegensatz zur deutschen Situation besteht in Großbritannien für Migranten mit einem irischen Paß oder dem eines Commonwealth-Staates die Möglichkeit des aktiven und passiven Wahlrechts auf lokaler wie auf nationaler Ebene. Zunächst nahmen die Migranten dieses Recht kaum wahr. Dies änderte sich 1973, als Pakistan das Commonwealth verließ. Nun mußten sich die Inhaber pakistanischer Pässe für die Beibehaltung ihrer alten oder die

Annahme der britischen Staatsbürgerschaft entscheiden. Die Mehrheit der Pakistani entschied sich für die britische Option. Auch die Staatsangehörigen anderer Commonwealth-Länder konnten durch eine einfache Registrierung und nicht etwa durch einen komplizierten Einbürgerungsvorgang die britische Staatsbürgerschaft annehmen. Damit haben Muslime ein ungleich größeres politisches Gewicht als in jedem anderen europäischen Staat. Durch die Möglichkeit, an Wahlen teilzunehmen, können sie vor allem auf lokaler Ebene in sie direkt betreffende politische Entscheidungsprozesse eingreifen. Demoskopische Untersuchungen haben festgestellt, daß die Mehrzahl der Muslime für die Labour-Party votiert. Dieses Verhalten hat jedoch seit dem Ende der achtziger Jahre gewisse Veränderungen gezeigt. Die besondere Betonung der Bedeutung der Familie durch die Konservative Partei ist bei vielen traditionellen Muslimen auf Sympathie gestoßen. Sie sind auch in einigen anderen politischen Bereichen den Konservativen näher als der Labour Party. Solange die Konservativen jedoch an einer zumindest distanzierten Haltung gegenüber Immigranten festhalten, wird sich das Wahlverhalten der Muslime nicht grundsätzlich ändern. Es ist einigen Muslimen gelungen, mit Hilfe der Labour-Party-Mandate auf lokaler Ebene, aber auch im Unterhaus zu gewinnen. Hier bemühen sie sich um eine konsequente Interessenpolitik für die islamischen Gemeinschaften in Großbritannien. Da die Unterhausabgeordneten vor allem ihrem Wahlkreis verpflichtet sind, agieren die muslimischen Mitglieder des britischen Parlaments vor allem zugunsten der muslimischen Gemeinschaften, die in ihrem Wahlkreis die entscheidende Kraft darstellen. Auf diese Weise wird die Fragmentierung des britischen Islams auch auf der politischen Ebene verstärkt. Dennoch stellen die politischen Möglichkeiten der Muslime in Großbritannien ein Modell für die islamischen Gemeinschaften in anderen europäischen Staaten dar.

Frankreich

Angesichts seiner kolonialen Vergangenheit kann es nicht erstaunen, daß Frankreich sich schon länger mit muslimischem Leben konfrontiert sah als andere europäische Länder. Kleine muslimische Gemeinden hatte es seit der Mitte des vergangenen Jahrhunderts gegeben. Doch erst 1917 war eine erste Moschee gebaut worden. Eine beachtenswerte Zahl von Muslimen lebt seit dem Ende des Zweiten Weltkriegs in Frankreich. Zunächst stammte die Mehrzahl von ihnen aus Algerien. Im Jahre 1957 zählte man etwa 170 000 algerische Einwanderer. Zu Beginn der sechziger Jahre wanderten auch marokkanische und tunesische Arbeiter nach Frankreich ein. Doch weiterhin blieb der algerische Anteil unter den nordafrikanischen Muslimen am höchsten. Nach Zahlen aus dem Jahr 1985 stammten 820 000 Muslime aus Algerien, 520 000 aus Marokko und 202 000 aus Tunesien. Eine besondere Gruppe von Muslimen nordafrikanischer Herkunft sind die sogenannten Harki. Bei ihnen handelt es sich um algerische Muslime, die auf die eine oder andere Weise mit der französischen Kolonialverwaltung verbunden waren und nach dem Ende der französischen Herrschaft nicht in Algerien bleiben wollten. Sie wurden sich lange Zeit selbst überlassen und von anderen Muslimen aus politischen Gründen mit großer Distanz betrachtet. Daneben leben in Frankreich die größten muslimischen Gemeinschaften aus den subsaharischen Staaten Mali, Senegal und Niger. Sie werden auf etwa 100 000 Personen geschätzt. Die Zahl der türkischen Immigranten wird mit 160 000 angegeben, wobei zwischen türkischen und kurdischen Muslimen nicht differenziert wird. Insgesamt ist nach einer Schätzung aus dem Jahr 1989 von einer Zahl von 2,7 Millionen in Frankreich lebenden Muslimen auszugehen. Konzentrationen muslimischer Wohnbevölkerung lassen sich in den Regionen Marseille, Lyon, Lille und vor allem in den Vorstädten der Hauptstadt Paris feststellen. Dabei fällt jedoch auf, daß die marokkanischen Muslime sich über diese regionalen Schwerpunkte hinaus angesiedelt haben. Schwarzafrikanische und türkische Muslime leben vor allem im Großraum Paris. Im Vergleich mit anderen europäischen Staaten ist das Ausbildungsniveau der Muslime in Frankreich im Durchschnitt höher. Zahlreiche Muslime können auf Bildungsabschlüsse von weiterführenden Schulen und Hochschulen verweisen. Dies hängt sicherlich mit der Tatsache zusammen, daß die Mehrzahl von ihnen aus Ländern kommt, in denen Französisch die erste Fremdsprache oder die eigentliche Verkehrssprache ist. Frankreich hatte im übrigen in seinen Kolonien das französische Bildungssystem eingeführt, das nach der Unabhängigkeit dieser Länder häufig beibehalten wurde. Muslime in Frankreich stehen dem westlichen Bildungssystem meist näher als Muslime in anderen europäischen Staaten. Die Organisationsstruktur des Islams in Frankreich ist durch den französischen Laizismus geprägt. Die entsprechenden Gesetzesverfügungen lauten: »Die Republik garantiert die Gewissensfreiheit. Sie garantiert die freie Religionsausübung.« Weiter heißt es dann: »Die Republik garantiert keine Anerkennung für, zahlt keine Gehälter an oder gibt Unterstützung für irgendeine Religion.« Nach einer wechselvollen Geschichte der religiösen Organisationsmöglichkeiten besteht seit 1981 die Möglichkeit, daß Organisationen mit religiösen Zielen sich bei den Behörden registrieren lassen, wobei sie ihre Satzungen und die Namen ihrer führenden Persönlichkeiten angeben müssen. Diese Regeln waren 1905 aufgestellt und in den dreißiger Jahren verändert worden, ehe 1981 der frühere Zustand wieder hergestellt worden war. Bis 1981 hatte es lediglich einundzwanzig offiziell organisierte muslimische Gruppen in Frankreich gegeben. Nach der organisatorischen Liberalisierung veränderte sich die Lage grundsätzlich. Wie in anderen europäischen Ländern entwickelte sich nun eine Vielzahl von islamischen Organisationen, die teils national, teils ethnisch, teils nach anderen Kriterien strukturiert waren. Nicht immer ist die religiöse Funktion dieser Organisationen aus deren Namen zu erkennen. Die Organisation Amicale des Algériens stand in einem engen Zusammenhang mit der algerischen Einheitspartei FLN. Oppositionelle algerische Gruppen bemühten sich ihrerseits um den Aufbau organisatorischer Strukturen. Auf diese Weise reproduzierten sich die politischen Verhältnisse innerhalb der algerischen Arbeitsmigranten in Frankreich. Solange sich die algerischen politischen Verhältnisse in einer gewissen Stabilität befanden, ergaben sich keine größeren Probleme. Die einzelnen algerischen Gruppierungen mieden sich, was sicherlich zu einer Schwächung der Position dieser nationalen Gruppe von Muslimen in Frankreich führte. Mit dem Beginn der schweren innenpolitischen Konflikte in dem nordafrikanischen Land und den sich daraus entwickelnden bürgerkriegsähnlichen Zuständen wurden auch die latenten Konflikte innerhalb der algerischen Muslime immer offenkundiger. Es kam zu Auseinandersetzungen um Positionen wie die des Hauptimams oder des Freitagspredigers in verschiedenen von Algeriern frequentierten Moscheen zwischen Anhängern der regierungsnahen Gruppen und der Front islamique du salut (FIS), in denen einige bekannte algerische Muslime verletzt oder gar getötet wurden. Diese Spannungen bestehen unvermindert weiter.

Die Mehrheit der marokkanischen Muslime ist in der Gruppe Amicales des travailleurs et commerçants marocains organisiert. Sie wird von Beobachtern als regierungsnah bezeichnet. Dieser Eindruck mag in der Tatsache begründet sein, daß die marokkanische Regierung und König Hasan II. selbst zahlreiche Moscheen in verschiedenen Teilen Frankreichs finanziell unterstützen. Die Organisation bemüht sich, im religiösen wie im sozialen Bereich die nationale Identität der marokkanischen Muslime zu fördern und zu intensivieren. Bisher spielen oppositionelle islamische Gruppen in der marokkanischen Gemeinde in Frankreich nur eine geringe Rolle. Auch dies spiegelt die interne Situation dieses nordafrikanischen Landes in Frankreich wider. Es darf jedoch nicht ausgeschlossen werden, daß sich ein Erstarken oppositioneller Kräfte in Marokko unmittelbar auf die Verhältnisse innerhalb der Gruppe der in Frankreich lebenden Marokkaner auswirken wird.

Die tunesischen Muslime in Frankreich gelten unter den Nordafrikanern als am wenigsten organisiert, über eine regierungsnahe Organisation der tunesischen Migranten konnte nichts in Erfahrung gebracht werden. Dies sagt sicherlich einiges über die Selbstsicherheit der tunesischen Regierung aus, mag aber auch als ein Hinweis für die genaue Kenntnis der tunesischen Behörden über die Stimmung unter den tunesischen Migranten in Frankreich angesehen werden. Seit 1980 gibt es eine der tunesischen Opposition nahestehende Gruppierung, die Groupement Islamique en France (GIF). Die Gruppe ist durch verschiedene Aktivitäten wie die Durchführung von Sommerlagern für junge Muslime oder verschiedene Konferenzen zu speziellen Problemen der Muslime in Frankreich hervorgetreten. Die GIF entwickelte aber vor allem beträchtliche publizistische Aktivitäten und druckte zum Beispiel Korankommentare und Texte zum islamischen Recht. Sie zeigt einen stärker auf die weitere islamische Welt bezogenen Ansatz bei ihrer Arbeit als die anderen islamischen Organisationen nordafrikanischer Muslime. Die relativ geringe Größe der GIF ist sicherlich ein Grund für die Tatsache, daß sie eher als die algerischen und marokkanischen Vereinigungen zur Kooperation mit anderen islamischen Organisationen bereit ist.

Die westafrikanischen Muslime haben ihre besonders stark ausgeprägten Organisationsformen mit nach Frankreich gebracht. Als Beispiel mag hier die senegalesische Bruderschaft der Muridiyya dienen. Dabei handelt es sich um eine vor der Jahrhundertwende gegründete religiöse Organisation, in der es eine Arbeitsteilung zwischen einfachen Mitgliedern und den Angehörigen der häufig erblichen Führungsschicht gibt. Die Losung der Bruderschaft lautet: Bete und arbeite. Während die Führung für den religiösen Bereich zuständig ist, sind die einfachen Mitglieder mit verschiedenen, der Bruderschaft nützlichen wirtschaftlichen Aktivitäten befaßt. Die Muridiyya betreibt fast monopolartig die Erdnußproduktion, die den wichtigsten Exportartikel des Senegal darstellt. Auch das senegalesische Transportwesen ist fast ausschließlich in der Hand dieser Bruderschaft. Inzwischen sind Mitglieder der Muridiyya auch nach Europa gekommen und haben sich zunächst in Frankreich niedergelassen. Sie haben hier Netzwerke von »fliegenden« Händlern aufgebaut. Nahezu alle Afrikaner, die man in europäischen Fußgängerzonen mit dem Verkauf von Lederarbeiten, Schmuck oder Holzschnitzereien beobachten kann, sind Mitglieder der Muridiyya. Von direkten politischen Aktivitäten der Bruderschaft wurde bisher nichts bekannt. Ihr indirekter Einfluß auf die Politik des Senegal ist jedoch beträchtlich. Für die in Frankreich und insgesamt in Europa lebenden Muriden bedeutet die Zugehörigkeit zur Bruderschaft nahezu eine Lebensnotwendigkeit.

Die organisatorische Struktur der türkischen Muslime in Frankreich ist mit der in Deutschland zu vergleichen. Es handelt sich um fast die gleichen Organisationen mit dem entsprechenden politischen und religiösen Rückhalt in der Türkei. Es gibt allerdings Einschätzungen französischer Beobachter, die der Meinung sind, daß der Organisationsgrad im Vergleich zu dem der Türken in Deutschland geringer ist. Dies gelte vor allem für die türkischen Migranten, die sich außerhalb der industriellen Ballungszentren niedergelassen haben.

Erst Mitte der achtziger Jahre entwickelten sich islamische Organisationen in Frankreich, deren Programm darin bestand, den jeweiligen nationalen Zusammenhang zu überwinden und zu gemeinsamen Positionen aller Muslime in Frankreich zu gelangen. Im Jahr 1986 wurde die Fédération nationale des musulmans en France gegründet, der es gelang, den algerischen Einfluß in der größten Pariser Moschee zurückzudrängen. Um 1988 hatte sich ferner eine zunächst von Tunesiern gegründete, kleinere Organisation, die Union des organisations islamiques en France, auch auf Kosten der Fédération nationale des musulmans en France zu der wichtigsten nicht-nationalen islamischen Organisation in Frankreich entwickelt. Seit 1988 organisiert sie in jedem Jahr ein »rassemblement musulman«, an dem 1992 ca. zwölftausend Muslime teilgenommen haben. Wie stark diese Union auf längere Dauer sein wird, bleibt abzuwarten.

Angesichts der engen Verflechtung der verschiedenen islamischen Organisation in Frankreich mit politischen Parteien, Richtungen und Strömungen in den jeweiligen Herkunftsländern bestehen gewisse Gefahren für die französische Gesellschaft. Die Mehrzahl der muslimischen Migranten stammt aus Nordafrika. Die drei Staaten Tunesien, Algerien und Marokko stehen trotz unterschiedlich stabiler Herrschaftsystemen vor ähnlichen Problemen. Die Bevölkerung der drei Länder ist relativ jung, die Produktionsrate infolgedessen beträchtlich und der allgemeine Bildungsstand erstaunlich hoch, es fehlt jedoch ein Arbeitsmarkt, der die qualifizierten Arbeitsuchenden aufnehmen kann. Die Arbeitslosenrate liegt in Algerien bei fünfzig Prozent. Daraus entstehen gerade bei der jüngeren Bevölkerung Frustrationen, die zu radikalen Tendenzen führen können oder im Fall Algerien schon geführt haben. Diese Radikalisierung drückt sich im nordafrikanischen Kontext in einer Hinwendung zu islamischen Vorstellungen aus, die als »fundamentalistisch« bezeichnet werden, auch wenn dieses Adjektiv den Sachverhalt nur unzureichend beschreibt. Mit radikal-islamischem Gedankengut vertraute junge Muslime wandern auch nach Frankreich ein, wo sie ihre Vorurteile gegenüber der westlichen Lebensform in mancher Hinsicht bestätigt finden. Die hohe Abhängigkeit der islamischen Organisationen in Frankreich von politischen Kräften in den Herkunftsländern führt dazu, daß die gesellschaftlichen und politischen Konflikte Nordafrikas sich zwischen den verschiedenen Organisationen fortsetzen. Durch die Radikalisierung eines jüngeren Teils der Mitglieder dieser Gruppen nimmt die Militanz der internen Kämpfe mehr und mehr zu. Dabei wird immer weniger Rücksicht auf die Mehrheitsbevölkerung genommen. Wie jüngste Bombenanschläge gezeigt haben, wird diese auch zu einem Instrument in den teilweise blutigen Auseinandersetzungen in den Herkunftsländern. Noch haben wir es hier mit einer besonderen französischen Situation zu tun, die sich jedoch in anderen europäischen Staaten wiederholen kann, wenn in anderen Herkunftsländern von muslimischen Migranten ähnliche politische und soziale Konflikte entstehen wie zum Beispiel in Algerien.

Die Niederlande

Für die Niederlande als ehemalige Kolonialmacht war der Umgang mit Muslimen nichts ungewöhnliches. Mit Niederländisch-Indien, dem heutigen Indonesien, gehörte eines der bevölkerungsreichsten Gebiete der islamischen Welt zum niederländischen Kolonialreich. Daher haben die wissenschaftlichen und verwaltungstechnischen Auseinandersetzungen mit Muslimen eine lange Tradition. Eine bedeutende Einwanderung von Muslimen aus diesem

Kolonialgebiet erfolgte jedoch nicht. Erst nach dem Ende der niederländischen Kolonialherrschaft in Indonesien gelangte eine kleinere Gruppe von Muslimen, die Molukker, in das Mutterland. Auch in der Folgezeit kam es nicht zu einer größeren Immigration von Indonesiern in die Niederlande. Anders verhielt es sich mit einer anderen Kolonie, nämlich Niederländisch-Guayana, dem heutigen Surinam. Seit der Mitte der sechziger Jahre hatte es von dort eine stetige Einwanderungsbewegung in die Niederlande gegeben. Bis in die Mitte der siebziger Jahre steigerte sich die Zahl der Immigranten bis zu 36000 Personen pro Jahr. Zwar war eine Mehrheit dieser Einwanderer christlich, doch kam auch eine beträchtliche Zahl von Muslimen, die ursprünglich von der Kolonialmacht aus Indien nach Südamerika verpflanzt worden waren. Zu Beginn der achtziger Jahre schätzte man die muslimischen Einwanderer aus Surinam auf 30000 Personen. Im übrigen setzt sich die muslimische Wohnbevölkerung in den Niederlanden aus den gleichen Nationalitäten zusammen wie in Frankreich und Deutschland. Im Rahmen der Arbeitsmigration kamen Muslime aus der Türkei, Marokko, Tunesien und dem ehemaligen Jugoslawien. Die Siedlungsschwerpunkte der Muslime sind Amsterdam, Rotterdam, Den Haag und Utrecht. Nach vorliegenden Statistiken lebten 1989 in den Niederlanden 408000 Muslime. Diese Zahl wird sich inzwischen erhöht haben. Die größte Gruppe unter ihnen stammt aus der Türkei, gefolgt von den Marokkanern.

Die niederländische Politik gegenüber den muslimischen Einwanderern war von Anfang an durch ein hohes Maß an praktischen Überlegungen gekennzeichnet, was sich zum Beispiel im Umgang mit den verschiedenen islamischen Organisationen zeigt, die in den Niederlanden entstanden sind. Wie in anderen europäischen Ländern spielt auch hier die jeweilige nationale Herkunft eine wichtige Rolle. Als die bestorganisierte Gruppe gilt die Türkisch-islamische Kulturföderation, die eng mit dem türkischen Amt für religiöse Angelegenheiten zusammenarbeitet. Das Amt entsendet Imame in die Moscheegemeinden. Die Föderation bemüht sich um die Vermittlung von Sprachkursen in Niederländisch für die Imame, und auch ihre Teilnahme an islamwissenschaftlichen Lehrveranstaltungen an niederländischen Universitäten ist nicht unüblich. Offensichtlich herrschen hier geringere Berührungsängste als im deutschen Fall. Auch in den Niederlanden sind die anderen großen türkischen islamischen Organisationen wie die Süleymanli-Bewegung und die Milli-Göruş-Bewegung stark vertreten. Es war bemerkenswerterweise eine Initiative der niederländischen Regierung, die für die Einrichtung eines Koordinierungsorgans für die Gruppe der türkischen islamischen Organisationen, aber auch von nicht-religiösen Vereinen und Gewerkschaftsorganisationen sorgte.

Die marokkanischen Muslime sind ähnlich wie in Frankreich in der Gruppe Les Amicales des ouvriers et commerçants organisiert, die als regierungsnah bezeichnet werden kann. Im Jahr 1978 wurde eine Union der marokkanischen Organisation in den Niederlanden gegründet, über deren Effektivität jedoch keine Aussagen gemacht werden können. Daneben finden sich eine Reihe von kleineren marokkanischen Organisationen, die auf Distanz zu den regierungsnahen Verbänden Wert legen oder eindeutig als oppositionell eingeschätzt werden können. Ihre Zahl ist aber bisher so gering, daß offene Konflikte wie in Frankreich nicht zu erwarten sind.

Die Muslime, die aus Surinam eingewandert sind, sind den Besonderheiten des indopakistanischen Islams treu geblieben und haben damit auch dessen interne Spannungen mit in die Niederlande gebracht. Sie sind einerseits vom Gedankengut der Deobandi-Bewegung nicht unbeeindruckt geblieben, haben aber andererseits auch Gemeinden, die die Brelwi-Vorstellungen übernommen haben. Die kleine Gruppe der muslimischen Molukker bildet eine eigene Gemeinschaft, die sehr stabile Strukturen aufweist. Dies hängt sicherlich auch mit der Tatsache zusammen, daß sie sehr früh die aktive Unterstützung der niederländischen Regierung erhielten. So wurden die beiden Moscheen der Molukker ausschließlich mit Mitteln des niederländischen Staates gebaut.

Auch die relativ geringe Zahl der Muslime in den Niederlanden hat nicht zu einem größeren Organisationsgrad unter ihnen führen können. Dachorganisationen blieben auch hier ohne große Wirkung auf die islamischen Gemeinden. Im Jahr 1975 wurde auf Anregung niederländischer Konvertiten eine »Föderation muslimischer Organisationen« gegründet, die jedoch nie als Sprachrohr aller Gruppen anerkannt wurde und daher einige Jahre später aufgelöst wurde. Allerdings gibt es eine Ausnahme, die mit dem besonderen Rundfunksystem in den Niederlanden zusammenhängt. Dort können auch kleinere Gruppierungen einen Rundfunksender betreiben, wenn sie genügend Mitglieder haben und finanziell dazu in der Lage sind. Die beiden größten nationalen Gruppen der Muslime, Türken und Marokkaner, gründeten die Islamitische Omroepstichting. Diese Stiftung betreibt seit 1980 einen Rundfunksender, der ein spezielles religiöses Programm für die in den Niederlanden lebenden Muslime ausstrahlt. Angesichts der Majorität der aus der Türkei stammenden Muslime und deren besserer Organisationsstruktur ließ sich hier zunächst ein deutliches türkisches Übergewicht feststellen. Erst in den späten achtziger Jahren ergab sich in diesem Bereich eine gewisse Ausgeglichenheit. Es ist nicht ausgeschlossen, daß diese Rundfunkstiftung zum Kernpunkt einer effektiven muslimischen Dachorganisation auf nationaler niederländischer Basis wird. Eine andere Möglichkeit nationaler Ebene könnten die regelmäßigen Treffen von Imamen darstellen, die auf die Initiative eines niederländischen Orientalisten hin seit einigen Jahren in Leiden durchgeführt werden und mehr und mehr Zulauf gewonnen haben. Daneben finden sich noch einige weitere, von außen kommende Initiativen. So will die niederländische Regierung in Zukunft Dozenten an marokkanische Hochschulen entsenden, die dort Imame, die für den Dienst im Königreich vorgesehen sind, mit den besonderen kulturellen und sozialen Verhältnissen im Zielland vertraut machen sollen. Auch dies sind möglicherweise Tendenzen, die zu einem einheitlicheren Bild des Islams in den Niederlanden führen.

Belgien

Belgien ist ein Land, in dem Arbeitsmigration schon seit langem eine wichtige Rolle für die wirtschaftliche Entwicklung gespielt hat. Um 1963 hatten belgische diplomatische Vertretungen in Marokko begonnen, um Arbeitsmigranten für die belgischen Kohlengruben zu werben. Sie sind bis heute die größte nationale Gruppe unter den in Belgien lebenden Muslimen geblieben. Mitte der sechziger Jahre kamen dann auch türkische Arbeiter in größerer Zahl. Das Land hatte eines der attraktivsten Anwerbungssysteme in Europa. Bis zum Jahr 1977 wurde sogar die Hälfte der Umzugskosten der Migranten durch staatliche Stellen getragen. Zwar sind solche Regelungen angesichts der Krise der Montanindustrie und der daraus resultierenden Arbeitslosigkeit inzwischen abgeschafft worden. Doch noch immer werden in Belgien die freizügigsten Einwanderungsregelungen der gesamten Europäischen Gemeinschaft praktiziert. Das schlägt sich auch in den demographischen Zahlen nieder. Im Jahr 1955 gab es etwa viertausend Marokkaner und andere Nordafrikaner in Belgien. Dreißig Jahre später betrug die Zahl der Nordafrikaner 134000 Personen, von denen mit 123000 die

Marokkaner die stärkste nationale Gruppe bildeten. Zu dieser Zeit stammten 72000 Menschen in Belgien aus der Türkei. Beobachter schätzten die Gesamtzahl der Muslime zu Beginn der neunziger Jahre auf 250000 Personen. In der regionalen Verteilung lassen sich Konzentrationen der muslimischen Wohnbevölkerung aus Marokko vor allem in der Region Brüssel und den wallonischen Industriegebieten feststellen. Muslime aus der Türkei haben sich dagegen vor allem in Flandern, besonders in Antwerpen, Gent und dem benachbarten Limburg angesiedelt. Im Gegensatz zu den anderen west- und nordeuropäischen Staaten weist der Islam in Belgien einen hohen Organisationsgrad auf. Dies ist auf die Tatsache zurückzuführen, daß in enger Zusammenarbeit zwischen der belgischen Regierung und der Islamischen Weltliga im Jahr 1969 das Islamische Kulturzentrum gegründet wurde, das sich unter anderem um eine Koordination der verschiedenen belgischen Moscheegemeinden bemüht. An den Eröffnungsfeierlichkeiten für das Zentrum nahm neben hohen Vertretern der belgischen Regierung auch der saudische König Faisal teil, womit die religiöse Ausrichtung dieses Zentrums vorauszusehen war. Die religiöse Linie des Zentrums war zunächst gekennzeichnet durch eine Betonung des arabischen Moments im Islam und ein nach strengen Interpretationen der Texte ausgelegtes islamisches Recht. Die Einrichtung nahm für sich in Anspruch, für alle Muslime in Belgien zu sprechen. Es konnte angesichts dieser Situation nicht überraschen, daß rasch konkurrierende Dachverbände entstanden, die sich als Vertreter anderer Auffassungen vom Islam vorstellten. Zu ihnen gehört eine von Türken, Marokkanern und zum Islam konvertierten Belgiern 1977 gegründete Gesellschaft für islamische Kultur und Religion. Auch das staatliche türkische Amt für religiöse Angelegenheiten verstärkte seine Aktivitäten in Belgien und übt durch den entsprechenden Attaché in der Brüsseler türkischen Botschaft eine effektive Kontrolle aller von Türken frequentierten Moscheen aus. Damit war der Ansatz zu einer Konzentration des Islams in Belgien zunichte gemacht. Dennoch sahen die belgischen Behörden das Zentrum als den entscheidenden Ansprechpartner bei allen Muslime betreffenden Fragen an, und dies obwohl auch das Zentrum selbst einige stürmische Perioden durchmachen mußte. Um die Position seines Leiters gab es heftige Kämpfe zwischen verschiedenen islamischen Gruppen. In diesen internen Auseinandersetzungen wurde auch zu den härtesten Mitteln gegriffen. Höhepunkt der Auseinandersetzungen war die Ermordung des Direktors des Zentrums, Abdallah al-Ahdal, im März 1989. Obwohl er aus Saudi-Arabien stammte, war ihm von Anfang an der Vorwurf zu großer Liberalität gemacht worden. Aktueller Anlaß des Attentats war seine differenzierte Stellungnahme zu der sogenannten Rushdi-Affäre gewesen. Die Härte der internen Auseinandersetzungen hat verschiedene Ursachen. Eine liegt sicherlich in der Tatsache begründet, daß der belgische Staat sich gegenüber den Muslimen außerordentlich entgegenkommend verhielt. Denn kurz nachdem 1969 das Islamische Kulturzentrum eröffnet worden war, kam es zu parlamentarischen Bemühungen, den Islam mit anderen religiösen Gemeinschaften gleichzustellen. Begründet wurde diese Initiative damit, daß die Zahl seiner Anhänger in Belgien größer sei als die der anerkannten religiösen Gemeinschaften der Anglikaner und der Juden. Eine Gleichstellung mit diesen Gemeinschaften bedeutete für die islamischen Gemeinden das Recht, staatliche Subventionen für die verschiedensten Aktivitäten zu erhalten. Zugleich hätten auch die Imame der Moscheen wie Pfarrer oder Rabbiner Anspruch auf ein staatliches Gehalt gehabt. Die juristische Anerkennung war aus formalen Gründen nicht einfach zu bewerkstelligen. Nach langwierigen Diskussionen und Verhandlungen, bei denen das Islamische Kulturzentrum eine wichtige Rolle gespielt hatte, wurde am 19. Juli 1974 ein entsprechendes Gesetz verabschiedet. Ein königlicher Erlaß aus dem Jahr 1978 regelte dann in Einzelheiten die Form der Zusammenarbeit der staatlichen Institutionen mit den islamischen Gemeinden. Der Erlaß bestimmte die organisatorischen Strukturen des Islams in Belgien. Danach wurden die Provinzverwaltungen die staatlichen Ansprechpartner für die in ihrem Bereich aktiven islamischen Gruppen und Gemeinden. Es wurde festgelegt, in welcher Weise die Repräsentanten der Muslime gewählt werden sollten. Dabei wurde darauf geachtet, daß auch Minderheiten innerhalb der islamischen Gemeinden sich Gehör verschaffen konnten. Das Islamische Kulturzentrum wurde mit der Kontrolle der islamischen Vertretungen in den verschiedenen Provinzen beauftragt. Trotz der Schaffung einer verbindlichen Rechtsgrundlage gelang es jedoch bisher nicht, diese entsprechenden Vertretungen einzurichten, was vor allem daran lag, daß die Muslime sich innerhalb der Provinzen nicht auf einheitliche Institutionen einigen konnten.

Zu Beginn der neunziger Jahre unternahm die belgische Regierung angesichts der Schwäche des Islamischen Kulturzentrums einen neuen Anlauf, um eine offizielle Vertretung der Muslime in Belgien ins Leben zu rufen. Sie schlug die Einrichtung eines Rates der Muslime in Belgien vor. In ihm sollten Vertreter internationaler islamischer Organisationen, Botschafter islamischer Staaten und Repräsentanten der in Belgien lebenden Muslime die Beziehungen zu den belgischen Verwaltungsstellen koordinieren. Bisher haben sich allerdings noch keine klaren Strukturen entwickelt.

Die skandinavischen Länder

Die Zahl und der Proporzanteil der in Dänemark, Norwegen, Schweden und Finnland lebenden Muslime ist im Vergleich zu den westeuropäischen Staaten geringer. Auf der Insel Island besteht gar keine islamische Gemeinschaft. Erstaunlicherweise findet sich jedoch in Finnland die einzige autochthone islamische Gemeinschaft aller west- und nordeuropäischer Staaten. Ihre Existenz geht in das 19. Jahrhundert zurück, als Finnland Teil des zaristischen Rußland war. In dieser Zeit siedelten sich hier tatarische Händler und Handwerker an. Als Finnland nach dem Ersten Weltkrieg unabhängig wurde, blieben diese Muslime im Land und wurden finnische Staatsbürger mit allen Rechten und Pflichten. Sie sind einheitlich organisiert und haben ihren Siedlungsschwerpunkt in Helsinki und seiner Umgebung. Ihre Zahl wird auf etwas über tausend geschätzt. Die geringe Zahl, die gemeinsame ethnische Herkunft und Geschichte haben dazu beigetragen, daß die finnischen Muslime als die einheitlichste islamische Gemeinschaft in Europa erscheinen. Verstärkt wurden sie zu Beginn der neunziger Jahre durch die Einwanderung von muslimischen Flüchtlingen aus Somalia. Es bleibt abzuwarten, inwieweit eine Integration dieser Neuankömmlinge in die islamische Gemeinde in Finnland gelingt.

Dänemark

Im Rahmen des Imports von Arbeitskräften kamen seit dem Ende der sechziger Jahre Muslime auch nach Dänemark. Zwanzig Jahre später gab es ca. 16000 türkische

Staatsbürger und siebentausend Pakistani in Dänemark neben einer kleinen Gruppe von etwa dreitausend Marokkanern. Im Bezug auf die pakistanischen Einwanderer muß festgestellt werden, daß viele von ihnen mit britischen Pässen nach Dänemark einreisten und daher nicht in diesen Statistiken verzeichnet sind. Die verschiedenen Unruhen, Bürgerkriege und politischen Veränderungen in Teilen der islamischen Welt führten zu einer Flüchtlingswelle auch nach Dänemark. Als deren Ergebnis wurde im Jahr 1990 geschätzt, daß die Anzahl der Muslime etwa 60000 Personen betrug. Strenge Einwanderungsbestimmungen haben seitdem ein weiteres Anwachsen der islamischen Gemeinschaft in Dänemark eingeschränkt.

Die besondere Stellung der lutherischen Kirche in Dänemark, die eine staatliche Institution darstellt, hatte Konsequenzen für die muslimischen Immigranten. Die lutherischen Pfarrer agieren auf lokaler Ebene als staatliche Vertreter in allen Zivilstandsangelegenheiten. Das heißt sie registrieren Geburten, Hochzeiten und Todesfälle auch von Personen, die nicht der lutherischen Kirche angehören. Katholiken, Baptisten, Methodisten und Juden sind als Glaubensgemeinschaft anerkannt. Entsprechende Initiativen von Muslimen, um eine vergleichbare Anerkennung für den Islam zu erreichen, wurden von den staatlichen Behörden abgelehnt. Die Begründung für diese Haltung war, daß diese Anerkennung heute keine Rolle mehr spiele und daher für den Islam nicht eingeführt werden müsse. Diese Verweigerung hatte durchaus Folgen für Muslime, denn es dauerte einige Zeit, bis die Pastoren als Standesbeamte zum Beispiel bereit waren, nicht dänisch klingende Namen zu registrieren.

Dänische staatliche Institutionen gingen mit dem Phänomen einer größeren Zahl von Muslimen in ihrem Land systematisch und praktisch um. Sie etablierten zunächst ein Forschungsprojekt, das sich mit den besonderen Problemen der Muslime in einer modernen Welt beschäftigte. Daß dabei die dänische Situation im Vordergrund stand und eine derartige Untersuchung nicht ohne die Teilnahme von Muslimen durchgeführt werden konnte, verstand sich für die Organisatoren von selbst. Angesichts der Größe des Landes und der Anzahl der hier lebenden Muslime war diese Untersuchung die am stärksten finanzierte und in der Arbeit konzentrierteste in ganz Europa. Eines der Ergebnisse dieses Projekts war sicherlich der besondere Umgang staatlicher Institutionen und privater Unternehmen bei der Produktion von Fleisch, das für Muslime alle Bedingungen ritueller Reinheit erfüllte. Alle in Dänemark produzierten Hähnchen erhalten entsprechende Hinweise auf der Verpackung. Auf diese Weise wurde Dänemark nicht nur der wichtigste Lieferant von rituell reinem Fleisch für die Muslime in den benachbarten Staaten, sondern auch der größte europäische Exporteur dieser Produkte in islamische Staaten des Nahen und Mittleren Ostens.

Die allgemeine Liberalität der dänischen Gesellschaft in Glaubensfragen hat im übrigen zu Beginn der neunziger Jahre zu einer einmaligen muslimischen Initiative geführt, die die dänische Öffentlichkeit in der Folge sehr beschäftigte. Eine internationale Muslimorganisation hatte den Eindruck gewonnen, daß in Dänemark intensive Islamisierungsaktionen Aussicht auf Erfolg haben könnten. Die Initiatoren dieser Bemühung schienen zu glauben, daß die Dänen weitgehend religionslos seien, und eine weitverbreitete Neigung zur Annahme des Islams bestünde. Daraufhin wurde ein Missionszentrum eingerichtet, in dem junge Muslime auf ihre Arbeit als Missionare unter Dänen vorbereitet wurden. Als diese Pläne in der dänischen Öffentlichkeit bekannt wurden, hagelte es Proteste. Die Medien berichteten ausführlich. Die Mehrzahl der dänischen Kommentatoren war zwar der Meinung, man solle den Muslimen die Ausübung ihres Glaubens ermöglichen, was aber nicht dazu führen dürfte, daß diese ihrerseits versuchten, auf die Lebensgewohnheiten und die Religion der Dänen Einfluß zu nehmen.

Schweden

In Schweden begann die Einwanderung muslimischer Arbeitsmigranten in der Mitte der sechziger Jahre. Die Mehrzahl von ihnen kam aus der Türkei und dem damaligen Jugoslawien. Daneben gab es Gruppen aus Marokko, Pakistan und Ägypten. In den achtziger Jahren wurde diese Arbeitsmigration ergänzt durch Flüchtlinge aus islamischen Ländern, die durch die sehr liberale schwedische Flüchtlingspolitik angezogen wurden. Nach verschiedenen Quellen lag die Zahl der in Schweden lebenden Muslime um 1990 bei etwa 100000 Personen. Die besonders einfachen Naturalisierungsregeln haben dazu geführt, daß schon 1988 ein Drittel der libanesischen und die Hälfte der syrischen und der palästinesischen Flüchtlinge schwedische Staatsbürger geworden waren. Schätzungen gehen davon aus, daß die Hälfte der in Schweden lebenden Muslime sich in Stockholm und Umgebung niedergelassen hat. Ein Schwerpunkt der Ansiedlung jugoslawischer Einwanderer ist Südschweden. Die türkischen Migranten haben sich recht gleichmäßig in den großen Städten Stockholm, Göteborg und Malmö angesiedelt. Geht man von den vorhandenen Daten aus, kann man auf einen besonders hohen Organisationsgrad der in Schweden lebenden Muslime schließen. Um 1990 soll es fünfundvierzig Moscheegemeinden oder ähnlich organisierte Gruppen in Schweden gegeben haben. Diese gaben an, zusammen etwa 70000 Mitglieder zu vertreten, was bei einer geschätzten Gesamtzahl von 100000 Muslimen einem Organisationsgrad von siebzig Prozent entspräche. Damit bildeten die in Schweden lebenden Muslime wohl die am stärksten organisierte islamische Gemeinschaft in Europa. Seit dem Beginn der siebziger Jahre ist es in Schweden übliche Praxis, daß der Staat den anerkannten Religionsgemeinschaften außerhalb der lutherischen Kirche, die die Rolle einer Staatskirche spielt, die notwendigen Subventionen zukommen läßt. Voraussetzung dafür ist allerdings, daß die jeweilige religiöse Gemeinschaft über eine verbindliche Mitgliederliste und Regeln für die Bestimmung der Führung verfügt. Die entsprechenden Mittel werden durch den Rat der freien Kirche verteilt, zu dem auch die Muslime gehören. Daher verfügen die einzelnen islamischen Gemeinden über eine gute und sichere finanzielle Grundlage. Das hat jedoch nicht zu einer Vereinheitlichung der islamischen Strukturen in Schweden geführt. Zwar hat sich zunächst im Jahr 1973 eine Muslimische Föderation auf nationaler Ebene etabliert, neben der sich 1982 eine zweite und 1985 eine dritte plazierte. Noch haben sich aus dieser Tendenz zur Segmentierung keine praktischen Nachteile für die in Schweden lebenden Muslime ergeben. Die jeweiligen Organisationen sind verantwortlich für die Durchführung von Eheschließungen und Bestattungen. Dabei muß darauf geachtet werden, daß die Ehen nicht den Vorschriften der schwedischen Ehegesetzgebung widersprechen. Das bedeutet insbesondere, daß die Regelungen bezüglich des Alters der Brautleute und deren verwandtschaftliche Beziehungen eingehalten werden müssen. Gleiches gilt auch für das Verbot der Polygynie und die freiwillige Zustimmung der Ehepartner zu der Ehe. Die islamischen Gemeinden sind wie andere religiöse Gemeinschaften auch für die Durchführung eines speziellen Religionsunterrichts verantwortlich. Sowohl im üblichen muttersprachlichen Unterricht als auch im Ethikunterricht an den Schulen werden die Grundlagen der islamischen Religion vermittelt.

Norwegen

In Norwegen hat die Einwanderung muslimischer Migranten später als in anderen europäischen Staaten eingesetzt. Die offiziellen Statistiken verzeichnen 1979 nicht mehr als zehntausend Muslime. Von ihnen haben mehr als zwei Drittel einen pakistanischen Hintergrund. Zehn Jahre später hat sich diese Zahl mehr als verdreifacht. Die Mehrheit bilden weiterhin indopakistanische Muslime. Beträchtlich ist auch die Zahl von Muslimen aus der Türkei, aus Jugoslawien, Iran und Somalia. So sind zu Beginn dieses Jahrzehnts Muslime die drittgrößte religiöse Gemeinschaft in Norwegen. Ihre Zahl ist größer als die der Katholiken, Methodisten oder Baptisten. Die meisten Muslime haben sich in der Umgebung der Hauptstadt Oslo und in Bergen angesiedelt. Insgesamt zeigt sich, daß Muslime mit indopakistanischem Hintergrund die größte Neigung zu einer dauerhaften Niederlassung in Norwegen zeigen. Diese Tendenz läßt sich aus der Tatsache ersehen, daß 1990 etwa vierzig Prozent der pakistanischen Einwanderer Kinder unter vierzehn Jahren waren. Dieser Anteil junger Menschen ist vergleichbar mit der Situation in Großbritannien, wo ebenfalls von einer permanenten Ansiedlung dieser Bevölkerungsgruppen ausgegangen werden muß. Ein weiteres Indiz ist die Tatsache, daß etwa ein Viertel der pakistanischen Einwanderer inzwischen die norwegische Staatsangehörigkeit angenommen hat. Sie werden in dieser Hinsicht noch von den marokkanischen Migranten leicht übertroffen.

Die Organisationsstrukturen der Muslime in Norwegen sind mit denen in den anderen skandinavischen Staaten vergleichbar. In der Regel sind sie in lokalen Gemeinschaften organisiert. Im Jahr 1990 wurden zweiunddreißig Gemeinschaften statistisch erfaßt, wobei zu bedenken ist, daß es sich dabei um Angaben handelt, die von den islamischen Gruppen selbst erhoben wurden. Die zahlenmäßig größte Gruppierung ist die in Oslo residierende Jamaat Ahl-i Sunna mit mehr als sechstausend Mitgliedern, die vor allem aus dem pakistanischen Punjab kommen.

Mitteleuropa

Neben Deutschland sind vor allem die Schweiz und Österreich die Staaten, in denen sich Muslime in größerer Zahl angesiedelt haben. Durch die verschiedenen staatlichen Strukturen und die verschiedenartige Einwanderungspolitik stellt sich auch die Situation in den beiden Ländern sehr unterschiedlich dar. Dennoch sind beide Staaten von großem Interesse als Beispiele für die Etablierung von permanenten islamischen Strukturen in einem europäischen Kontext.

Schweiz

Die Einwanderung von Muslimen in die Schweiz begann um 1970. Dabei läßt sich eine deutliche regionale Einteilung feststellen. Muslimische Migranten aus der Türkei und Jugoslawien nahmen Arbeit in den deutschsprachigen Teilen der Schweiz auf, während nordafrikanische Muslime in die romanischsprachigen Kantone zogen. In Genf mit seinen zahlreichen internationalen Organisationen und dem besonderen Interesse wohlhabender Muslime an längerfristigen Aufenthalten hat sich eine für die Schweiz und für ganz Westeuropa untypische Situation ergeben.

Die islamischen Gemeinden werden hier von der Oberklasse zuzurechnenden Muslimen geprägt. Daß sich hier rasche Veränderungen ergeben können, hat die zeitweilige Abwanderung dieser Personengruppe während des zweiten Golfkriegs 1990/91 gezeigt. Seit den achtziger Jahren hat sich auch eine größere Zahl von arabischen Muslimen aus dem Libanon, Syrien und Irak sowie von Iranern und indopakistanischen Muslimen in der Schweiz angesiedelt. Auch leben in der Schweiz viele Muslime mit deutscher oder französischer Staatsangehörigkeit. Die staatlichen und kulturellen Strukturen der Schweiz bringen es mit sich, daß die Organisationsform der Muslime in der Regel auf die Moscheegemeinden beschränkt ist. Hier finden sich unterschiedliche auf nationaler und ethnischer Basis beruhende Gemeinschaften, die nur wenig Kontakt miteinander haben. Einigungstendenzen hat es nur in den Fällen gegeben, in denen sich muslimische Gemeinden gezwungen sahen, zur Durchsetzung wichtiger Forderungen gegenüber den Schweizer Behörden einheitliche Positionen zu beziehen und diese dann auch in organisatorischer Form nach außen zu dokumentieren. Als Beispiel mag der Zusammenschluß der verschiedenen muslimischen Organisationen in der Stadt und im Kanton Zürich dienen. Ausgangspunkt der entsprechenden Bemühungen war der dringende Wunsch aller dortigen Muslime nach der Einrichtung eines islamischen Friedhofs oder der Auflassung eines entsprechenden Gräberfelds. Die zuständige Verwaltung war nicht bereit, mit jeder einzelnen islamischen Gemeinde zu verhandeln. Auf Vermittlung verschiedener Schweizer Organisationen und Einzelpersonen und nach langwierigen Verhandlungen zwischen den verschiedenen islamischen Gemeinden gelang es, einen islamischen Dachverband für Zürich ins Leben zu rufen. Hauptkonfliktpunkt war die Frage, wer die Zürcher Muslime gegenüber den Behörden und der Öffentlichkeit repräsentieren sollte. Hier trafen die unterschiedlichen

Formen islamischen Selbstverständnisses aufeinander. Schließlich setzte sich eine Gruppe gemäßigter arabischer Muslime durch. Dabei mag auch die Tatsache eine Rolle gespielt haben, daß die Zahl der naturalisierten Schweizer islamischen Glaubens in Zürich, die sich in Moscheegemeinden engagiert, recht hoch ist. Sie verfügen über eine gewisse Autorität, die mit ihrer längeren Aufenthaltsdauer im Land und der daraus resultierenden Kenntnis der schweizerischen politischen und administrativen Strukturen zusammenhängt. Die Autorität der Führung des Dachverbands wuchs angesichts der Tatsache, daß in der Frage des islamischen Friedhofs Fortschritte erzielt werden konnten. Zwar wurde bis Ende 1996 noch kein Friedhof eingerichtet, doch die Zürcher Stadtbehörden haben das grundsätzliche Recht der Muslime auf einen eigenen Friedhof anerkannt, so daß in absehbarer Zeit eine Lösung zu erwarten ist. Die Gründung des Dachverbandes hat jedoch noch nicht zu einer offiziellen Anerkennung geführt. Käme es zu einer derartigen staatlichen Sanktionierung, könnte auch islamischer Religionsunterricht im Rahmen des allgemeinen Unterrichts in den Zürcher Schulen stattfinden. Es ist abzuwarten, ob sich der Zürcher Dachverband weiterhin so einheitlich darstellt, daß dieser nächste Schritt getan werden kann.

Obwohl muslimische Organisationen im Bewußtsein der Schweizer Öffentlichkeit nur eine geringe Rolle spielen, lassen verschiedene Konflikte doch die Anwesenheit von Muslimen immer wieder deutlich werden. In der Frage der rituellen Schlachtung haben sich die Schweizer Behörden bisher sehr konsequent in ihrer Ablehnung gezeigt. Rituell reines Fleisch muß aus Frankreich eingeführt werden. Verschiedene Bemühungen islamischer Gemeinden um eine Änderung dieser Praxis, die auch in den Medien diskutiert wurden, blieben erfolglos. Öffentliches Aufsehen erregten auch Arbeitsgerichtsprozesse, in denen Musliminnen das Recht einklagten, bei der Arbeit ein Kopftuch tragen zu dürfen. Bemerkenswert ist in diesem Schweizer Kontext, daß diese Konflikte tatsächlich religiöse Fragen zum Inhalt hatten und nicht etwa ethnische oder nationale Besonderheiten von Muslimen betrafen.

Österreich

Die Geschichte des Islams in Österreich setzt vor dem Beginn der Arbeitsmigration der sechziger Jahre ein. Vor dem Ersten Weltkrieg standen Teile Bosniens unter Habsburgischer Souveränität. Das hatte dazu geführt, daß Muslime sich auch in der Hauptstadt Wien niedergelassen hatten. Man schätzt diese ältere muslimische Bevölkerung auf etwa zehntausend Personen. Im Rahmen der Einwanderung von Arbeitsmigranten kamen dann seit den sechziger Jahren Türken, Jugoslawen und verschiedene andere nationale Gruppen nach Österreich. Siedlungsschwerpunkte bilden die Bundesländer Wien, Niederösterreich und Vorarlberg.

Die historischen Gegebenheiten haben es mit sich gebracht, daß der Islam in Österreich als einzigem Staat in der Europäischen Gemeinschaft als Religion den christlichen Konfessionen und dem Judentum gleichgestellt ist. Die Bundesrepublik Österreich hatte als Rechtsnachfolger der Österreichisch-Ungarischen Doppelmonarchie die rechtliche Anerkennung der verschiedenen Religionsgemeinschaften übernommen. Bis in die Mitte der sechziger Jahre hatte man keine Notwendigkeit gesehen, diese juristische Situation auch auf den Islam zu beziehen, da die Zahl der Muslime zu gering war und entsprechende Initiativen von muslimischer Seite fehlten. Nachdem sich verschiedene islamische Organisationen etabliert hatten, wurden Mitte der sechziger Jahre Bemühungen unternommen, die entsprechenden Gesetze über die offizielle Anerkennung des Islams aus den Jahren 1874 und 1912 in ihrer Gültigkeit für die aktuelle Situation zu bestätigen. Nach längeren Verhandlungen wurde schließlich im Mai 1979 der Islam als offizielle Religion in Österreich staatlich anerkannt. Der wichtigste Vorteil dieser Anerkennung ist die Möglichkeit, islamischen Religionsunterricht im Rahmen des allgemeinen Schulunterrichts an österreichischen Schulen durchzuführen. Ferner haben Muslime auch das Zugangsrecht zu den staatlichen Medien und einige Vorteile im steuerlichen Bereich. So gibt es eine tägliche Sendung von fünf Minuten Dauer für türkische und jugoslawische Muslime im staatlichen Österreichischen Rundfunk. Achtmal pro Jahr können Prediger im staatlichen Fernsehen auftreten. Zwar gab es nun eine rechtliche Grundlage für den Islam in Österreich, doch blieb das überall zu beobachtende Phänomen der Segmentierung der islamischen Gemeinschaften weiter bestehen. Die entsprechenden gesetzlichen Vorschriften hatten festgelegt, daß der Islam auf nationaler Ebene durch einen Rat, ein Exekutivorgan und durch einen Obermufti repräsentiert werden sollte. Auf lokaler Ebene sollten vergleichbare organisatorische Strukturen geschaffen werden. Die Mitglieder des nationalen Rates sollten von den Muslimen in einer geheimen Wahl bestimmt werden. Im Jahr 1980 wurden tatsächlich derartige Wahlen abgehalten, die jedoch zu schweren, teilweise handgreiflichen Auseinandersetzungen führten. Dennoch nahm der gewählte Rat seine Arbeit auf. Die organisatorische Aufsplitterung des Islams in Österreich wurde durch ihn allerdings nicht verhindert. Es bildeten sich fünf größere islamische Dachverbände, die 1987 von den staatlichen Stellen die Durchführung neuer Wahlen forderten, um einen repräsentativeren Rat zu erreichen. Eine weitere Besonderheit des Islams in Österreich ist die Tatsache, daß hier schon seit 1962 ein Moslemischer Sozialdienst tätig ist, der von Muslimen bosnischer Herkunft gegründet worden war. Von Anfang an hatte er als Vertretung der Muslime in Österreich agiert und stellte auch das Exekutivorgan des offiziellen Islams dar. Mit der Gründung neuer Dachorganisationen wurde die Rolle des Moslemischen Sozialdienstes allerdings mehr und mehr in Frage gestellt.

Südeuropa

Die südeuropäische Situation ist gekennzeichnet durch die größere räumliche Nähe von Staaten wie Italien, Portugal oder Spanien zur islamischen Welt. Dennoch ist unsere Kenntnis der Situation des Islams in diesen Staaten sehr gering. Im Bezug auf die Balkanstaaten ist festzustellen, daß hier autochthone islamische Gruppen seit vielen Jahrhunderten existieren. Dies hat in den vergangenen Jahren zu Spannungen geführt, die im Falle Jugoslawiens schwerste militärische Auseinandersetzungen zur Folge hatten.

Italien

Italien war immer als ein Auswanderungs- oder Binnenwanderungsland bekannt. Nord- und Südamerika, Australien und die westeuropäischen Industriestaaten waren lange Zeit Ziele der Migrationsbewegungen aus Italien. Erst seit dem Ende der siebziger Jahre konnte man eine deutliche Einwanderung von nord- und ostafrikanischen Muslimen feststellen. Nach Schätzungen kamen im Jahr 1977 etwa 100000 Personen aus Ägypten, Tunesien, Algerien und Marokko. Zahlen über die aus Libyen eingewanderten Muslime liegen nicht vor. Auch Angaben über eritreische oder somalische Einwanderer fehlen. Der Grund dafür, daß Italien Zielland dieser Muslime ist, ist in der kolonialen Vergangenheit des Landes zu suchen. Von 1911 bis zum Ende des Zweiten Weltkriegs stand Libyen unter italienischer Herrschaft. In Eritrea geht der italienische Einfluß auf das Ende der achtziger Jahre des 19. Jahrhunderts zurück und dauerte ebenfalls bis in die Zeit nach dem Zweiten Weltkrieg an. Für 1981 soll die Gesamtzahl der Muslime 300000 betragen haben. Andere Schätzungen sprechen von 700000 Muslimen. Ende der achtziger Jahre kamen auch beträchtliche Gruppen von westafrikanischen Muslimen nach Italien, die auf dem Umweg über Frankreich in die großen norditalienischen Städte gelangten. Zu Beginn der neunziger Jahre setzte eine wellenartige Einwanderung aus Albanien ein, der die italienischen Behörden auch durch rigorose Abschiebungspraktiken nicht Herr werden können. Man schätzte 1995 die Zahl der in Italien lebenden Muslime auf 1,8 Millionen Menschen.

Das Problem in diesem Zusammenhang ist die Tatsache, daß viele der muslimischen Einwanderer illegal ins Land kommen. In Süditalien zum Beispiel halten sich nordafrikanische Muslime halboffiziell als Saisonarbeiter während der Erntezeit auf. Ein Teil von ihnen kehrt nach Ablauf der Arbeitsverträge in die Herkunftsländer zurück, ein anderer Teil aber nutzt die Gelegenheit, im Land zu bleiben. Diese Einwanderer finden Arbeit in der süditalienischen Fischindustrie, im Schiffbau und im Baugewerbe. Inzwischen hat bei ihnen schon eine Nordwanderung eingesetzt. Viele finden ein mühsames Auskommen als ungelernte Arbeiter in den mittel- und norditalienischen Industriegebieten. Diese Personengruppe wird natürlich von keiner Statistik erfaßt. Da diese Muslime ständig auf der Hut vor Ausweisungen sein müssen, ist ihr offizieller Organisationsgrad sehr gering. In verschiedenen Großstädten sind Moscheegemeinden vorhanden. Von Einigungstendenzen oder der Bildung von Dachorganisationen ist bisher nichts bekannt geworden.

Große Aufmerksamkeit der italienischen Öffentlichkeit erregte in der ersten Hälfte der neunziger Jahre die Bemühung internationaler islamischer Organisationen, in Rom eine große Moschee mit einem dazugehörigen Gemeindezentrum zu bauen. Derartige Pläne gehen bereits auf den Anfang der siebziger Jahre zurück, stießen aber auf den Widerstand der verschiedensten Kräfte in der italienischen Hauptstadt. Inzwischen ist die Moschee, deren Minarett höher als der Petersdom sein soll, eingeweiht. Ob eine derartige Demonstration islamischer Präsenz von Nutzen für die einfachen Muslime im Land ist, bleibt abzuwarten.

Spanien

Spanien hat eine Geschichte, die durch Jahrhunderte mit dem Islam verbunden ist. Von 711 bis 1492 hatte es eine ununterbrochene islamische Präsenz auf der Iberischen Halbinsel gegeben. Danach hatte die Reconquista nahezu alle Muslime vertrieben oder unter Zwang zum Christentum bekehrt. Zwar soll es noch kryptoislamische Gemeinschaften bis in die sechziger Jahre unseres Jahrhunderts gegeben haben, allerdings fehlen genauere Untersuchungen zu dieser Thematik. Erst 1967 wurden in Spanien neben der katholischen Kirche offiziell auch andere Religionsgemeinschaften zugelassen. Im Jahr 1971 wurden in Spanien 90000 Muslime gezählt, von denen 13000 spanische Staatsbürger waren. In diesem Zusammenhang muß natürlich auch die Tatsache in Rechnung gestellt werden, daß Spanien in dieser Zeit noch die Spanische Sahara beherrschte und bis heute die nordafrikanische Enklave

Melilla kontrolliert. So mag der relativ hohe Prozentsatz spanischer Muslime zu erklären sein. Im Jahr 1982 war die Zahl der Muslime auf ca. 120000 angewachsen. Zu Beginn der neunziger Jahre lagen Schätzungen bei 400000 Personen. Diese Zahlen sind jedoch sehr vage, weil auch hier mit einer enormen Dunkelziffer gerechnet werden muß. Die illegale Einwanderung aus Marokko und Algerien ist beträchtlich. Für die Mehrzahl der Migranten stellt Spanien das Tor nach Westeuropa dar. Da es nicht allen gelingt, nach Frankreich oder Deutschland zu kommen, müssen viele versuchen, sich in Spanien durchzuschlagen.

In den großen spanischen Städten finden sich offizielle Moscheegemeinden, die in der Regel von nordafrikanischen Studenten oder legal eingereisten Arbeitern gegründet und organisiert werden. Eine Besonderheit des Islams in Spanien stellt die Communida Islamica en al Andalus dar. Dabei handelt es sich um eine Gemeinschaft von Spaniern, die seit den achtziger Jahren zum Islam konvertiert sind. Sie erklären, daß sie sich wieder der Religion ihrer maurischen Vorväter zugewandt haben und zu deren religiösen Traditionen zurückgekehrt sind. Angesichts eines starken Interesses der islamischen Weltgemeinschaft am Schicksal dieser andalusischen Muslime ist es nicht ausgeschlossen, daß sich diese Gruppe dauerhaft etablieren wird.

Balkan

Durch das Vordringen des Osmanischen Reichs auf den Balkan gelangte der Islam seit dem 15. Jahrhundert nach Albanien, Bulgarien und Jugoslawien. Durch Wanderbewegungen gelangten vor allem Muslime aus Jugoslawien nach Westeuropa. Während es Vertreibungen von Muslimen aus Bulgarien noch in den achtziger Jahren gab, hat inzwischen eine Einwanderung von muslimischen Albanern nach Italien, aber auch nach Deutschland eingesetzt. Diese Einwanderung ist in Italien teilweise sehr spektakulär vor sich gegangen und hat zu entsprechenden Reaktionen der italienischen Behörden geführt. An dieser Stelle kann nur kurz auf die Situation der Muslime in den Balkanländern eingegangen werden, weil wir es hier nicht mit einer Migrantensituation zu tun haben und die organisatorischen Strukturen der Muslime in diesen Ländern schon lange offiziell etabliert sind, auch wenn sie in den Zeiten kommunistischer Herrschaft Schaden genommen haben. Bei einer Neuetablierung dieser alten Strukturen ergeben sich nicht die Probleme, denen sich die muslimischen Einwanderer in den westeuropäischen Staaten gegenübersehen.

Albanien

Die Adriarepublik ist das einzige Land in Europa, in dem die Muslime eine Mehrheit bilden. Mit 1,6 Millionen Menschen machten sie im Jahr 1971 ca. fünfundsiebzig Prozent der Gesamtbevölkerung des Landes aus. Bis 1990 war die Wachstumsrate in Albanien die höchste Europas, so daß man von 2,1 Millionen Muslimen ausgehen konnte. Inzwischen hat das Bevölkerungswachstum in diesem Land jedoch eine negative Entwicklung genommen. Nach Schätzungen betrug die Zahl der Muslime 1995 etwa 1,9 Millionen Personen. Eine Besonderheit des Landes war unter kommunistischer Herrschaft die Tatsache, daß nach Angaben islamischer Quellen 1981 ca. 2,3 Millionen muslimischer Albaner außerhalb des Landes lebten, also mehr als in Albanien selbst. Die organisatorischen Strukturen des Islams in Albanien wurden nach der Ablösung des kommunistischen Regimes in der Form wiederhergestellt, wie sie in der Zeit vor dem Zweiten Weltkrieg vorhanden gewesen war. Es gibt einen Rat der Rechtsgelehrten mit einem Großmufti an der Spitze, der für die Verwaltung von Moscheen und Stiftungen verantwortlich ist. Die »frommen Stiftungen« waren in den fünfziger Jahren enteignet worden. Der Rat der Rechtsgelehrten bemüht sich um eine Rückerstattung dieser Besitztümer, und die internationalen islamischen Organisationen versuchen, durch Sachspenden und finanzielle Unterstützung die islamischen Strukturen in Albanien zu stärken.

Bulgarien

In dem Gebiet, das 1908 zum Königreich Bulgarien wurde, bestand um 1850 ein Drittel der Bevölkerung aus Muslimen. Etwa 500000 von ihnen waren Pomaken, bulgarisch sprechende Muslime. Nach dem Ende des Krimkriegs kamen 350000 Muslime hinzu, die verschiedene Turksprachen gebrauchten. Der Türkisch-Russische Krieg von 1877 führte zu einer Massenflucht von Muslimen aus dieser Region nach Zentralanatolien, so daß der Bevölkerungsanteil auf dreizehn Prozent zurückging. Zu Beginn des Zweiten Weltkriegs lebten 860000 Muslime in Bulgarien bei einer Gesamtbevölkerung von 6,6 Millionen Menschen. Trotz verschiedener Vertreibungs- und Zwangschristianisierungsmaßnahmen wurde die Zahl der Muslime 1982 auf 1,7 Millionen Menschen geschätzt. Während der kommunistischen Herrschaft war das Land in sechs Bezirke aufgeteilt, die als Majlis ul-Ulama (Rat der Rechtsgelehrten) bezeichnet wurden. Daneben gab es einen Mufti für die turksprachigen und einen für die bulgarisch sprechenden Muslime. Diese Strukturen haben nach dem Ende des kommunistischen Regimes mit der Hilfe der internationalen islamischen Gemeinschaft wieder an Stärke gewonnen. Es gibt aber weiterhin deutliche Abwanderungstendenzen der bulgarischen Muslime in die Türkei.

Ehemaliges Jugoslawien

Es können an dieser Stelle nur einige Hinweise über die Muslime im ehemaligen Jugoslawien gegeben werden, um zu verdeutlichen, mit welchem historischen, religiösen und kulturellen Hintergrund Muslime aus diesem Balkanstaat nach Westeuropa gekommen sind. Zu Beginn der achtziger Jahre machten Muslime in Jugoslawien 21,5 Prozent der Gesamtbevölkerung aus. Das entsprach 4,8 Millionen Menschen. Mehrheiten bildeten die Muslime in Bosnien-Herzegowina und dem Kosowo. Relativ starke muslimische Minderheiten fanden sich in Mazedonien und Montenegro. Die Organisationsform des Islams in Jugoslawien wird allgemein als stabil und effektiv beschrieben. Es existierte eine Muslimische Religiöse Union mit vier Superioraten in den vier Teilrepubliken. Die Kontakte der jugoslawischen Muslime zu den internationalen islamischen Organisationen waren immer recht eng. Dennoch war Jugoslawien ein sozialistischer Staat, in dem der Islam wie auch die anderen Religionen keine offizielle staatliche Förderung erhielten. Es gab eine islamische Hochschule. Die religiöse Unterweisung fand jedoch nicht während des üblichen Unterrichts an den staatlichen Schulen statt, sondern wurde von den jeweiligen Moscheegemeinden auf freiwilliger Basis organisiert. Mit dem Ausbruch des jugoslawischen Bürgerkriegs sind die vorhandenen Strukturen schweren Belastungen ausgesetzt worden. Man muß davon ausgehen, daß sie in Kroatien und Serbien zerstört sind, in Bosnien werden sie neu etabliert. Man muß hier auch mit internen Veränderungen rechnen, deren Endergebnisse noch nicht abzusehen sind. Die Ereignisse in Jugoslawien haben bei Muslimen in aller Welt große Bestürzung hervorgerufen. Unter Muslimen aus dem ehemaligen Jugoslawien, die in westeuropäischen Staaten leben, hat der Bürgerkrieg zu einer Stärkung der muslimischen Identität geführt. Aus Gesprächen konnte man erfahren, daß viele von ihnen seit dieser Zeit, teilweise zum ersten Mal in ihrem Leben, die religiösen Pflichten genau beachten und sich in ihrer gesamten Lebensweise an die Regeln des islamischen Rechts halten.

Schlussfolgerungen und Ausblick

Betrachtet man die Situation der Muslime in den verschiedenen west-, nord- und südeuropäischen Ländern, läßt sich das grundsätzliche Problem der organisatorischen Schwäche in gleicher Weise überall feststellen. Dabei spielt es keine Rolle, ob die jeweiligen staatlichen Einrichtungen und administrativen Strukturen in dieser Hinsicht auf die Muslime einzuwirken versuchen oder nicht. Als Beispiele können dabei Belgien und Österreich dienen. Den dortigen islamischen Dachorganisationen gelingt es trotz tiefer Eingriffe und Vorschriften nicht, ein einheitliches Bild des Islams in dem jeweiligen Land zu vermitteln. Man gewinnt fast den Eindruck, daß die internen Konflikte hier noch größer sind als in den Staaten, in denen die islamischen Strukturen sich frei entwickeln, wie zum Beispiel in der Schweiz. Es bleibt zu hoffen, daß deutlichere gemeinsame Interessen dazu führen werden, daß auch in Ländern wie England, Frankreich oder Deutschland die vorhandenen

Dachorganisationen mehr Einfluß innerhalb ihrer Glaubensgemeinschaft gewinnen. Ein solcher Einigungsprozeß der islamischen Organisationen würde die Kooperation mit den staatlichen Strukturen verbessern und grundsätzlich zur Lösung vorhandener Konflikte beitragen. Leider läßt sich eine solche Entwicklung zur Zeit noch nicht absehen. Man darf aber hoffen, daß durch eine stets wachsende Qualifikation der künftigen Generationen von Muslimen in Deutschland im wissenschaftlichen, aber auch politischen Bereich sich hier positive Tendenzen abzeichnen werden.

INDEX